# 太湖水体环境遥感监测实验及其软件实现

王 桥 张 兵 韦玉春 李旭文 等著

· 国家 863 计划项目"环境遥感监测软件平台与业务运行
示范(课题编号：2003AA131060)"
· 国防科技工业民用专项科研计划项目"环境一号小卫星
星座应用关键技术研究(项目代号：科工技［2004］186)"

资助

科学出版社

北 京

## 内 容 简 介

本书是作者对所完成的国家 863 计划项目"环境遥感监测软件平台与业务运行示范"等成果的提炼和总结。本书围绕太湖水环境遥感模型和软件系统的研究,系统地介绍了太湖水环境遥感的基本原理和方法,给出了太湖水环境遥感实验的技术方案和遥感监测软件设计,阐述了太湖水面光谱及水质数据采集分析、水环境遥感建模以及水环境遥感平台软件开发方法。以太湖水环境遥感应用示范为例,说明了太湖水环境遥感实验软件平台的实际应用。

本书内容丰富,图文并茂,实验数据翔实,可供遥感与地理信息系统相关领域的专家、学者、大专院校师生,以及环境保护、水利、国土资源、城市等部门从事遥感和 GIS 应用的人员阅读使用。

**图书在版编目 (CIP) 数据**

太湖水体环境遥感监测实验及其软件实现/王桥等著. —北京:科学出版社,2008

ISBN 978-7-03-020535-3

Ⅰ. 太… Ⅱ. 王… Ⅲ. 遥感技术-应用-太湖-水体-环境监测-研究 Ⅳ. X832

中国版本图书馆 CIP 数据核字(2008)第 005159 号

责任编辑:彭胜潮 关 焱 / 责任校对:刘小梅
责任印制:钱玉芬 / 封面设计:黄华斌

**科 学 出 版 社** 出版
北京东黄城根北街16号
邮政编码:100717
http://www.sciencep.com

**中国科学院印刷厂** 印刷

科学出版社发行 各地新华书店经销

\*

2008 年 1 月第 一 版 开本:787×1092 1/16
2008 年 1 月第一次印刷 印张:18 3/4
印数:1—1 500 字数:413 000

**定价:90.00 元**
(如有印装质量问题,我社负责调换〈科印〉)

# 本书撰写人员

王　桥　张　兵　韦玉春

李旭文　魏　斌　吴传庆

李俊生　李云梅　黎　刚

# 序

 太湖蓝藻大暴发可以算得上是 2007 年一件有影响的大事了！实际上我国大江、大湖的水质事件绝非只此一件，去年太湖蓝藻并不比今年轻，只不过今年蓝藻污染的水居然直接钻到了人们的自来水管中。太湖的蓝藻事件和相应的巢湖、滇池、松花江等一系列湖泊、河流的污染事件以及我国江河湖海水质问题引起了公众的普遍关注。温家宝总理亲临太湖现场视察，并对今后的防范作出了部署，这就充分表明了我国政府对水质问题的重视。水资源的短缺已成为制约我国经济社会发展的重要因素。水环境的污染、水质的恶化日趋严重，全国大约 1/3 以上的工业废水和约 9/10 以上的生活污水几乎未经任何处理就直接排入河湖，使全国 1/8 以上的人口饮用着被污染的水，这种状况必然对我国本来短缺的水资源雪上加霜！采取一切必要手段，特别是调动一切科技力量，加强对我国水资源的研究，遏制水环境的恶化趋势，已成为摆在科技工作者，包括空间信息技术学者面前的紧迫任务。目前最为迫切的是需要对我国江河湖海，首先对重点流域的水环境进行高频度的定期监测，为水环境的治理和管理提供决策依据。但是，完全靠现有的地面监测，无论从监测的频次、时效还是代表性都远不能适应水环境管理与决策的需求。对严重的水质富营养化以及类似蓝藻暴发、海洋赤潮和污染泄漏等重大突发性、大范围的水环境问题，不仅不能及时捕捉，难以进行有效的监测，而且更谈不上常态性、业务化的监测了。遥感技术具有监测范围广、速度快、成本低的特点，特别是卫星遥感更具有便于进行长期、动态监测的优势，它可以与常规方法相互补充，甚至还可以发现一些常规方法难以揭示的污染源和污染物的迁移特征。遥感已成为国际上监测环境和水质的一种普遍使用的方法，它虽然尚未完全成熟并处于发展过程中，但遥感必将在海洋和内陆水质监测中发挥越来越大的作用。

为了应对环境问题对我国经济社会发展的严峻挑战，我国已着手制定了自己的卫星环境监测计划。一个名为环境和减灾的小卫星星座的研制工作即将完成，并将于2008年发射，该系统由两颗光学卫星和一颗合成孔径雷达卫星组成，星座装备了宽覆盖CCD相机、红外多光谱扫描仪、高光谱成像仪、合成孔径成像雷达等多种类型的先进遥感器，是一个将空间分辨率、时间分辨率、光谱分辨率以及宽覆盖和全天候有机结合及有效集成的卫星系统，它将与地面环境监测系统相互配合，在环境监测中实现优势互补，发挥作用。

内陆水体光学特性非常复杂，它不仅受浮游生物的影响，还受到无生命悬浮物和黄色物质的影响，在水较浅的地区还要考虑水底物质对水体光学性质的干扰。海洋水色遥感无论在专用航天遥感器的研发，还是在算法模型的研究方面，都明显走在内陆水体遥感的前面，海洋水色遥感已经步入实用化的运行阶段；但对内陆水体来说，实用而有效的遥感监测却仍然是一个难点。

《太湖水体环境遥感监测实验及其软件实现》一书以促进我国将要发射的环境监测卫星的应用为目标，针对我国对流域水体环境监测的实际需求，以水网密布、流域水环境管理任务十分艰巨的太湖流域为示范地区，研究了流域水体污染遥感信息获取、分析、处理和应用中的关键技术问题；设计了流域水体污染及典型生态状况遥感监测业务运行技术体系；开发、建立了我国首个面向流域水环境遥感监测的软件平台，并开展了省级水环境遥感监测业务化运行示范。书中所涉及的许多内容在我国内陆水质遥感监测方面都具有开创性意义。这本书的出版是非常及时的，尤其面对我国当前越来越频繁发生的水质和水环境事件，以及为应对我国包括水污染在内的环境和灾害问题而研制并将很快发射的环境与减灾卫星星座的遥感应用问题，更具有许多启迪性作用，它将为我国科研单位和环保监测部门，特别是从事环境遥感监测的科技人员提供参考，有助于我国水环境遥感监测在理论和技术上的发展，推动环境一号等国内外遥感卫星在水环境监测方面的深入应用。

　　我非常赞赏该书的出版，并以此为序，祝贺作者们在水环境研究和遥感监测技术发展方面所做出的努力和取得的成就!

2007 年 8 月 28 日

# 前　言

太湖是我国第三大淡水湖泊，流域总面积约 3.65 万 km²，正常水位下水面面积约 2338km²，平均水深 1.89m，蓄水量 47 亿 m³，年平均入湖水量 41 亿 m³，换水周期约为 300 天，环湖出入湖河流共有 100 多条，其中入湖河流约占 60%。太湖具有饮水、工农业用水、航运、旅游、流域防洪调蓄等多种功能，是长江三角洲地区社会经济发展的重要水资源。20 世纪 80 年代以来，随着社会经济的高速发展，太湖水质逐年下降，湖泊富营养化日趋严重，"九五"以来被列入国家"三河三湖"治理计划，成为我国水污染治理的重点区域。太湖从 1994 年以来开始处于富营养化状态，期间富营养化水平略有波动。但从 2004 年开始，太湖富营养化程度加重，处于中度富营养化状态，局部水域已处于重度富营养化状态。目前，对太湖水环境质量监测主要是依托环保部门在太湖湖体上设定的 21 个测点，采用定点采样的理化分析测量方法，对 pH、溶解氧、高锰酸盐指数、叶绿素、总磷、总氮等指标进行监测。监测周期较长，缺乏时空上的连续性，且费用较高，特别是相对于如此大面积的湖体，现有测点数量稀少，代表性不够，难以全面、及时地反映太湖水环境质量状况及其动态变化情况，迫切需要利用遥感技术对太湖水体环境质量进行大范围、连续、动态和准确的监测，把太湖水环境质量监测从定点监测发展到连续监测，从局域监测发展到大尺度监测，从静态监测发展到动态监测，从常规监测发展到预警监测。

遥感技术具有快速、连续、可视化程度高、信息量大等特点，在反映环境变化的连续性、空间性和规律性方面具有明显优势。随着全球性环境问题的日益突出，环境遥感监测已受到国际上的高度重视，世界各国纷纷出台各种环境遥感计划，并发射了一系列卫星，在生态环境监测中发挥了重要作用。目前在轨运行和正在计划发展的国内外卫星传感器所能提供数据的空间分辨率、光谱分辨率和时间分辨率越来越高，空间分辨率已从千米级发展到亚米级，重复观测频率从月周期发展到几小时，光谱波段跨越了可见光、红外到微波，光谱分辨率从多波段发展到高光谱、超光谱；遥感数据获取技术正迅速走向实时化、精确化、定量化和业务化。随着环境遥感技术的发展，国内外学者已在水环境遥感监测研究方面取得了大量成果，可为太湖水环境遥感监测提供重要的技术基础，但是现有方法大多还属经验性的，通常都是针对特定流域、特定时段和特定数据源，缺乏普适性和实用性，特别是缺乏适合太湖水环境保护实际工作需要的系统化、业务化的应用模型和软件系统研究。面对卫星遥感技术的迅速发展和太湖水环境遥感监测的迫切需求，有必要充分利用遥感技术的优势、挖掘现有卫星遥感数据的应用潜力，针对太湖水环境遥感监测业务运行的实际需要，从太湖水环境遥感监测的数据处理、参数反演、应用模型建立、业务系统开发、专题数据产品生产等方面开展系统的研究和试验，为形成实用化的太湖水环境遥感监测方法和业务运行系统提供必要的技术基础，为遥感技术在环境保护中的业务化应用提供技术示范。

本实验是在国家 863 计划项目"环境遥感监测软件平台与业务运行示范项目(课题编号：2003AA131060)"、国防科技工业民用专项科研计划项目"环境一号小卫星星座应用关键技术研究(项目代号：科工技〔2004〕186)"的支持下，针对太湖水环境保护管理和业务工作的实际需求，综合利用卫星遥感技术、地理信息系统技术和计算机技术，全面研究了太湖水环境遥感监测关键技术，构建了包括指标体系、标准规范、模型方法、技术流程、业务系统等在内的太湖水环境遥感监测技术体系框架，实际开发建立了具有业务应用能力的太湖水环境遥感监测实验软件系统，并利用长时间序列遥感数据系统开展了太湖水环境遥感监测实验，走通了相关技术流程，验证和优化了相关方法，取得了一系列实用成果：在关键技术研究方面，主要研究了太湖水体光谱数据采集和处理技术、面向水环境遥感监测的多源遥感数据的辐射纠正、几何纠正、表面反射和离水辐射分离等遥感数据处理技术、水环境遥感监测指标(包括叶绿素、总悬浮物、水温、可溶性有机物、总磷、总氮等)遥感特征分析技术；在太湖水环境遥感监测模型建立方面，主要研究了太湖水体主要遥感监测指标光谱分析模型、地面实测数据与遥感数据相关及统计模型、信息反演和信息提取模型、水体污染分类、分级模型等；在太湖水环境遥感监测实验软件开发方面，主要研究了水环境遥感监测系统的数据流和业务流、系统的结构功能，开发了数据管理子系统、环境遥感数据处理子系统、环境遥感模型应用子系统、环境专题数据产品生产子系统和环境专题数据产品信息服务子系统，形成了多类型、多专题、多空间分辨率、多光谱分辨率、多时相环境遥感数据的综合处理和应用能力；在业务化应用示范方面，主要研究了太湖水环境遥感监测的业务流程、技术规范、运行模式，利用所开发软件生产了 10 个不同时期的太湖水体叶绿素浓度分布遥感专题图、总磷浓度分布遥感专题图、总氮浓度分布遥感专题图、总悬浮物浓度分布遥感专题图、水体表层温度遥感专题图、水体富营养化指数遥感专题图等多种类型遥感数据专题产品。通过本实验还形成了《太湖水环境遥感监测可行性分析报告》、《太湖水环境遥感模型研究报告》、《太湖水环境遥感监测指标体系及监测方法研究报告》、《太湖水环境质量遥感监测关键技术研究报告》、《太湖水环境地面数据采集与分析规范》、《太湖环境遥感监测实验软件系统研制报告》、《太湖水环境质量遥感监测业务示范报告》、《太湖水环境遥感监测实验软件使用手册》等具体成果。

本书是对上述成果的系统总结，试图围绕水环境保护工作的实际需要，从太湖水体环境遥感监测业务应用的角度，全面体现面向太湖水环境遥感监测的遥感数据获取与处理、地面数据采集与分析、模型方法建立与应用、软件系统设计与开发、业务系统示范与运行等整体研究和试验过程。全书共分七章。第一章主要从太湖水环境问题、太湖水体环境监测现状、太湖水体主要监测指标及监测方法、太湖水体水质状况及空间分布、太湖水体环境遥感监测实验的目的和内容等方面介绍了太湖水体环境遥感监测实验背景。第二章阐述了太湖水体环境遥感监测实验的原理和方法，在对水体光谱特征进行分析的基础上，具体分析了太湖几个主要遥感监测指标的光学特征，并对水环境遥感监测方法和进展、影响水体环境遥感监测精度的因素、水体环境遥感数据源等进行了讨论。第三章针对太湖水环境遥感监测业务工作需要，提出了太湖水环境遥感实验技术方案，主要包括实验总体方案、实验技术规范、数据获取与处理方案、采样与光谱测量分析方案、遥感监测模型构建和参数反演方案、软件系统开发技术方案、业务示范技术方案。第四章从水面光谱及水质数据采集与分析基础、野外水面光谱实验、太湖水体水质参数的时空变化规律分析、实验室光谱实验等几个方面介绍了太湖水面光谱及水质数据采集与分析工作。第五章分别研究和建立了太湖悬浮物、叶绿素 a、总氮、总磷等太湖主要水环境指标浓度遥感反演模型。第六章从太湖水环境保护工作需要出发，探讨了太湖水环境遥感实验软件及系统集成，首先在进行太湖水环境遥感监测实验软件需求分析的基础上，对太湖水环境遥感实验软件总体结构和功能进行了全面设计，然后分别对数据管理子系统、遥感图像处理子系统、遥感模型应用子系统、环境专题数据产品生产子系统、环境专题数据产品网络发布子系统进行了设计与开发，最后给出了太湖水环境遥感监测实验软件应用实例。第七章分别应用 1997 年 5 月、1998 年 7 月、1998 年 8 月、2000 年 5 月、2001 年 1 月、2002 年 7 月、2003 年 11 月、2004 年 7 月、2005 年 3 月和 2005 年 4 月 Landsat TM 数据进行了太湖水环境遥感监测实验软件系统业务应用示范，不仅业务化生产了 60 多个水环境遥感监测专题产品，而且对模型精度和星地监测结果进行了分析对比，获得了一系列有价值的结论。希望本书的出版能够给我国水环境遥感监测工作带来一些实用的借鉴，给从事相关工作的同行和学者提供一些有益的参考。由于水环境遥感技术发展还处于探索阶段，加之本实验的时间、投入和人员水平有限，本书难免会存在许多不足，恳请读者批评指正。

　　本书的完成首先要感谢国家 863 计划项目和国防科技工业民用专项科研计划项目的资助，也要感谢项目承担单位国家环境保护总局信息中心、中国科学院遥感应用研究所、南京师范大学、江苏省环境监测中心的大力支持，还要感谢全体项目参加人员的共同努力，特别感谢间国年、黄家柱、李云梅、魏斌、吴传庆、胡兴堂、李俊生、黎刚、牛志春、孙仲平、申文明、胡方超、申茜、张洁、严刚、王昌佐、厉青、张峰、刘晓曼、杨一鹏、熊文成等同事为项目实施和本书完成所付出的辛勤劳动。此外，本书的写作过程中还参考了大量国内外同行和专家的研究成果，正是在他们工作的基础上，本实验才能够得以进展，这里也一并向他们致谢。

# 目　　录

# 第一章　太湖水体环境遥感监测实验背景

## 1.1　太湖水体概况

太湖位于长江三角洲南缘,是我国第三大淡水湖,流域总面积 36500km²,行政区划分属江苏、浙江、上海、安徽三省一市。流域内分布有特大城市上海市,江苏省苏州、无锡、常州、镇江 4 个地级市,浙江省杭州、嘉兴、湖州 3 个地级市,共有 30 县(市)。

太湖是集饮用、农灌、航运、旅游、水产养殖和工业用水于一体的多功能水体,在流域工农业生产、人民生活等方面地位十分重要。湖体水面面积 2338km²,平均水深 1.89m,多年平均水位 3.05m,蓄水量 47 亿 m³,多年平均入湖水量 41 亿 m³,换水周期约为 300 天,环湖出入湖河道共有 100 多条。太湖西南部上游来水,主要来自浙江天目山脉的东、西苕溪和来自苏皖界山和茅山山脉的荆溪。东、西苕溪在湖州汇合后,主流由长兜港、小梅口注入太湖,其余由吴兴、长兴“七十二溇港”分散入太湖,另有一部分通过塘水路直接东泄。荆溪正流由宜兴大浦口注入太湖,洮湖、滆湖地区来水则由宜兴百渎流入太湖,另有一部分经京杭大运河直接东泄。吴兴、长兴沿湖诸溇港和宜兴百渎均有横塘连接,水量可以互相调节。太湖东北面出水也有上百条溇港(已湮废不少),其中主要的有梁溪口、沙墩口、胥口、鲇鱼口、瓜泾口、南厍等,越过京杭大运河入阳澄、淀泖湖群,再通过黄浦江、吴淞江和太仓、常熟间众多港浦入长江、入海。京杭大运河纵贯太湖北、东、南三面,沟通了众多东西向的排水河道,起着相互调节的作用。

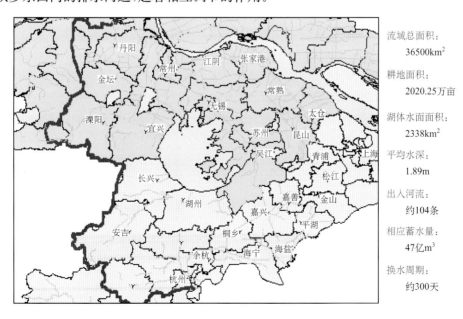

流域总面积:
　36500km²

耕地面积:
　2020.25万亩

湖体水面面积:
　2338km²

平均水深:
　1.89m

出入河流:
　约104条

相应蓄水量:
　47亿m³

换水周期:
　约300天

图 1-1　太湖流域概况图

# 1.2 太湖水体环境问题

太湖流域是我国经济发展最快的地区之一,人均 GDP 为全国人均的三倍多;农业总产值占全国的 3.1%;工业总产值占全国的 12.2%;财政收入占全国的 15.7%。太湖流域是我国经济发达、工业化与城市化程度较高的地区之一。人口稠密、经济快速发展也带来日益严重的环境压力。目前太湖水体存在的主要环境问题为:一是产污、排污集中。在这一区域内,2000 年排放 COD 49.15 万 t、TP 1.44 万 t、$NH_3$-N 13 万 t,单位面积的污染负荷产生量和排污量也是全国较高的区域之一。二是西、北太湖水体交换能力差。由于环太湖大堤的修建和入湖河道的人为控制,实际上太湖已接近封闭湖泊,太湖的水量交换需近一年时间。太湖主要补给水量来自西南部的苕溪和西部的南溪水系,约占总入湖水量的 70%,而出湖水量主要通过东太湖进入太浦河经黄浦江入海,约占总出湖水量的 60%~70%。太湖水体交换的活跃区在东南部,而太湖污染物主要来自流域的西北部(常州市)与北部地区(无锡市),约占全太湖三分之一的污染物通过西北部的直湖港、北部的梁溪河进入梅梁湖与五里湖,使交换能力本来就差的西、北部太湖水质严重恶化。三是湖体富营养化及入湖河道的有机污染问题十分突出。自 20 世纪 80 年代末以来,太湖湖体富营养化及入湖河道的有机污染问题日渐突出。湖泊集中全流域汇水,是流域污染的综合反映。既有城市化和工业化带来的污染,又有过量施用化肥及大量畜禽养殖带来的农业面源污染,还有湖泊开发利用方式违背生态规律的问题,这些问题加速了太湖富营养化的发展,如不加以控制,将导致湖泊沼泽化衰亡,必须通过长时间的努力,采取综合措施延缓和解决太湖富营养化问题,在全流域全面建立污染防治系统和生态恢复体系。四是仍有部分污染企业存在超标排放现象。太湖流域是经济高度发达的地区,部分企业仍在超标排放,必须进一步加大环境保护监管力度,巩固工业污染源达标排放成果。五是环境综合整治工作任务艰巨。近年来生活污染问题日趋突出,富含氮、磷的大量城镇生活污水未经处理直接进入水体,给流域水环境造成了巨大压力。另外,农业面源、船舶交通、水产养殖、畜禽养殖和河湖底泥的污染也十分突出。

为了加强对太湖的保护,遏制环境恶化趋势,1998 年国务院批复了《太湖水污染防治"九五"计划及 2010 年规划》(以下简称《"九五"计划》)。按照《"九五"计划》的要求,经过江苏、浙江、上海三省市人民政府及国务院有关部门的努力,到 2000 年底,太湖水质恶化的趋势得到初步遏制,局部地区水质有所改善。但是,距实现《"九五"计划》的要求仍有较大差距,部分目标没有如期完成。为此,国家环保总局会同三省市人民政府及国务院有关部门在认真总结前一阶段工作经验的基础上,编制了《太湖水污染防治"十五"计划》(以下简称《"十五"计划》)。《"十五"计划》体现了从工业点源污染控制为主向工业点源与农业面源污染控制相结合的转变,从城市污染控制为主向城市与农村污染控制相结合的转变,从陆上污染控制为主向陆上与水上污染控制相结合的转变;提出了加强农业面源污染控制、加快污水处理厂建设和湖滨带建设、增加生态环境用水量、继续开展污染底泥疏浚和小流域综合治理、加大产业结构调整和执法监督力度等措施;并对"十五"期间的各项水污染防治工作做出具体安排、实施本计划必将推动太湖水污染防治工作,使太湖水质得到进

一步改善。《"十五"计划》重点主要有:

(1) 完善以总磷为控制重点的污染物排放总量控制系统。建立总磷、氨氮、化学耗氧量三项指标的总量控制系统,按省市界断面、重点控制单元断面、入湖河流断面对应的排污控制单元,分解污染物排放总量控制指标,分区完成削减任务。《"十五"计划》确定 10个重点控制单元为重点控制区,包括 13 条入湖河流,分布在无锡、常州、杭州、湖州四市,其排污量占太湖水污染物排放总负荷的 75%,这 10 个重点控制单元分别为:无锡的苏南运河、直湖港、南溪河、洮漏太水系,常州的常武地区水网,杭州市的东苕溪,湖州市的东苕溪、西苕溪,东部平原河网和长兴水系。

(2) 明显改善梅梁湖、五里湖重点水域水质。以梅梁湖、五里湖为重点水域削减无锡、常州污染物排放总量,改善该水域水体交换能力,清除污染底泥和生态恢复工程项目,均作为太湖《"十五"计划》优先项目。

(3) 全面保证饮用水水源地水质。《"十五"计划》在继续完成《"九五"计划》各项措施的基础上,提出治污工程、生态恢复工程和强化管理工程三大工程方案。进一步突出对磷污染物的控制,巩固工业污染源达标排放成果,治理生活污染源,实施农业面源污染控制示范,建立环太湖湖滨保护带、主要出入湖河流和入湖河口生态保护带、生态清淤及引江济太等生态恢复措施,重点治理西北太湖,保护东太湖。

《"十五"计划》还确立了太湖到 2005 年底的水质目标。总目标是:太湖水质有所改善,五里湖、梅梁湖水质明显改善。分区目标是:平水年 80% 水量保证条件下,5 个重点湖区高锰酸盐指数由现状 5.5~8.1mg/L 控制到 5.0~7.5mg/L;TP 由现状 0.10~0.26mg/L 控制到 0.1~0.2mg/L;$TLI_C$ 由现状 58~75mg/L 控制到 55~65mg/L;TN在现状基础上下降 10% 左右(表 1-1)。

表 1-1　2005 年太湖湖体水质目标　　　　　　　　　(单位: mg/L)

| 水　域 | 2000 年现状 | | | | 2005 年目标 | | | |
| --- | --- | --- | --- | --- | --- | --- | --- | --- |
| | 高锰酸盐指数 | TP | TN* | $TLI_C^*$ | 高锰酸盐指数 | TP | TN* | $TLI_C^*$ |
| 五 里 湖 | 8.1 | 0.20 | 6.6 | 75 | 7.5 | 0.18 | 6 | 65 |
| 梅 梁 湖 | 7.8 | 0.26 | 5.6 | 67 | 7.5 | 0.20 | 5 | 65 |
| 西部沿岸区 | 7.0 | 0.17 | 3.1 | 66 | 7.0 | 0.15 | 2.8 | 60 |
| 湖 心 区 | 5.5 | 0.10 | 1.6 | 60 | 5.0 | 0.10 | 1.5 | <60 |
| 东部沿岸区 | 5.9 | 0.11 | 2.4 | 58 | 5.0 | 0.10 | 2.2 | 55 |

* 参考指标。

## 1.3　太湖水体环境监测现状

江苏省太湖流域共布设重点监控断面 92 个,其中湖体 21 个,出入湖河流环湖控制断面 22 个,行政交界断面 50 个。无锡、苏州、常州、镇江 4 个省辖市及所属 13 个县(市)环境监测部门对辖区内监控断面实施每月一次的水质加密监测。主要监测项目包括溶解氧、高锰酸盐指数、五日生化需氧量、氨氮、硝酸盐氮、亚硝酸盐氮、石油类、挥发酚、总磷、总氮、叶绿素 a 等。江苏省环境监测中心在对监测数据进行汇总统计、综合分析的基础上，每月编写一期水质状况评价报告，对水质状况进行分析。为巩固达标排放成果，江苏省太湖流域无锡、苏州、常州、镇江、南京 5 个省辖市环境监测部门对流域内重点污染源实施每年两次的监督监测，并编写排污状况半年报。

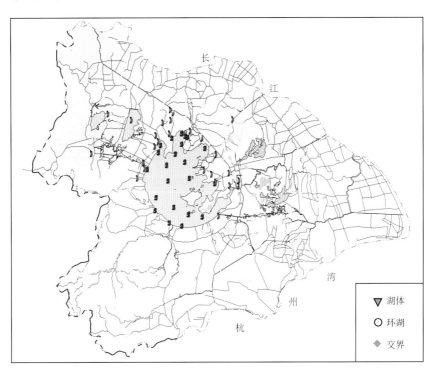

图 1-2　江苏省太湖流域水质监控断面分布示意图

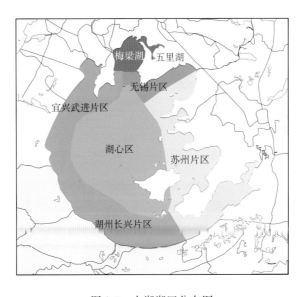

图 1-3　太湖湖区分布图

根据《太湖水污染防治"十五"计划》的要求,太湖湖体分为五大湖区,分别是五里湖、西部沿岸区、湖心区、东部沿岸区和梅梁湖,另有一个湖岸区,但不参与评价。太湖湖体共设有 21 个监测点位,详见图 1-4 和表 1-2。太湖湖体开展的监测项目有:水温、pH、溶解氧、悬浮物、高锰酸盐指数(COD$_{Mn}$)、总磷(TP)、总氮(TN)、叶绿素 a 和透明度等。

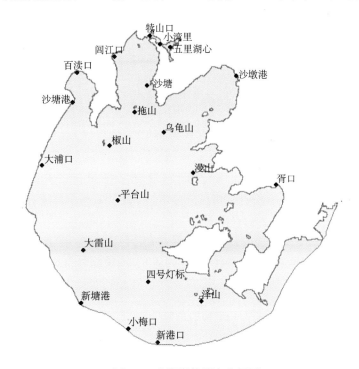

图 1-4　太湖湖体测点位置图

表 1-2　太湖湖体 21 个监测点位表

| 断面代码 | 断面名称 | 所属湖区 | 水环境功能区名称 |
| --- | --- | --- | --- |
| 10 | 百渎口 | 西部沿岸区、湖岸区 | 渔业用水区 |
| 8 | 大雷山 | 湖心区 | 饮用水源保护区 |
| 11 | 大浦口 | 西部沿岸区、湖岸区 | 饮用水源保护区 |
| 19 | 犊山口 | 五里湖、梅梁湖、湖岸区 | 饮用水源保护区 |
| 2 | 椒山 | 湖心区 | 饮用水源保护区 |
| 9 | 闾江口 | 梅梁湖、湖岸区 | 饮用水源保护区 |
| 4 | 漫山 | 湖心区 | 饮用水源保护区 |
| 5 | 平台山 | 湖心区 | 饮用水源保护区 |
| 17 | 沙墩港 | 东部沿岸区、湖岸区 | 饮用水源保护区 |
| 15 | 沙塘港 | 西部沿岸区、湖岸区 | 饮用水源保护区 |
| 21 | 沙渚 | 湖岸区 | 饮用水源保护区 |
| 6 | 四号灯标 | 湖心区 | 饮用水源保护区 |
| 1 | 拖山 | 梅梁湖、湖心区 | 饮用水源保护区 |
| 3 | 乌龟山 | 湖心区 | 饮用水源保护区 |

| 断面<br>代码 | 断面名称 | 所属湖区 | 水环境功能区名称 |
|---|---|---|---|
| 16 | 五里湖心 | 五里湖、湖岸区 | 景观娱乐用水区 |
| 13 | 小梅口 | 西部沿岸区、湖岸区 | 饮用水源保护区 |
| 14 | 新港口 | 西部沿岸区、湖岸区 | 饮用水源保护区 |
| 12 | 新塘港 | 西部沿岸区、湖岸区 | 饮用水源保护区 |
| 18 | 胥口 | 东部沿岸区、湖岸区 | 饮用水源保护区 |
| 7 | 泽山 | 湖心区 | 饮用水源保护区 |
| 20 | 中桥水厂(小湾里) | 梅梁湖、湖岸区 | 饮用水源保护区 |

# 1.4 太湖水体主要监测指标及常规监测方法

根据国家环境保护工作和环境监测有关要求,目前太湖水体环境监测的主要指标及其常规监测方法如下:

**叶绿素** 叶绿素是植物光合作用中的重要光合色素,它将阳光转变成能量,存在于植物细胞内的叶绿体中,反射绿光并吸收红光和蓝光,使植物呈现绿色。常规监测方法为比色法,即将样品进行抽滤、研磨、离心、定容后置于分光光度计上,用 1cm 光程的比色皿进行分析。

**浮游植物** 浮游植物是指悬浮在水体中的植物。浮游植物多半形态简单,只有一个细胞,是地球上资格相当老的一种低等生物。在淡水中,浮游植物主要是藻类,它们以单细胞、群体或丝状体的形式出现,靠太阳光和吸收水中的营养盐生活。常规监测方法为计数法:将样品充分摇匀,置入计数框内,在显微镜或解剖镜下进行计数。

**总悬浮物** 悬浮物是指不能通过孔径为 $0.45\mu m$ 滤膜的固体物,常常悬浮在水流之中;水产生的浑蚀现象,也都是由此类物质所造成。悬浮物是造成浊度、色度、气味的主要来源。常规监测方法为重量法:用 $0.45\mu m$ 滤膜过滤水样,再经一定的温度和时间烘烤后得到悬浮物的含量。

**色度** 水的色度单位是度,即在每升溶液中含有 2mg 六水合氯化钴(Ⅱ)和 1mg 铂[以六氯铂(Ⅳ)酸的形式]时产生的颜色为 1 度。常规监测方法:测定较清洁、带有黄色色调的天然水和饮用水色度,用铂钴标准比色法,以度数表示结果。此法操作简单,标准色列的色度稳定,易保存。对受工业废水污染的地表水和工业废水,可用文字描述颜色的种类和深浅程度,并以稀释倍数法测定色的强度。

**透明度** 透明度是指水样的澄清程度,洁净的水是透明的,水中存在悬浮物和胶体叶,透明度降低。通常地下水的透明度较高,由于供水和环境条件不同,其透明度可能不断变化。透明度与浊度相反,水中悬浮物越多,其透明度就越低。常用监测方法包括铅字法和塞氏盘法,其中,铅字法适用于天然水和处理水透明度的测定,塞氏盘法则是一种现场测定透明度的方法,既利用一个白色圆盘沉入水中后,观察到不能看见它时的深度即为水体透明度。

**浑浊度**　　　水体浑浊是由于水中含有泥沙、黏土、有机物、无机物、浮游生物和微生物等悬浮物质所造成的。浊度描述了水体的浑浊状况。天然水经过混凝、沉淀和过滤等处理，使水变得清澈。常规监测方法：分光光度法、目视比浊法或浊度计法。其中分光光度法适用于测定天然水、饮用水的浊度，最低检测浊度为3度。

**泥沙含量**　　　泥沙含量是单位体积水体中所含的泥沙重量多少。常规监测方法为重量法。

**悬浮固体颗粒物**　　　指不溶于水，并悬浮于水中的有机和无机固体污染物。例如石油，氯化镁，钠、铁、铝或硅的氧化物，钙盐，木质素，微生物的残骸等。按其性质、粒径，可分为浮上物、浮上膜、胶体和沉淀物四类。常规监测方法为重量法。

**溶解氧(DO)**　　　溶解在水中的分子态氧称为溶解氧。清洁地表水的溶解氧一般接近饱和。由于藻类的生长，溶解氧可能过于饱和。水体受有机、无机还原性物质污染时溶解氧降低。常规监测方法：常采用碘量法及其修正法、膜电极法和现场快速溶解氧仪法。清洁水可直接采用碘量法测定。膜电极法和快速溶解仪法是根据分子氧透过薄膜的扩散速率来测定水中溶解氧，方法简便、快速、干扰少，可用于现场测定。

**高锰酸盐指数(COD$_{Mn}$)**　　　高锰酸盐指数是指在酸性或碱性介质中，以高锰酸盐为氧化剂，处理水样时所消耗的量，以氧的mg/L来表示。水中的亚硝酸盐、亚铁盐、硫化物等还原性无机物和在此条件下可被氧化的有机物，均可消耗高锰酸钾。常规监测方法包括酸性法和碱性法。酸性法适用于氯离子含量不超过300mg/L的水样；在水样中氯离子浓度高于300mg/L时，应采用碱性法。

**五日生化需氧量(BOD$_5$)**　　　生化需氧量是指在规定条件下，微生物分解存在水中的某些可氧化物质，特别是有机物所进行的生物化学过程中消耗溶解氧的量。常规监测方法：经典测定方法是稀释接种法，本方法适用于BOD$_5$大于或等于2mg/L，最大不超过6000mg/L的水样；当水样BOD$_5$大于6000mg/L时，会因稀释带来一定的误差。

**总氮(TN)**　　　大量的生活污水、农田排水或含氯工业废水排入水体，使水中有机氯和各种无机氮化物含量增加，生物和生物类的大量繁殖，消耗水中溶解氧，使水中质量恶化。湖泊、水库中含有超标的氮、磷类物质时，造成浮游植物繁殖旺盛，出现富营养化状态。因此，总氮是衡量水质的重要指标之一。常规监测方法：通常采用过硫酸钾氧化，使有机氮和无机氮化合物转变为硝酸盐后，再以紫外法、偶氮比色法以及离子色谱法或气相分子吸收法进行测定。

**总磷(TP)**　　　一般天然水中磷酸盐含量不高，化肥、冶炼、合成洗涤剂等行业的工业废水及生活污水中常含有较大量磷。磷是生物生长必需的元素之一。但水体中磷含量过高(如超过0.2mg/L)，可造成藻类的过度繁殖，甚至数量上达到有害的程度(成为富营养化)，造成湖泊、河流透明度降低，水质变坏。磷是评价水质的重要指标。常规监测方法：水中磷的测定，通常按其存在的形式而分别测定总磷、溶解性正磷酸盐和总溶解性磷，其中正磷酸盐的测定可采用离子色谱法、钼锑抗光度法、氯化亚锡还原钼蓝法(灵敏度较低，干扰也较多)，而孔雀绿-磷钼杂多酸法是灵敏度较高，且容易普及的方法，罗丹明6G(Rh6G)荧光分光光度法灵敏度最高。

**可溶性有机物**　　　可溶性有机污染物是指可溶于水的碳水化合物、蛋白质、脂肪、氨基酸等形式存在的天然有机物质及某些其他可生物降解人工合成的有机物质。其中,有色可溶性有机物 CDOM(colored dissolved organic matter)常称为"黄色物质(yellow substance)",有时也称为"gelbstoff"、"gilvin"等,它是一类含有黄腐酸(fulvic acid,能溶解于酸和碱)和腐殖酸(humic acid,溶于碱但不溶于酸)的溶解性有机物。CDOM 可能由下列成分组成:氨基酸、糖、氨基糖、脂肪酸类、类胡萝卜素、氯绿色素、碳水化合物和酚等(张运林,2005)。常规监测方法为气相色谱法和化学分析法。

**溶解性总有机碳**    总有机碳(TOC)是以碳的含量表示水体中有机物质总量的综合指标。由于 TOC 的测定采用燃烧法,因此能将有机物全部氧化,它比 $BOD_5$ 或 COD 更能直接表示有机物的总量,因此常常被用来评价水体中有机物污染的程度。常规监测方法:近年来,国内外已研制成各种类型的 TOC 分析仪,按工作原理不同,可分为燃烧氧化-非分散红外吸收法,电导法、气相色谱法、湿法氧化-非分散红外吸收法等。其中燃烧氧化-非分散红外吸收法只需一次性转化,流程简单,重现性好、灵敏度高,因此这种 TOC 分析仪广为国内外所采用。

**热污染**    把温度上升了的冷却循环水直接排放到环境水圈中时,就称为温排水。当有高于环境水体温度 4℃以上的热废水持续流入时,就可以认为该水体受到了热污染。常规监测方法:一般可用温度计、水质监测仪和热红外测温仪直接测量。

**油污染**    油污染由事故引起,如船舶(特别是油船)碰撞、翻沉、海上油井平台和水下油管泄漏等导致的溢油事故,使水环境遭受严重污染。常规监测方法:常规检测项目为石油类,采用红外分光光度法,最低检出标准为 0.01mg/L。

**水温**    水体温度。常规监测方法:用温度计直接测量。

**富营养状态指数**    水体接纳过量的富营养物质,使生态平衡失调,导致水体功能丧失的现象。营养状态指数用来评价水体富营养化程度。在实际应用时要考虑湖水透明度、叶绿素 a、湖水总磷浓度的相关关系。常规监测方法:对湖泊的富营养化程度评价以综合评价为主。目前我国环境保护部门对湖泊富营养化评价的基本方法主要有营养状态指数法(如 Carlson 营养状态指数、修正的营养状态指数、综合营养状态指数等)、营养度指数法(AHP-PCA 法)和评分法。其中,营养状态指数法最为常用,它是综合多项富营养化指标,包括透明度(SD)、叶绿素 a(Chl-a)、总磷(TP)浓度并将其转换为营养状态指数(TSI),从而对湖泊营养状态进行连续数值分级评价的方法。最早由 Carlson(1977)建立,该方法将湖泊营养状态的贫营养-富营养连续划分为 0~100 的连续数值,操作简单,可比性较强。但是 Carlson 提出的以 SD 为基准的 TSI 指数,忽视了浮游植物以外的其他因子,如水色、溶解物质和其他悬浮物质对透明度的影响,而这些影响一般情况下是不可忽视的。为了弥补上述不足之处,日本的 Aizaki 修正了 Carlson 的以 SD 为基准的 TSI 指数,改为以 Chl-a 浓度为基准的营养状态指数,称为修正的营养状态指数 TSIM。此外,Aizaki 还分析了 Chl a 与总氮(TN)、化学耗氧量(COD)以及 SS 浓度等的相关关系,得出各参数相对重要性排序为:Chl-a>SD>TP>TN>COD>SS。需注意的是,TSIM 法有评分而无分级。王明翠等针对我国环保部门对湖泊营养状态的划分比较混乱,描述方法不一,湖泊富营养化评价方法及指标各不相同,分级评价标准差别很大等诸多问题,按照相关性、可操作性、简洁性和科学性相结合的原则,从影响湖泊富营养化的众多因子中选取 Chl-a、TP、TN、SD、COD_Mn 等五项指标作为湖泊富营养化评价的统一指标,通过对综合营养指数法、营养度指数法、评分法三种方法的比较研究,认为综合营养指数法是评价湖泊富营养化的最合适方法,并采用 0～100 的一系列连续数字将湖泊(水库)营养状态划分为贫营养(oligotropher)、中营养(mesotropher)、富营养(eutropher)、轻度富营养(light eutropher)、中度富营养(middle eutropher)、重度富营养(hyper eutropher)六级;在同一营养状态下,指数值越高,其营养程度越重。目前该方法已广泛应用于我国环境保护部门。

**表 1-3　监测指标分级标准**

| 项目 | I 类 | II 类 | III 类 | IV 类 | V 类 |
|---|---|---|---|---|---|
| 叶绿素/(mg/m³) | <4 贫营养 | 4～10 中营养 | >10 富营养 | | |
| 浮游植物/(mg/L) | 湿重<3 | 湿重 3～5 | 湿重 5～10 | | |
| 湿重/(mg/L) | 干重 20～200 | 干重 200～600 | 干重 600～10000 | | |
| 干重/(mg/m³) | 贫营养 | 中营养 | 富营养 | | |
| 总悬浮物/(mg/L) | | | 150 | | |
| 色度 | | | | | |
| 透明度/m | 15 | 4 | 2.5 | 1.5 | 0.5 |
| 浑浊度 | | | | | |
| 泥沙含量 | | | | | |
| 富营养化指数 TSI | <37 贫营养型 | 36～53 中营养型 | >54 富营养型 | | |
| 悬浮固体颗粒物 | | | | | |
| DO/(mg/L) | 饱和率 90 或 7.5 | 6 | 5 | 3 | 2 |
| COD_Mn/(mg/L) | 2 | 4 | 6 | 10 | 15 |
| BOD_5/(mg/L) | 3 | 3 | 4 | 6 | 10 |
| TN/(mg/L)(湖、库,以 N 计) | 0.2 | 0.5 | 1.0 | 1.5 | 2.0 |
| TP/(mg/L) | 0.02 | 0.1 | 0.2 | 0.3 | 0.4 |
| (以 P 计) | (湖、库 0.01) | (湖、库 0.025) | (湖、库 0.05) | (湖、库 0.1) | (湖、库 0.2) |
| 可溶性有机物 | | | | | |
| 溶解性总有机碳 | | | | | |

## 1.5　太湖水体水质状况及时空分布

太湖南北长 68.5km,东西平均宽 34km,最宽处 56km,湖泊平均水深 1.89m,最大水深 2.6m,是一个典型的浅水型湖泊或积水洼地。具体湖泊物理参数如表 1-4 所示(秦伯强等,2004)。

**表 1-4　太湖水体形态特征**

| 湖泊面积 /km² | 实际水域 面积/km² | 补给系数 | 湖岸线 总长度/km | 湖泊长度 /km | 平均宽度 /km | 平均水深 /m | 最大水深 /m | 容积/ 10⁸ m³ | 年交换系数 |
|---|---|---|---|---|---|---|---|---|---|
| 2427.8 | 2338.0 | 15.8 | 405 | 68.5 | 34 | 1.89 | 2.6 | 47.0 | 1.18 |

东部沿岸带和东太湖水质为Ⅲ类,占总评价面积的 16.5%;梅梁湖、五里湖和竺山湖水质为Ⅴ类,占评价面积的 8.2%;其余湖区水质为Ⅳ类,占评价面积的 75.3%,主要超标项目为总磷、高锰酸盐指数和五日生化需氧量;贡湖、东太湖、东部沿岸带为中营养水平,占太湖总面积的 29.3%;其余湖区均为富营养水平,占评价面积的 70.7%;与 2000 年相比,富营养化程度有所减轻(2001 年中国水资源公报)。太湖水质恶化与富营养化使得湖泊中水生生物种类减少,生物多样性受到破坏。水生高等植物面积大幅度缩减,群落组成愈渐简单,仅剩下零星的芦苇丛和菱草。富营养化导致蓝藻水华大量出现,频次逐年增加,分布范围逐渐向大水面扩展,且蓝藻毒素直接影响饮用水水质,由此可见,太湖是典型的二类水体。

根据 1997~2002 年太湖水质监测资料,分析太湖的 Chl-a、悬浮物等水质参数的时空分布情况。图 1-5 至图 1-10 是 1997~2002 年共 6 年 Chl-a 和悬浮物的月份变化图,每个月份的水质参数浓度取所有监测点的平均值,从图中可以看出每年 Chl-a 浓度的最大值一般出现在 6~10 月份,1997 年 Chl-a 浓度最大值出现在 6 月份,2000 年 Chl-a 浓度的最大值出现在 7 月份,1998 和 2001 年出现在 8 月,1999 和 2002 年出现在 10 月,Chl-a 浓度的最小值一般出现在 12~1 月。从 1997~2002 年监测的历史数据来看,Chl-a 浓度最大值出现在 1997 年的 6 月份,最大值为 130.76μg/L;最小值出现在 2002 年 9 月,最小值为 2.27μg/L。从图中可以看出悬浮物浓度的变化,最大值出现并没有像 Chl-a 那样有规律可循,1997 年悬浮物浓度的最大值出现在 11 月份,1998 年出现在 1 月份,1999 年出现在 4 月份,2000、2001 和 2002 年出现在 3 月份,由此可见,悬浮物浓度最大值一般出现在温度不是很高的春季或冬季,这一点恰恰与 Chl-a 相反,Chl-a 浓度最大值一般出现在炎热的夏季。

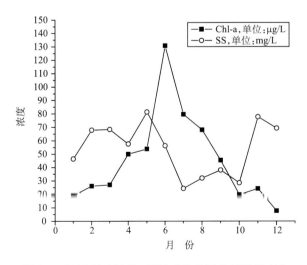

图 1-5　1997 年叶绿素 a(Chl-a)和悬浮物(SS)月变化

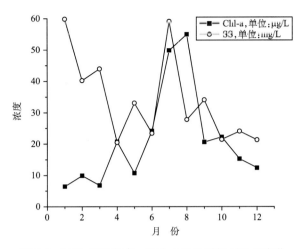

图 1-6    1998 年叶绿素 a(Chl-a)和悬浮物(SS)月变化

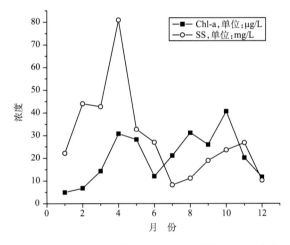

图 1-7    1999 年叶绿素 a(Chl-a)和悬浮物(SS)月变化

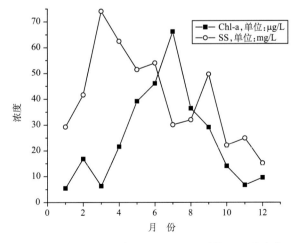

图 1-8    2000 年叶绿素 a(Chl-a)和悬浮物(SS)月变化

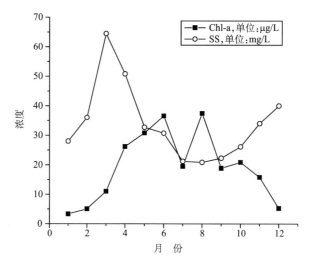

图 1-9　2001 年叶绿素 a(Chl-a)和悬浮物(SS)月变化

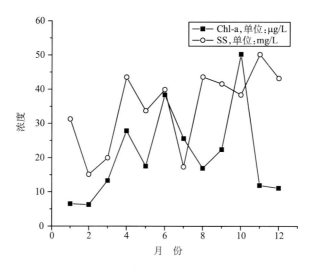

图 1-10　2002 年叶绿素 a(Chl-a)和悬浮物(SS)月变化

从图 1-11 太湖叶绿素(Chl-a)浓度随年度变化图可以看出,1997～2002 年共 6 年间 Chl-a 浓度变化不是很大,1999 年略有下降后,2000～2002 年浓度没有大幅度的上升或下降,但是 2000 年 7 月份的 Chl-a 浓度明显偏高,这是因为 2000 年夏季太湖蓝藻的暴发造成的。图 1-12 是太湖悬浮物的年变化图,从图中可以看出,悬浮物浓度在 1998 年有明显的下降,在 2000 年又有明显的上升,随后的 2001～2002 年保持一个稳定状态。图 1-3 和图 1-14 是太湖营养盐(TN、TP)变化趋势图,从图中可以看出 TN、TP 在 1997～1999 年呈现下降的趋势,1999～2002 年呈现上涨的趋势。图 1-15 是太湖的透明度变化曲线图,透明度是其他多种水质参数共同作用的结果,特别是与悬浮物、Chl-a 等密切相关。悬浮物等参数浓度大时,透明度必然减小,图中显示 2000 年全湖的透明度较其他年份低,这可能是 2000 年太湖悬浮质浓度较高造成的,2001 年有明显的好转。

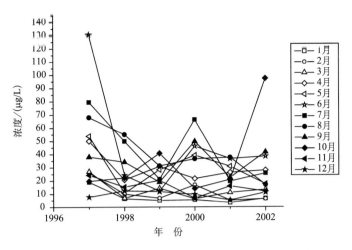

图 1-11 1997～2002 年太湖叶绿素 a(Chl-a)浓度变化

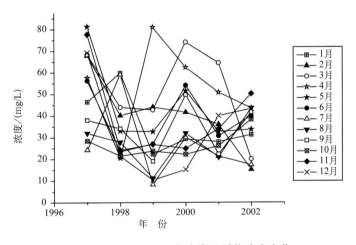

图 1-12 1997～2002 年太湖悬浮物浓度变化

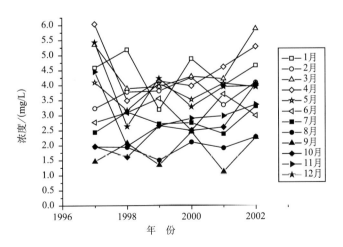

图 1-13 1997～2002 年太湖总氮(TN)变化

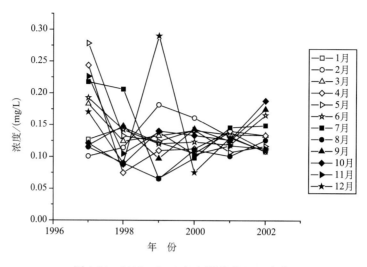

图 1-14　1997～2002 年太湖总磷(TP)变化

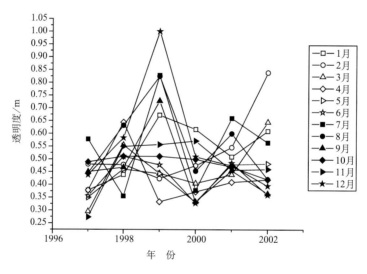

图 1-15　1997～2002 年太湖透明度变化

　　杨桂山等(2003)分析了近 20 年来太湖的水质监测数据,得出太湖主要污染物浓度在近几十年变化中,总体趋势在缓慢的波动中上升,期间经历了 1982 年、1989～1990 年、1992～1993 年和 1997 年等几个峰值,且一次比一次的峰值要高。湖水 TP 浓度上升幅度最大,TN 次之,COD$_{Mn}$ 指数最后。其中,TP 从 1981～2000 年间年均上升 25%;TN 从1981～2000 年间年均上升 11.7%,COD$_{Mn}$ 在 1000～2000 年间年均上升 4.1%。

　　利用 1997～2002 年共 747 个监测点数据进行水质参数间的相关性分析,为了消除量纲的影响,对数据进行标准化,得到相关系数矩阵,见表 1-5。从表 1-5 中可以看出,水质参数 Chl-a 浓度与水温、悬浮物、透明度、COD$_{Mn}$、TN、TP 等参数在 0.01 显著水平下相关关系显著,其中与透明度呈负相关,其他的都呈正相关,与 COD$_{Mn}$ 的相关性最大;太湖的

表 1-5 太湖水质参数间 Pearson 相关系数矩阵

| 项目 | 水温 | 透明度 | 悬浮物 | pH | $COD_{Mn}$ | TN | TP | Chl-a |
|---|---|---|---|---|---|---|---|---|
| 水温 | 1.00000 | −0.02308 | −0.12625 | 0.41522 | 0.16114 | −0.21368 | −0.00889 | 0.36288 |
| 透明度 | | 1.00000 | −0.63094 | −0.07213 | −0.20968 | −0.00079 | −0.08947 | −0.21690 |
| 悬浮物 | | | 1.00000 | 0.03887 | 0.07282 | −0.06484 | 0.02028 | 0.11259 |
| pH | | | | 1.00000 | 0.21967 | −0.42081 | −0.28473 | 0.38349 |
| $COD_{Mn}$ | | | | | 1.00000 | 0.51865 | 0.46496 | 0.70606 |
| TN | | | | | | 1.00000 | 0.65079 | 0.23447 |
| TP | | | | | | | 1.00000 | 0.26748 |
| Chl-a | | | | | | | | 1.00000 |

透明度与悬浮物、Chl-a 在 0.01 显著水平下都呈负相关,与悬浮物的相关性最大为 −0.63094。从表 1-5 中可以看出太湖的营养盐 TN、TP 与 Chl-a 在 0.01 显著水平下呈显著正相关,而与悬浮物浓度相关关系不显著。

# 1.6 太湖水体环境遥感监测实验目标与内容

从上述情况可以看到,目前太湖水体环境监测主要采用基于地面布点采样的物理或化学分析测量的方法进行,技术流程上要经过定期采样→实验室分析→数据报告等诸多环节。由于采样间隔很长,一般为 1 个月,甚至 2 个月,而且水质只代表采样点所在的局部水域,这种离散性、瞬间性、局地性的监测手段缺乏时空上的连续性,很难全面、动态地反演太湖水体环境质量的总体状况。随着国家对太湖流域水体环境监测和污染防治要求的不断提高,水环境监测急需从点上监测向面上监测发展,从静态监测向动态监测发展,从定时监测向连续监测发展。遥感技术的应用正适合了这种发展的需要,它能够有效地配合以点位构成的环境监测网络,实现水体环境的大范围、动态、连续的监测,全方位地反映水环境的时空变化。流域水体污染及生态环境监测与管理是我国环境保护工作的重点,太湖是全国重点治理流域,水网密布,流域水环境及生态状况监测任务十分艰巨。太湖水体环境遥感实验是在国家 863 计划项目"环境遥感监测软件平台与业务运行示范(课题编号:003AA131060)"和国防科技工业民用专项科研计划项目"环境一号小卫星星座应用关键技术研究(项目代号:科工技[2004]186)"的支持下,针对我国流域水体污染及典型生态状况监测的实际需求,以我国流域水环境环境管理需求最迫切的太湖为示范区,探讨水体环境遥感监测信息获取、分析、处理和应用的关键技术,研究流域水体污染遥感监测方法和业务运行技术体系,建立环境遥感监测实验平台系统,并把实验研究成果总结成适于推广的流域水体环境遥感监测的技术体系框架,为示范区流域水环境遥感动态监测提供实用化的手段,为全国水环境遥感研究和应用提供技术示范。根据国家流域水体环境遥感监测需要和"环境遥感监测软件平台与业务运行示范"项目要求,太湖水体环境遥感监测主要包括以下实验内容:

**太湖水体光谱实验** 获取太湖典型水体的光谱剖面和水体水质同步采样系列采样数据,开展太湖水体环境相关指标的光谱分析和可遥感性分析,形成水体光谱数据采集、处理、分析及管理的技术流程。

**太湖水体环境遥感监测方法与模型研究** 研制流域水体污染主要监测指标光谱分析模型、流域水体污染主要监测指标信息反演模型、流域水体污染主要监测指标浓度分布测量模型、流域水体污染分级模型、流域典型生态环境监测指标遥感分类模型、流域生态环境遥感图像处理模型、环境质量数据与遥感数据之间的统计相关模型。

**太湖水体环境遥感监测实验软件平台开发** 开发由数据输入输出子系统、遥感数据处理子系统、数据库子系统、水环境指标监测子系统、水环境遥感数据产品生产与发布子系统组成的太湖水体环境遥感监测实验软件平台系统。该实验平台将支持多源、多尺度的水环境空间数据的管理,具有遥感图像辐射与几何校正、光谱与空间维滤波、图像增强、色彩变换、特征提取和分类识别等图像处理功能、具有水环境遥感指标反演和分析能力,同时具有与网络化 GIS 的接口,能够支持空间数据转换、空间数据编辑、空间查询、空间分析、可视化表达、遥感制图、水环境遥感信息发布与服务。

**太湖水体环境遥感监测应用示范** 利用所研制的太湖水体环境遥感监测实验平台开展太湖水体环境遥感应用,形成包括水体表层温度等值线图、总悬浮物浓度分布图、Chl-a 浓度分布图、水色图、污染源分布图、富营养化指数图、流域环境质量综合评价图等在内的遥感实验数据产品集。

# 第二章 太湖水体环境遥感监测实验基本原理

## 2.1 水体的光学特性

水体光学成分一般包括四种物质,即纯水、有色可溶性有机物(chromophoric dissolved organic matter,CDOM)、浮游植物和非藻类颗粒物(Kirk,1994)。水体生物光学特性的研究包括水体成分的固有光学特性、表观光学特性的定量描述,表观光学特性与固有光学特性之间的关系以及表观光学特性、固有光学特性与各组成物质浓度的关系。

固有光学特性(IOPs)指只与水体组分有关而不随光照条件变化的光学特性,表征水体固有光学特性的参数有纯水、CDOM、浮游植物和非藻类颗粒物光束衰减系数、吸收系数、散射系数、它们的比吸收系数以及体散射系数等。根据 Lambert Beer 定律,水体的总光束衰减系数、吸收系数、散射系数可表示为各种光学成分光束衰减系数、吸收系数、散射系数的线性加和。

表观光学特性(AOPs)是指不但与水体组分有关,而且会随光照条件变化而变化的光学特性,表征表观光学特性的参数有向下辐照度、向上辐照度、向下辐亮度、向上辐亮度、辐照度比、离水辐射率、遥感反射率等,以及这些参数的漫射衰减系数。离水辐射率、归一化离水辐射率、辐照度比、遥感反射率等在水色遥感中是水质遥感的重要参数。

水体的光学分类有很多种,现在用得最多的是由 Morel 和 Prieur(1977)提出,经 Gordon 和 Morel(1983)完善的关于一类和二类水体的分法。一般将光学性质主要有纯水、浮游植物以及它们降解后形成的碎屑和 CDOM 决定的水体称为一类水体,可以从贫营养到富营养,其中最典型的一类水体是大洋开阔水体。二类水体是指光学特性主要由悬浮的沉积物、流域河流携带的颗粒物和 CDOM 决定的水体。典型的二类水体是近岸、河口区域、内陆河流、浅水湖泊等水体,本实验所研究的流域水体属二类水体。

## 2.2 水体的光谱特征

水的光谱特征主要是由水本身的物质组成决定,同时又受到各种水的理化性质的影响。在可见光波段 $0.6\mu m$ 之前,水的吸收少,反射率较低,大量透射。其中,水面反射率约 5% 左右,并随着太阳高度角的变化呈 3%~10% 不等的变化;水体可见光反射包含水表面反射、水体底部物质反射及水中悬浮物(浮游生物或叶绿素、泥沙及其他物质)的反射 3 方面的贡献。对于清水,在蓝—绿光波段反射率 4%~5%,$0.6\mu m$ 以下的红光部分反射率降到 2%~3%,在近红外、短波红外部分几乎吸收全部的入射能量,因此水体在这两个波段的反射能量很小。这一特征与植被和土壤光谱形成十分明显的差异,因而在红外波段识别水体是较容易的。由于水在红外波段（NIR、SWIR）的强吸收，水体的光学特征集中表现在可见光在水体中的辐射传输过程，它包括界面的反射、折射、吸收、水中悬浮物质的多次散射（体散射特征）等。而这些过程及水体"最终"表现出的光谱特征又是由以下因素决定的。包括水面的入射辐射、水的光学性质、表面粗糙度、日照角度与观测角度、气-水界面的相对折射率以及在某些情况下还涉及水底反射光等。

图 2-1 反映了电磁波与水体相互作用的辐射传输过程。

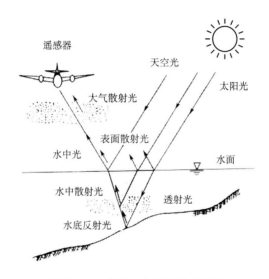

图 2-1　电磁波与水体的相互作用

从图 2-1 中可见，到达水面的入射光 $L$ 包括太阳直射光和天空散射光（天空光），其中约 3.5% 被水面直接反射返回大气，形成表面散射光 $L_s$。这种水面反射辐射带有少量水体本身的信息，它的强度与水面性质有关，如表面粗糙度、水面浮游生物、水面冰层、泡沫带等；其余的光经折射、透射进入水中，大部分被水分子所吸收和散射，以及被水中悬浮物质、浮游生物等所散射、反射、衍射形成水中散射光，它的强度与水的混浊度相关，即与悬浮粒子的浓度和大小有关（随粒径相对于光辐射波长的大小，可以产生瑞利和米氏不同的散射），水体混浊度愈大，水下散射光愈强，两者呈正相关；衰减后的水中散射光部分到达水体底部（固体物质）形成底部反射光，它的强度与水深呈负相关，且随着水体混浊度的增大而减小。水中散射光的向上部分及浅水条件下的底部反射光共同组成水中光或称离水辐射。离水辐射 $L_w$、水面反射光 $L_s$、天空散射光 $L_p$ 共同被空中探测器所接收。

$$L = L_s + L_w + L_p \quad （它们是波长、高度、入射角、观测角的函数）$$

式中，前两部分包含有水的信息，因而可以通过高空遥感手段探测水中光和水面反射光，以获得水色、水温、水面形态等信息，并由此推测有关浮游生物、浑浊水、污水等的质量和数量以及水面风、浪等有关信息。

上述的水体散射与反射主要出现在一定深度的水体中，称之为"体散射"。水体的光谱特性（即水色）主要表现为体散射而非表面反射。所以与陆地特征不同，水体的光谱性质土要是通过透射率,而不仅是通过表面特征确定的,它包含了一定深度水体的信息,且这个深度及反映的光谱特性是随时空而变化的。水色(即水体的光谱特性)主要决定于水体中浮游生物含量(叶绿素浓度)、悬浮固体含量(浑浊度大小)、营养盐含量(黄色物质、溶解有机物质、盐度指标)以及其他污染物、底部形态(水下地形)、水深等因素。大量研究表明,叶绿素、悬浮固体等主要水色要素的垂直分布并非均匀的。水体中的水分子和细小悬浮质(粒径远小于波长)造成大部分短波光的瑞利散射(散射系数与波长的四次方呈反比,波长越短,散射越强),因此较清的水或深水体呈蓝或蓝绿色(清水光的最大透射率出现在 $0.45 \sim 0.55 \mu m$,其峰值波长约 $0.48 \mu m$)。

　　水体环境遥感监测的主要目的是利用传感器在可见光和近红外波段接受到辐射通量值来分析水质参数,进行水质参数的遥感反演,评价水环境质量,为水环境的科学管理提供依据。水体后向散射光和水底的反射光返回到大气中,被传感器所接受,这一部分含有水色信息,是可以用来监测水质的部分,称为离水辐射(water-leaving radiances)。含有水质信息的离水辐射受到水中不同物质的影响(图 2-2),水体中悬浮物、溶解性有机物、叶绿素等物质通过在不同波段的吸收、散射作用,造成一定波长范围反射率的显著不同,这是遥感定量监测水质的基础。水质遥感监测就是通过分析离水辐亮度的特征推导出水中物质的组成及它们的浓度,显然,必须对水中物质的光学特性和介质中的光学过程有比较深入的理解。

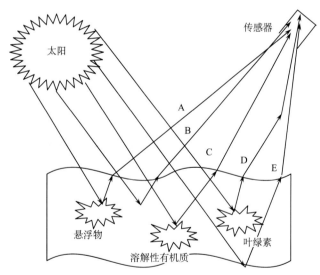

图 2-2　离水辐射受水中物质的影响

A——悬浮物的向上散射作用;B——水分子的向上散射作用;C——溶解性有机质的吸收作用;D——叶绿素的向上散射作用;E——水底的反射作用

## 2.3　水环境遥感基本参数

　　**水面辐亮度($L$):**水体上方实测辐射度,主要包括离水辐射度、经过水气界面反射的天空漫散射辐射度和太阳直射反射的辐射贡献。

$$L = L_w + rL_{sky} + L_{glitter} \tag{2-1}$$

式中，$L_w$ 为离水辐射度；$K_{sky}$ 为天空漫散射辐射度；$r$ 为气-水界面对天空光的反射率，影响因素包括太阳位置、观测角、方位角、风速和风向，经验取值为 $0.021 \sim 0.030$。$L_{glitter}$ 为太阳直射反射辐射度。

**水面实反射率**：水面之上实测反射率，定义为实测水面辐射度与实测参考板辐射度的比值。

**离水辐亮度**：经水-气界面反射和透射后的刚好处于水面之下的向上辐射度。

**归一化离水辐射率**：为了消除不同时间获得的离水辐射度中光照条件的影响，通常引入归一化离水辐射率 $L_{wn}$。

$$L_{wn} = \frac{\overline{F}_0}{E_s} \cdot L_w \tag{2-2}$$

式中，$\overline{F}_0$ 为平均日地距离处的大气层外的太阳辐照度；$E_s$ 为水面入射辐照度，即刚好处于水面之上的向下辐照度 $E_d(0^+)$。

**遥感反射率**：离水辐射与水面入射辐照度的比值

$$R_{rs} = \frac{L_w}{E_s} = \frac{L_{wn}}{F_0} \tag{2-3}$$

**DN 值**：地物反射的辐射亮度穿过大气层，被卫星传感器接收，转换为 DN 值。

**表观反射率**：大气层顶的反射率

$$\rho = \frac{\pi L D^2}{E_{sun} \cdot \cos\theta} \tag{2-4}$$

式中，$\rho$ 为大气层顶表观反射率（无量纲）；$\pi$ 为常量（球面度 sr）；$L$ 为大气层顶进入卫星传感器的光谱辐射亮度 $[W/(m^2 \cdot sr \cdot \mu m)]$；$D$ 为日地之间距离（天文单位）；$E_{sun}$ 为大气层顶的平均太阳光谱辐照度 $[W/(m^2 \cdot \mu m)]$；$\theta$ 为太阳天顶角。

# 2.4　太湖水体主要监测指标的光学特性

### 2.4.1　太湖水体主要监测指标吸收和后向散射特性分析

利用俞宏等（Yu et al.，2004）实测的太湖叶绿素、黄质（溶解性有机质）、悬浮物的吸收特性和散射特性，可估算太湖水体组分（纯水、叶绿素、黄质、悬浮物）的吸收系数和后向散射系数。如图 2-3 和图 2-4 分别给出了 2004 年 6 月某一样点处不同组分的吸收系数和后向散射系数。

### 2.4.2　叶绿素光学特性

叶绿素具有特定的吸收和反射光谱，在 440nm 附近有一吸收峰，在 550nm 附近有一反射峰，在 685nm 附近有较明显的荧光峰。一般说来，随着叶绿素含量的不同，在 $0.43 \sim 0.70\mu m$ 光谱段会有选择地出现较明显的差异。Han 等人在实验室条件测试富含叶绿素

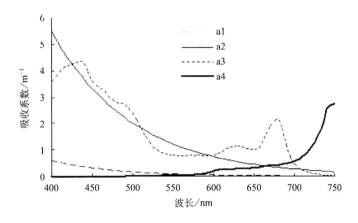

图 2-3　吸收系数

a1、a2、a3、a4 分别为黄质、悬浮物、叶绿素、纯水的吸收系数曲线

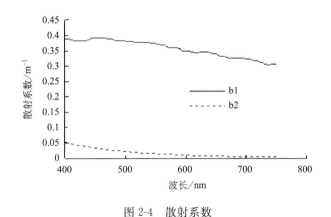

图 2-4　散射系数

b1、b2 分别为悬浮物、纯水的向散射系数曲线,其中纯水的数值放大了 10 倍

的水体反射光谱曲线,发现 550nm 附近和 690~700nm 有明显的反射峰,如图 2-6 所示,550nm 的反射峰(绿光反射峰)主要是因为藻类在绿光区域弱吸收作用造成的,690~700nm 的反射峰是含藻类水体最显著的光谱特征,通常被认为是判断叶绿素存在与否的依据,关于这一峰值出现的原因还没有定论,多数学者认为是由于叶绿素的荧光效应造成的。图 2-6 显示不同叶绿素浓度水面光谱曲线。从图中可见,叶绿素在 440nm 和 670nm 附近都有吸收峰,当藻类密度较高时水体光谱反射率曲线在这两处出现峰值,但同时由于散射作用的影响,对藻类密度变化不敏感。400~480nm 反射辐射随叶绿素浓度加大而降低;在波长 520nm 处出现"节点",即该处的辐射值不随叶绿素含量而变化;550~570nm 范围的反射峰是由于叶绿素和胡萝卜素弱吸收以及细胞的散射作用形成的,该反射峰值与色素组成有关,可以作为叶绿素定量标志(张渊智等,2000);因为藻青蛋白的吸收峰在 624nm 处,所以 630nm 附近出现反射率谷值或呈肩状(疏小舟等,2000);在波长 685nm 附近有明显的荧光峰,这是由于浮游植物分子吸收光后,再发射引起的拉曼效应——进行水分子破裂和氧分子生成的光合作用,激发出的能量荧光化的结果,叶绿素 a 的吸收系数在该处达到最小。685~715nm 范围荧光峰的出现是含藻类水体最显著的光谱特征,其存在与否通常被认

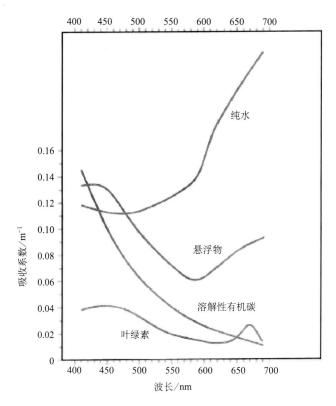

图 2-5　Ontario 湖叶绿素、悬浮物、溶解性有机碳和纯水的吸收系数
（Bukata, 1983）

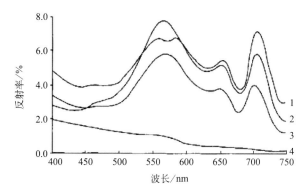

图 2-6　不同叶绿素浓度内陆水体的反射光谱反射率
1——90μg/L；2——70μg/L；3——48μg/L；4——2μg/L

为是判定水体是否含有藻类叶绿素的依据,反射峰的位置和数值是叶绿素 a 浓度的指示。从图 2-6 可知,由于波峰－波谷带宽较窄,为获取这些有指示意义的信息,需要选择的波段间隔不宜宽,最好小于 5nm。随着水体中叶绿素浓度的增加,将引起蓝光波段辐射量的减少和绿光波段及红光波段辐射量的增加。Gitelson（1992）首先观察到叶绿素在 700nm 附近的反射峰的位置随着藻类叶绿素浓度的增大向长波方向移动。

俞宏等(2003)曾计算了太湖梅梁湾口(北纬 31°25.42′,东经 120°12.57′)各参数的吸收系数和散射系数(图 2-7、图 2-8)。可以发现太湖冬、夏两季水体的吸收有很大的差异,这种差异主要表现在短波段,即蓝绿光区(400~550nm)。在较长波区,即橙红光区(600~700nm),差异不明显(除了夏季水型的总吸收谱在 675nm 附近表现出藻类有比较明显的特征吸收外),这一波段水体的吸收主要是纯水的吸收贡献。在蓝绿波段,夏季水体吸收是悬浮粒、黄色物质和藻类的共同作用的结果,而冬季水体的吸收受黄色物质和悬浮粒的影响较大,在蓝绿波区,主要体现这两者的吸收特征。

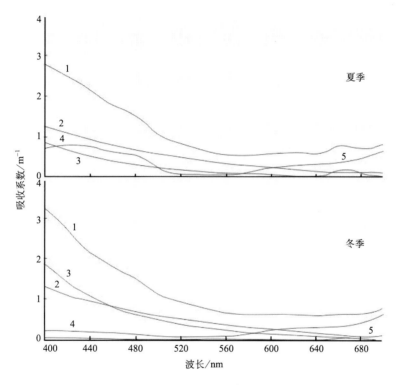

图 2-7　太湖冬夏季水体的吸收系数
1——总吸收谱；2——悬浮颗粒；3——黄色物质；4——浮游藻类；5——纯水

张运林等(2005)在实验室对湖泊水华中占据明显种群优势的微囊藻和淡水水华中常见的栅列藻的固有光学特性进行了测试,通过实验室培养太湖出现的典型藻种——微囊藻和栅列藻,测定 12 种浓度的微囊藻和栅列藻的光束衰减系数和吸收系数,为太湖水色遥感提供吸收系数、比吸收系数(吸收系数除以叶绿素 a 浓度)、散射系数和比散射系数(散射系数除以叶绿素 a 浓度)等基本参数。图 2-9 给出了实验得到的微囊藻和栅列藻吸收系数和比吸收系数,两种藻各浓度的吸收系数的波谱非常相似,440nm、675nm 吸收峰相当明显,尽管各浓度梯度吸收系数差异很大,但比吸收系数几乎没有差异。对实验期间 440nm、675nm 微囊藻和栅列藻吸收系数与叶绿素 a 浓度进行回归分析发现,吸收系数与叶绿素 a 浓度的线性关系非常好,而比吸收系数与叶绿素 a 浓度则基本没有关系。

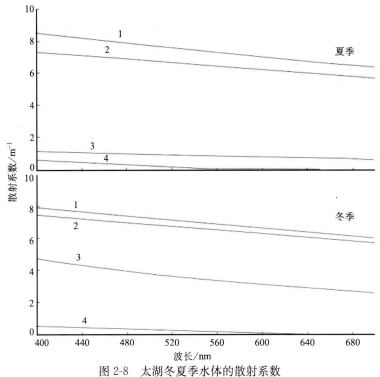

图 2-8　太湖冬夏季水体的散射系数

1——总吸收谱；2——悬浮颗粒；3——黄色物质；4——浮游藻类

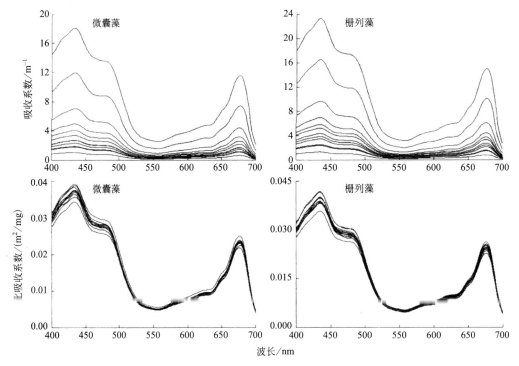

图 2-9　太湖不同叶绿素浓度的微囊藻、栅列藻的吸收系数和比吸收系数

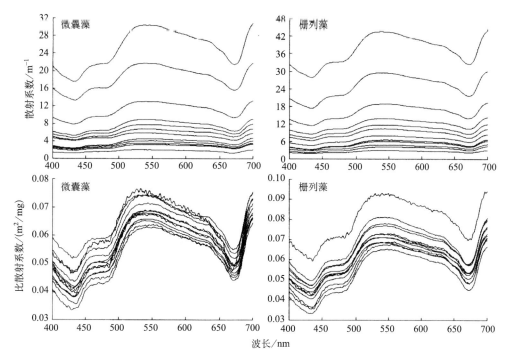

图 2-10 太湖微囊藻、栅列藻的散射系数和比散射系数

图 2-10 为微囊藻和栅列藻的散射系数和比散射系数,其值都要大于吸收系数和比吸收系数。与比吸收系数相比,不同浓度散射系数有一定变化。

### 2.4.3 悬浮物的光学特性

水体中悬浮物质的存在是相当普遍的现象,悬浮物质含量的多少直接影响到光在水体中的传播。河口、近岸海域或内陆湖泊中悬浮物的含量较高。河口区主要表现为悬浮泥沙的作用,而内陆湖泊中还有藻类等死亡后留下的有机物质,也成为悬浮物的一部分。悬浮固体含量不同,对辐射的吸收和散射也不同,因而在遥感影像中就可表现出不同的色调。在卫星遥感图上,可以看到洪水期和枯水期河口泥沙的变化。污染水中泥沙含量增加使水反射率提高,随着水体中悬浮固体浓度的增加及悬浮固体粒径增大,水体反射量逐渐增加,反射峰亦随之向长波方向移动,称为红移。然而由于水体在 $0.93\sim1.13\mu m$ 附近对红外辐射吸收强烈,所以反射通量急剧衰减,反射峰移到 $0.8\mu m$ 附近便终止移动。短波方向小于 $0.6\mu m$ 辐射由于反射通量降低和受水分子瑞利散射效应干扰,不适宜作悬浮固体浓度的判定波段。大量研究表明(图 2-11),650~750nm 是反射率变化最大的波长范围,悬浮物含量从 0~1200nm/L,反射率从 1%上升到 30%(Witte *et al*.,1981,1982;Bhargava and Mariam,1991;Ritchic *et al*.,1976;Holycr,1978;Vertucci and Likens,1998)。因此,可见光和近红外波段是反映固体悬浮物最敏感的波段。很多用遥感计算悬浮物含量的方法,尤其是利用海岸带水色扫描仪(CZCS)AVHRR 数据的方法,都是用可见光和近红外波段(Mertes,1993)。

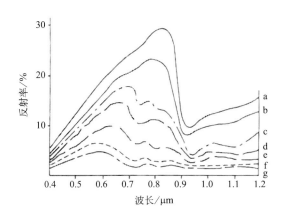

图 2-11　不同悬浮固体浓度水体(a、b、c、d、e、f、g)的反射率

一般地说,随着悬浮物浓度的增加,水体在可见光及近红外波段范围的反射亮度增加,水体由暗变得越来越亮,同时反射峰值波长向长波方向移动,即从蓝→绿→更长波段(0.5μm 以上)移动,而且反射峰值本身形态变得更宽。Mertes (1993)的实际观测数据表明,650~750nm 是反射率变化最大的波长范围,悬浮物含量从 0~1200mg/L,反射率从1%上升到 30%。而且由于黄色物质对较短波长的辐射吸收很强,对波长在 600nm 以上的辐射吸收几乎为零。因此,最适于悬浮固体遥感的波长是 650~750nm。Risovic(2002)等研究发现悬浮物颗粒粒径越小,散射系数越大,相应的反射率越大,模拟实验表明在可见光波段亮色水底对悬浮物水体的光谱反射率影响最大,在 740~900nm 处由于水的吸收作用水底亮度对反射率没有影响;对 18 种不同浓度不同类型不同粒径的悬浮物在 350~2500nm 范围的光谱特征研究结果表明,在 450~700nm 波段范围,悬浮物浓度与反射率是一种对数线性关系,而在 700~1015nm 波段范围呈线性关系。悬浮物的含量、类型、悬浮颗粒大小、水底亮度及遥感器的观测角等都会影响悬浮物的光谱反射率,其中悬浮物浓度、颗粒大小和矿质组成是主要的影响因素 (Risovic, 2002; Gin et al.,2003)。在可见光及近红外波段范围,随悬浮物含量的增加,水体的反射率增加,且随着悬浮物浓度的增大,反射峰位置向长波方向移动;400nm 和 1000nm 之间的波长是计算固体悬浮物最有效的波长范围。

通过分析悬浮物的特征光谱发现随悬浮物浓度的不同,各特征波段反映悬浮物浓度的敏感度不一样:500~600nm 适合估算低浓度的悬浮物,而 700~800nm 适合估算高浓度的悬浮物。实地采样水体悬浮物的浓度从最低的 19.64mg/L 到最高的 86mg/L。因此可选择 35mg/L 的浓度作为分界点进行划分。利用分段回归分析法估算的悬浮物浓度结果精度有了很大的改进,拟合度也有了很大的提高,特别是对于归一化数据和包络线去除数据而言,改进的较多。实验证明,采用分段进行悬浮物浓度的遥感估算是可行的。

悬浮物的光谱吸收是水体的固有光学特性,是水质遥感的生物-光学模型的基本参数。悬浮物总体上由无机颗粒物和有机颗粒物组成。将悬浮物置于 550℃的马福炉中灼烧 6 小时,残留的部分为无机颗粒物,主要是碎屑矿物、黏土矿物等,烧失的部分为有机颗粒物,主要是浮游植物、浮游动物残体。悬浮物在紫外波段区域和波长大于 700nm 的区域,吸收性能随着波长的增加而增加。悬浮物浓度的增加,将导致整个波长反射率的增加,这主要是因为悬浮物散射特性造成的。在红光波段,悬浮物浓度＞10mg/L 时,反射率与浓度呈线性相关。悬浮物的散射特性与悬浮物颗粒的大小、成分的组成、表面的粗糙度以及色泽密切相关。例如,对于含有机物质较多的黏土颗粒,在各个波长的反射率值就比光泽较好的淤泥颗粒小 10％左右。随着悬浮物中矿物质成分的增加,在 580～690nm 和近红外波段的反射率值也随之增加。

张运林等(2005)对 2004 年夏季和冬季分别对太湖不同湖区进行多次采样,采用定量滤膜技术(QFT)测定悬浮物的光谱吸收系数,分别得到总悬浮颗粒物、非藻类颗粒物的吸收系数,并用总悬浮颗粒物吸收系数减去非藻类颗粒物吸收系数得到浮游植物吸收系数(图 2-12、图 2-13)。

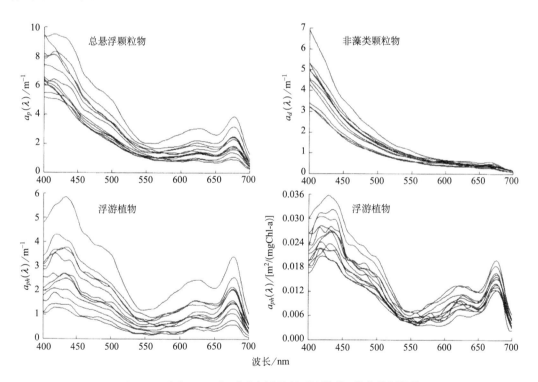

图 2-12　太湖 2004 年夏季实测总悬浮颗粒物、非藻类颗粒物
吸收系数、浮游植物吸收系数及浮游植物比吸收系数

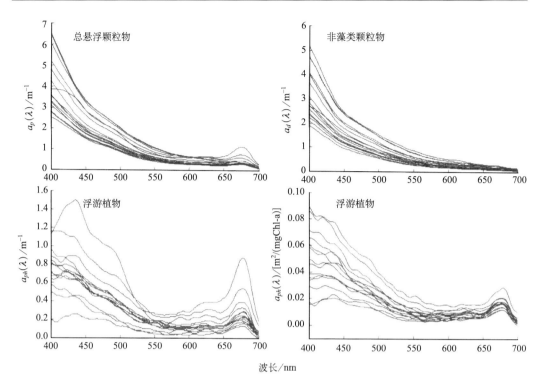

图 2-13　太湖 2004 年冬季实测总悬浮颗粒物、非藻类颗粒物、
浮游植物吸收系数及浮游植物比吸收系数

### 2.4.4　有色可溶性有机物(CDOM)的光学特性

CDOM,又称黄色物质,存在于所有水体中,它是溶解性有机物库的重要组成部分,由腐质酸、芳烃聚合物等一系列物质组成,主要是土壤和水生植物降解的产物(Kirk,1994),在内陆水体和海湾沿岸带 CDOM 以河流陆源排放为主。CDOM 代表水体内一类重要的光吸收物质,CDOM 的吸收光谱从紫外到可见光随波长的增加呈指数下降,方程2-5 用来表示 CDOM 吸收随波长的变化(Bricaud et al.,1981)。

$$a(\lambda) = a(\lambda_0)\exp\left[S(\lambda_0 - \lambda)\right] \qquad (2-5)$$

式中,$a(\lambda)$ 是吸收系数($m^{-1}$);$\lambda$ 是波长(nm);$\lambda_0$ 是参照波长(nm);一般取 440nm;$S$ 是指数函数斜率参数。指数函数斜率 $S$ 值表征 CDOM 吸收系数随波长增加而递减的参数,其与 CDOM 浓度无关,但与 CDOM 组成及波段的选择有关。Bricaud 等(1981)发现 $S$ 值在 $10\mu m^{-1}$ 到 $20\mu m^{-1}$ 间变化,平均值为 $14\mu m^{-1}$,这也是海洋水色遥感生物—光学模式中常使用的值。但认为由于颗粒物质的散射,需要在上式中加入背景散射项 $K$.

$$a(\lambda) = a(\lambda_0)\exp\left[S(\lambda_0 - \lambda)\right] + K$$

得到淡水湖泊中的 $S$ 值在 $10\sim25\mu m^{-1}$ 间,平均值为 $17.7\pm0.8\mu m^{-1}$。

在 CDOM 光吸收特性研究中,除指数函数斜率 $S$ 外,另一个重要的参数是 CDOM 比

吸收系数　　单位 DOC 浓度的 CDOM 吸收系数,表征的吸收能力随不同水体变化而变化。许多研究表明,CDOM 吸收系数与 DOC 浓度之间存在显著正相关,并可以用这些相关式来模拟 DOC 浓度的变化(Seritti *et al*. ,1998;Rochelle & Fisher,2002),但必须注意到这些关系式的系数存在区域性,随水体生物光学特性变化而变化。

## 2.5　水体环境遥感监测方法及进展

### 2.5.1　基本原理

地物波谱特性反映地物本身的属性和状态,不同地物,波谱特性不同。水体的光谱特征是由其中的各种光学活性物质对光辐射的吸收和散射性质所决定。通过遥感系统量测一定波长范围的水体辐射值得到的水体光谱特征是遥感监测水体水质的基础。遥感获取水质参数的方法是通过分析水体吸收和散射太阳辐射能形成的光谱特征实现的。如图 2-14 所示,在晴朗天空的大气条件下,进行水体遥感时传感器所获取到的信息主要有:水体出水辐射、天空光的水面反射、大气程辐射(包括气体分子散射即

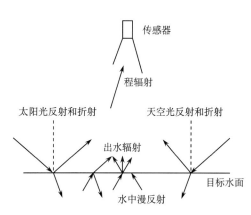

图 2-14　水环境遥感原理

瑞利散射、气溶胶散射、气溶胶与气体分子之间的相互作用)。由于航天传感器往往以垂直或者近似垂直向下的角度获取信息,太阳光的反射可以忽略;水面以上的光谱辐亮度信号组成是

$$L_{sw} = (L_W + rL_{sky}) * T_1 + \Delta L \tag{2-6}$$

式中,$L_{sw}$ 是总信号;$L_W$ 是进入仪器的水体出水辐射(进入水体的光被水体散射回来);$rL_{sky}$ 是水面反射进入仪器的天空光信号;$L_{sky}$ 是天空光辐射;$r$ 是气水界面反射率;$T_1$ 是水面到传感器的大气透过率,其中天空光信号没有任何水体信息;$\Delta L$ 是大气的程辐射进入仪器的能量,大气程辐射实际就是直接进入传感器的天空光(Gregg,1993;Deschamps,1983;Gordon,1994;Wang ,1999)。

透射地球大气的太阳辐射到达气水界面,一部分被反射;另一部分折射进入水体内部,这部分入射光在水面下被多种分子选择吸收和散射。正常情况下,水体中影响光谱反射率的物质主要有三类:①浮游植物,主要是各种藻类;②由浮游植物死亡而产生的有机碎屑以及陆生或湖体底泥经再悬浮而产生的无机悬浮颗粒,总称为非色素悬浮物(以下简称悬浮物);③由黄腐酸、腐殖酸等组成的溶解性有机物,通常称为黄色物质。在这几种物质中,除了悬浮物在其自然浓度条件下对光不发生明显吸收外,其余两种物质分别选择吸收一定波长范围的光,形成各自的特征吸收波谱。同时,这些物质对光的散射使光改变方向,其中后向散射光与水底的反射光一起返回水面,通过水气界面回到大气中,是可

以遥测到的部分。如果水体受到一定程度的污染,那么水面的(如油污、藻类)、水中的污染物质也会影响光谱的反射率。水体因为各组分及其含量的不同造成水体吸收和散射的变化,使一定波长范围反射率显著不同,是定量估测内陆水体水质参数的基础。通过辐射值估测水中组分含量一般有三种方法,即理论方法、经验方法和半经验方法。

### 2.5.2　分析方法

分析方法是根据水中光场的理论模型来确定水体组分吸收系数,后向散射系数与表面反射率的关系,从而得到水中各组分的含量。它主要是利用生物光学模型来描述水质参数与离水辐亮度或反射光谱之间的关系,同时利用辐射传输方程来模拟太阳光经过水和大气时被散射和吸收情况。水表面下的辐照度比值与吸收系数和后向散射系数之间的数学关系如方程 2-7 所示:

$$R(0,\lambda) = f \frac{b_b(\lambda)}{a(\lambda) + b_b(\lambda)} \qquad (2\text{-}7)$$

式中,$R(0,\lambda)$ 是水表面波长为 $\lambda$ 时的向上辐照度与向下辐照度的比值;$a(\lambda)$ 是波长为 $\lambda$ 时的吸收系数;$b_b(\lambda)$ 是波长为 $\lambda$ 时的后向散射系数。$f$ 为可变参数。其中 $a(\lambda)$、$b_b(\lambda)$ 是水中各种成分贡献的线性和:

$$a(\lambda) = a(\lambda)_{(w)} + \sum_{i=1}^{n} a(\lambda)_i \qquad (2\text{-}8)$$

$$b_b(\lambda) = b_b(\lambda)_{(w)} + \sum_{i=1}^{n} b_b(\lambda)_i \qquad (2\text{-}9)$$

$i=1,2,3,\cdots,n$; $n$ 为成分数。

一般来说只考虑叶绿素(以 C 表示)、悬浮物(以 X 表示)、黄色物质(以 Y 表示),则式 2-8、2-9 可写成

$$a(\lambda) = a(\lambda)_{(w)} + a(\lambda)_{(C)} + a(\lambda)_{(X)} + a(\lambda)_{(Y)} \qquad (2\text{-}10)$$

$$b_b(\lambda) = b_b(\lambda)_{(w)} + b_b(\lambda)_{(C)} + b_b(\lambda)_{(X)} \qquad (2\text{-}11)$$

(黄色物质的后向散射可以忽略不计)

显然,各成分的吸收系数和后向散射系数与其浓度有关,可以把公式 2-10、2-11 写成下式:

$$a(\lambda) = a(\lambda)_{(w)} + Ca^*(\lambda)_{(C)} + Xa^*(\lambda)_{(X)} + Ya^*(\lambda)_{(Y)} \qquad (2\text{-}12)$$

$$b_b(\lambda) = b_{bw}b_{(w)}(\lambda) + b_{bc}b_{(C)}(\lambda) + b_{bx}b_{(X)}(\lambda) \qquad (2\text{-}13)$$

式中,$a(\lambda)_{(w)}$ 为纯水的吸收系数;$C$ 为叶绿素浓度;$a^*(\lambda)_{(C)}$ 为其在波长为 $\lambda$ 时的单位吸收系数;$X$ 为悬浮物浓度,$a^*(\lambda)_{(X)}$ 为其在波长为 $\lambda$ 时单位吸收系数;$Y$ 为黄色物质的浓度,$a^*(\lambda)_{(Y)}$ 为其在波长为 $\lambda$ 时的单位吸收系数。$b_{(w)}$ 为纯水的体散射系数(Volume Scattering Coefficient),$b_{bw}$ 为纯水的后向散射比例,$b_{(C)}$ 为叶绿素的体散射系数,$b_{bc}$ 为叶绿素的后向散射比例;$b_{(X)}$ 为悬浮物的体散射系数,$b_{bx}$ 为悬浮物的后向散射比例。

因此,在已知三种物质的散射特性(散射系数)和吸收特性(吸收系数)条件下,就可以根据其浓度模拟出不同组分水体的地面反射光谱或大气顶部(TOA, top of atmosphere)的反射光谱。反之,当已知不同波段的地面反射率或大气顶部的反射率时,通过建立线性

方程组,就可以求出相对应的 $X$、$Y$、$C$ 值,这种方法一般称为代数法,Carder 等(1999)利用了这种方法成功地反演了叶绿素的浓度,反演精度令人满意。

Bukata 等(1981)、Roesler 和 Perry (1995)、Garver 和 Siegel (1997)和 Lee 等(1999)利用非线性优化的方法求出 $X$、$Y$、$C$ 的值。他们把不同的 $X$、$Y$、$C$ 值作为输入,计算辐亮度值,然后计算实际辐亮度值(由卫星传感器测得)与模型推导出的辐亮度值的差值 $x^2$,如公式 2-14 所示,不断地调整 $X$、$Y$、$C$ 值,使得 $x^2$ 最小,这时 $X$、$Y$、$C$ 值即为所求的水质参数值。式(2-14)中,$L_{sat}$ 为传感器测得的辐亮度值;$L_{mod}$ 为通过模型模拟出的辐亮度值。

$$x^2 = \sum_{\lambda}(L_{sat} - L_{mod})^2 \tag{2-14}$$

Sathyendranath 等(1989)和 Lahet 等(2000)通过建立三要素反射模型(three-component reflectance model)来反演近海岸水体的叶绿素浓度和西班牙北部的埃布罗河(Ebro River)的叶绿素浓度。Kondratyev 等人(1998)利用生物光学模型的方法对 Ladoga 湖的叶绿素、悬浮物、黄色物质的浓度进行了反演,取得了较理想的结果。Vos 等人(2003)对荷兰境内的 Ijssel 河和 Marken 湖进行了不同平台的水质遥感监测,利用 SeaWiFS 数据、航空传感器 EPS-a 数据以及用光谱仪 PR-650 准实时测得的水面反射光谱率数据,根据实测的离水辐亮度建立相应的生物光学模型,求解 $X$、$Y$、$C$ 的值,结果表明利用 EPS-a 的 8 个波段数据反演 Ijssel 河的悬浮物的精度最高,RMSE(relative root-mean square error)为 0.24;其次是用 EPS-a 的 15 个波段数据,RMSE 为 0.30;最差的是 SeaWiFS 数据,RMSE 高达 0.38;而对 Marken 湖悬浮物浓度的反演,SeaWiFS 的反演精度最高,RMSE 为 0.25,EPS-a 的 8 个波段数据、EPS-a 的 15 个波段数据,以及 PR-650 数据的反演精度相差不大,RMSE 为 0.30 左右。

分析方法建立水质遥感反演模型的主要优势在于模型中的各参数具有明确的物理意义,水质参数反演结果可靠,稳定性好,适用性强,反演精度高,通过传感器测得遥感反射率或辐亮度值就可计算出水中各组分的含量,并能够对误差传递过程进行分析,同时不需要现场大量的实测数据。其缺点在于模型建立之初需要测量的数据参数较多,包括水体的固有光学特性、表观光学特性及水质参数值等,特别是固有光学参数的测量对设备和条件要求较高。

### 2.5.3　经验方法

经验方法是伴随着多光谱遥感数据应用于水质监测而发展起来的一种方法。经验方法基于经验或遥感波段数据和地面实测数据的相关性统计分析,选择最优波段或波段组合数据与地面实测水质参数值,通过建立光学测量值与地面监测的水质参数之间的统计关系来计算水质参数值。最为常用的波段比值方程如公式 2-15 所示

$$C = a\left(\frac{L_u(\lambda_i)}{L_u(\lambda_i)}\right)^b + \gamma \tag{2-15}$$

式中,$C$ 为水质参数(例如叶绿素浓度、悬浮物浓度等);$\lambda_i$ 为波段 $i$ 的反射率或辐亮度值;系数 $a$、$b$、$\gamma$ 值随着用于建立回归方程实验数据的不同而不同。

早在 20 世纪 80 年代初, Sathyendrananth 等(1983)就在他们的著作中详细地介绍了经验模型在水质监测中的应用。Carpenter 等人(1983)利用 Landsat 的 MSS 数据, 分析了澳大利亚境内的三个不同富营养化程度的湖泊水质状况, 建立了不同波段的灰度值与湖泊水质参数之间的回归方程。Carpenter 还把卫星的过境时间和当时的太阳高度角也作为回归方程的参数, 取得了较好的精度。Verdin 等(1985)利用 4 景不同时相的 MSS 数据来分析美国境内 Flaming Gorge 水库水质的状况。Verdin 通过大气校正获得不同波段的水面反射率, 从而与水质参数之间建立相应的回归方程, 结果表明, MSS6 的反射率与叶绿素有着较高的相关系数($R^2=0.74$)。Ritchie (1987)利用 MSS 数据估测了美国密西西比地区月亮湖的悬浮物浓度, Ritchie 把 MSS 不同波段的灰度值分别转换成辐亮度值、遥感反射率值, 再与地面实测的悬浮物浓度建立回归方程, 研究表明利用反射率建立回归方程时, MSS 3 的反射率值与悬浮物浓度的相关关系最好, $R^2$ 值可达 0.84, 用辐亮度值建立回归方程时, MSS2 的辐亮度值与悬浮物浓度的相关性最好($R^2=0.69$), 利用灰度值时, MSS2 的灰度值与悬浮物的浓度关系最好($R^2=0.66$)。Dekker(1993)通过不同时期的 TM 数据分析了荷兰境内富营养化湖泊 Loosdrecht 湖的水质状况, 得出悬浮物浓度与 TM2 的相关关系最高($R=0.96$), 叶绿素浓度值与 TM2 的相关性也最大($R=0.93$)。Baban(1993)利用 TM 图像监测了英国境内 Norfolk 平原地区的 44 个浅水湖泊的水质, 分析了 TM 不同波段组合(加、减、乘、除)与水质参数之间的相关关系、得出 TM3/TM1 与叶绿素浓度的相关关系最大($R=0.71$)。Tassan(1997)利用 Landsat-5 TM 数据监测了亚得里亚海的北部海湾和意大利境内大的河流的叶绿素和悬浮物含量, 结果表明叶绿素浓度的对数[$\lg(C)$]与 TM1/TM2 的对数[$\lg$(TM1/TM2)]有着非常好的相关关系($R=-0.95$), 悬浮物浓度的对数[$\lg(S)$]与 TM2 的对数[$\lg$(TM2)]具有较高的相关性($R=0.92$)。北京大学王学军等(2001)分析了 14 种 TM 波段组合与太湖水质参数(叶绿素、悬浮物、总氮、总磷、溶解性有机氧、生化需要氧量、透明度、COD 等)之间的相关关系, 并对 TM 数据进行主成分分析; 研究结果表明, 透明度、总氮、总磷、悬浮物、溶解性有机氧、生化需要氧量、COD 分别与第一主成分、TM2/TM1、TM1+TM2、(TM3+TM4)/(TM1+TM2)、(TM1−TM2)/TM1、TM2/TM3 高度相关, 并建立了相应的回归方程用于估算水质参数。Darecki 等(2003)利用海洋水色卫星(SeaWiFS)监测了爱尔兰西部海岸和南波罗的海(二类水体), 根据不同时期(3 月和 5 月、4 月和 8 月)和地点(爱尔兰西海岸和南波罗的海)分别建立了相应的回归方程, 结果表明在同一地区不同时期的回归方程系数差别较大, $R^2$ 值也有着很大的差别, 最大可差 0.33; 在同一时间(或相近时间)不同地点的回归方程也存在较大的差别, 分时间分地点建立相应的回归方程, 明显提高了水质参数的反演精度。Lathrop 等人(1986)、Sima Bagheri (1990)、Topliss (1990)、Ekstrand (1992)、Gitelson (1993) 等也利用不同的遥感数据, 采用不同的波段比值, 反演了叶绿素、悬浮物等水质参数, 取得了较好的效果。

经验模型是一种简单、易用的模型, 它可通过选择适当的波段组合或建立相对复杂的回归方程, 来提高二类水体的水质参数的反演精度, 但经验模型的缺陷也是显而易见的: ①经验模型受到地区和时间的限制, 不具备通用性, 针对不同的湖泊、不同季节的监测都要建立相应的模型; ②经验模型需要有大量的实时水质采样数据作为基础, 这样建立的模型才具有可靠的精度;③经验模型根据实验数据的不同只能反演一定范围内的水质参数值,在一定范围之内,经验模型有着很好的反演精度,超出这个范围,经验模型反演的误差将明显增大;④经验模型很难完成针对不同误差源所产生的误差的系统敏感性分析。

　　一般来说内陆湖泊都是二类水体,它们的水体光谱特征非常复杂,内陆水体组分的相互影响,光谱反射率(或辐亮度值)与水体组分之间的关系,并不能用简单的线性关系来表示。国内外一些专家采用神经网络模型提高了水质反演的精度。Keiner 等(1998)构建了一个具有两个隐含节点的两层 BP 神经网络模型,把 TM1、TM2、TM3 三个波段的辐亮度值作为输入,叶绿素浓度和悬浮物浓度作为模型的输出。结果表明,神经网络模型反演的水质参数值误差(RMS)<10%,而用统计回归模型反演的水质参数值误差(RMS)>25%。Buckton 等(1999)、Schiller 等(1999)利用 MERIS (medium resolution imaging spectrometer)数据和两层 BP 神经网络模型反演了叶绿素、悬浮物、溶解性三个水质参数,得出神经网络模型完全可以用来反演一类水体和二类水体的水质参数,反演精度远高于统计回归模型,而且所建立的神经网络反演模型具有非常好的抗干扰能力。Gross 等(1999)利用 SeaWiFS 数据和 BP 神经网络模型反演了近海岸水体的叶绿素浓度,也取得非常好的效果。Karul 等(2000)、Thiemann 等(2000)、Zhang Yuanzhi 等(2002)也作了类似的研究,取得了令人满意的反演精度。在国内,詹海刚(2000)等人利用 SeaWiFS 数据和 2 输入(NN2)、4 输入(NN4)的两种不同的神经网络模型反演二类水体的叶绿素浓度,并和 SeaBAM (SeaWiFS Bio-optical Algorithm Mini-Workshop)统计算法 OC2 与 OC4 相比较。研究表明,NN4 模型的反演精度最高,均方根差(RMS)为 0.195;其次是 NN2 模型,RMS 为 0.229;最差的是 OC2 模型,RMS 为 0.352。张亭禄等人(2002)构造了一个具有 4 个输入节点,5 个隐含节点和一个输出节点的两层 BP 神经网络模型反演二类水体的叶绿素浓度,也得出了相同的结论。王建平等人(2003)利用 TM 影像和人工神经网络模型反演了鄱阳湖的水质参数,把 TM 数据的 5 个波段(TM1~TM5)作为神经网络模型的输入,悬浮物、$COD_{Mn}$、溶解氧、总氮、总磷、叶绿素等 6 个水质参数作为输出,研究结果表明,人工神经网络反演模型能较好地通过遥感影像实现湖泊水质参数的反演,反演误差基本能控制在 25% 以下。

### 2.5.4　半经验方法

　　半经验方法是随着高光谱遥感技术在水质监测中的应用发展起来的。半经验方法根据非成像光谱仪或机载成像光谱仪测量的水质参数光谱特征选择估算水质参数的最佳波段或波段组合,然后选用合适的数学方法建立遥感数据和水质参数间的定量经验性算法。半经验方法是自 20 世纪 90 年代以来最常用的水质遥感监测方法。国内外很多学者利用这种方法对湖泊、水库的水质参数如总悬浮物、叶绿素 a、黄色物质以及与之相关的可见度、浑浊度进行监测和评价,并且得到了较高的监测精度。半经验方法在分析需要预测水质参数的光学特征的基础上,将已有信息与统计模型相结合,它兼顾到水体组分的生物光学特性和实测数据两方面,提高了反演模型的置信度。

　　遥感技术作为一种间接的监测方法,通过获取不同时段的图像,可以快速有效地实现对大范围水体环境状况的分析和评价。近年来的研究主要集中在如下几个方面:一是对水本身的研究,例如水质参数的量化问题(Liu,2003),自然水色与光谱测量数据的关系问题(Pozdnyakov,1998)。近年则深入到研究水中光谱的变化和光学特征,并试图建立更精确的水质参数遥感模型(Pettersson,2002;Darecki,2003)。二是对水质与遥感数据之间关系的研究,例如,Pettersson(1998)使用可见光部分的研究数据研究水质,Koponen(2000)使用航空多色光谱仪对湖泊水质进行了分类。此外,Stromberck(2002)使用25年的连续数据,建立了水质参数与光学参数的关系模型,并得到了较好的结果。三是用遥感数据研究陆地和水体的生产力和水生生态系统,前者主要是Bastiaanssen(1999)的工作;后者则对水生生态系统的研究,认为污染的生态系统可以通过水面反射光谱的亮度进行评价(Nikanorov,2003)。四是从空间关系的角度进行研究,即将研究从传统的观测数据的研究扩展到研究水质与景观格局的关系,并且用景观格局参数来解释水质的参数,这种研究对于大尺度的水体监测很有意义。Griffith(2002)对此景观水质研究中图形技术和遥感数据的应用进行了总结。五是采样问题。任何研究的结论均与数据有关,而数据的性质又受采样的影响。对于水质研究中的空间采样问题,直到2001年才比较深入(Hedger,2001),并得出了一些有益的结论。

目前,内陆水体环境遥感已从最初的水域识别逐渐发展到水质参数监测、制图和预测。随着遥感技术的不断发展和对水质参数光谱特征及算法研究的不断深入,水体环境遥感正逐渐从定性发展到定量监测,可遥感监测的水质参数种类逐渐增加。目前内陆水体环境遥感研究与应用主要集中在叶绿素a浓度、悬浮物浓度、黄色物质等方面。

经验方法与半经验方法的关键部分都是对遥感数据进行适当的统计分析来得到水质参数的估测值。常用的统计方法有:线性回归、多元线性回归、逐步多元线性回归、对数线性回归、聚类分析、多项式回归、贝叶斯分析、灰色系统理论和主成分分析等。一些典型的统计模型参见表2-1。

**表 2-1　常用水质反演统计模式**

| 算法 | 类型 | 结果公式 | 波段比值与公式系数 |
|---|---|---|---|
| Global Processing | Power | $C_{13}=10^{(a_0+a_1\times R_1)}$<br>$C_{23}=10^{(a_2+a_3\times R_1)}$<br>$[C+P]=C_{13}$;<br>if $C_{13}$ and $C_{23}>1.5\mu g/L$<br>then $[C+P]=C_{23}$ | $R_1=\lg(L_{wn443}/L_{wn550})$<br>$R_2=\lg(L_{wn520}/L_{wn550})$<br>$a=[0.053,\ -1.705,\ 0.522,\ -2.440]$ |
| Clark 3-band | Power | $[C+P]=10^{(a_0+a_1\times R)}$ | $R=\lg((L_{wn443}+L_{wn520})/L_{wn550})$<br>$a=[0.745,\ -2.252]$ |
| Aiken-C | Hyperbolic+ Power | $C_{21}=\exp(a_0+a_1\ln R)$<br>$C_{23}=(R+a_2)/(a_3+a_4\times R)$<br>$C=C_{21}$;<br>if $C<2.0\mu g/L$<br>then $C=C_{23}$ | $R=L_{wn490}/L_{wn555}$<br>$a=[0.464,-1.989,-5.29,0.719,-4.23]$ |
| Aiken-P | Hyperbolic+ Power | $C_{22}=\exp(a_0+a_1\ln R)$<br>$C_{24}=(R+a_2)/(a_3+a_4\times R)$<br>$[C+P]=C_{22}$;<br>if $[C+P]<2.0\mu g/L$<br>then $[C+P]=C_{24}$ | $R=L_{wn490}/L_{wn555}$<br>$a=[0.696,-2.085,-5.29,0.592,-3.48]$ |

续表

| 算法 | 类型 | 结果公式 | 波段比值与公式系数 |
|---|---|---|---|
| OCTS-C | Power | $C = 10^{(a_0 + a_1 \times R)}$ | $R = \lg[(L_{wn520} + L_{wn565})/L_{wn490}]$ <br> $a = [-0.55006, 3.497]$ |
| OCTS-P | Multiple regression | $[C+P] = 10^{(a_0 + a_1 \times R_1 + a_2 \times R_2)}$ | $R_1 = \lg(L_{wn443}/L_{wn520})$ <br> $R_2 = \lg(L_{wn490}/L_{wn520})$ <br> $a = [0.19535, -2.079, -3.497]$ |
| POLDER | Cubic | $C = 10^{(a_0 + a_1 \times R + a_2 \times R^2 + a_3 \times R^3)}$ | $R = \lg(R_{rs443}/R_{rs565})$ <br> $a = [0.438, -2.114, 0.916, -0.851]$ |
| CalCOFI 2-band Linear | Power | $C = 10^{(a_0 + a_1 \times R)}$ | $R = \lg(R_{rs490}/R_{rs555})$ <br> $a = [0.444, -2.431]$ |
| CalCOFI 2-band Cubic | Cubic | $C = 10^{(a_0 + a_1 \times R + a_2 \times R^2 + a_3 \times R^3)}$ | $R = \lg(R_{rs490}/R_{rs555})$ <br> $a = [0.450, -2.860, 0.996, -0.3674]$ |
| CalCOFI 3-band | Multiple regression | $C = \exp(a_0 + a_1 \times R_1 + a_2 \times R_2)$ | $R_1 = \lg(R_{rs490}/R_{rs555})$ <br> $R_2 = \lg(R_{rs510}/R_{rs555})$ <br> $a = [1.025, -1.622, -1.238]$ |
| CalCOFI 4-band | Multiple regression | $C = \exp(a_0 + a_1 \times R_1 + a_2 \times R_2)$ | $R_1 = \lg(R_{rs443}/R_{rs555})$ <br> $R_2 = \lg(R_{rs412}/R_{rs510})$ <br> $a = [0.753, -2.583, 1.389]$ |
| Morel-1 | Power | $C = 10^{(a_0 + a_1 \times R)}$ | $R = \lg(R_{rs443}/R_{rs555})$ <br> $a = [0.2492, -1.768]$ |
| Morel-2 | Power | $C = \exp(a_0 + a_1 \times R_1)$ | $R = \lg(R_{rs490}/R_{rs555})$ <br> $a = [1.077835, -2.542605]$ |
| Morel-3 | Cubic | $C = 10^{(a_0 + a_1 \times R + a_2 \times R^2 + a_3 \times R^3)}$ | $R = \lg(R_{rs443}/R_{rs555})$ <br> $a = [0.20766, -1.82878, 0.75885, -0.73979]$ |
| Morel-4 | Cubic | $C = 10^{(a_0 + a_1 \times R + a_2 \times R^2 + a_3 \times R^3)}$ | $R = \lg(R_{rs490}/R_{rs555})$ <br> $a = [1.03117, -2.40134, 0.32198, -0.291066]$ |

### 2.5.5　叶绿素 a 遥感监测回顾

水体中叶绿素 a 浓度是浮游生物分布的指标,是衡量水体初级生产力(水生植物的生物量)和富营养化作用的最基本的指标。据估算,浮游植物单位吸收系数和单位散射系数与叶绿素 a 浓度相关。因为含色素的浮游植物是 I 类水体中的主要染色剂,所以在浮游植物单位吸收谱研究方面已开展了许多工作。

设 $R(n_1)$、$R(n_2)$、$R(n_3)$、$R(n_4)$ 为传感器的不同波段($n_1$、$n_2$、$n_3$、$n_4$ 表示中心波长)的 DN 值或表观反射率或遥感反射率或水面反射率,如 TM1、TM2、TM3、TM4、TM4 × TM3、$\dfrac{TM3 \times TM4}{\ln TM1}$、TM4 − TM3、$\dfrac{TM3 \times TM4}{\ln(TM1 + TM2)}$、$R_{active}/R_{reference}$($R_{active} = R_{700nm}$,$R_{reference} = R_{560nm}$ 或 $R_{675nm}$)等。几个有代表性的叶绿素 a 统计模型如下:

(1)根据两个波段的比值,建立一阶线性回归方程和二阶线性回归方程:

$$\text{chl} = a_1 + a_2 \times \frac{R(n_1)}{R(n_2)} \tag{2-16}$$

$$\text{chl} = a_1 + a_2\,\frac{R(n_1)}{R(n_2)} + a_3\left(\frac{R(n_1)}{R(n_2)}\right)^2 \tag{2-17}$$

式中，chl 表示叶绿素含量；$a_1$、$a_2$、$a_3$ 为回归系数；$R(n_1)$、$R(n_2)$ 为传感器的两个不同波段。通常为叶绿素的特征吸收谷和发射峰所在波段；特征吸收谷（负相关系数最大）常选675nm 附近波段，特征反射峰（正相关系数最大）常选 700nm 附近波段（Gitelson *et al.*，1992，1993；疏小舟等，2000；李素菊等，2002；Iluz *et al.*，2003）。对于 TM 影像 TM4/TM3 的反演效果较好，$n_1 = 705$nm，$n_2 = 675$nm（疏小舟等，2000）。

（2）针对不同波段建立多元线性回归方程（陈晓翔，1995）

$$C_a = a_1 \times R(n_1) + a_2 \times R(n_2) + a_3 \times R(n_3) + a_4 \times R(n_4) \tag{2-18}$$

式中，$C_a$ 为叶绿素 a 浓度，单位为 mg/m³；$a_1$、$a_2$、$a_3$、$a_4$ 为回归系数（下同）；$R(n_1)$、$R(n_2)$、$R(n_3)$、$R(n_4)$ 为传感器的不同波段（$n_1$、$n_2$、$n_3$、$n_4$ 表示中心波长），如 TM1、TM2、TM3、TM4。

（3）对反射峰位置与叶绿素含量对数值建立线性回归方程（疏小舟等，2000；马荣华，2005）

$$\lg(\text{chl}) = a_1 + a_2\lambda_{\max n} \tag{2-19}$$

式中，$\lambda_{\max n}$ 为第 $n$ 波段附近反射峰的位置，单位为 nm。该模型只适用于高光谱数据。

（4）对不同波段或波段组合进行处理（如加、减、乘、除、取对数等）建立回归方程：

$$\text{chl} = a_1 \times x + a_2$$

式中，$x$ 为处理后的值（佘丰宁，1996；陈楚群，1996）。

如：

$$\text{chl} = 0.035013x_1 - 0.366984 \qquad x_1 = \text{TM3} \times \text{TM4} \tag{2-20}$$

$$\text{chl} = 0.114975x_2 - 0.387297 \qquad x_2 = \frac{\text{TM3} \times \text{TM4}}{\ln\text{TM1}} \tag{2-21}$$

$$\text{chl} = 0.130428x_3 - 0.382138 \qquad x_3 = \frac{\text{TM3} \times \text{TM4}}{\ln(\text{TM1} + \text{TM2})} \tag{2-22}$$

$$\text{chl} = 0.213500x_4 - 0.405492 \qquad x_4 = \frac{\text{TM3} \times \text{TM4}}{\ln(\text{TM1} \times \text{TM2})} \tag{2-23}$$

$$\text{chl} = 0.099423x_5 - 0.437805 \qquad x_5 = \frac{\text{TM3} \times \text{TM4}}{\ln\text{TM2}} \tag{2-24}$$

Tassan 模型

$$\lg(\text{chl}) = c_0 + c_1 \times \lg(x) + c_2 \times \lg^2(x) \tag{2-25}$$

$$x = (R_{443}/R_{555})(R_{412}/R_{490})^a$$

式中，$a$ 为区域常数；$c_0$、$c_1$、$c_2$ 为回归系数。

（5）指数回归模型（佘丰宁，1996）：$\text{chl} = aZ^b$

如

$$Z = R_{active}/R_{reference} \tag{2-26}$$

$$R_{active} = R_{700}, R_{reference} = R_{560} \text{ 或 } R_{675} \text{(Gitelson,1993)} \tag{2-27}$$

陈楚群等(2001)采用 SeaWiFS 资料建立了叶绿素 a 浓度估算模式

$$chl = 10^b - 0.04$$

$$b = 0.341 - 3.001[\lg(R_{490}/R_{555})] + 2.811[\lg(R_{490}/R_{555})]^2 - 2.041[\lg(R_{490}/R_{555})]^3$$

式中,$R$ 为反射率,下标表示波长(nm)。

(6)利用植被指数建立回归模型:$chl = a_1 \times v + a_2$,其中 $v$ 为植被指数。如:

计算差异植被指数: DVI = TM4 − TM3

$$chl = 5.204388 \times 10^{-3}DVI + 0.14526 \tag{2-28}$$

遥感估算的指标为叶绿素浓度,单位为 mg/m³。

此外,Thiemann (2000)利用 IRS-1C 卫星数据和地面光谱数据估测了德国 Mecklenburg 湖区的叶绿素 a 浓度,通过多种方法比较结果显示,线性光谱分解法估算叶绿素 a 浓度效果好,并绘制了叶绿素 a 的浓度分布图。詹海刚等(2000)、赵冬至等(2001)、张亭禄等(2002)利用神经网络方法反演了叶绿素浓度。陈楚群等(2001)还采用 SeaWIFS 数据 B1 (490nm)、B2 (555nm)两波段的反射比,及 SeaDAS (SeaWiFS 数据分析系统软件)提供的叶绿素 a 估测模型提取南海叶绿素 a 的浓度信息;Richard 等人(2002)用机载专题绘图仪(ATM)获取的影像数据 B3 (520~600nm)、B5 (630~690nm)两波段的比值,建立了叶绿素 a 的估测模型。李铁芳等(1995)从遥感光谱信号在海水中的传播特点出发,分析了遥感探测港湾初级生产力精度不高的原因,并从港湾初级生产力的生存条件着手,提出水交换状态是一种有效的监测因素,可将其引入到港湾初级生产力模型中,改善模型,提高模型的精度,将模型的误差从 6.5% 下降到 0.26%。

### 2.5.6 悬浮物遥感监测回顾

悬浮物指水中呈固体状的不溶解物质。悬浮固体含量不同,对辐射的吸收和散射也不同,因而在遥感影像中就可表现出不同的色调。污染水中泥沙含量增加使水反射率提高,随着水体中悬浮固体浓度的增加及悬浮固体粒径增大,水体反射量逐渐增加,反射峰亦随之向长波方向移动,称为红移。然而由于水体在 0.93~1.13μm 附近对红外辐射吸收强烈,所以反射通量急剧衰减,反射峰移到 0.8μm 附近便终止移动。短波方向小于 0.6μm 辐射由于反射通量降低和受水分子瑞利散射效应干扰,不适宜作悬浮固体浓度的判定波段。大量研究表明,650~750nm 是反射率变化最大的波长范围,悬浮物含量从 0~1200mg/L,反射率从 1% 上升到 30% (Wittee et al.,1981,1982;Bhargava and Mariam,1991;Ritchie et al.,1976;Holyer,1978;Vertucci and Likens,1998)。因此,可见光和近红外波段是反映固体悬浮物最敏感的波段。很多用遥感计算悬浮物含量的方法,尤其是利用海岸带水色扫描仪(CZCS)AVHRR 数据的方法,都是用可见光和近红外波段(Mertes,1993)。

一般地说,随着悬浮物浓度的增加,水体在可见光及近红外波段范围的反射亮度增加,水体由暗变得越来越亮,同时反射峰值波长向长波方向移动,即从蓝→绿→更长波段(0.5μm以上)移动,而且反射峰值本身形态变得更宽。Mertes(1993)的实际观测数据表明,650~750nm 是反射率变化最大的波长范围,悬浮物含量从 0~1200mg/L,反射率从 1%上升到 30%。而且由于黄色物质对较短波长的辐射吸收很强,对波长在 600nm 以上的辐射吸收几乎为零。因此,最适于悬浮固体遥感的波长是 650~750nm。David Doxaran 等(2002)对法国西南部 Gironde 河口地区 6 种不同悬浮物浓度的水体进行反射率测定,所得的水体反射光谱曲线与悬浮泥沙浓度的关系。当悬浮物浓度在 35~250mg/L,反射率在 400~700nm 增加;当悬浮物浓度大于 250mg/L 时,反射率在 400~700nm 趋向饱和,但在 750~950nm 强烈增加,峰值为 800nm。一般说来,对可见光遥感而言,580~680nm 对不同悬浮泥沙浓度出现辐射峰值,即对水中悬浮泥沙反映最敏感,是遥感监测水体混浊度的最佳波段。几个有代表性的悬浮物模型如下。

(1)线性模式

$$S = A + BR \tag{2-29}$$

式中,$R$ 为水体反射率;$S$ 为水面悬浮泥沙浓度;$A,B$ 为待定系数。

本算法只适用于低浓度的悬浮泥沙水体。如 Williamas 于 1973 年对切萨必克湾(Chesepeake)进行了悬浮泥沙的遥感定量工作,发现了悬浮泥沙含量与卫星遥感数据呈线性关系。

(2)对数模式

$$R = A + BlgS \tag{2-30}$$

或

$$S = 10^{(R-A)/B} \tag{2-31}$$

式中,$R$ 为水体反射率;$S$ 为水面悬浮泥沙浓度;$A,B$ 为待定系数。在悬沙浓度不高的情况下,该式能真实地反映悬沙浓度和卫星数据的关系。如 Klemas 等(1974)将遥感资料应用于特拉华湾(Delaware Bay),发现悬浮泥沙含量与陆地卫星 MSS 亮度值呈对数关系。

(3)Gordon 模式

$$R = C + S/(A + BS) \tag{2-32}$$

或

$$S = \frac{A}{\dfrac{1}{R-C} - B} \tag{2-33}$$

式中,$R$ 为水体反射率;$S$ 为水面悬浮泥沙浓度;$A,B,C$ 为待定系数(Gordon,1983)。该式根据准单散射近似公式得到,适用区间包括低含沙量和高含沙量区。

(4)负指数模式

$$R = A + B(1 - e^{-DS}) \tag{2-34}$$

或

$$S = A + Bln(D - R) \tag{2-35}$$

式中,$R$ 为水体反射率;$S$ 为水面悬浮泥沙浓度;$A,B,D$ 为待定系数。该式很大程度上克服了估算误差随悬沙浓度增大而增加的弱点,并可以近似地概括线性和对数关系式。如李京(1986)提出了反射率与悬浮物含量之间的负指数关系式,并应用于杭州湾水域悬浮物的调查中。

(5)统一模式

$$R = A + B[S/(G+S)] + C[S/(G+S)]e^{-DS} \qquad (2-36)$$

式中,$R$ 为水体反射率;$S$ 为水面悬浮泥沙浓度。$A,B,C,D,G$ 为待定系数。此模式在一定条件下包含了 Gordon 式和负指数式。如黎夏(1992)推导出一个统一式,其形式包含了 Gordon 表达式和负指数关系式,并将该模式应用于珠江口悬浮物的遥感定量分析中。

Risovic(2002)等研究发现,悬浮物颗粒粒径越小,散射系数越大,相应的反射率越大。模拟实验表明,在可见光波段亮色水底对悬浮物水体的光谱反射率影响最大,在 740~900nm 处由于水的吸收作用水底亮度对反射率没有影响;对 18 种不同浓度、不同类型、不同粒径的悬浮物在 350~2500nm 范围的光谱特征研究,结果表明,在 450~700nm 波段范围,悬浮物浓度与反射率是一种对数线性关系,而在 700~1015nm 波段范围呈线性关系。黄海军等(1994)利用 RS-2 型四通道野外光谱仪模拟 MSS 数据,建立了以 MSS6 波段估测水体悬浮物浓度的经验公式。何青等(1999)利用 TM 影像数据第 4 波段反射率建立长江口表层水体悬沙的估算模型。Louis E. Keiner 等(1998)建立了 TM3 估测悬浮物的对数经验模型。Catherine Ostlund 等(2001)则用 CASI 的第 6、7 波段分别建立了线性经验模型。另一种则是基于多波段组合数据建立的遥感估测模型。如王学军等(2000)用 TM1、TM2、TM3、TM4 波段影像数据建立了太湖总悬浮物观测模型;赵碧云等(2001)用 TM4、TM1 波段影像数据的比值建立了滇池水体中总悬浮物估测模型;杨华等(2003)则利用 TM3、TM2 比值建立了洋山港水体悬浮泥沙的估测模型等。近年来,国内外水体固体悬浮物遥感定量研究工作中提出了一系列模型,主要就在于确定 R-S 两者之间的函数关系。目前有两种模型:一种是理论模型,通过水体光学理论和模拟实验,建立光辐射与固体悬浮物遥感数据的相关关系,如 Stumf 和 Pennock (1989),Vertucci 和 Likens (1989),Sydor (1980)等;二是经验模式,通过遥感数据与地面同步或准同步测量数据建立相关关系式。理论模式是以大气物理和海洋光学的一些基本概念为依据,从理论上推导出水体反射率随悬浮固体浓度变化的基本关系。

考虑到理论计算与水体散射机制之间的差距,一些水体参数测定方面的困难,这些理论模式在实际应用时,多采用水体光学理论模式简化后,运用统计方法求得回归系数的半理论半经验模式。水体中固体悬浮物含量最初多用影像灰度定性地解释(Kritickos *et al.*,1974;Rouse and Coleman, 1976)。定量解释是基于同步收集遥感数据、地面反射数据和实测数据,直接计算光谱和悬浮物含量之间的多项式几何校正曲线(Bennett and Sydor,1974;McCauley and Yanger, 1975;Johnson,1975;Holyer,1978)。由于水体反射率还受大气和水体环境变化的影响,使得这种方法只使用于原影像,而不适于其他影像。所有不同的影像必须经过大气校正。

### 2.5.7　可溶性有机物遥感监测回顾

内陆水体中的可溶性有机物(CDOM)有外源和内源两个来源:外源主要指来源于流

域中土壤腐殖质的淋溶;内源主要指来源于水体自身生物体的分解。有色可溶性有机物 CDOM 常称为"黄色物质",它是一类含有黄腐酸和腐殖酸的溶解性有机物,这类有机物 在紫外和蓝光范围具有强烈的吸收特性,在黄色波段吸收最小,使其呈黄色,故常称这类 复杂的混合物为"黄色物质"。Gagosian (1977)指出,CDOM 可能由下列成分组成:氨基 酸、糖、氨基糖、脂肪酸类、类胡萝卜素、氯绿色素、碳水化合物和酚等,现已知 CDOM 产生 感光分解作用,因此,局地产生的 CDOM 在水体较深处的富集比表层可能大得多。另外, 已知 CDOM 的吸收性质也是多变的。

Bricaud (1981)、Carder (1989)发现波段 350~700nm 对 CDOM 的光吸收有响应,并 提出了适用于紫外和可见光波段的吸收曲线描述方程

$$A_y(\lambda) = A_y(\lambda_0)\exp\{- s(\lambda - \lambda_0)\} \tag{2-37}$$

式中,$A_y(\lambda)$ 为波长为 $\lambda$ 时的光吸收系数;$\lambda_0$ 是参考波段值;$A_y(\lambda_0)$ 是参考波段的光吸收 系数;$s$ 是吸收系数曲线的指数斜率参数,通常取值 0.014,或在 0.011~0.018 之间($s$ 值 随着地理位置和时间的变化而变化,同时它还依赖于计算时的波长范围)。

利用遥感信息提取 CDOM 浓度,常用的模式有两类:一类是直接提取浓度信息的模 式,在此类模式中,CDOM 的浓度常以溶解性有机碳(DOC)浓度来表征(潘德炉,2004); 另一类是计算黄色物质在某一特征波段的吸收系数,用吸收系数来表示黄色物质浓度。 如:Tassan 根据那不勒斯海湾的有关资料,建立了利用 SeaWiFS 资料提取黄色物质在 440nm 波长的吸收系数的模式

$$\lg[A_y(440)] = 3.0 - 1.93\lg[(R_1/R_3)(R_2)^{0.5}] \tag{2-38}$$

式中,$R_1$,$R_2$,$R_3$ 分别是 SeaWiFS 波段 1,2,3 的反射率;$A_y$ 是黄色物质吸收系数。

自 Kalle 于 1949 年最先利用紫外线照射海水发现水体中存在黄色物质以来,很多研 究表明了对黄色物质进行遥感监测的可能性(Tassan,1994;Doerffer and Fischer,1994)。 陈楚群等(2003)采用 670nm、490nm 和 412nm 反射率比值遥感反演了珠江口海域 CDOM 空间分布,建立了 CDOM 浓度与最佳波段组合光谱反射率之间的反演模式。Bri-caud (1981)发现波段 350~700nm 对 CDOM 的光吸收有响应并提出了适用于紫外和可 见光波段的吸收曲线描述方程。Schwarz 等(2002)研究了 WisGla 河口水体的 CDOM。 Gitelson 通过对内陆水体水质参数光谱特征的分析和回归实验,提出了计算黄色物质的 回归算法,CDOM 的误差小于 0.65mg/cm³。Bower 等在 Conwy 河口研究发现,CDOM 在 440nm 和 490nm 反射率的比值存在非常好的线性关系,可以用于 Conwy 河口 CDOM 的遥感反演。Kallio 等(2001)对芬兰典型的各类湖泊不同季节主要水质参数叶绿素 a、总 悬浮物、CDOM 进行遥感反演时发现 CDOM 的反演精度相对于叶绿素 a、总悬浮物而言 要低。同样,Pierson 和 Strömbeck(2001)在瑞典 Malaren 湖遥感反演水体中光吸收物质 时发现 CDOM 和有机颗粒物的反演精度要低于无机颗粒物和叶绿素。

### 2.5.8  溶解性有机碳遥感监测回顾

溶解性有机碳(DOC)是直径小于 0.45$\mu$m 的有机物质,通常湖泊中 DOC 浓度为 0.5~30ppm,在沼泽和湿地中可以达到 30~50ppm。在海洋水色遥感技术的实际应用中

常常用海水中的 DOC 代表海水 CDOM(陈楚群等,2003)。DOC 的吸收光谱范围主要集中在紫外(280～400nm)和可见光(400～700nm),在任何浓度下,随着波长增加其光吸收都会锐减,在红光和近红外波段 DOC 浓度变化对其吸收光谱的影响很小。大量 DOC 的存在使得水体颜色呈现褐色,这种情况在太湖和近海水体中出现大面积褐色的情况不存在,低 DOC 浓度水体存在一个显著的光谱响应波段 560～570nm(叶绿素反射波段),但其特征往往淹没在水体叶绿素的反射。因此,鉴于其复杂的成分和反射特性,在目前的遥感能力下难以进行遥感监测。DOC 通常被视为黄色物质的替代物来进行研究(Arenz et al.,1996;陈楚群等,2003),较难找到这些因子独立的光谱特征,主要通过相关方法进行间接分析。

美国学者 Arenz 等(1996)利用在科罗拉多 8 个水库的实测光谱资料和溶解性有机碳(DOC)浓度资料进行回归分析,建立了提取 DOC 浓度信息的回归关系式

$$DOC = 0.55 \left[ (R_{716}/R_{670})^{-9.60} \right] \left[ (R_{706}/R_{670})^{12.94} \right] \tag{2-39}$$

式中,$R$ 是反射率,下标代表波段中心波长(nm)。

陈楚群(2003)考虑到海洋化学指称的 CDOM 的分析检测比较复杂和海洋化学分析检测的现状,以及海洋水色遥感技术在水环境监测中的实际应用,用海水中的溶解性有机碳(DOC)代表海水 CDOM。基于模拟光谱数据和 SeaWiFS 海洋水色数据建立了珠江口 DOC 浓度遥感反演的算法,发现 DOC 浓度与波段组合 $R_{670}/R_{412}$ 高度相关($R^2 = 0.839$),具体算法如下:

$$\lg(DOC) = 1.2419 \lg(R_{670}/R_{412}) - 0.2614 \tag{2-40}$$

式中,$R$ 是反射率,下标代表波段中心波长(nm)。

Hirtle 等(2003)对加拿大 Cobrielle 湖和 Pebbleloggitch 湖不同 DOC 浓度的反射光谱特征进行了研究,发现 DOC 浓度在 2.8～4.4ppm 范围时响应的光谱范围为 579.1～581.9nm;DOC 浓度在 4.6～9.2ppm 范围时响应的光谱范围为 671.9～695.8nm,波段组合为 698.8/668.9 时相关性最高。进而推导出 DOC 浓度遥感反演算法如下:

$$\lg(DOC) = -1.319 - 10.919(\lg[R_{576.3}]/\lg[R_{668.9}])$$
$$+ 13.039(\lg[R_{584.8}]/\lg[R_{668.9}]) \tag{2-41}$$

式中,$R$ 是反射率,下标代表波段中心波长(nm)。DOC 浓度是评价指标,单位为 mg/L。

Hirtle 和 Rencz (2003)对加拿大 Cobrielle 湖和 Pebbleloggitch 湖不同 DOC 浓度的反射光谱特征进行了研究,发现 DOC 在 388～625nm(峰值为 576.3nm)与 708～717nm 都有明显的反射波谱,不同浓度相应范围不同。

许多研究表明,CDOM 吸收系数与 DOC 浓度之间存在显著正相关,并可以用这些相关式来模拟 DOC 浓度的变化(Seritti et al.,1998; Rochelle-Newall and Fisher,2002a)。陈楚群等(2003)基于资料采用 670nm、490nm 和 412nm 反射率比值遥感反演了珠江口海域 DOC 浓度和 CDOM 空间分布,建立了溶解有机碳浓度与最佳波段组合光谱反射率之间的反演模式。张运林(2005)在太湖典型湖区利用实测的辐照度比反演了 DOC 浓度,经验模型为

$$\lg(\text{DOC}) = 0.654(\pm0.012)\lg[R_{670}/R_{530}] + 1.007(\pm0.086) \quad R^2 = 0.82$$

$$(2\text{-}42)$$

在内陆水体尤其是浅水湖泊和河流由于水体组成物质复杂,各组分之间的吸收相互重叠,要进行 CDOM 和 DOC 的遥感反演还有一定难度,其遥感精度也相应降低。

### 2.5.9 透明度遥感监测回顾

透明度(SD)是描述水体光学的一个重要参数,同时也是评价湖泊富营养化的一个重要指标,能直观反映湖水清澈和混浊程度,湖水透明度与光学衰减系数、漫射衰减系数之间存在密切关系。

几个有代表性的透明度统计模型如表 2-2。

#### 表 2-2　透明度的反演模型举例

| 表达式 | 精　度 | 地点 | 研究者 |
|---|---|---|---|
| $\text{ref2/1} = 0.842 \times \text{SD}^{-0.202}$<br>$\text{ref3/1} = 0.654 \times \text{SD}^{-0.450}$<br>式中,ref2/1,ref3/1 表示 TM 波段反射率的比值 | $R^2 = 0.94$ | 美国黄石湖 | Lathrop<br>(1992) |
| $K_d = 0.096 + 1.852/\text{SD}$<br>$K_d$ 为光学衰减系数($\text{m}^{-1}$) | $R^2 = 0.72$<br>标准离差 1.147 | 太湖 | 张运林<br>(2003) |
| $S^{1/4} = 8.103 - 5.847\ln\text{SD}$<br>式中,$S$ 为悬浮物浓度(mg/L) | $R^2 = 0.87$<br>标准离差 0.32 | 太湖 | 张运林<br>(2003) |
| $\text{SD} = 13.07e^{-2.94 \times \text{B1}}$<br>B1 为 Casi、HyMap 图像的光谱系数(SpCoef),<br>400～750nm/波段数 | $R^2 = 0.85$ | Mecklenburg Lake,<br>Germany | Sabine<br>(2002) |
| $\text{SD} = -0.4298 + 1.0926 \times \dfrac{\text{B1}-\text{B3}}{\text{B2}-\text{B3}}$<br>B1:521nm 处的反射率<br>B2:700nm 处的反射率<br>B3:781nm 处的反射率 | $R^2 = 0.926$ | Finnish lakes | Sampsa<br>(2002) |
| $\text{SD} = -0.909 + 2.66 \times (\text{B1}-\text{B3})/(\text{B2}-\text{B3})$<br>B1 为 488～496nm 处的反射率;B2 为 618～625nm<br>处的反射率;B3 为 747～755nm 处的反射率; | $R^2 = 0.84$<br>标准离差 = 0.57 | Lakes of<br>Finland | K. Kallio<br>(2001) |
| $\ln(\text{SD}) = 2.965(\text{MSS1/MSS2}) - 0.0847b\text{MSS1} - 2.99$<br>MSS1、MSS2 为 Landsat MSS 图像上相应的<br>反射率 | $R^2 = 0.791$<br>标准离差 = 0.344 | Twin Cities<br>Metropolitan<br>Area(TCMA)<br>lakes, USA | Steven<br>(2002) |
| $\ln(\text{SD}) = 0.657(\text{TM1/TM3}) - 0.0114(\text{TM1}) - 2.39$<br>TM1、TM3 为 Landsat TM 图像上相应的<br>反射率 | $R^2 = 0.929$<br>标准离差 = 0.177 | TCMA<br>lakes, USA | Steven<br>(2002) |
| $\ln(\text{SD}) = 1.3 + 0.526\text{Ln}[L_{w443}/L_{w665}]$<br>$L_{w443}$、$L_{w665}$ 为 443nm,665nm 处的离水<br>辐亮度 | $R^2 = 0.9335$<br>平均误差 1.0m,<br>平均相对误<br>差 0.098 | 黄海 | 傅克村<br>(1999) |

续表

| 表达式 | 精度 | 地点 | 研究者 |
|---|---|---|---|
| $\ln(SD) = 3.4 - 1.25\ln[L_{w443} + L_{w555}/L_{w490}]$<br>$L_{w443}$、$L_{w555}$、$L_{w490}$ 为 443、555、490nm 处的离水辐亮度 | $R^2 = 0.9483$，平均误差 0.9m，平均相对误差 0.092 | 黄海 | 傅克忖（1999） |
| $\ln(SD) = 2.4 + 0.199Z(1) - 0.208Z(2) + 0.249Z(3)$<br>$Z(1)$、$Z(2)$、$Z(3)$ 为所有波段的遥感反射比作因子分析形成的方差累积贡献率高的前三个主因子 | $R^2 = 0.9649$，平均误差 0.7m，平均相对误差 0.074 | 黄海 | 傅克忖（1999） |
| $\ln(SD) = 2.4 - 0.259R(6) + 0.567R(2) - 0.386R(3) - 0.108R(5)$<br>SD 为透明度，$R(6)$、$R(2)$、$R(3)$、$R(5)$ 为遥感反射比（未知） | $R^2 = 0.9815$，平均误差 0.6m，平均相对误差 0.055 | 黄海 | 傅克忖（1999） |
| $SD = e^{(5.7099 - 0.6991 \times B1)}$<br>B1=PC1，Landsat5TM 图像主成分分析后的第一主成分 | NA | 太湖 | 王学军（2000） |
| $\ln(SD) = 1.4321 + 46.73/TM4$<br>TM4 为 TM 图像第四波段的灰度值 | $R^2 = 0.720$ | 滇池 | 赵碧云（2003） |

### 2.5.10　总氮遥感监测回顾

由于总氮（TN）的光谱特征和遥感监测机理目前还不够明确，因此主要是通过统计相关分析来估算总氮浓度。

如王学军等（2000）利用 TM 数据和有限的实地监测数据，对太湖总氮分析所得回归模型为

$$TN = e^{(8.228 - 2.713\ln S16)} \tag{2-43}$$

式中，$TN$ 为总氮浓度（mg/L）；S16 为波段组合（S16=TM1+TM2）。

雷坤等（2004）利用中巴资源卫星数据 CBERS-1，通过回归分析建立最优组合因子对水质要素的拟合曲线和拟合方程，得到总氮（TN）的遥感信息模型

$$y = -0.9122 \times (b2 + b4)/\ln(b3 \times b4) + 15.395 \tag{2-44}$$

式中，$y$ 为总氮浓度（mg/L）；预测值与实测值相关系数 $R^2 = 0.9237$。

李旭文等通过对 TM 影像的分析，得到监测总氮的模型为

$$TN = 0.01419 \times (B4 - B3) + 0.82403 \tag{2-45}$$

式中，B3、B4 为 TM 图像的的第 3、4 波段值。

$$TN = 0.01571 \times B4 + 0.12081 \tag{2-46}$$

式中，B4 为 TM 图像的第 4 波段灰度值。

### 2.5.11　总磷遥感监测回顾

与 TN 类似,总磷(TP)浓度主要是通过一些统计相关分析来估算。如:王学军等(2000)利用 TM 数据和有限的实地监测数据建立了太湖 7 种水质参数(SS、SD、COD$_{Mn}$、BOD$_5$、TN、TP、DO)的预测模型。研究结果表明,利用单波段、多波段因子组合以及主成分分析等手段可以使遥感信息得到更充分的利用,从而使预测结果更加精确。对太湖总磷分析所得回归模型为

$$TP = e^{(-0.4081-8.659\ln S10)} \tag{2-47}$$

式中,$TP$ 为总磷浓度 (mg/L);S10 为波段组合(S10=TM2/TM1)。

雷坤等(2004)利用中巴资源卫星数据 CBERS-1,通过回归分析建立最优组合因子对水质要素的拟合曲线和拟合方程,得到总磷(TP)的遥感信息模型

$$y = -0.0641 \times (R_{520-590} + R_{630-690})/\ln(R_{520-590} \times R_{770-890}) + 0.9601 \tag{2-48}$$

式中,$y$ 为总磷浓度 (mg/L);预测值与实测值相关系数 $R=0.9199$。

### 2.5.12　水体热污染遥感监测回顾

任何物质,只要其温度高于绝对温度 0℃时,它的辐射强度就可由它的表面温度和表面条件来确定。红外传感器就是根据物体的辐射强弱来感知物体的存在。热红外影像能表现出大量的热信息,这有利于定量地制作等温线图,而且因其测温灵敏度可达 0.1℃或 0.2℃的温差,从而有利于判定热污染对研究区域的影响情况。目前,用于温度反演的比较成熟的算法有分裂窗算法(split windows algorithm)、热惯量方法(thermal inertial method)和温度、比辐射率分离算法(separate temperature and e-missivity method)等,其最基本的理论依据是维恩位移定律和普朗克定律。从辐射数据反演地面温度须解决两个问题:一是大气扰动(主要是水汽)的去除;二是地表比辐射率订正。对水汽的红外吸收校正目前采用的是通道分裂窗、双窗或三窗区技术。

研究反演算法的基础是辐射传输方程。在 10~14μm 的热红外波段,假定:①晴空大气条件;②地球表面为朗伯体;③大气满足局地热力平衡条件;④忽略大气分子和气溶胶的散射,则卫星观测到的辐射表示为

$$L_\lambda(T_\lambda,\theta) = \varepsilon_\lambda \tau_\lambda(\theta) * B_\lambda(T_s) + L_\lambda^\uparrow(\theta) + (1-\varepsilon_\lambda)\tau_\lambda(\theta)L_\lambda^\downarrow \tag{2-49}$$

式中,左边第一项是卫星观测辐射;$T_\lambda$ 是波长为 $\lambda$ 时的亮温值;$\varepsilon_\lambda$ 是波长 $\lambda$ 下的地表比辐射率;$\tau_\lambda(\theta)$ 是在观测角 $\theta$ 方向上从地面到卫星高度 $Z$ 之间的大气透过率;$B_\lambda(T_s)$ 是波长 $\lambda$、地表温度 $T_s$ 所相应的黑体辐射率;$L_\lambda^\uparrow$ 是到达卫星的在 $\theta$ 方向的大气向上发射辐射;$L_\lambda^\downarrow$ 是大气向下发射辐射。分裂窗反演算法就是基于上述传输方程。

假设 $T_4$,$T_5$ 分别为 AVHRR 通道 4 和通道 5 的亮温值,那么分裂窗算法的一般形式可用下式来表示

$$T_s = T_4 + A(T_4 - T_5) + B \tag{2-50}$$

式中，$T_s$ 为地表温度，系数 $A$、$B$ 由大气状况及其他影响通道 4、通道 5 的辐射和透过率的有关因子所决定，不同的分裂窗算法有不同的系数 $A$、$B$ 值。

McClain 等（1985）利用 AVHRR 资料首先开发了利用分裂窗区通道资料估算 SST 的线性算法（MCSST）。Walton（1988）等对该技术作了进一步改进，推导出这些变量之间的非线性关系，称为交叉 SST 算法（CPSST）。1991 年美国国家环境卫星资料和信息服务局（NESDIS）对 CPSST 又进一步简化，得到一种新的非线性算法（NLSST），后来还发展了 Pathfinder 海表温度算法（PFSST）。

Smith 等（1970）就提出了用 $3.8\mu m$ 计算海温的经验公式；阿步胜宏（1991）提出了一个简单的 GMS 单通道海温公式；多通道反演：McMillin（1975）提出波段劈窗算法，随后 Mclain 等（1985）、Malkevich and Gorodetsky（1988）对此进行了改进；多角度海温反演方法：Chedin（1982）、Singh（1984）等提出了根据多角度大气路径不同，利用目标吸收热红外辐射的差异来消除大气效用的影响反演海面温度；微波遥感探测：利用微波辐射计测量由海面发射的热辐射温度来遥感海面的温度。以美国泰罗斯-N 卫星上的甚高分辨率辐射仪（AVHRR）为代表的传感器，可以精确地绘制出海面分辨率为 1km、温度精度优于 1℃ 的海面温度图像。

在热图像上，热排水口排出的水流通常呈白色或灰白色羽毛状，称热水羽流。羽流的影像，由羽根到羽尖，色调由浅逐渐变深，由羽流的中轴向外，色调也由浅变深。值得注意的是，有些污染水体也可能在热图像上呈浅色调，这时需要根据形状加以区别。

热水羽流的形状较明显，是羽状或流线型絮状，色调最浅的中心区域即为排水口附近地区。浑浊水体中的悬浮物是良好的热载体，当水体流速极小时，水温不易扩散，使水面呈弥漫的雾状或黑白相间的絮状。混合污水是消色体，吸收太阳辐射的能力强，发射能力也强，呈均匀的浅色调。

利用光学技术或计算机对热图像作密度分割，根据少量的同步实测水温，可确切地绘出水体的等温线。例如湘潭钢铁厂向湘江排放的污水，在热红外图像上呈现为白色条带——自排放口向下游延伸并向两侧扩展、温度逐渐降低的带状热污染区。热图像的密度分割结果表明：热污染水出口处温度最高，温度梯度大，温度由 19℃ 很快降至 15℃，热交换作用强烈；当热污染水进入湘江后，由于温度已经比较低，温度梯度小，热交换作用微弱，在较长的距离内温度才由 15℃ 逐渐降至 12℃。可见热红外图像基本上反映了热污染区温度场的特征，能达到定量解译的目的。此外，生活垃圾及洪水带来的各种动、植物残骸漂浮于水体中，在回水区或静水区聚集，腐烂发酵使水体变质，造成污染。高分辨率图像能很快发现水体中漂浮聚集区，获得其面积，并估算漂浮物总量。

### 2.5.13　水体油污染遥感监测回顾

石油污染后，在水面上形成一层油膜，未污染水面与水面上油膜由于两者的辐射反射率不同，辐射温度不同，因而可以利用热红外图像进行遥感监测。在热红外图像上，夜晚未污染水区呈白色条带，排油区呈黑色条带。另外灰阶不同，还可计算出石油覆盖的含量，而且可以追踪污染源。探测石油污染的方法很多，一种是利用 $0.3\sim0.4\mu m$ 谱段探测，因为石油在这个谱段反射率较弱；其次，紫外光电磁波（$0.01\sim0.40\mu m$）对厚度小于

5mm 的各种水面油膜敏感。此时,油膜对紫外光的反射率比海水高 1.2～1.8 倍,有较好的亮度反差,可以有效地识别出油膜。在可见光的蓝色光范围,石油反射率较海水高,还有闪烁现象,油污的伪彩色密度分割片能很清楚地显示排油源和油污范围。在水面测定油膜厚度后还可估计排污量。水面油膜的反射率要比洁净海面的反射率大得多,并且油膜与海水反射率之比,其最大值在红光部分,它的比值比最小的蓝光波段大 2～4 倍。工作波段在 0.63～0.68μm 的传感器能使油膜和周围干净海水的反差达到最大,因此可以用红光波段来监测海面油膜。在常温下石油发射率远小于海水发射率,在热红外像片上,油膜呈深色调,据此也可测定油污。另外因为油膜的亮度温度比海水高出 5～60K,用微波辐射计成像也能监测石油污染。微波波长较长(1mm～30cm),具有很强的绕射透射能力,可以穿透云、雨、雾。运用微波的被动式和主动式传感器,均有监测海面溢油的能力。实验表明,对波长为 8mm、1.35cm 和 3cm 的微波,不论入射角和油膜厚度如何,油膜的微波比辐射率都比海水高。这样,用微波辐射计就可以观测海面油膜。同时由于油膜的比辐射率还随其厚度变化,反映到微波辐射计影像上灰度随油膜厚度变化,因此,用微波辐射计可以监测油膜的厚度。雷达和微波遥感可以全天时、全天候地进行海上石油监测,缺点是地面分辨率较低。早在 1969 年,美国就使用 C-47 运输机,装载两部多波段可见光扫描仪,对加利福尼亚圣巴巴拉附近海上采油区井喷造成的海上污油区进行海面污染监测,取得了很好的效果。现在,传感器和计算机系统的发展,使遥感技术已经能对海面油膜的覆盖范围、油膜厚度、溢油数量和污油油种进行监测。

目前可用于水面石油污染监测的传感器较多,有航空的,也有航天的。在可见光波段,水面油膜的反射率要比洁净海面的反射率大得多,应用可见光波段的传感器,就能摄制海面油膜影像,往往用多波段照相机或多波段扫描仪等传感器,把油膜与船的航迹等分开,以提高可见光波段传感器的分辨率。油膜与海水反射率之比,其最大值在红光部分,它的比值比最小的蓝光波段大 2～4 倍。工作波段在 0.63～0.68μm 的传感器能使油膜和周围干净海水的反差达到最大。因此,可以用红光波段来监测水面油膜,而用蓝光波段来区分油膜、航迹和泥浆羽流,以达到多波段可见光航遥油测的最佳效果。利用卫星星载多波段可见光传感器,可用来监测水面大面积溢油。美国陆地卫星、Nimbus-7 卫星等都证明了卫星对海面大面积溢油的监测能力。但由于卫星的地面分辨率低,卫星轨道覆盖频度有限,不可能长时间盘旋于油污区,因此较难进行短时间尺度的海面油膜动态监测。紫外光波段电磁波,其波长(0.01～0.40μm)小于可见光波段(0.40～0.76μm)。在其波长范围内,对厚度小于 5mm 的各种水面油膜敏感。此时,油膜对紫外光的反射率比海水高 1.2～1.8 倍,有较好的亮度反差。因此,利用紫外波段电磁波,可以把海面薄油膜显示出来。红外遥感技术是目前广泛使用的海洋石油污染监测技术。实验表明,厚度大于0.3mm 的油膜,热红外比辐射率在 0.95～0.98,海水的比辐射率在 0.993。因此,当油膜与水体实际温度相同时,它们的热红外辐射强度是不同的,在红外影像中,油膜的灰度比周围水面大,呈黑灰色。利用工作于红外波段的传感器,如红外辐射计、红外扫描仪、热像仪等,均可测定水面和油膜的不同辐射能量,从而获得水面油墨的影像。对厚度小于1mm 的油膜,其比辐射率随厚度的增加而增加。因此,水面油膜的红外影像也能反映出灰度层次随厚度的变化情况。由此,从水面油膜的灰度等级,可以确定油膜的厚度等级,算出油膜的厚度和分布,推算出总溢油量。

NOAA 极轨卫星 AVHRR 的 1 通道($0.58\sim0.68\mu m$)位于可见光谱区的黄红波段,在良好的光照条件下,利用油膜的反射特性探测溢油,但只能对轻类油种的薄油膜起作用。2 通道($0.725\sim1.10\mu m$)处于近红外波段,来自油膜对阳光的反射成分仍大于辐射成分,1、2 通道合成可以探测薄油膜。3 通道($3.55\sim3.93\mu m$)处于中红外波段,对温度的灵敏度高,多用于夜间温度的观测,油膜与周围海水温度的差别主要取决于油层厚度、油种类和天气状况等。4 通道($10.3\sim11.3\mu m$)和 5 通道($11.5\sim12.5\mu m$)处于热红外波段,常用于探测海表面温度,可以根据厚油膜与背景海水温度的差异分辨出溢油。

Landsat 卫星 TM 的 1 通道($0.45\sim0.52\mu m$)、2 通道($0.52\sim0.60\mu m$)和 3 通道($0.63\sim0.69\mu m$)均位于可见光谱区,可以探测到较薄油膜形成的反射信息。测试结果表明,在相同光照条件下,2 通道探测薄油膜效果最好。4 通道($0.76\sim0.90\mu m$)近红外,5 通道($1.55\sim1.75\mu m$)和 7 通道($2.08\sim2.35\mu m$)短波红外,合起来又叫反射红外,原因是在这个波段内,来自太阳光的反射成分大于油膜的辐射成分,多用于探测薄油膜。6 通道($10.4\sim12.5\mu m$)处于热红外波段,利用油层与背景海水之间的温度的差异,可以探测重油类和厚油层。

Lu 等人利用 SAR 图像监测溢油污染。通过对 1995 年 9 月～1998 年 9 月 ERS-1/2 数据的分析得到了监测油污染的模型。具体算法有

$$\sigma_0 = C_{ij}(\varepsilon,\vartheta)\big[E(+K_B)E(-K_B)\big] \tag{2-51}$$

式中,$C_{ij}(\varepsilon,\vartheta)$ 为布拉格系数,由雷达入射角 $\vartheta$ 来定;$\vartheta$ 为雷达入射角;$\varepsilon$ 为海水的介电常数。

波段数 $K_B$ 满足

$$K_B = \frac{4\pi\sin\theta}{\lambda_0} \tag{2-52}$$

式中,$\lambda_0$ 表示波长;布拉格波长 $\lambda_B = \frac{\lambda_0}{2\sin\vartheta}$。

$\Delta\sigma(K_B)$ 定义为

$$\Delta\sigma(K_B) = \frac{E_{sea}(+K_B)+E_{sea}(-K_B)}{E_{oil}(+K_B)+E_{oil}(-K_B)} \tag{2-53}$$

式中,$E_{sea}$、$E_{oil}$ 分别为清洁海水和油污海水的雷达后向反射率。

### 2.5.14　水体富营养化遥感监测回顾

"富营养化"一词,原用于描述植物营养物浓度增加对水生态系统的生物学效应;湖泊和水库的富营养化是与植物营养物、主要是磷和氮的富集有关的过程所造成的结果。这些营养物既可以溶解的形式,也可以与有机和无机颗粒相结合而成为混合物的形式进入湖泊和水库。常规的湖泊富营养化评价是通过影响湖泊营养状态的水质参数的周期性采样和分析,然后选用营养状态指数法、特征法、参数法、生物指标评价法、磷收支模型法、数学分析法等模型来实现湖泊富营养化的评价(丁梅香,2002)。王明翠等(2002)针对我国

环保部门对湖泊营养状态的划分比较混乱,描述方法不一,湖泊富营养化评价方法及指标各不相同,分级评价标准差别很大等诸多问题,按照相关性、可操作性、简洁性和科学性相结合的原则,从影响湖泊富营养化的众多因子中选取 Chl-a、TP、TN、SD、COD$_{Mn}$ 等五项指标,作为湖泊富营养化评价的统一指标,通过对综合营养指数法、营养度指数法、评分法三种方法的比较研究,认为综合营养指数法是评价湖泊富营养化最合适的方法,并采用 0~100 的一系列连续数字将湖泊(水库)营养状态划分为贫营养(oligotropher)、中营养(mesotropher)、富营养(eutropher)、轻度富营养(light eutropher)、中度富营养(middle eutropher)、重度富营养(hyper eutropher)六级;在同一营养状态下,指数值越高,其营养程度越重。

　　湖泊富营养化遥感评价是通过分析水体反射、吸收和散射太阳辐射能形成的光谱特征与富营养化水质参数浓度之间的关系,建立富营养化水质参数的定量遥感反演模型,并分析各水质参数之间的相关性,然后再建立适当的富营养化评价模型实现的。利用卫星遥感信息进行大范围湖泊富营养化空间分布及动态的评价,能够在一定程度上弥补常规湖泊水质采样观测时空间隔大且费时费力的缺陷,具有监测范围广、速度快、成本低和便于进行长期动态监测的优势,还能发现一些常规方法难以揭示的污染物排放源、迁移扩散方向以及影响范围等特征,为科学地评价湖泊富营养化提供新的手段。利用遥感数据进行湖泊富营养化监测和评价的研究自 20 世纪 70 年代就已开始,目前在遥感数据源、可遥感监测的湖泊富营养化水质参数及反演方法、湖泊富营养化评价模型等方面均取得了一定的进展。能够定量遥感反演的富营养化各水质参数主要有 Chl-a、SS、水温等,其他指标如 TN、TP、COD$_{Mn}$、SD 等通常以与 Chl-a 与 SS 的关系进行间接反演。反演方法方面,大多是基于遥感数据、采样数据并配合同步的水体光谱测量数据发展起来的经验、半经验方法,基于生物光学模型的半分析、分析方法由于水质遥感机理研究相对薄弱以及建模需要的实验数据获取非常困难,国内该方面的研究极少。在湖泊富营养化各水质参数之间相互关系的研究方面,Chl-a、TN、TP、COD$_{Mn}$ 之间的相关性已有一些研究,但是所得结论仍然有一定差别,尤其是不同时空条件下各指标之间的相关性需要进一步研究明确。利用的遥感数据以常规卫星遥感数据如 Landsat/MSS/TM,SPOT/HRV,IRS-1C/ LISS-Ⅲ、SeaWiFS 等为主,高光谱遥感以航空高光谱遥感(如 AVIRIS、CASI、HYMAP、AISA、EPS、ROSIS、OMIS、MAIS、PHI 等)为主,其他有高光谱卫星遥感数据 Hyperion 和高光谱非成像光谱仪(如各种野外光谱仪)等。

　　几个有代表性的利用营养状态指数、藻类现存量指标、综合营养状态指数等评价富营养化程度的方法如下。

　　(1)营养状态指数(TSI)(Carlson,1977)

$$\text{TSI(chl)} = 10\left[6 - \frac{2.04 - 0.68\ln(\text{chl})}{\ln2}\right] \qquad (2\text{-}34)$$

式中,chl 表示叶绿素 a 含量(单位:mg/m$^3$)。

　　评价标准:

$$\text{TSI} < 37 \qquad\qquad 贫营养型$$

$$38 < TSI < 53 \qquad 中营养型$$
$$TSI > 54 \qquad 富营养型$$

藻类现存量评价指标见表 2-3。

**表 2-3　藻类现存量评价指标**

| 营养程度 | 藻类数量 /(个/mL) | 浮游植物 湿重/(mg/L) | 浮游植物 干重/(mg/m³) | 叶绿素 a 含量 /(mg/m³) |
|---|---|---|---|---|
| 贫营养 | <300 | <3 | 20~200 | <4 |
| 中营养 | 300~1000 | 3~5 | 200~600 | 4~10 |
| 富营养 | >1000 | 5~10 | 600~10000 | >10 |

(2)综合营养状态指数(TLI)(李祚泳,1993;杨一鹏,2005):

$$TLI(\sum) = \sum_{j=1}^{m} W_j \cdot TLI(j) \tag{2-55}$$

式中,TLI($\sum$)为综合营养状态指数;$W_j$为第 $j$ 种参数的营养状态指数的相关权重;TLI($j$)为第 $j$ 种参数的营养状态指数。

以 Chl-a 作为基准参数,则第 $j$ 种参数的归一化相关权重计算公式为

$$W_j = \frac{r_{ij}^2}{\sum_{j=1}^{m} r_{ij}^2} \tag{2-56}$$

式中:$r_{ij}$ 为第 $j$ 种参数与基准参数 Chl-a 的相关系数;$m$ 为评价参数的个数。

中国湖泊(水库)的 Chl-a 与其他参数之间的相关关系 $r_{ij}$ 及 $r_{ij}^2$ 见表 2-4。

**表 2-4　中国湖泊(水库)部分参数与 Chl-a 的相关关系 $r_{ij}$ 及 $r_{ij}^2$ 值**

| 参数 | Chl-a | TP | TN | SD | COD$_{Mn}$ |
|---|---|---|---|---|---|
| $r_{ij}$ | 1 | 0.84 | 0.82 | −0.83 | 0.83 |
| $r_{ij}^2$ | 1 | 0.7056 | 0.6724 | 0.6889 | 0.6889 |

营养状态指数计算公式为

$$TLI(chl) = 10[2.5 + 1.086\ln(chl)]$$
$$TLI(TP) = 10[2.5 + 1.086\ln(TP)]$$
$$TLI(TN) = 10[2.5 + 1.086\ln(TN)]$$
$$TLI(SD) = 10[2.5 + 1.086\ln(SD)]$$
$$TLI(COD_{Mn}) = 10[2.5 + 1.086\ln COD_{Mn}]$$

式中,chl 表示叶绿素 a 含量,单位为 mg/m³;透明度 SD 单位为 m;其他指标单位为 mg/L。

评价标准:采用 0~100 的一系列连续数字对湖泊(水库)营养状态进行分级:

$$TLI(\textstyle\sum) < 30 \qquad 贫营养$$

$$30 \leqslant TLI(\textstyle\sum) \leqslant 50 \qquad 中营养$$

$$TLI(\textstyle\sum) > 50 \qquad 富营养$$

$$50 < TLI(\textstyle\sum) \leqslant 60 \qquad 轻度富营养$$

$$60 < TLI(\textstyle\sum) \leqslant 70 \qquad 中度富营养$$

$$TLI(\textstyle\sum) > 70 \qquad 重度富营养$$

在同一营养状态下,指数值越高,其营养程度越重。

在利用常规遥感数据进行湖泊富营养化监测和评价方面,Wezernak(1976)利用机载多光谱扫描仪遥感数据通过主成分分析的多变量统计技术建立了一种营养状态指数,这一指数是 SD 的倒数、Chl-a、水生植物量等参数的线性组合。Lillesand(1983)等在美国明尼苏达湖发现 Landsat MSS 数据与 Carlson 营养状态指数有良好的相关关系,并得出了可以通过遥感数据评价湖泊营养状态的结论。Sabine Thiemann 等(2000)利用 LISS-Ⅲ 数据,结合实地光谱测量和水质采样数据对德国 Mecklenburg 湖的富营养化状况进行了研究,定量反演出了 Chl-a 浓度,并以 Chl-a 为基准建立了富营养化评价模型,并对模型精度进行了评价。Claudia Giardino 等(2001)利用 LandsatTM 数据,结合水质采样数据对意大利 Iseo 湖的 Chl-a、SD 和水表温度等参数的浓度采用统计方法进行了定量反演,获得了较高的精度。R. J. Vos 等(2003)利用 SeaWiFS 数据和航空高光谱遥感 EPS-a 数据,结合实地水质采样,采用半分析方法对荷兰的三个湖泊的富营养化状况进行了研究,定量反演出了 Chl-a 和悬浮物的浓度,并制作了 Chl-a 和悬浮物浓度的时空变化分布图。L. Chen(2003)利用 SPOT/HRV 数据和遗传算法(GP)对台湾 Yeong-Her-Shan 水库的营养状态进行了分类评价,发现遗传算法在反演 Chl-a 浓度方面比传统的统计回归方法更具有优越性。K. Iwashita 等(2004)利用 Landsat TM 数据,在对日本 Inbanuma 湖进行实地光谱测量和水质采样的基础上,采用近红外与红波段的比值法并结合 Calson 营养状态指数建立了以 Chl-a 为基准的富营养化遥感综合评价模型,并对模型进行了验证和精度评价,认为该方法适于区域水体富营养化的评价,并将湖泊营养状态划分为贫营养(0～49)、中营养(50～59)、富营养(60～69)、超富营养(70～100)四级。张海林等(2002)利用武汉东湖各子湖多年可靠的地面监测资料和 Landsat TM 各波段的卫星遥感数据,建立了各子湖的营养状态指数与 TM5 图像上的灰度值之间的线性回归模型,并运用该模型对武汉各湖泊进行富营养化评价,同时基于地面监测资料,用日本学者 Aizaki 提出的修正富营养化指数法对武汉主要湖泊的富营养化程度进行评价。结果显示,遥感评价结果与地面监测结果基本一致,说明利用遥感进行湖泊水体富营养化监测评价是可行和有效的。李红清(2003)利用陆地卫星 TM 数据对台湾中部地区德基水库的总体营养状态进行了评价。研究发现 3 个水质参数包括 Chl-a、TP、SD 与 TM 波段 1、2、3 和 4 的变换的光谱特征具有高度相关性,特别是 TM2 和 TM4,证明利用 TM 数据与水质参数 SD、Chl-a、TP 之间的经验关系可以生成水库的营养状态指数分布图。王学军等(2000)利用遥感信息和有限的实地监测数据建立了太湖水质参数预测模型。根据太湖的主要污染体现在水体的富营养化方面这一污染特征,并参考监测站的监测参数,主要选取 SS(悬浮固体颗粒物）、SD（透明度）、DO（溶解氧）、$COD_{Mn}$（高锰酸盐指数）、$BOD_5$（五日生化需氧量）、TN（总氮）、TP（总磷）7 个监测参数进行分析。

在利用航空高光谱遥感数据进行湖泊富营养化监测和评价方面,Hoogenboom 等（1998）利用 AVIRIS 数据,基于生物光学模型对 IJsselmeer 湖的富营养化的主要参数 Chl-a 浓度进行了提取,研究发现,$R_{713}/R_{677}$ 值法提取 Chl-a 浓度最为有效,并且当 Chl-a 浓度低于 $10mg/m^3$ 时,反演误差大致为 20％;Chl-a 浓度大于 $30mg/m^3$ 时,反演误差大致在 11％～12％。Jouni Pulliainen 等（2001）利用 AISA 数据和实地水质采样数据,采用经验方法对影响芬兰 11 个湖泊的富营养化的主要参数 Chl-a 浓度进行了定量遥感反演。研究表明,仅用一些典型湖泊的水质采样数据作为参照建立的经验模型,可以适用于其他大量同类型湖泊富营养化状况的遥感监测,并发现湖泊营养物和腐殖质对水体光谱特征有很大影响。K. Kallio 等（2003）利用同样的遥感数据和反演方法对以上 11 个湖泊中的两个中营养状态湖泊的时空变化进行了分析,并基于 Chl-a 浓度制作了湖泊营养状态时空分布图。Pekka Harma 等（2001）为了模拟 MODIS、MERIS 以及 TM 数据在芬兰湖泊与海岸带水质遥感监测的可能性,利用 AISA 数据基于半经验方法对 85 个湖泊样点和 107 个海岸带水体样点的 Chl-a、悬浮物、透明度、浑浊度等水质参数进行了定量遥感反演。研究表明,对于湖泊水体和海岸带水体,中分辨率成像光谱仪 MERIS 数据对 Chl-a、悬浮物、透明度、浑浊度等水质参数的反演效果明显要好于 Landsat TM 和 MODIS。Catherine Ostlund（2001）等利用 CASI 和 TM 数据基于半经验方法对瑞典 Erken 湖的 Chl-a 分别进行了定量遥感反演,发现 CASI 反演结果更好,并认为该方法可用于 MERIS。Sabine Thiemann 等（2002）利用 CASI 和 HyMap 数据,采用经验方法对影响德国 Mecklenburg 湖富营养化的主要参数 Chl-a 浓度和透明度进行了定量遥感反演,发现透明度的反演误差在 1.2～1.3m,Chl-a 浓度的反演误差在 10.2～10.9$\mu g/L$,并制作了不同时相的 Chl-a 浓度和透明度分布图。P. Ammenberg 等（2002）利用 CASI 数据,在对瑞典 Malaren 湖泊水体固有光学特性测量的基础上,基于半分析方法发展了一种简单的生物光学算法,并应用于湖泊 Chl-a、悬浮无机物和有色可溶性有机物（CDOM）浓度的提取。疏小舟等（2000）用 OMIS 航空成像光谱仪在太湖地区进行了地表水质遥感实验,研究了 OMIS 波段反射比 $R_{21}/R_{18}$ 与藻类叶绿素浓度的关系,由 OMIS 遥感图像估算了研究区域内的叶绿素浓度分布,并将遥感估算值与地面采样数据进行了比较。结果表明,OMIS 能够提高藻类叶绿素定量遥感的精度。刘堂友等（2004）利用地物光谱仪对太湖水体进行了光谱测量和同步采样分析,对获得的数据尝试用光谱分离法进行分析,从中分离出蓝藻和悬浮物的特征波峰,建立波峰高度与同步水质采样得到的 Chl-a 浓度和悬浮物浓度的对应关系,得出其遥感定量反演算法,并实际应用在 OMIS 航空成像光谱仪图像上。

Wezernak 等（1976）利用机载多光谱扫描仪遥感数据通过主成分分析的多变量统计技术建立了一种营养状态指数,这一指数是透明度的倒数、叶绿素 a、水生植物量等参数的线性组合。Lillesand 等（1983）在美国明尼苏达湖发现 Landsat MSS 数据与 Carlson 营养状态指数（TSI）有良好的相关关系,并得出了可以通过遥感数据评价湖泊营养状态的结论。国内在湖泊富营养化各水质参数光学特性以及它们各自之间相互关系的研究方面也取得了一定进展。张巍等（2002）通过对太湖水质实测数据的分析发现 Chl-a 与

$COD_{Mn}$、TN、TP 和氨氮之间均有明显的正相关关系;磷氮营养盐与悬浮物有显著的相关关系,反映出太湖营养盐类的污染受非点源的影响很大;溶解氧与 Chl-a 的相关性不显著,表明目前太湖中溶解氧并未成为藻类生长的限制性因素,富营养化正处于发展阶段;Chl-a 与 SD 的相关关系并不显著,并推测太湖流域水土流失是可能的影响因素。秦伯强等(2004)通过 1991~1995 年的统计数据得到了长时间的 TP、TN 与 Chl-a 之间的经验公式,以及 SS 和 SD 之间的经验公式。研究表明,TP、TN 与 Chl-a 之间存在很好的正相关性;SS 和 SD 之间存在很好的正相关性。尹球、疏小舟、徐兆安等(2004)为了探索湖泊水质遥感的可能性,对太湖进行了冬夏两季水面反射光谱测量与水质采样分析同步实验和分析,结果表明,$COD_{Mn}$ 与 Chl-a 浓度具有很好的相关性;夏季太湖北部水面反射率主要反映 Chl-a 浓度的影响,可以用线性模型来表示,以 700nm 以上波段体现 Chl-a 散射作用最为明显;冬季太湖水面反射率主要反映 SS 浓度的影响,可以用对数模型来表示(若仅考虑 SS 浓度小于 100mg/L 区域,用线性模型更加好些),SS 散射作用响应的波长范围比较宽,以 500~800nm 比较明显,优势波长随着 SS 浓度的增加而右移,并给出了不同波长水面反射率与水质参数的统计模型。

内陆湖泊水体富营养化导致的蓝藻暴发,是藻类浮游植物短期内大量繁殖、聚集而引起一种环境灾害。它是生物体所需的磷、氮、钾等营养物质在湖泊、河口等缓流水体中大量富集,引起藻类及其他浮游生物迅速繁殖,水体溶解氧含量下降、水质恶化,鱼类及其他生物大量死亡的现象。在我国太湖、滇池等湖泊每年均发生蓝藻暴发,尤其是夏季,对湖泊生态系统产生了很大的危害,使经济受到了巨大的损失。由于水体富营养化及蓝藻暴发,水面藻类浮游植物大量繁殖和生长,蓝、绿光被吸收,而红光和近红外则有强烈的反射,而偏离了正常的浮游植物的反射波谱,表现出强烈的吸收和反射特性。因此,蓝藻暴发时,在蓝、绿波段表现吸收特性,在红光区的 $0.69\sim0.72\mu m$ 和橙光区 $0.59\sim0.62\mu m$ 处有很高的反射峰,水体在彩色红外像片上(或标准假彩色图像上)呈现红色斑块;在彩色红外图像上,富营养化水体呈红褐色或紫红色。可以通过多波段传感器的可见光和红外的增强彩色影像,监测蓝藻暴发。

# 2.6 影响水体环境遥感监测精度的因素

### 2.6.1 水体组分光学性质的相互重叠和干扰

内陆水体尤其是浅水湖泊和河流由于水体组成物质复杂,各组分之间的吸收相互重叠,传感器接收到的信息中即使能很准确地分离出离水辐射信息,也是水体中多种组分共同作用的综合结果。如 CDOM 的水色遥感的很重要一个方面就是研究浮游植物和悬浮物水色遥感时如何消除 CDOM 的干扰,提高遥感精度(Carder et al., 1991; Doxaran et al., 2002; Vos et al., 2003; Darecki and Stramski, 2004)。从本质上说水质的遥感定量监测是一个多参数估计的问题,已知一组参数 $C=\{C_i, i=1,\cdots,I\}$ 和一组观测值 $R=\{r_j, j=1,\cdots,J\}$,这两组数值之间的关系可用下式表示 $R=\xi(C)$。对上式求其反函数得,$C=\xi^{-1}(R)$,C 代表水质参数,如叶绿素、悬浮物等;R 一般表示为不同波段的遥感反射率或半球反射率。遥感监测水质就是求函数 $\xi$ 的反函数 $\xi^{-1}$。

### 2.6.2　大气因素

大气和水平面对太阳光的作用对水质监测来说,不包含任何有用的信息,是一种噪声,在实际应用时必须对其进行校正。通常来说,用于水质监测的卫星传感器通过设定一定的卫星姿态角,可以避免太阳光在水面的角度反射,但是没有办法消除大气对太阳光的影响。水体的光谱反射本身就是弱信息,实际上,在可见光波段大气的分子及气溶胶的后向散射占了传感器接收辐射量的 80% 以上(Morel,1980),即使是很小的大气校正误差,也能引起很大的水质参数反演误差,因此,大气校正是水质遥感应用的关键,需要发展针对水质遥感的精确大气校正模型。

### 2.6.3　实验误差

无论是采用经验模型、生物光学模型或神经网络模型,都需要实地采集水质数据或光谱数据,采样时由于船体搅动、光谱仪本身阴影的影响、实验水质分析时误差都将对水质参数的反演精度产生影响。对于经验模型、神经网络模型而言,水质采样点的密度和分布也会给水质参数的提取带来误差。

### 2.6.4　不同遥感数据源的影响

由于不同遥感数据源时间分辨率、空间分辨率、辐射分辨率、波谱分辨率不同,必然影响水质参数提取的精度。内陆湖泊不同于海洋,面积较小,这就要求有较高的空间分辨率,最好能达到米级范围,特别是一些受人为活动影响比较严重的湖泊,水质参数在几十米的范围内就有很大的变化。为了实现湖泊水质的动态监测,必须要求遥感数据源具有较高的时间分辨率,TM 数据其时间分辨率为 16 天,再加上天气的影响,很难满足湖泊水质动态监测的需求,而 MODIS、MERIS 等数据其较好的时间分辨率,可以满足湖泊水质动态监测的需求,但空间分辨率明显不足。另外,水体由于吸收少、反射率较低、大量透射,再加上大气的影响,进入传感器的辐亮度值非常少,这就需要传感器具有较高的辐射分辨率,只有具备较高的辐射分辨率,水质参数的微小变化才能在遥感图像上体现出来,水质参数提取的精度才能得到保证;波谱分辨率是指传感器在接收目标辐射的波谱时能分辨的最小波长间隔,间隔愈小,分辨率愈高。不同波谱分辨率的传感器对同一地物探测效果有很大区别,因此这就要求根据水质参数叶绿素、悬浮物、黄色物质等光谱反射特征,进行传感器的波段选择和设置,例如为了诊断出叶绿素浓度,应该在 700nm 附近设立波段,因为叶绿素所特有的荧光反射峰就位于这一位置。MERIS 数据的波段设置就非常适合于水质的监测,MODIS 数据中也有专门针对水质监测的波段。遥感数据源的波段设置的优劣,对水质参数提取的精度有着重要的影响。

## 2.7　水体环境遥感数据源

常用遥感数据包括高光谱数据和宽波段遥感数据(见表 2-5)。高光谱数据包括地面实测波谱数据(如 GER-1500 地物光谱仪、ASD 地物光谱仪)、机载高光谱数据(如 OMIS、AVIRIS、CASIHYMAP、AISA、PHI);宽波段遥感数据主要包括各种星载遥感数据(如 TM、SPOT、ASTER、MODIS、CBERS-2、SeaWiFS、NOAA 等)。

表 2-5　常见遥感卫星参数比较

| 项目 | 波段数 | 波段名称 | 波段序号 | 波段范围/$\mu$m | 空间分辨率/m |
|---|---|---|---|---|---|
| TM | 7 | 蓝色 | 1 | 0.45~0.52 | 30 |
| | | 绿色 | 2 | 0.52~0.60 | |
| | | 红色 | 3 | 0.63~0.69 | |
| | | 近红外 | 4 | 0.76~0.90 | |
| | | 短波红外 | 5 | 1.55~1.75 | |
| | | 热红外 | 6 | 10.4~12.5 | 60 |
| | | 短波红外 | 7 | 2.08~2.35 | 30 |
| | | 全色波段 | 8 | 0.520~0.90 | 15 |
| SPOT | 5 | 绿色 | 1 | 0.50~0.59 | 20 |
| | | 红色 | 2 | 0.61~0.68 | |
| | | 近红外 | 3 | 0.79~0.89 | |
| | | 短波红外 | 4 | 1.5~1.75 | |
| | | 全色 | 全色 | 0.51~0.73 | 10 |
| ASTER | 14 | 可见光近红外(VNIR) | 1 | 0.52~0.60 | 15 |
| | | | 2 | 0.63~0.69 | |
| | | | 3N | 0.78~0.86 | |
| | | | 3B | 0.78~0.86 | |
| | | 短波红外(SWIR) | 4 | 1.60~1.70 | 30 |
| | | | 5 | 2.145~2.185 | |
| | | | 6 | 2.185~2.225 | |
| | | | 7 | 2.235~2.285 | |
| | | | 8 | 2.295~2.365 | |
| | | | 9 | 2.360~2.430 | |
| | | 热红外(TIR) | 10 | 8.125~8.475 | 90 |
| | | | 11 | 8.475~8.825 | |
| | | | 12 | 8.925~9.275 | |
| | | | 13 | 10.25~10.95 | |
| | | | 14 | 10.95~11.65 | |
| MODIS | 36 | | 1~2 | 0.405~14.385 (1~19nm 通道, 20~36$\mu$m 通道) | 250 |
| | | | 3~7 | | 500 |
| | | | 8~36 | | 1000 |

续表

| 项目 | 波段数 | 波段名称 | 波段序号 | 波段范围/μm | 空间分辨率/m |
|---|---|---|---|---|---|
| CBERS-2 | 11 | CCD 相机 | | 0.45～0.52 | 20 |
| | | | | 0.52～0.59 | |
| | | | | 0.63～0.69 | |
| | | | | 0.77～0.89 | |
| | | | | 0.51～0.73 | |
| | | 红外相机 | | 0.50～0.90 | 80/160 |
| | | | | 1.55～1.75 | |
| | | | | 2.08～2.35 | |
| | | | | 10.4～12.5 | |
| | | 宽视场相机 | | 0.63～0.69 | 260 |
| | | | | 0.77～0.89 | |
| NOAA/AVHRR | 5 | | | 0.58～0.68 | 1100 |
| | | | | 0.725～1.10 | |
| | | | | 3.55～3.93 | |
| | | | | 10.30～11.30 | |
| | | | | 11.50～12.50 | |

目前可用于内陆水体环境遥感监测的数据源主要有 Landsat TM、SPOT、IKONOS、QuickBird、ASTER、MODIS、MERIS、SeaWiFS、EO-1/Hyperion 等数据。

TM(Thematic Mapper)是搭载在美国陆地卫星 Landsat 上的传感器,共设有 7 个波段:3 个可见光波段、1 个热红外波段、3 个近红外波段。由于其波段设置较宽,波段设置相对水质遥感来说还不尽合理,一些水质参数的特征光谱并不能在 TM 数据上反映出来,因此,TM 数据并不是很理想的遥感水质监测数据,但其较高的空间、光谱和辐射分辨率以及性价比,仍使得它在水质遥感监测中得到大量的应用。

2002 年 5 月发射的 SPOT-5 卫星性能作了重大改进,多光谱的空间分辨率可达 10m;IKONOS 的多光谱数据空间分辨率为 4m,QuickBird 的多光谱分辨率为 2.44～2.88m,这些数据的高空间分辨率比较适合于内陆湖泊的水质遥感监测,但这些数据仅具有 4 个光谱波段(3 个可见光、1 个近红外),特别是昂贵的数据费用,限制了它们在水质遥感监测中的应用。

ASTER(先进的空间热发射和反射辐射计)是由日本通产省(MITI)研制的、搭载在美国 Terra(EOS AM-1)卫星上的 5 种有效荷载之一,它有 3 个独立的光学系统,可见光与近红外辐射计(VNIR),短波红外辐射计(SWIR)和热红外辐射计(TIR),其可在 3 个 VNIR 谱段、6 个 SWIR 谱段和 5 个 TIR 谱段成像,相对应的空间分辨率分别是 15m、30m 和 90m,理论上可以利用其三个可见光和近红外波段来监测水质。

MODIS(Moderate Resolution Imaging Spectroradiometer)是搭载在 Aqua 和 Terra 卫星上最重要的传感器,它具有从可见光到热红外的 36 个波段的扫描成像辐射计,分布在 0.4～14$\mu$m 电磁波谱范围内,扫描宽度为 2330km。波段 1～2 的地面分辨率为 250m,波段 3～7 的地面分辨率为 500m,波段 8～36 的地面分辨率为 1000m。NASA 对 MODIS 数据实行全球免费接收的政策,这就大大降低了应用的费用。并且 MODIS 较高的时间分辨率(一天可以接受两次多光谱数据)及其多达 36 个波段的光谱数据和较高的辐射分辨率(12bit,TM 图像是 8bit),成为内陆较大湖泊水质遥感监测较具潜力的数据源。

MERIS(Medium Resolution Imaging Spectrometer)是搭载在 ENVISAT-1 极轨对地观测卫星上专门针对水色遥感的传感器,波谱范围 412～1050nm;在海岸带和陆地,它收集的数据在星下点的分辨率为 300m;在开阔的海洋上,它收集的数据分辨率有所降低,其分辨率为 1200m,它通过合并沿航迹方向与垂直航迹方向上的 4×4 个相邻像元来获取。重复观测周期 2～3 天。MERIS 能够在 15 个波段上收集数据,波段设置的数目、位置等可以由地面命令编程来控制,每个光谱波段的宽度能够在 0.4～1.05$\mu$m 范围内变化。MERIS 设置的三个近红外波段可以用来完成精确的大气校正,这就大大地提高了水质参数的反演精度。MERIS 数据以其较多的光谱波段、中等尺度的地面分辨率、较好的时间分辨率、较优的波段设置成为内陆湖泊水质遥感监测的有力工具。

SeaWiFS 是 SeaStar 携带的宽视场海洋水色扫描仪,有 8 个光谱波段,经过带通滤波,1～6 波段的带宽达到 20nm,7、8 波段的带宽为 40nm。表 2-6 列出了 SeaWiFS 的 8 个波段的中心波长及每个波段的特殊用途。SeaWiFS 的数据类型有两种:全球数据(global area coverage)和局域数据(local area coverage)。全球数据是在全球大部分海洋地区的分辨率约为 4km,局域数据为局部地区分辨率约为 1km 的影像,可以由高分辨率图像传输地面站(HRPT)接收。

表 2-6  SeaWiFS 光谱波段特征和主要用途

| 波 段 | 中心波长 | | 带 宽 /nm | 主要用途 |
| --- | --- | --- | --- | --- |
| | 波长/nm | 颜色 | | |
| 1 | 412 | 紫光 | 20 | 黄色物质吸收带 |
| 2 | 443 | 蓝光 | 20 | 叶绿素吸收带 |
| 3 | 490 | 蓝绿光 | 20 | 二类水体中的色素吸收带 |
| 4 | 510 | 蓝绿光 | 20 | 叶绿素吸收带 |
| 5 | 555 | 绿光 | 20 | 色素、光学特性、悬浮固体 |
| 6 | 670 | 红光 | 20 | 大气校正(原 CZCS 大气校正波段) |
| 7 | 765 | 近红外 | 40 | 大气校正,气溶胶辐射 |
| 8 | 865 | 近红外 | 40 | 大气校正,气溶胶辐射 |

地球观测一号卫星(Earth Observing 1,EO-1)是美国 NASA 面向 21 世纪为接替 Landsat 7 而研制的一新型地球观测卫星,于 2000 年 11 月发射升空。为了与 Landsat 7/ETM+遥感器对比,EO-1 的轨道与 Landsat 7 几乎相同,太阳同步轨道,轨道高度 705km,倾角 98.7°,仅以 1 分钟之差对同一地区重复成像。EO-1 卫星主要携带三种遥感器:高光谱遥感器(Hyperion)、先进陆地成像仪(ALI,Advanced Land Imager)和大气

校正仪(AC,Atmospheric Corrector)。Hyperion 是地球观测卫星体系中第一颗星载高光谱遥感器,采用了推扫式扫描成像方式,每幅图像覆盖地面 7.5km×100km 的范围,提供了 220 个光谱波段的数据,光谱范围在 0.4～2.5μm,空间分辨率为 30m,光谱分辨率 10nm,550～700nm 的信噪比为 144～161,能够进行详细精确的目标类型识别。在设计和处理遥感器数据时,Hyperion 采用了辐射传输方程,所以它的 1R 级产品记录的就是辐亮度值(W·m$^{-2}$·sr$^{-1}$·μm$^{-1}$),它的 DN 值以 16bit 的有符号整型存储。高级大地成像仪 ALI 在 0.4～2.4μm 波段范围内设置了 9 个波段,空间分辨率为 30m,幅宽为 37km。与 TM 相比,ALI 波段设置基本是去掉热红外波段(TM6),将 TM1、TM4 和 TM5 波段各分为两个波段。大气校正仪 AC 光谱范围为 890～1600nm,光谱分辨率为 2～6nm,256个波段,空间分辨率为 250m。其主要目的是测量大气参数,直接用于对 ETM+、ALI 等遥感器所获取的数据作大气校正。Hyperion 虽然不是专门用来监测水质的传感器,但其较高的光谱分辨率和空间分辨率,对内陆湖泊的水质遥感监测有着巨大的价值,但由于 Hyperion 数据的幅宽较窄,仅为 7.5km,因此对于较大面积水体的监测有一定的局限性。

内陆水体环境遥感监测原理与海洋水色遥感相同,但它又有别于海洋水色遥感,内陆湖泊大部分由于受人为活动的影响呈富营养化趋势,属于水色遥感的二类水体,光谱特征一般比海洋光谱特征复杂;内陆水体的面积相对海洋而言非常小,且不连续分布,因此内陆水体水质遥感监测不仅要求具有较高的光谱分辨率,而且还要求具有较高的空间分辨率。

在内陆水体中,污染物种类繁多。为了便于用遥感方法研究各种水污染,习惯上将其分为富营养化、悬浮泥沙、石油污染、废水污染、热污染和固体漂浮物等几种类型,表 2-7列举了各种污染水体在遥感影像上的特征。

**表 2-7　水污染的遥感影像特征**

| 污染类型 | 生态环境变化 | 遥感影像特征 |
| --- | --- | --- |
| 富营养化 | 浮游生物含量高 | 在彩色红外图像上呈红褐色或紫红色,在 MSS7 图像上呈浅色调 |
| 悬浮泥沙 | 水体浑浊 | 在 MSS5 像片上呈浅色调,在彩色红外片上呈淡蓝、灰白色调,浑浊水流与清水交界处形成羽状水舌 |
| 石油污染 | 油膜覆盖水面 | 在紫外、可见光、近红外、微波图像上呈浅色调,在热红外图像上呈深色调,为不规则斑块状 |
| 废水污染 | 水色水质发生变化 | 单一性质的工业废水随所含物质的不同色调有差异,城市污水及各种混合废水在彩色红外像片上呈黑色 |
| 热污染 | 水温升高 | 在白天的热红外图像上呈白色或白色羽毛状,也称羽状水流 |
| 固体漂浮物 |  | 各种图像上均有漂浮物的形态 |

水质遥感由于种类很多,不同的监测目的对于遥感影像的空间分辨率和光谱段及获取周期各有不同。表 2-8 表示在水污染遥感监测中,对于不同污染源所需要的遥感参数。

### 表 2-8 水质遥感对影像的要求

| 遥感参数<br>测定项目 | 空间分辨率<br>/m | 光谱分辨率<br>/μm | 波长范围<br>/nm | 观测周期 | 视场角(离铅直<br>方向的角度) | 观测范围<br>/(km×km) |
|---|---|---|---|---|---|---|
| 石油污染 | 10~30*<br>(300) | — | 紫外、可<br>见、微波 | 2~4 小时<br>(1 天) | 注意光晕 | 200×200<br>(20×20) |
| 悬浮泥沙 | 20<br>(500) | 0.15<br>(0.15) | 350~800<br>400~700 | 2 小时<br>(1 天) | 0°~+15°<br>(−5°~+30°) | 350×100<br>(10×10) |
| 可溶性有机物 | 10<br>(200) | 0.15<br>(0.15) | 350~800<br>400~700 | 5 小时<br>(10 天) | 0°~+15°<br>(−5°~+30°) | 35×35<br>(10×10) |
| 热污染 | 30<br>(500) | 温度分辨率<br>±0.2℃<br>(±1℃) | 10~20μm<br>(10~14μm) | 2 小时<br>(10 天) | — | 35×35<br>(10×10) |
| 富营养化 | 100<br>(2000) | 0.05<br>(0.15) | 400~700 | 2 天<br>(14 天) | 0°~+15°<br>(0°~+30°) | 350×350<br>(35×35) |
| 赤潮 | 30<br>(2000) | 0.015<br>(0.015) | 400~700 | 5 小时<br>(2 天) | 0°~+15°<br>(−5°~+30°) | 350×350<br>(20×100) |

注:表内数字是指理想值,括弧内的数字是最低限度允许值。

# 第三章　太湖水体环境遥感监测实验技术方案

## 3.1　实验总体方案

　　本实验首先依靠地方环保部门获取的长时间序列太湖流域水质监测数据,进行太湖水面监测断面的光谱和水质同步测量,然后针对部分指标进行实验室光谱实验;在此基础上研究水环境指标的可遥感性,指标反演对波谱分辨率、空间分辨率和时间分辨率的要求,特征光谱特征所在的位置、强度、斜率等。同时探讨如何进行波段选择和组合可使监测指标提取水平达到最佳,如何有效地提取和表达这些监测指标,如何提供遥感监测信息分析和处理手段等一系列基本技术问题。在此基础上建立太湖水体环境遥感监测指标体系,太湖水环境遥感监测波谱数据库,太湖生态环境空间数据库,太湖水环境遥感监测定量模型集(监测指标光谱分析模型、信息反演模型、浓度分布测量模型、污染分级模型、污染扩散模型、典型生态环境监测指标遥感分类模型、生态环境遥感图像处理模型等)。围绕上述成果的集成应用,在建立太湖水体环境遥感监测技术体系框架的基础上,进行太湖水体环境遥感监测实验平台的开发。最后利用所开发的实验软件平台,快速获取太湖多源遥感信息,实时进行图像处理、影像融合、遥感解译和遥感信息提取,整合和应用多类

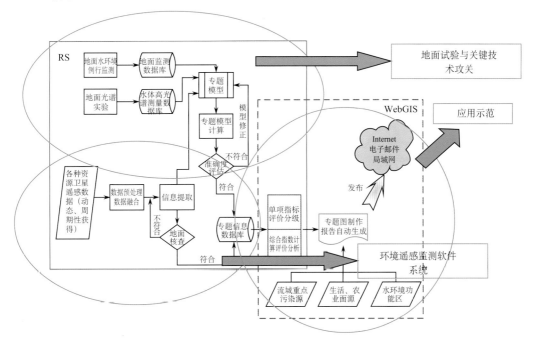

图 3-1　太湖水体环境遥感监测实验总体流程

型、多专题、多空间分辨率、多光谱分辨率、多时相的太湖水体遥感监测数据,开展多层次、多目标的水环境数据反演和数据分析,并制作各种水环境遥感监测数据产品(见图 3-1、图 3-2)。

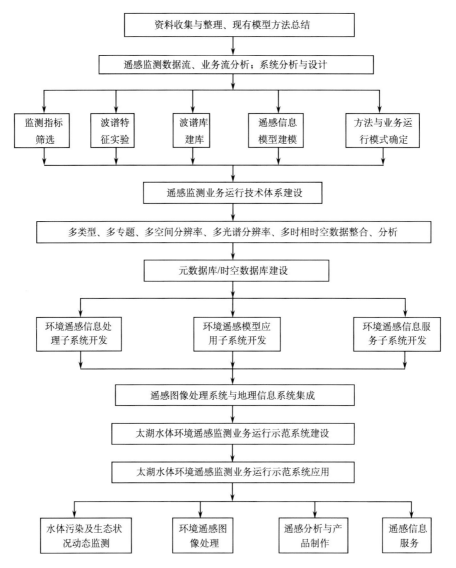

图 3-2　太湖水体环境遥感监测实验总体技术路线

# 3.2　实验技术规范

通过实际实验形成面向水环境遥感监测业务应用的若干技术规范,主要包括:水环境遥感原位数据采集、水面光谱测试观测、水样采集与水质化验分析、环境参数观测、野外原位实验、数据整理与分析、不同水体组分对水体光谱特征影响分析、实验室波谱实验等方面的技术规范;同时在实验中将定义水环境质量遥感监测专题产品,主要有文字报表和专题图。文字报表主要包括水质评价、营养化程度评价、藻类水华暴发预警分析、叶绿素浓度分析报告等。专题图主要包括遥感水质评价图、污染源排污口分布图、浮游植物分布态势图、藻类分布态势图、水体表层温度等值线图、泥沙含量分布状况图、营养化程度遥感评价图、藻类水华暴发预警图、叶绿素浓度分布图等。

## 3.3　遥感数据获取与处理

### 3.3.1　数据源

本实验采用的数据源主要包括高光谱数据和宽波段遥感数据,主要有基于 GER-1500 地物光谱仪、ASD 地物光谱仪等采集的地面实测波谱数据,以及 TM、SPOT、AS-TER、MODIS、CBERS-2、SeaWiFS、NOAA 等遥感数据。本实验共收集卫星及机载高光谱遥感传感器数据 42 景(见图 3-3～图 3-14),详见表 3-1。

表 3-1　本实验采用的遥感影像数据

| 卫星/遥感器 | | 时间<br>(年.月.日) | 波段设置<br>(* 表示有波长信息) | 空间分辨率 |
|---|---|---|---|---|
| OMIS-I | | 2000.7. | 标准波段设置* | 6m |
| 中巴资源卫星<br>1 号<br>(简称"中巴-1") | | 2001.4.12<br>2000.9.16<br>2000.9.19 | 第 2,3,4 波段 | 星下点空间分辨率 19.5m |
| | | 2000.11.4<br>2001.2.26<br>2001.12.25 | 第 2,3,4,5 波段 | |
| 中巴资源卫星<br>2 号<br>(简称"中巴-2") | | 2004.1.13<br>2003.10.22<br>2003.11.22 | 第 1,2,3,4,5 波段 | 星下点空间分辨率 19.5m |
| SPOT | SPOT-2 | 2002.6.18<br>2002.7.31 | 全色波段 | 全色波段为 10m;多光谱和短波红外波段为 20m |
| | SPOT-4 | 2002.7.14<br>2002.8.3 | | |
| ASTER | | 2003.2 | 标准波段设置* | 可见光和近红外波段为 15m;短波红外波段为 30m;热红外波段为 90m |
| | | 2003.8.3 | 3 个波段 | |
| TM | | 1995.5 | 第 5,4,3 波段 | 第 1,2,3,4,5,7 波段为 30m;第 6 波段为 120m |
| | | 2000.5.1 | 第 4,3,2 波段 | |
| | | 1997.5.4<br>2003.11.13 | 第 1～7 波段 | |

| 卫星/遥感器 | 时间<br>(年．月．日) | 波段设置<br>(*表示有波长信息) | 空间分辨率 |
|---|---|---|---|
| TM | 2004.3.4<br>2003.11.13<br>2002.8.22<br>2003.12.25<br>2003.7.24<br>2002.7.12<br>2002.7.30<br>2003.9.24<br>2004.5.17<br>2004.7.26 | 第1～7波段 | 30m |
| Hyperion | 2002.9.20 | 共124个波段* | 30m |
| 风云一号C | 2003.5.30<br>2003.5.8 | 标准波段设置 | 1.1km |
| 海洋(SeaWiFS) | 2002.2.28<br>2003.4.15 | 标准波段设置* | 星下点地面分辨率1.1km |
| MODIS | 2003.11.16<br>2003.11.23<br>2004.3.5 | 第1～36波段 | 第1,2波段为250m<br>第3～7波段为500m<br>第8～36波段为1000m |
| | 2004.7.26<br>2004.7.27<br>2003.11.23 | 第1～36波段第1～7波段<br>第1～36波段 | |
| IKONOS | 2002.12.9 | 标准波段设置 | 全色0.86m,多光谱4m,选取中桥附近64km²,1/2以上面积为水体,涵盖了三个监测站点 |

### 3.3.2 数据处理

由于在遥感图像中,水体一般为弱信息,相对于其他地物而言,更易受大气、平台姿态、仪器信号等干扰因素的影响,因此在太湖水体环境遥感监测中,对遥感图像的预处理和标准化就显得尤为重要。本实验遥感图像标准化处理流程如图3-15所示。

辐射纠正包括大气纠正、辐射定标等,通过辐射纠正完成从图像到DN值、表观反射率的获取,进而提取遥感反射率以及离水辐射;几何精校正一般包括精确选取地面控制点、选择空间变换函数、重采样和内插三部分。空间变换函数常选多项式模型(尤其是二次多项式模型)。用于几何校正的主要内插方法有最邻近内插法、双线性内插和三次卷积内插三种;分离表面反射和离水辐射是要在水质遥感中消除大气程辐射和水面反射所造成的噪音影响,有效分离出只是包含水体成分信息的那部分辐射能。

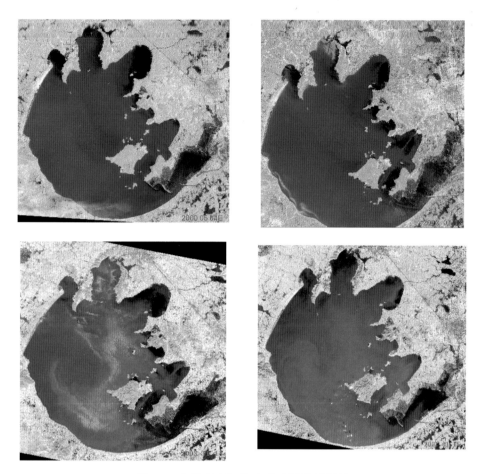

图 3-3　太湖春、夏、秋、冬季 TM 数据举例

图 3-4　2000 年 7 月 OMIS-1 数据举例

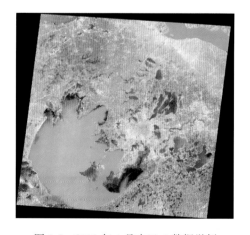

图 3-5　2001 年 4 月中巴-1 数据举例

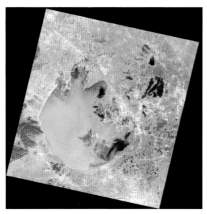

图 3-6　2004 年 1 月中巴-2 数据举例

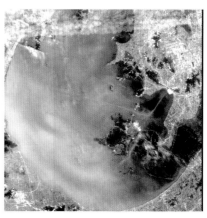

图 3-7　2002 年 6 月 SPOT-2 数据举例

图 3-8　2002 年 7 月 SPOT-4 数据举例

图 3-9　2003 年 7 月 ASTER 数据举例

图 3-10　2004 年 3 月 TM-7 数据举例

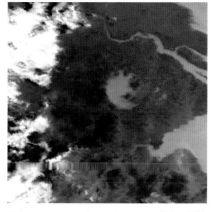

图 3-11　2003 年 5 月 FY-1C 数据举例

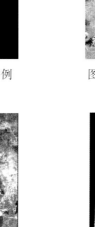

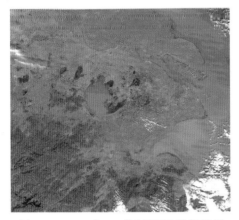

图 3-12　2003 年 11 月 MODIS 数据举例

图 3-13　2002 年 12 月 IKONOS 数据举例

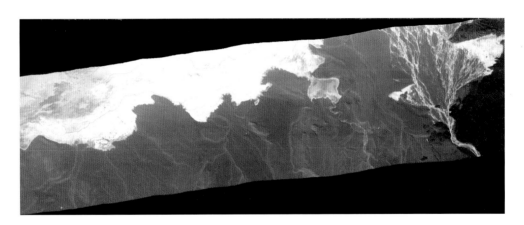

图 3-14　2002 年 10 月 Hyperion 数据举例

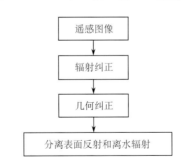

图 3-15　遥感图像的标准化处理技术流程

### 3.3.3　TM 图像预处理

（1）几何纠正

TM 图像使用 1：50000 地形图进行几何纠正，使用高斯-克吕格投影 6 度分带，工作地区带号为 21。纠正的平均误差和最大误差均小于 1 个像素。

（2）辐射校正

TM 图像包括两种：L5 数据和 L7 数据。对于 L5 数据，计算中使用的参数除成像日期和太阳高度角来自于头文件外，其余使用 USGS 的公布参数。对于 L7 数据，使用头文件和 NASA 网站提供的参数。在 USGS 网站的文献中，给出了标准的行星反射率计算公式和相关的参数取值表，整个计算分为两步。

计算辐射亮度

$$L_\lambda = \text{Gain} \times \text{DN} + \text{Bias} \qquad (3\text{-}1)$$

计算行星反射率

$$\rho = \frac{\pi \cdot L_\lambda \cdot d^2}{E_{\text{sun}\lambda} \cdot \cos\theta} \qquad (3\text{-}2)$$

式中各个参数的含义和单位如下：

DN：图像的像素灰度值，无量纲，取值范围 0～255；

$L$：辐射亮度，单位：$W \cdot m^{-2} \cdot sr^{-1} \cdot \mu m^{-1}$；

Gain：增益，单位：$W \cdot m^{-2} \cdot sr^{-1} \cdot \mu m^{-1}$；增益＝$(L_{\max} - L_{\min})/255$，$L_{\max}$ 和 $L_{\min}$ 分别是最大和最小光谱辐射值，单位与增益相同；

Bias：偏置，单位：$W \cdot m^{-2} \cdot sr^{-1} \cdot \mu m^{-1}$，偏置＝$L_{\min}$。

在应用中要注意，1984 年以来，增益和偏置随日期不同有两套参数，其差异主要出现在增益上。

$\rho$：行星反射率，无量纲；

$D$：日地距离参数，无量纲。USGS 给出的日地距离参数查找表 3-2 所示。

**表 3-2　日地距离因子查找表**

| 日数 | 距离 | 日数 | 距离 | 日数 | 距离 |
|---|---|---|---|---|---|
| 1 | 0.9832 | 135 | 1.0109 | 274 | 1.0011 |
| 15 | 0.9836 | 152 | 1.014 | 288 | 0.9972 |
| 32 | 0.9853 | 166 | 1.0158 | 305 | 0.9925 |
| 46 | 0.9878 | 182 | 1.0167 | 319 | 0.9892 |
| 60 | 0.9909 | 196 | 1.0165 | 335 | 0.986 |
| 74 | 0.9945 | 213 | 1.0149 | 349 | 0.9843 |
| 91 | 0.9993 | 227 | 1.0128 | 365 | 0.9833 |
| 106 | 1.0033 | 242 | 1.0092 | | |
| 121 | 1.0076 | 258 | 1.0057 | | |

表 3-3　增益和偏置取值

| 波段 | 1984 年 3 月 1 日~2003 年 5 月 4 日 | | 2003 年 5 月 4 日后 | |
| --- | --- | --- | --- | --- |
| | 增益 | 偏置 | 增益 | 偏置 |
| 1 | 0.6024 | −1.52 | 0.7628 | −1.52 |
| 2 | 1.1751 | −2.84 | 1.4425 | −2.84 |
| 3 | 0.8058 | −1.17 | 1.0399 | −1.17 |
| 4 | 0.8145 | −1.51 | 0.8726 | −1.51 |
| 5 | 0.1081 | −0.37 | 0.1199 | −0.37 |
| 6 | 0.0551 | 1.2378 | 0.0551 | 1.2378 |
| 7 | 0.0570 | −0.15 | 0.0653 | −0.15 |

$E_{sun}$：太阳光谱辐射量，单位：$W \cdot m^{-2} \cdot \mu m^{-1}$。

$\vartheta$：太阳天顶角，度。该值＝90－太阳高度角，太阳高度角从头文件中读取。

（3）大气校正

当前对于大气校正的算法较多，例如 6S 算法、PCI 中的大气校正算法、ERDAS 中的大气校正算法、暗像元算法等。在这些算法中，或部分参数的选择具有主观性，或使用的大气标准剖面为美国标准，与国内的差异较大。此外，工作地区缺少同步的大气资料。考虑到这些问题，我们认为，在没有实测大气数据的情况下，使用这些算法进行图像的大气校正，实际上是人为的增加了数

表 3-4　太阳光谱辐射量的取值

| 波段 | CHKUR |
| --- | --- |
| 1 | 1957 |
| 2 | 1826 |
| 3 | 1554 |
| 4 | 1036 |
| 5 | 215.0 |
| 7 | 80.67 |

据的不确定性。在此基础上得到的计算结果也往往不能对比。因此，在本次工作中，考虑到上述问题和数据的对比应用，建模中使用的是 TM 图像的行星反射率。

（4）噪音去除

受风浪的影响，水体的遥感图像存在有噪音。根据对比分析，选择使用 5×5 像素的低通滤波对计算后的行星反射率数据进行处理；处理后的数据用来建立监测模型。

## 3.4　水质同步采样与光谱测量分析

### 3.4.1　水质同步采样与光谱测量

水质同步采样点主要依托环境保护部门现有太湖水质测点。采样充分考虑光谱采集的范围内水质的均一性，以混合样进行实验室分析，实验室方法根据国家标准进行质量控制，分析方法以《地表水环境质量标准》(GB3838-2002)推荐的方法为准。

采样方法参照国家环境质量监测网水质采样技术规范。波谱仪标定参照国家有关标准进行，要求光谱测量仪入瞳水体区域的水质采样要有空间代表性，能够反映测量区水质的整体特征，测量时应考虑到卫星遥感反演的应用，以实现天-地同步测量，因此测量时应考虑到采用卫星的过境日期与时间。实地测量时应根据卫星过境时间、天气预报等多方

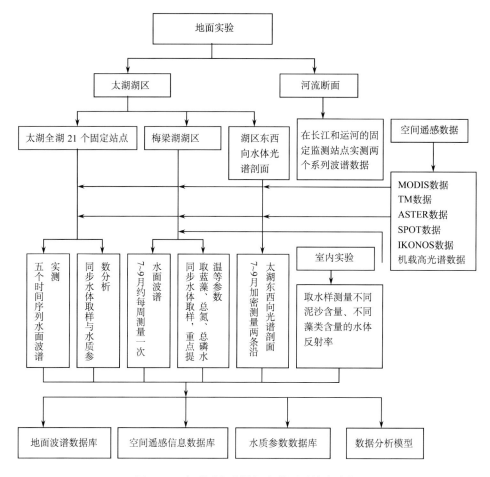

图 3-16　水质同步采样与光谱测量技术路线

面因素具体确定。光谱测量与水质同步采样技术路线如图 3-16 所示。

　　主要工作方式包括对太湖水质测点选取水质变化相对较快的晴天时间进行光谱连续观测,将定点连续观测光谱与水质测点的水质监测记录进行综合分析。此部分工作可以根据需要实施日变化观测、月变化观测和年变化观测。

### 3.4.2　光谱分析

　　根据野外实测光谱资料和同步的水质监测分析参数进行波谱分析的工作包括:对现有的相关水体水质的波谱分析方式、模型以及遥感应用模型按现有的资料进行验证、评估;针对特定的遥感数据源的波段指标和光谱响应进行模拟分析,将光谱-水质参数进行关联分析,并在空间上作一定的拓展,使得地面测试结果、经验模型能与图像作初步的结合。通过光谱特征分析,寻找叶绿素、总悬浮物、溶解性总有机碳等各参数变化的敏感波段,寻求不同参数的特征描述;利用从不同数据源获得的多时相数据和地面实测数据,分析不同水质参数的光谱特征,其中,重点研究太湖水体污染物的光谱特性。根据各参数不同的光谱特性,主要分析吸收峰、反射峰的深度、宽度、拐点位置、斜率、光谱曲线形状等,并对反射率或辐射值的变化式如一阶微分、对数形式等的特征进行分析,由此获得不同参数的光谱指示特征。

最佳波段或波段组合的选择采用下述方法:基于信息量的最佳波段选择方法如熵与联合熵,组合波段的协方差矩阵行列式,最佳指数等;基于类间可分性的最佳波段选择如均值间的标准距离、离散度、B 距离等,并结合主成分分析法、灰色系统分析法、多元回归分析法等方法。

分析时需要注意不同水质参数组合对光谱特征的影响,如悬浮物含量变化对叶绿素特征光谱的影响,泥沙含量变化对叶绿素特征光谱的影响等。对于一些光谱特征不明显的参数,分析其与不同参数间的相关性,如分析叶绿素、浮游植物、总氮、总磷等参数间的相关性,以间接建立这些参数的光谱特征指示标志。

## 3.5　太湖水体环境遥感模型构建技术路线

首先系统性地搜集 1996 年以来太湖水环境调查数据和相关的资料,以室内实验和野外观测为基础,以高光谱数据和 TM 遥感图像数据为主要遥感数据,通过实验分析、机理分析和统计分析方法,建立不同季节主要水环境指标的遥感监测模型,模型构建的技术路线如图 3-17 所示。

室内实验主要是对不可直接遥感观测的指标总磷、总氮溶液和可直接观测的泥沙含量进行光谱测量实验。野外观测按月与水面常规水质监测同步进行,并在典型地区进行加密采样。测量结果规范化后存入数据库。同时,根据采样日期,购买或预订遥感图像。在数据处理和建模中,首先根据历史测量数据和遥感图像,分析遥感图像与水环境指标的关系,选择并最后确定数据预处理方法和工作流程,然后结合已有的地物光谱成果和遥感理论,使用探索性数据分析方法和相关分析方法,确定水环境指标的敏感波段。对不同季节的数据进行对比分析,选择稳健的波段作为遥感数据的指标。通过最优化求解方法确定这些敏感波段与水环境指标之间的表达式,建立监测模型。最后使用回归验证和相邻月水质数据进行模型精度的检验,确保敏感波段的稳健性。对误差进行分析,确定模型的可适用性。适用的模型入库,用于遥感制图和水质监测。

## 3.6　太湖水体环境遥感监测方法研究的技术路线

内陆水体中决定光谱反射率的污染物质主要有三类:浮游植物(主要是藻类)、悬浮物(由浮游植物死亡而产生的有机碎屑、陆生或湖体底泥再悬浮而产生的无机悬浮颗粒)和黄色物质(由黄腐酸、腐殖酸组成的溶解性有机物)。藻类色素和低浓度有机酸在短波区的吸收和纯水在长波区的吸收,水分子在短波区的散射和中波区的拉曼散射,悬浮物较强的后向反射特性,藻类色素的叶绿素反射特征和荧光辐射等,都成为遥感识别水质参数的重要指示标志。太湖水体监测指标大体可分为可直接遥感的监测指标和需要间接分析的监测指标。可直接遥感的监测指标对水体反射率有较显著的影响,可以通过光谱特征进行识别和分析,

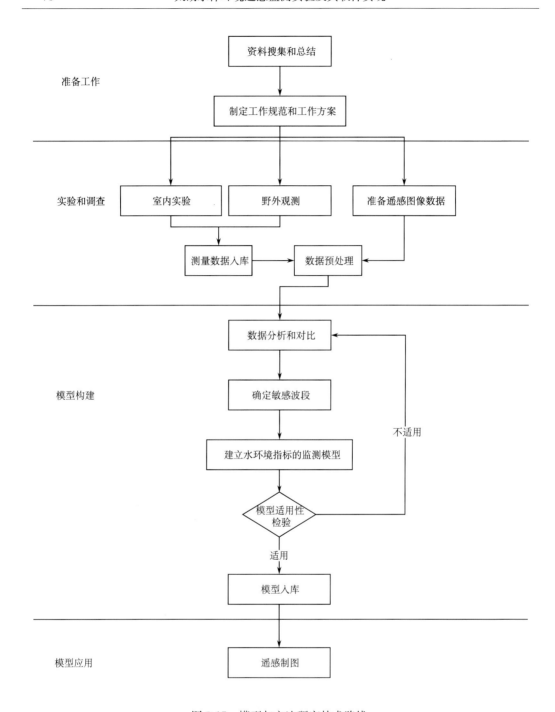

图 3-17　模型与方法研究技术路线

主要包括叶绿素、总悬浮物、色度、透明度、浑浊度、水温等。需要间接分析的指标，由于较难找到这些因子独立的光谱特征，需要利用不同物质之间的相关关系，通过相关方法进行间接分析，主要包括 TN（总氮）、TP（总磷）、溶解性有机碳、富营养状态指数等。

水环境遥感监测主要是利用不同平台的遥感传感器获取的遥感信息，获取水体反射辐射信息，在对所获取的遥感信息进行标准化处理的基础上，将数据代入模型，进行分析处理，最后提取出水质参数的信息，包括不同参数的分布、含量等，从而估测水质参数的分布及含量等信息。其技术路线如图3-18。

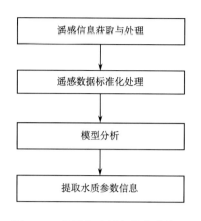

图3-18　监测方法研究技术路线图

利用遥感传感器记录的辐射值或光谱反射率估测水质通常有三种方法，即经验方法、半经验方法和分析方法。经验方法是通过建立遥感数据与地面监测的水质参数值之间的统计关系外推水质参数值，由于水质参数与遥感数据之间的事实相关性不能保证，所以该种方法结果缺乏物理依据。半经验方法是将已知的水质参数光谱特征与统计模型相结合，选择最佳的波段或波段组合作为相关变量估算水质参数值的方法，这种方法具有一定的物理意义，是目前最常用的方法。半经验模型通常利用光谱特征选择最佳波段或波段组合，再建立水质参数与光谱或光谱变化式（如对数、一阶微分等）的回归方程。分析方法的基础是根据水中光场的理论模型来确定吸收系数与后向散射系数之比与表面反射率的关系，这种关系确定后，可由遥感测得的反射率值计算水中实际吸收系数与后向散射系数的比值，与水中组分的特征吸收系数、后向散射系数相联系，就可以得到组分的含量。另外，还有机理模型方法。它是利用辐射传输理论，根据水体组分的固有光学特性（IOPs）如光束衰减系数、吸收系数、散射系数、散射相函数等，以及表观光学量（AOPs）如向上辐亮度、辐照度、漫衰减系数等，建立水体光谱的前向模拟模型，进而通过模型反演，提取水体组分的浓度信息。机理模型能够直接反演的水体组分包括叶绿素、悬浮物和黄色物质。

### 3.6.1　叶绿素 a 遥感监测

叶绿素具有特定的吸收和反射光谱，在440nm附近有一吸收峰，在550nm附近有一反射峰，在685nm附近有较明显的荧光峰。一般来说，随着叶绿素含量的不同，在430～700nm光谱段会有选择地出现较明显的差异。叶绿素定量估算的遥感指标是通过$R(n_1)$、$R(n_2)$、$R(n_3)$、$R(n_4)$或其对数运算、算术运算实现的。所建立的统计模型主要有：①根据两个波段的比值，建立一阶线性回归方程；②针对不同波段建立多元线性回归方程；③建立反射峰位置与叶绿素含量对数值的线性回归方程；④对不同波段或波段组合进行处理（如加、减、乘、除、取对数等）后建立的回归方程；⑤指数回归模型；⑥利用植被指数建立的回归模型等。

### 3.6.2　浮游植物遥感监测

浮游植物光谱特征与叶绿素的光谱特征相似。在可见光及近红外波段范围，随悬浮物含量的增加，水体的反射率增加，且随着悬浮物浓度的增大，反射峰位置向长波方向移动；700～900nm范围反射率对悬浮物浓度变化敏感，是遥感悬浮物的最佳波段。浮游植物定量估算的遥感指标主要是通过建立浮游植物与叶绿素的相关关系,利用叶绿素含量估算浮游植物含量,其估算的遥感指标类似于叶绿素的估算,即 $R(n_1)$、$R(n_2)$、$R(n_3)$、$R(n_4)$ 或其对数运算、组合运算,$R(n_1)$、$R(n_2)$、$R(n_3)$、$R(n_4)$ 为传感器的不同波段($n_1$、$n_2$、$n_3$、$n_4$ 表示中心波长)的 DN 值或表观反射率或遥感反射率或水面反射率。此外,也可由叶绿素 a 含量、温度、水体参数估算浮游植物量。

### 3.6.3　悬浮物遥感监测

水体中悬浮物含量的多少直接影响水体透明度、浑浊度、水色等光学性质。

遥感指标 1:TM3(630~690nm) 波段或者波谱范围与 TM3 接近的遥感图像的一些波段,如 MSS 5(600~700nm),SPOT 4 或者 SPOT 5 的红波段(610~680nm),或者 NOAA-7 卫星的 AVHRR1 通道(580~680nm),遥感数据为 DN 值或表观反射率或遥感反射率或水面反射率等。常用算法模式有线性模式、对数模式、Gordon 模式、负指数模式、统一模式。遥感估算的指标为悬浮泥沙浓度,单位:mg/L。

遥感指标 2:TM1~TM4 波段的视反射率($R_1$、$R_2$、$R_3$ 和 $R_4$)。评价指标为悬浮物浓度的不同等级:$R_2/R_1 > 1$ 且 $R_3 \geqslant R_2$;高悬浮物浓度区:$R_2/R_1 > 1$ 且 $R_3 < R_2$;低悬浮物浓度区;算法模型主要有:①线性模式;②对数模式;③Gordon 模式;④负指数模式;⑤统一模式。

### 3.6.4　有色溶解性有机物(CDOM)遥感监测

CDOM 主要由氨基酸、糖、氨基糖、脂肪酸类、类胡萝卜素、氯纶色素、碳水化合物和酚等组成。现已知,CDOM 产生感光分解作用,因此,局地产生的 CDOM 在水体较深处的富集比表层可能大得多。据研究,波段 350~700nm 对 CDOM 的光吸收有响应。利用遥感信息提取 CDOM 浓度,常用的模式有两类:一类是直接提取浓度信息的模式,在此类模式中,CDOM 的浓度常以溶解性有机碳(DOC)浓度来表征;另一类是是计算黄色物质在某一特征波段的吸收系数,用吸收系数来表示黄色物质浓度。

### 3.6.5　DOC 溶解性有机碳遥感监测

DOC 在蓝光波段强烈吸收,因此,DOC 浓度的增加,会降低水体在蓝光波段的离水辐射。研究表明,DOC 的吸收光谱的范围主要集中在紫外(280~400nm)和可见光(400~700nm),在任何浓度下,随着波长的增加其光吸收都会锐减。在蓝绿波段即使很小的 DOC 浓度变化(<2ppm)都会引起吸收光谱很大的变化,但在红光和近红外波段 DOC 浓度变化对其吸收光谱的影响却很小。大量 DOC 的存在使得水体颜色呈现褐色,低 DOC 浓度水体存在一个显著的光谱响应波段 560~570nm。遥感指标:$R_{706}$,$R_{716}$ 与 $R_{670}$ 分别表示 706nm、716nm 和 670nm 附近的视反射率。算法模型主要有 Arenz、Hirtle、陈楚群等分别建立的回归模型和反演模型等。

### 3.6.6　透明度遥感监测

透明度是评价湖泊富营养化的一个重要指标,能直观反映湖水清澈和浑浊程度,湖水透明度与光学衰减系数、漫射衰减系数之间存在密切关系。遥感指标:离水辐亮度或遥感反射率,或视反射率。算法模型主要有主要有 Lathrop、张运林、Sabine、Sampsa、K. Kallio、Steven、傅克忖等建立的回归模型。

### 3.6.7 总氮、总磷、总有机碳、化学耗氧量遥感监测

由于总氮、总磷、总有机碳、化学耗氧量的光谱特征不明确,因此主要是通过统计相关分析来估算。研究结果表明,利用单波段、多波段因子组合以及主成分分析等手段可以使遥感信息得到更充分的利用,从而使监测结果更加精确。

### 3.6.8 热污染遥感监测

热红外影像能表现出大量的热信息,其测温灵敏度可达 0.1℃ 或 0.2℃ 的温差,从而有利于判定热污染对研究区域的影响情况,可用于热污染的监测,并定量地制作等温线图。目前,用于温度反演的比较成熟的算法有分裂窗算法、热惯量方法和温度、比辐射率分离算法等。遥感指标:AVHRR 通道 4 和通道 5 及 MODIS、ASTER、TM 与之对应的通道。

### 3.6.9 基于遥感方法的太湖水污染评价

溶解或悬浮于水中的污染物成分、浓度不同,导致水体颜色、密度、透明度和温度等产生差异,从而引起水体反射能量的变化,这些变化在遥感图像上则反映为色调、灰阶、形态、纹理等特征的差别,因此,根据影像显示,一般可以识别污染源、污染范围、面积和浓度。水质污染评价的遥感指标:TM1~TM4 波段或波谱范围与其相近的其他传感器的波段的视反射率($R_1$、$R_2$、$R_3$ 和 $R_4$)。污染评价方法和主要步骤包括计算影像的视反射率、水体提取、悬浮物质水体提取($R_2/R_1 > 1$)、污染水体提取及分类。在以上各步骤中,污染水体的分类标准是最难确定的,即 $R_4/R_3$ 取多大时为重污染,取何值时为轻污染。通过不断地尝试和比较,发现 $R_4/R_3$ 的平均值和标准方差可以作为半定量指标。

### 3.6.10 基于遥感方法的太湖富营养化状态评价

湖库富营养化程度的评价常采用营养状态指数法,且大多都是以 SD、Chl-a、GP 浓度等三个水质参数或其中一个参数为基准,利用遥感图像灰度值与各水质参数的相关性建立一些经验反演模型来实现湖、库富营养化的遥感评价。通常有营养状态指数、藻类现存量指标、综合营养状态指数等评价富营养化程度的几种方法。其中,叶绿素浓度,氮、磷含量等参数由相关的遥感模型方法反演。

## 3.7 高光谱遥感监测模型构建

首先采用水表面以上测量法进行地物波谱辐射计现场表观光谱测量,获得导出离水辐射率、归一化离水辐射率、遥感反射率和水面以下辐照度比等表观光学参数。为避开太阳直射反射和船舶阴影对光场的破坏,在数据处理中,可以用算法来实现对太阳耀斑光污染的消除。所采用设备为 ASD 公司的 Field Pro 高光谱仪器,其光谱范围为 350~

1050nm，色散为 141nm，光谱分辨率是 3nm，有 512 个波段，视场角为 7.5°。测定的光谱范围为：282～1090nm，512 个波段，光谱采样间隔为 1.41nm，光谱分辨率为 3nm。有效波段范围为 360～860nm。波谱数据采集和环境监测中心的常规监测数据采集同步进行，7～10 月份采用两种测量方法进行。每个月初 1～5 日测量，采样点为太湖常规监测的 21 个点位。

　　操作方法如下：仪器观测平面与太阳入射平面的夹角 $90° \leqslant \Phi_v \leqslant 135°$（背向太阳方向），仪器与水面法线方向的夹角 $30° \leqslant \theta_v \leqslant 45°$，这样便可避免绝大部分的太阳直射反射，同时减少船舶阴影的影响。天空光在水面的反射是不可避免的，因此，在仪器面向水体进行测量后，必须将仪器在观测平面内向上旋转一个角度，使得天空光辐亮度 $L_{sky}$ 的观测方向天顶角等于水面测量时的观测角 $\Phi_v$。待船停稳后，仪器距离水面约 1m 处进行测量，每个点测量 10 次，积分时间取 136ms，利用严格定标的灰板（白板）参照，测量指标为：灰板（白板）信号码值（DN），遮挡太阳光灰板（白板）信号码值（晴天），水体信号码值，天空光信号码值。同时，记录水面信息如浪高等，进行风向、风速的测量，利用差分 GPS 定位；最后，对当时的天气状况进行描述，并对水面进行拍照。

　　测量的高光谱数据被转换为遥感反射率，用于模型构建。测量数据需要通过 ASD 公司的专门数据处理软件把数据转化成文本文件，该文本文件内容即为波谱的信号码值。对于经过上述处理的原始数据，没有剔除任何的噪声，如在波谱曲线的表现上明显的不够圆滑造成数据的波动很大等；个别点位由于测量时外界影响比较严重，如在测量时，当碰到藻类水华现象，大量藻类漂浮于水面，而造成波谱曲线类似绿色植被的波谱特征（7、8月份的个别点位），而常规水质监测水样则部分避开了这个影响，为了和常规数据吻合，便于进行模型反演，需要把无效点位的波谱数据排除在分析数据之外。确定剔除数据的原则有两个：①天气原因，如雨天、大风天气以及由于和常规监测数据同步进行，造成的测量时天色太晚等，这样的情况，往往造成波谱呈锯齿状；②部分点位的 700nm 附近反射峰异常偏高。最后，对剔除部分点位后的有效数据计算遥感反射率。

　　按照唐军武等（2004）提出的光谱测量方法，在避开太阳直射反射、忽略或避开水面泡沫的情况下，光谱仪测量的总的水体光谱信息为

$$L_{sw} = L_w + rL_{sky} \tag{3-3}$$

式中，$L_{sw}$ 为总的水体信息；$L_w$ 为离水辐亮度；$L_{sky}$ 为天空漫散射光，不带有任何水体信息，须去掉；$r$ 为气-水界面对天空光的反射率，在平静水面 $r$ 取 2.2%，风速为 5m/s 左右时 $r$ 取 2.5%，10m/s 左右的风速时可取 2.6%～2.8%。所以由式（3-3）可得水体的离水辐亮度为

$$L_w = L_{sw} - rL_{sky} \tag{3-4}$$

　　通过测量标准灰板的反射，可以得到水体表面入射总辐照度 $E_d(0+)$，公式为

$$E_d(0+) = L_p \times \pi / \rho_p \tag{3-5}$$

式中，$L_p$ 为标准灰板的测量值；$\rho_p$ 为标准灰板的反射率，我们选用经过严格定标的 30% 的灰板。由式（3-4）、（3-5）便可求出水体的遥感反射率 $R_{rs}$。

$$R_{rs} = L_w / E_d(0+) \tag{3-6}$$

根据以上计算方法,首先对每个指标测量的 10 条光谱数据显示,去除由于毛细波的太阳直射反射造成的数值较高的曲线,保留数值较低的曲线进行平均;然后将平均处理后的值代入上面的公式,计算水体的离水辐亮度,最终得到各个样点的遥感反射率。

遥感模型构建的基本流程如图 3-19。

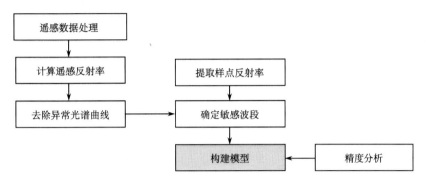

图 3-19　遥感监测模型建立流程

# 3.8　太湖水体环境遥感监测实验平台开发技术方案

针对太湖水体环境遥感实验的实际需求,面向流域水体环境环境和监测的业务应用目标开发水环境遥感监测软件平台,以支持本实验工作的开展,并为太湖水体环境遥感监测系统建设提供软件原型。所开发平台需具备多类型、多专题、多空间分辨率、多光谱分辨率、多时相环境遥感数据的综合处理和应用能力,以及水环境遥感监测指标反演和遥感数据专题产品制作能力。要求基于 Visual C++6.0 IDE 开发,具有完全模块化体系结构,底层库基于国际标准 C++库,支持跨平台二次开发,界面友好,初步满足太湖水体环境遥感监测的基本业务需要。实验平台系统主要由五个子系统组成:数据输入输出子系统、遥感数据处理子系统、数据库子系统、环境指标监测子系统和信息网络管理与产品发布子系统。平台系统按功能分为六大模块:

**多源数据导入导出模块**　提供多源数据的统一处理,其特色是多传感器支持、多数据格式支持和海量数据快速处理。

**遥感图像处理模块**　负责遥感图像的分析与处理,其特色是强大的高光谱专业处理能力和光谱分析功能,导航式的大气校正,完善的几何校正和多投影变换功能。

**光谱库、图像库、模型库和水质监测数据库管理模块**　负责地面光谱、图像和地面监测数据的管理,其特色是具有灵活的建模功能。

**水环境指标监测模块**　负责环境遥感监测指标的遥感图像反演、信息提取和环境遥感数据加工,其特色具有多应用模型、多种作业模式、监测任务驱动下的灵活交互。

**环境监测制图与网络发布模块**　负责环境遥感监测专题数据产品的生产、制作和基于 GIS 技术的产品发布。

# 3.9　太湖水体环境遥感监测软件系统业务应用示范技术方案

### 3.9.1　业务应用示范目的与内容

利用"太湖水体环境遥感监测实验平台"中的环境遥感信息处理子系统、环境遥感模型应用子系统、环境遥感数据管理子系统和信息集成及专题图制作子系统,以我国流域水环境及生态环境管理需求最为迫切的太湖为示范区,对该示范区 1997～2005 年的遥感数据进行处理、分析、评价和制图,探索水环境遥感动态监测和生态环境遥感监测技术流程,分析和测试所建立的方法和软件的效果,初步形成太湖水环境遥感监测技术体系框架,为全国水环境遥感动态监测提供技术示范。业务示范所产生的遥感监测专题图主要包括:水质分区图、水质评价图、叶绿素浓度分布图、浮游植物分布图、污染态势图、总悬浮物浓度分布图、可溶性有机物污染分布状况图、总磷浓度分布图、总氮浓度分布图、富营养化指数图、流域水环境质量综合评价图等。

### 3.9.2　业务应用示范主要技术流程

根据太湖水环境保护工作的具体需求和实验的总体目标要求,业务示范技术流程如图 3-20 和图 3-21 所示。

### 3.9.3　业务应用示范产品制作

通过太湖水体环境遥感监测实验软件系统的业务示范,将主要生成和制作如下产品:

**太湖水质评价**　利用对各监测点位水质评价结果,进行各测点达标/超标情况统计,生成文字报告和反映各站点间水质类别对比的统计图形。

**太湖营养化程度评价**　说明太湖湖体富营养化总体状况;富营养化程度最高湖区位置、超标情况、等级;富营养化程度最低湖区位置、等级;各等级区域面积及所占比例。

**藻类水华暴发预警分析**　说明太湖湖体未来特定时间段的藻类水华暴发总体情况;藻类水华暴发出现的主要湖区位置、富营养化等级;藻类水华暴发处在何种阶段及趋势分析。

**叶绿素浓度分析报告**　说明太湖湖体叶绿素浓度总体分布状况;叶绿素浓度最高湖区位置、超标情况、等级;叶绿素浓度最低湖区位置、超标情况、等级。

**基于太湖水体环境遥感的水质评价图**　地图要素包括:行政区、主要河流、主要湖泊、居民区(点)等矢量图层和遥感影像图;标注各测点名称、水质目标类别、达标/超标情况、主要污染物。制图比例尺为 1∶10 万。

**太湖水体叶绿素浓度分布图**　地图要素包括:行政区、主要河流、主要湖泊、居民区(点)等矢量图层和遥感影像图;叶绿素浓度等值线及空间分布。制图比例尺为 1∶10 万。

**太湖水体总氮浓度分布图**　地图要素包括:行政区、主要河流、主要湖泊、居民区(点)

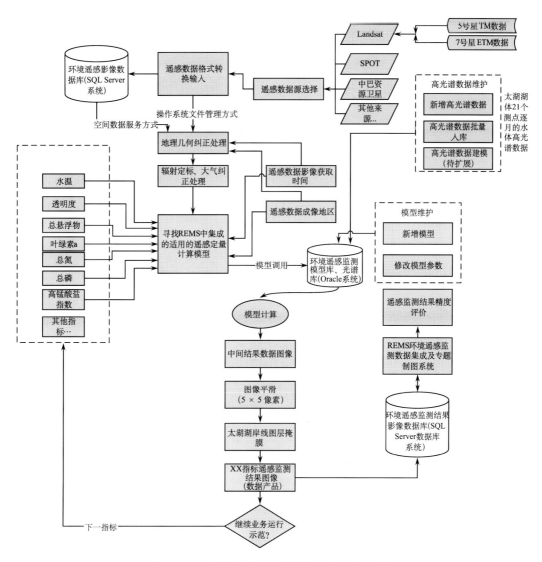

图 3-20　水环境遥感动态监测业务示范技术流程

等矢量图层和遥感影像图;总氮浓度等值线及空间分布。制图比例尺为 1∶10 万。

　　**太湖水体总磷浓度分布图**　　地图要素包括:行政区、主要河流、主要湖泊、居民区(点)等矢量图层和遥感影像图;总磷浓度等值线及空间分布。制图比例尺为 1∶10 万。

　　**太湖水体悬浮物浓度分布图**　　地图要素包括:行政区、主要河流、主要湖泊、居民区(点)等矢量图层和遥感影像图;悬浮物浓度等值线及空间分布。制图比例尺为 1∶10 万。

　　**太湖水体藻类分布态势图**　　地图要素包括:行政区、主要河流、主要湖泊、居民区(点)等矢量图层和遥感影像图;水体藻类数量分级。制图比例尺为 1∶25 万。

　　**污染源排污口分布图**　　地图要素包括:行政区、主要河流、主要湖泊、居民区(点)等矢

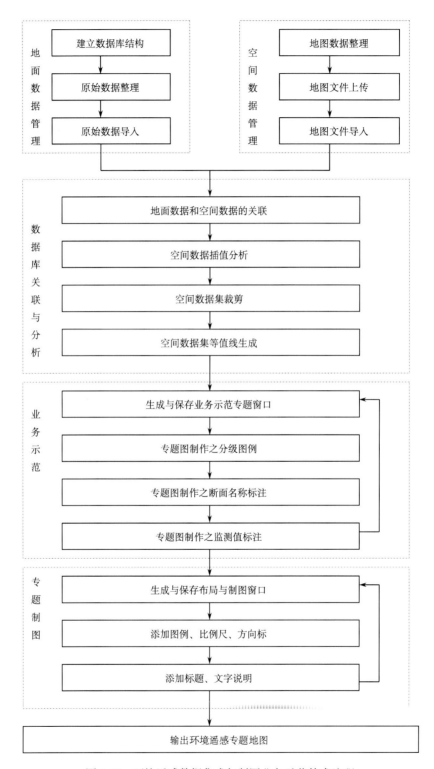

图 3-21　环境遥感数据集成与制图业务示范技术流程

量图层和遥感影像图;排污口位置、污染带。制图比例尺为 1:25 万。

**太湖水体表层温度等值线图**　　地图要素包括:行政区、主要河流、主要湖泊、居民区(点)等矢量图层和遥感影像图;水表温度等值线。制图比例尺为 1:10 万。

**太湖水体营养化程度遥感评价图**　　地图要素包括:行政区、主要河流、主要湖泊、居民区(点)等矢量图层和遥感影像图;营养化程度分区。制图比例尺为 1:10 万。

# 第四章 太湖水面光谱及水质数据采集与分析

## 4.1 水面光谱及水质数据采集与分析基础

### 4.1.1 水面光谱测量及其参数获取

太湖水体光谱数据采集与分析是太湖水体环境遥感监测实验的基础性工作,其目的是为太湖水体环境监测模型建立提供依据。工作分为野外水面光谱实验和实验室光谱实验两部分。前一项工作主要是在太湖野外环境下光谱数据和非光谱数据采集的基础上进行光谱分析实验,水面光谱数据采集包括采集水面光谱数据及与其配套的非光谱数据,非光谱数据包括水质参数取样分析数据、环境参数测量数据等。后一项工作主要是在较为单纯的实验室环境条件下对一些水体组分(如氮、磷、悬浮泥沙等)进行光谱测试,以掌握太湖水面光谱的影响机制。

利用光谱仪测量水面光谱的目的是获取水面反射率,并导出离水辐射、归一化离水辐射、遥感反射率、水面以下辐照度比等参数。其中水面反射辐射、漫反射参考板的反射辐射等参数可直接测量,而其他参数如离水辐射、遥感反射率等则需通过计算导出。

为了尽可能地避免水体对太阳的直射反射,减少太阳耀斑和船体对水面光谱的影响,水面光谱的观测采用如图 4-1 所示的观测几何(唐军武,2004;Fargion,2000)。

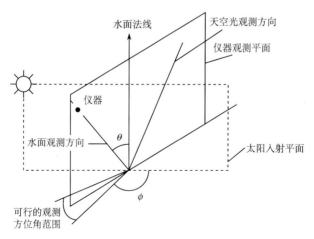

图 4-1 水体光谱观测几何

注:$\phi=135°$,$\theta=40°$

利用仪器直接测量,得到如下四个参数:$L_{sw}$(仪器对着水面测量获得的测量值)、$L_{sky}$(仪器对着天空测量获得的测量值)、$L_p$(仪器正对着漫反射参考板测量获得的测量值)、

$L_{pdif}$（仪器对着遮挡太阳光后的漫反射参考板获得的测量值）。其中，仪器对着天空测量选择以下观测几何：仪器对着水面测量后，旋转 $180°$，$\theta$ 仍为 $40°$，$\varphi$ 不变。测量漫反射参考板时，仪器在板的正上方垂直向下测量。

　　水体的反射光谱测量使用美国分析光谱仪器公司制造的 ASD 野外光谱辐射仪（ASD Field Spec）便携式光谱仪，该仪器测定的光谱范围为 350～2500nm，有 2151 个光谱通道，光谱分辨率可见光近红外部分（350～1050nm）为 3nm。水体光谱测量方法参考了唐军武等（2004）的方法，光谱仪探头置于水面以上 1.50～2.0m，测量向上辐射亮度 $L_u$，置于反射板上方 20cm，测量向下辐射亮度 $L_d$，进行水体的垂直、倾斜 45°和天空光测量。目标的测量曲线每个不得少于 10 条，且测量时间至少跨越一个波浪周期，以修正因测量平台摇摆而导致的误差。每一测点进行 2 组测量，每组测量 3 次。在上述测量完成时可根据需要进行一次波长参考板校准测试。测量步骤如下：仪器提前预热→暗电流测量→标准板测量→遮挡直射阳光的标准板测量→目标测量→天空光测量→标准板测量→遮挡直射阳光的标准板测量。

　　水面光谱测量的仪器采用便携式瞬态光谱仪和标准板。仪器的动态范围应不小于 5 个量级；且在 400～900nm 光谱范围内的动态范围内保持 10 以上的信噪比。标准板最好为反射率小于 30% 的灰板；仪器必须经过严格的绝对辐射定标，以便获得水面遥感的基本参数——离水辐亮度和水面入射辐照度；如果仪器有增益变化功能，不同增益之间的线性度要高；另外必须对波长进行标定；测量水体目标时，不能让仪器进行自动增益调整或内部平均，不然会将随机的太阳直射反射平均到结果数据中；应能快速连续测量多条曲线，并可设置采样间隔，以便测量时间能够跨越波浪周期。在后期的数据处理中舍弃数值较高的那些曲线，利用较低的几条（甚至一条曲线）进行计算；仪器积分时间固定，由于即使在 1s 内水面的太阳直射反射和白帽也会有很大变化，因此采样时间最好在 100～200ms 以内完成，更短的时间会导致仪器信噪比太差；光谱仪应该有措施保证二级光谱不会对近红外波段的结果产生干扰，以及具备其他消除杂散光措施。

### 4.1.2　水面光谱测量数据处理

　　野外实验结束后，按照统一的文件命名方式，将数据整理入库。整理入库的数据包括波谱数据、配套的环境数据、水质分析数据、说明文档等；同时计算参数离水辐亮度、遥感反射率等。一般来说，由于地物组成复杂，每个图像像元点对应的地物并不纯粹，它的光谱通常是多种物质光谱的合成，因此直接从光谱曲线上提取光谱特征不便于计算，还需对光谱曲线进行进一步的处理以突出光谱的吸收和反射特征。为此，还需要进行归一化处理、光谱微分处理、包络线消除处理等光谱处理。其目的是寻找能反映各水质指标（如叶绿素和悬浮物等）的特征光谱（或特征波段）。

　　（1）反射率获取　　遥感反射率 $R_s(\lambda)$ 可由以下公式计算：

$$R_s(\lambda) = R_p(\lambda)\frac{L_u(\lambda)}{\pi L_d(\lambda)} = \frac{L_u(\lambda)}{E_d(\lambda)} \tag{4-1}$$

式中，$E_d(\lambda)$ 为水表面总入射辐照度；$R_p(\lambda)$ 为参考板的反射率。

水体的光谱辐射亮度 $\lambda_{sw}$ 在忽略直射反射和水面泡沫的情况下,由以下部分组成

$$L_{sw} = L_w + r \cdot L_{sky} \tag{4-2}$$

由此可得离水辐射亮度:$L_w = L_{sw} - r \cdot L_{sky}$

式中,$r$ 为水面的反射率;$r$ 一般取 0.02 左右,受水面粗糙度、观测几何和天空条件制约。

反射率由下式计算得到:

$$R_s(\lambda) = \frac{L_u(\lambda)}{E_d(\lambda)} = R_p(\lambda) \frac{L_w(\lambda)}{\pi L_d(\lambda)} = R_p(\lambda) \frac{L_{sw} - rL_{sky}}{\pi L_d(\lambda)} \tag{4-3}$$

式中,$L_w$ 为离水辐亮度;$L_{sky}$ 天空漫散射光,不带有任何水体信息,必须去掉;$r = 2.1\% \sim 5\%$,$r = r(\vec{W}, \theta_v, \phi_v, \theta_0, \phi_0)$ 为气-水界面对天空光的反射率,取决于太阳位置 $(\theta_0, \phi_0)$、观测几何 $(\theta_v, \phi_v)$、风速风向 $(\vec{W})$。平静水面可取 $r = 2.2\%$,在 5m/s 左右风速的情况下,$r$ 可取 0.025,10m/s 左右风速的情况下,取 $0.026 \sim 0.028$。

对于未经严格标定的光谱仪,可以直接按下列公式计算遥感反射率:

$$R_{rs} = \frac{(S_{sw} - r \cdot S_{sky}) \cdot \rho_p}{\pi \cdot S_p} \tag{4-4}$$

式中,$S_{sw}$,$S_{sky}$,$S_p$ 分别是光谱仪面向水体、天空和标准板是测量信号码值;$R_{rs}$ 是水表面反射率;$\rho_p$ 是参考板反射率;$r = 2.1\% \sim 5\%$。

(2)异常采样点剔除处理　　在水体光谱测量中,由于受毛细波的太阳直射反射等因素的影响,使得光谱仪所接收到的总信号波动很大,因此,必须对受到太阳直射反射影响的曲线加以剔除。剔除的原则是:剔除所有数值较高的曲线,保留数值较低的曲线,然后进行平均。为了保险起见,每一测点的曲线至少应当有 10 条以上,否则蓝波段和近红外波段的数据噪声太大。如图 4-2 是对本实验 2003 年 10 月 28 日太湖同步水质采样分析结果。首先剔除了叶绿素 a 含量过高的采样点 11、12 和 14,并分析了其他水质参数[主要考虑了悬浮物(SS)、总有机碳(TOC)和高锰酸钾指数(COD$_{Mn}$)三个水质参数]对叶绿素 a 浓度提取的影响,其中 SS 对水体反射率的影响是浓度越高,在可见光近红外波段水体反射率越高,对于 TOC 而言,对水体反射率是抑制的,其浓度越高,水体反射率却越

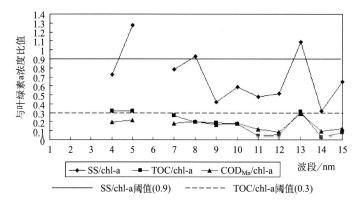

图 4-2　异常采样点剔除处理

低。我们作了三者与叶绿素 a 浓度的比值,结果在采样点 13 三者比值都较大,说明三者相对于叶绿素 a 对水体反射率的影响比较突出,在尽量保留原始采样点的前提下,我们剔除了该采样点(叶绿素浓度较低的采样点 1、2、3、6 除外)。

　　**光谱测量数据的归一化处理**　　原始数据的归一化处理是利用水体在 420～750nm 波段的平均反射率为归一化点,将各波长处的实测值除以归一化点的值,得出各波长的归一化反射率值。数据进行归一化处理有利于减少由于环境遮挡、测量角度变化等因素影响反射率绝对数值大小,便于不同测量结果进行比较。采用的公式为

$$R_N(\lambda_i) = \frac{R(\lambda_i)}{\dfrac{1}{n} \sum\limits_{i=420}^{750} R(\lambda_i)} \tag{4-5}$$

式中,$R_N(\lambda_i)$ 是归一化后的水体反射率;$R(\lambda_i)$ 是原始水体反射率;$n$ 是 420～750nm 波段的波段数。

　　(3)**光谱测量数据的一阶微分处理**　　它主要是对反射光谱进行数学模拟和计算不同阶数的微分来确定光谱弯曲点及最大、最小反射率的波长位置。在水体实测光谱中,可以确定波长位置、深度和波段宽度等光谱特征吸收参数。对原始数据进行一阶微分处理,可以去除部分线性或接近线性的环境背景、噪声光谱对目标光谱的影响,对于使用 ASD FieldSpec FR 光谱仪采集的离散型光谱数据,采用下式进行计算

$$R(\lambda_i) = \frac{R(\lambda_{i+1}) - R(\lambda_{i-1})}{\lambda_{i+1} - \lambda_{i-1}} \tag{4-6}$$

式中,$\lambda_{i+1}$、$\lambda_i$、$\lambda_{i-1}$ 为相邻波长;$R(\lambda_i)$ 为波长 $\lambda_i$ 的一阶微分反射光谱;$R(\lambda_{i+1})$ 和 $R(\lambda_{i-1})$ 是原始数据的反射光谱值。

　　(4)**光谱测量数据的包络线消除处理**　　包络线消除法是一种常用的光谱分析方法,它可以有效地突出光谱曲线的吸收和反射特征,并且将其归一到一个一致的光谱背景上,有利于和其他光谱曲线进行特征数值的比较,从而提取特征波段以便目标地物识别。本实验为了客观分析水体光谱曲线的吸收特征,利用包络线消除技术,波谱曲线中与目标物质成分密切相关的典型的吸收峰提取出来,用统一的基线来对比每一个吸收峰,进行光谱波形的分析研究。包络线消除处理后,那些峰值点上的相对值为 1,非峰值点则<1。我们对原始数据的 350～1000nm 作了包络线去除处理,略去了噪声较大的 1001～3500nm 之间的数据。

　　(5)**残余太阳反射的修正**　　白帽可以通过测量者的目视观测加以避免,但毛细波对太阳的反射就困难得多。实际上,由于水表面毛细波的作用,往往会有一部分太阳直射光被随机地反射进入到仪器视场因此测量的辐亮度为

$$L_{sw} = L_w + rL_{sky} + L_g \tag{4-7}$$

式中,$L_g$ 为随机反射进入仪器视场的太阳直射光。

　　对于不十分浑浊的水体,可利用 760～900nm 之间的波段 $\lambda_0$,如 780nm、865nm 等,由于其 $L_w(\lambda_0) \approx 0$,因此只要测得其天空光 $L_{sky}$,便可得到 $L_g(\lambda_0)$;再利用现场测量获得的

各波段直射太阳辐照度 $E_{dir}(0,\lambda)$，便可得到其他波段的 $L_g(\lambda)$

$$L_g(\lambda) = L_g(\lambda_0) \cdot E_{dir}(0,\lambda)/E_{dir}(0,\lambda_0) \tag{4-8}$$

对于近岸十分浑浊的水体，$L_w(\lambda_0) \neq 0$，目前只能连续进行多次测量并剔除较大的曲线，因为天空比较均匀，测量值的波动基本上是源于随机直射反射的变化。目前的修正方法还很不成熟，因此建议采用目视检查剔除的方法。

### 4.1.3 水质采样及化验分析

进行水面光谱观测的同时，测量水温、水体透明度、色度，并采集水样，带回实验室进行水质化验。本实验的水质采样及化验分析由无锡市环境监测中心完成，按水质测量规范要求进行。测量的水质参数包括：叶绿素、浮游植物、总悬浮物、水温、色度、可溶性有机物、总磷、总氮、泥沙含量、透明度、溶解性总有机碳、石油类污染、热污染、藻类水华等，其具体测量方法见表 4-1。

**表 4-1　本实验水质参数化验分析方法**

| 水质参数 | 化验分析方法 |
| --- | --- |
| 叶绿素 | 比色法：将样品进行抽滤、研磨、离心、定容后置于分光光度计上，用 1cm 光程的比色皿进行分析 |
| 浮游植物 | 计数法：将样品充分摇匀，置入计数框内，在显微镜或解剖镜下进行计数 |
| 总悬浮物 | 重量法：用 $0.45\mu m$ 滤膜过滤水样，再经一定的温度和时间烘烤后得到悬浮物的含量 |
| 水温 | 温度计法 |
| 色度 | 测定较清洁的、带有黄色色调的天然水和饮用水的色度，用铂钴标准比色法，以度数表示结果 对受工业废水污染的地表水和工业废水，可用文字描述颜色的种类和深浅程度，并以稀释倍数法测色的强度 |
| 可溶性有机物 | 气相色谱法和化学分析法 |
| 总磷 | 按其存在的形式而分别测定总磷、溶解性正磷酸盐和总溶解性磷，其中正磷酸盐的测定可采用离子色谱法、钼锑抗光度法、氯化亚锡还原钼蓝法（灵敏度较低，干扰也较多），而孔雀绿-磷钼杂多酸盐是灵敏度较高，且容易普及的方法。罗丹明 6G(Rh6G) 荧光分光光度法灵敏度最高 |
| 总氮 | 采用过硫酸钾氧化，使有机氮和无机氮化合物转变为硝酸盐后，再以紫外法、偶氮比色法，以及离子色谱法或气相分子吸收法进行测定 |
| 泥沙含量 | 重量法 |
| 透明度 | 铅字法和塞氏盘法：铅字法适用于天然水和处理水透明度的测定，而塞氏法是一种现场测定透明度的方法，既利用一个白色圆盘沉入水中后，观察到不能看见它时的深度即为水体透明度 |
| 溶解性总有机碳 | 燃烧氧化-非分散红外吸收法和气相色谱法。其中燃烧氧化-非分散红外吸收法只需一次性转化，流程简单，重现性好，灵敏度高 |
| 石油类污染 | 红外分光光度法 |
| 热污染 | 用温度计、水质监测仪和热红外测温仪直接测量 |

### 4.1.4 环境参数观测

环境参数包括观测点的地理位置，观测时的风速、风向，天气状况如云量、能见度等，水面状态如浪高、泡沫等，观测记录如表 4-2 所示。

**表 4-2　水体光谱测试记录**

| 地点(水域编号) | | | 水域面积/m² | | | |
|---|---|---|---|---|---|---|
| 仪器名称型号-编号 | | | | 仪器 FOV | | |
| 仪器离水面高度 | | | 参考板编号 | | | |
| 测量时间 | 时 | | 分 | | 秒 | |
| 东经 | | | 北纬 | | | |
| 天空状况 | | | 云量云状 | | | |
| 大气状况能见度 | | | 风向风速 | | | |
| 光谱数据存储路径及名称 | | | | | | |
| 水质参数 | | | | | | |
| 水色 | | 水深/m | | 透明度/m | | |
| 水温 | | 水况(浪高/m, 是否有气泡) | | 高锰酸盐指数 (CODMn) | | |
| 浊度 | | 总磷(TP) | | 叶绿素含量 | | |
| 氨氮(NH₃-N) | | 总氮(TN) | | 悬浮物浓度 | | |
| 化学需氧量 (CODCr) | | 溶解氧(DO) | | 五日生化需氧量(BOD₅) | | |
| 备注(观测时的异常情况或观测过程中天空状况的变化等) | | | | | | |
| 观测人员 | | | | | | |

# 4.2　野外水面光谱实验

### 4.2.1　实验概况

太湖水面光谱实验的工作由南京师范大学和江苏省环境监测中心完成。自 2003 年 1 月~2004 年 11 月在太湖湖面共进行了 10 次水面光谱测试实验次数,具体实验时间见表 4-3。实验采样点共 21 个,其分布如图 4-3 所示。为进行蓝藻监测,还在太湖梅梁湖湖区进行了加密测试,其采样点分布如图 4-4 所示。实验过程中水面光谱测量和水质取样分析同步进行,水面光谱测量采用 ASD 地面光谱辐射仪和安徽光机所的 ISIVF521 地面光谱辐射仪,波段范围为 350~1050nm,参考板选用白板及反射率为 30% 的灰板。采样实况见图 4-5~图 4-13。

**表 4-3　野外实验测量时间记录**

| 实验地点 | 实验时间 | 测点 | 备注 |
|---|---|---|---|
| 太湖 | 2003 年 11 月 23 日 | 22 | 全湖 |
| 太湖 | 2004 年 3 月 1 日~3 月 5 日 | 21 | 全湖 |
| 太湖 | 2004 年 4 月 1 日~4 月 5 日 | 21 | 全湖 |

| 实验地点 | 实验时间 | 测点 | 备注 |
|---|---|---|---|
| 太湖 | 2004 年 5 月 6 日～5 月 10 日 | 21 | 全湖 |
| 太湖 | 2004 年 6 月 1 日～6 月 4 日 | 21 | 全湖 |
| 太湖 | 2004 年 7 月 1 日～7 月 7 日 | 21 | 全湖 |
| 太湖 | 2004 年 7 月 27 日 | 15 | 梅梁湖湖区,对蓝藻进行加密监测 |
| 太湖 | 2004 年 8 月 2 日～8 月 6 日 | 21 | 全湖 |
| 太湖 | 2004 年 9 月 1 日～9 月 4 日 | 21 | 全湖 |
| 太湖 | 2004 年 10 月 6 日～10 月 10 日 | 21 | 全湖 |

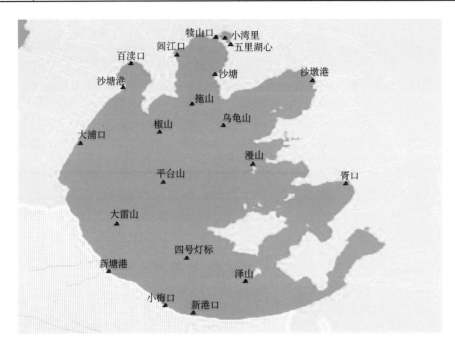

图 4-3　太湖湖体测点分布图

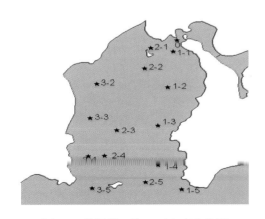

图 4-4　梅梁湖 7 月 27 日加密点位图

图 4-5　测定风速风向

图 4-6 ISI921VF 野外地物光谱辐射计

图 4-7 实验采用的差分 GPS

图 4-8 用 ISI921VF 野外地物光谱
辐射计测量水体光谱

图 4-9 ASD 野外地物光谱
辐射计测水面光谱

图 4-10 观测时的水面（有蓝藻的水体）

图 4-11 观测时的水面（有蓝藻的水体）

图 4-12　同步水体采样　　　　　　　　　图 4-13　现场水样处理

### 4.2.2　水面光谱数据测量与整理

按上述方法和规范,在太湖湖面进行了 10 次水面光谱测试实验,获取野外实验数据后,按照统一的文件命名方式,将数据整理入库。整理入库的数据包括光谱数据、配套的环境数据、水质分析数据、说明文档等;同时计算参数离水辐亮度、遥感反射率、$R(0^-)$ 等。图 4-14～图 4-17 为 2004 年 10 月一个测点由仪器直接测量的水面辐亮度曲线、天空辐亮度曲线、灰板辐亮度曲线及遮挡阳光后的灰板辐亮度曲线。图 4-18 为 2004 年 4 月 2 日直接测量的水体反射率曲线。同时,通过分析处理,提取离水辐射、遥感反射率、$R(0^-)$ 等信息,并分析了主要监测指标。图 4-19、图 4-20、图 4-21 是提取的离水辐亮度、遥感反射率和 $R(0^-)$。

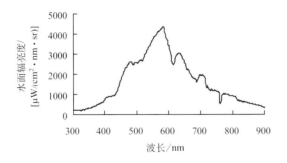

图 4-14　太湖 2004 年 10 月实测水面辐亮度

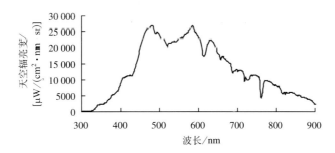

图 4-15　太湖 2004 年 10 月实测天空辐亮度

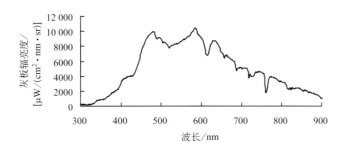

图 4-16　太湖 2004 年 10 月实测灰板辐亮度

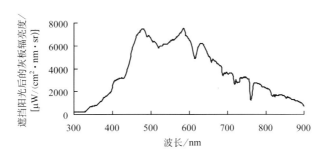

图 4-17　太湖 2004 年 10 月实测遮挡阳光后的灰板辐亮度

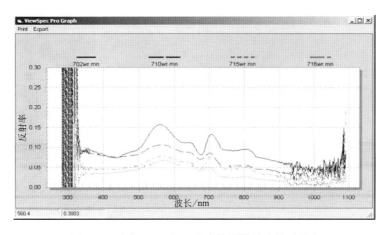

图 4-18　太湖 2004 年 4 月直接测量的水体反射率

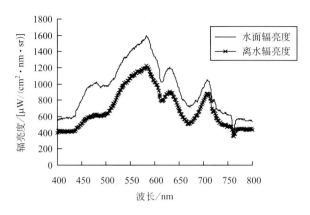

图 4-19　太湖 2004 年 5 月水面辐亮度与离水辐亮度(DN 值)

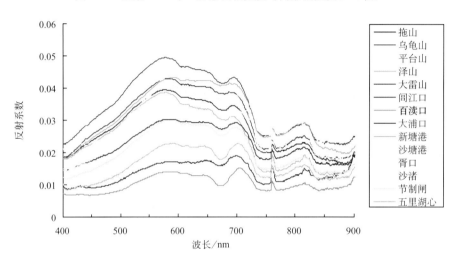

图 4-20　太湖 2004 年 6 月部分测点水体遥感反射率

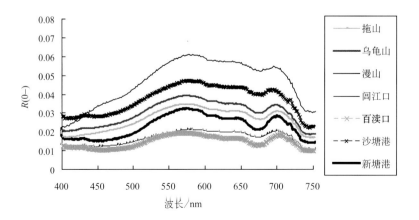

图 4-21　太湖 2004 年 7 月部分测点 $R(0^-)$

### 4.2.3 叶绿素对水体光谱特征影响分析

叶绿素具有特定的吸收和反射光谱,在 440nm 附近有一吸收峰,在 550nm 附近有一反射峰,在 685nm 附近有较明显的荧光峰。随着水体中叶绿素浓度的增加,将引起蓝光波段辐射量的减少和绿光波段及红光波段辐射量的增加(见图 4-22)。从各测点的水体视反射率和遥感反射率(见图 4-23、图 4-24)可以看出,与视反射率相比,遥感反射率在 719nm 和 725nm 处存在两个峰值(图中画线处),并且峰值的位置很稳定,说明遥感反射率反射峰位置与叶绿素浓度具有较好的相关关系,这是建立叶绿素遥感反演模型的重要依据。

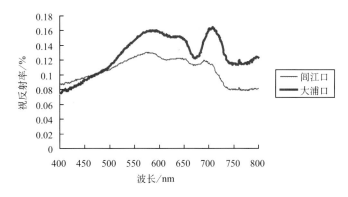

图 4-22　叶绿素含量不同的水体视反射率

(阆江口叶绿素浓度 0.018mg/L;大浦口叶绿素浓度 0.091mg/L)

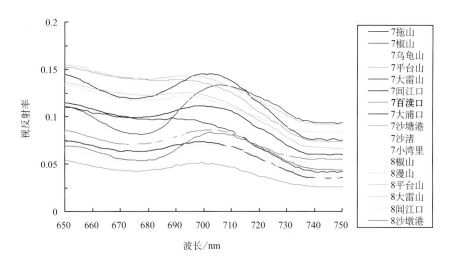

图 4-23　太湖部分测点的视反射率

(图例中 7、8 分别表示 7、8 月份不同样点的实测值)

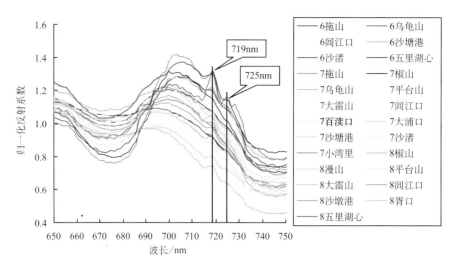

图 4-24　太湖测点的遥感反射率
（图例中 6、7、8 分别表示 6、7、8 月份不同样点的实测值）

# 4.3　太湖水体水质参数的时空变化规律分析

### 4.3.1　水质参数的空间变化分析

本实验于 2004 年至 2005 年之间，对太湖叶绿素 a、pH、透明度、总磷、总氮、悬浮物等水质参数进行了实测，并对相关参数的时空变化规律进行了分析。实验表明，在相同季节，太湖不同湖区的水质差异较大，具有较大的空间分异。图 4-25、图 4-26、图 4-27、图 2-28 分别给出了太湖平水期 2004 年 5 月太湖各测点的水质参数如叶绿素、透明度、总磷、总氮的实测值。

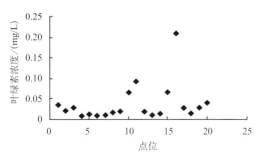

图 4-25　2004 年 5 月各点位叶绿素浓度

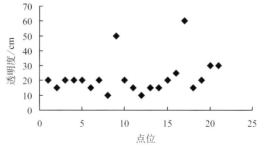

图 4-26　2004 年 5 月各点位透明度

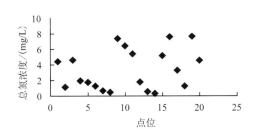
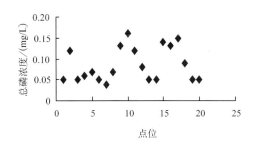

图 4-27　2004 年 5 月各点位总氮浓度　　　　图 4-28　2004 年 5 月各点位总磷浓度

　　根据水环境指标的多年平均监测结果对测点进行的聚类分析表明,太湖内部的东部、中部和南部的水体与太湖西北部具有较大的差异。从图 4-29 可以看出,常规的监测样点可以明显地分为三组:①太湖中部和中东部;②太湖中心、南部和东南部;③太湖北部和西北部。其中①和②可以合并为一组。

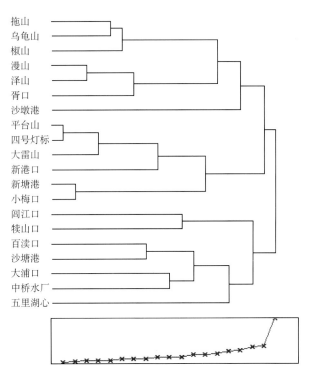

图 4-29　太湖常规监测样点的聚类分析

### 4.3.2　不同时期相同测点的水质参数变化分析

　　本实验对 2004 年 1 月至 12 月同步采样的水质参数如 pH、叶绿素 a、总磷、总氮以及 2002 年的悬浮物含量实测值进行了比较分析,分析结果如图 4-30～图 4-33 所示。

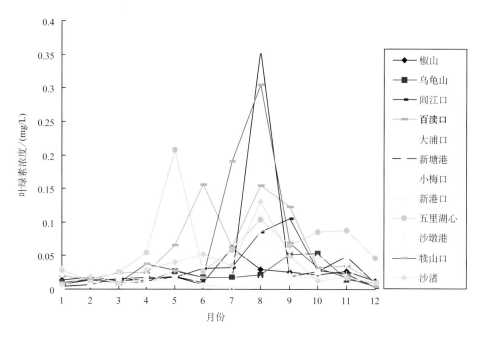

图 4-30　2004 年太湖不同测点叶绿素浓度变化

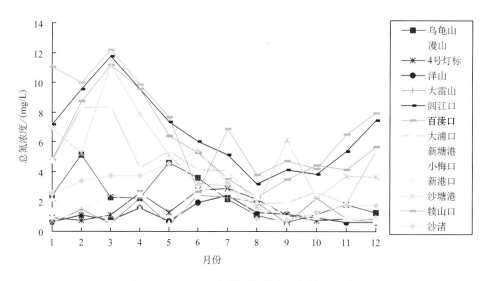

图 4-31　2004 年太湖不同测点总氮浓度变化

对于叶绿素(图 4-30)来说,从 1 月到 12 月叶绿素 a 的含量虽有波动,但 7、8 月份的含量普遍高于其他月份,符合植物生长的客观规律。部分点位如新塘港、犊山口、沙渚等地区 7、8 月份的值陡然上升,证明该采样点水样中藻类物质丰富,推测可能是蓝藻暴发的地区。到了 9、10 月份,各观测点叶绿素值都有较大幅度的回落,这是因为过了植物生长的高峰期,水体中藻类的含量有所下降。

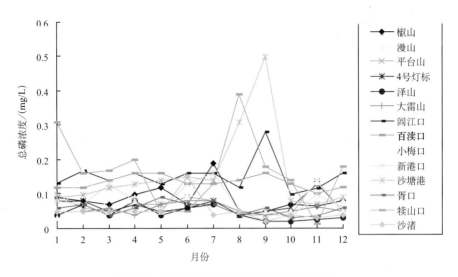

图 4-32　2004 年太湖不同测点总磷浓度变化

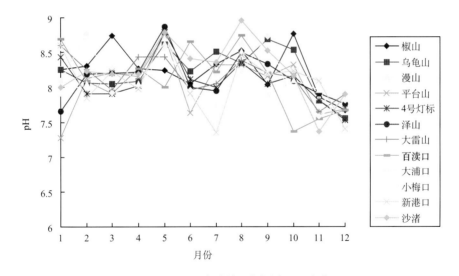

图 4-33　2004 年太湖不同测点 pH 变化

对于总氮(图 4-31)来说,1~8 月总氮的含量有下降的趋势,到了 10 月份以后稍有上升,部分点波动较大。新塘港、犊山口、沙渚等地区的总氮含量普遍高于其他点。而这些点往往都是叶绿素含量比较高的地方,可能是因为无机氮是藻类生长的重要营养物质,可能与水体中叶绿素浓度有一定的关系。

对于总磷(图 4-32)来说,从月份上看不出明显的变化趋势,部分点比较平稳,部分点呈震荡趋势,但伯渎口、间汀口等沿岸诸点的磷含量显著高于其他点,属于富磷地区。

对于 pH(图 4-33)来说,各监测点大都维持在 8 左右上下波动,湖水呈弱碱性。根据水质化学分析数据,求得 pH 与氮、磷、叶绿素 a 的相关系数,分别为:－0.2224、－0.07911、0.294454。比较以上几张图表并结合相关系数,可以看出 pH 与氮、磷、叶绿素这些指标相关性较差。

对于悬浮物(图 4-34)来说,由于 2004 年没有测量该指标,所以用 2002 年的数据做分析,可以看出悬浮物的含量波动性较大,比较发现新塘港、犊山口、沙塘港、新港口等观测点的值每月均相对较高。几乎所有的点在 3 月份都呈现一个波峰。

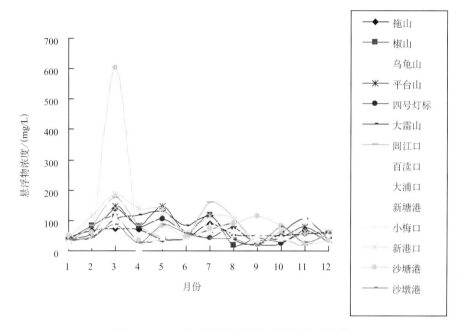

图例:
- 拖山
- 椒山
- 乌龟山
- 平台山
- 四号灯标
- 大雷山
- 闾江口
- 百渎口
- 大浦口
- 新塘港
- 小梅口
- 新港口
- 沙塘港
- 沙墩港

图 4-34　2002 年太湖不同测点悬浮物浓度变化

另外,分析氮、磷含量与叶绿素 a 浓度的相关关系,可知叶绿素 a 与磷的相关系数为 0.45,叶绿素 a 与氮的相关系数为 0.07,由此可以认为太湖藻类的生长对磷的依赖性大于对氮的依赖。

### 4.3.3　太湖水体叶绿素含量时空分布特点分析

根据 2004 年 3～10 月的太湖水体各点位的叶绿素浓度情况进行以下简单探讨。

从图 4-35 我们可以看出,在太湖的 1～8 号点位,全年的叶绿素总体浓度较低,其中以 4～8 号点位各月浓度不但低,而且最为平均,另外,全年较低的点位为 12、13、14、18 和 21 号点位,而 9、10、11 和 15、16 及 19、20 号点位浓度稍高,以 9、10、15、16 号为最高,这样的话,我们根据太湖点位图可以看到:在太湖的中心区域,大体包括了浓度较低的 1～8 号点位;梅梁湖和五里湖区域,分别为:闾江口(9)、小湾里(16)和五里湖心(16)、犊山口(19),以及太湖西北部区,包括:百渎口(10)、沙塘港(15)、大浦口(11),叶绿素浓度全年均偏高;太湖南部接近浙江湖州的小梅口区域,包括点位:新塘港(12)、小梅口(13)、新港口(14)叶绿素浓度较低。而东太湖由于缺乏相应测点,在此不再讨论,上述的分析结果和黄漪平划分的太湖各水域功能区基本吻合(黄漪平等,2001)。

从下表的叶绿素总体浓度均值,我们看到,太湖 3、4 月份全年平均浓度最低,而 7、8、9、10 月份浓度最高,5、6 月份则介于两者之间。

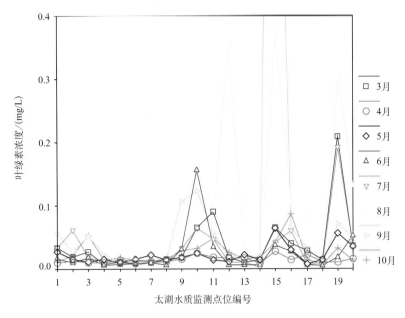

图 4-35　2004 年 3～10 月太湖各点位叶绿素浓度变化

**表 4-4　太湖各点位叶绿素 a 均值**　　　　　　（单位：mg/L）

| 项目 | 3 月 | 4 月 | 5 月 | 6 月 | 7 月 | 8 月 | 9 月 | 10 月 |
|------|------|------|------|------|------|------|------|-------|
| 叶绿素 a | 0.01532 | 0.01562 | 0.02235 | 0.02490 | 0.03567 | 0.14357 | 0.09733 | 0.02952 |

### 4.3.4　太湖水体叶绿素光谱响应特征分析

水体的光谱特征是由其中的各种物质对光辐射的吸收和散射性质决定的，是遥感监测的基础，研究光谱特征的目的是为了优化波段组合，并获得最佳光谱信息。内陆水体中决定光谱反射率的污染物质主要有三类：①浮游植物，主要是藻类；②由浮游植物死亡而产生的有机碎屑以及陆生或湖体底泥经再悬浮而产生的无机悬浮颗粒，总称为非色素悬浮物（以下简称悬浮物）；③由黄腐酸、腐殖酸组成的溶解性有机物，通常称为黄色物质（蔡启铭，1998）。另外，还要包括水下地形、水深和水面粗糙度等因素（赵英时，2003）。

依据 700nm 附近反射峰的出现是含藻类水体最显著的光谱特征，其存在与否通常被认为是判定水体是否含有藻类叶绿素的依据之一，反射峰的位置和高度是叶绿素-a 浓度的指示（Gitelson，1992）。从垂直测量波谱可以看出，在 3、4 月份，太湖水体的各点位叶绿素浓度较低，而 5、6、7 三个月则逐渐增高，到 7 月份为最高；8、9、10 月份高于 3、4 月份，但已经处于逐步下降趋势，这和常规的监测数据相吻合。通过现场记录我们看到，在人湖的 7、8 月份藻类水华暴发的季节，大量蓝藻漂浮于水面以上，随着风向和风力的改变而飘动，而在 9 月份往后，则明显减少。

700nm 附近反射峰的位置和叶绿素浓度有很好的相关性，我们可以通过图 4-36、图 4-37 和表 4-5 看出，在太湖的拖山点位，8 月份反射峰位置为 702.9nm，而叶绿素浓度为

0.33,稍低于最高值 0.34。691.9nm 处同期叶绿素也最低,通过一阶线性回归分析,$R=$ 0.847,有一定相关性。大浦口点位叶绿素最高值和峰值位置最大值都在 8 月份,两者相对应,最小值都在 3 月份,也对应,相关系数 $R=0.781$。

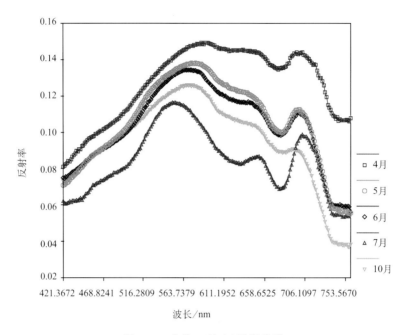

图 4-36　点位 1(拖山)波谱曲线

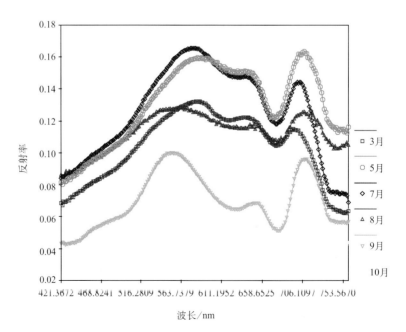

图 4-37　点位 11(大浦口)波谱曲线

**表 4-5　拖山和人浦口叶绿素浓度(mg/L)以及 700nm 附近反射峰位置(nm)和反射率**

| 月份<br>项目 | 3 月 | 4 月 | 5 月 | 7 月 | 8 月 | 9 月 | 10 月 |
|---|---|---|---|---|---|---|---|
| 拖山叶绿素 | — | 0.027 | 0.034 | 0.034 | 0.033 | — | 0.012 |
| 位置 | — | 696.6 | 698.2 | 698.2 | 702.9 | — | 691.9 |
| 反射率 | — | 0.144 | 0.113 | 0.119 | 0.099 | — | 0.091 |
| 大浦口叶绿素 | 0.019 | — | 0.091 | 0.047 | 0.094 | 0.058 | 0.049 |
| 位置 | 695.0 | — | 707.7 | 699.8 | 707.7 | 710.9 | 698.2 |
| 反射率 | 0.115 | — | 0.164 | 0.144 | 0.126 | 0.0964 | 0.090 |

同时,可以看出,其光谱响应特征总体上为:

420～500nm 反射率较低:叶绿素、类胡萝卜素以及溶解性有机物质的吸收(Kirk J T,1994),但总体上呈上升趋势。

440nm 附近反射谷:叶绿素吸收不明显(Iluz,2003),个别月份甚至有稍微的反射峰出现。

490nm 附近反射谷:类胡萝卜素吸收,不过,在本次测量中,只有个别月份稍明显。

572nm 附近最大反射峰:藻类色素的低吸收,无机悬浮物质和浮游植物细胞壁的散射,特殊物质(如类胡萝卜素)浓度的增加。

620～630nm 反射率降低:藻青蛋白的吸收。

675nm 附近反射谷:其位置从 663nm 开始,在 675nm 附近该反射谷达到最低点Chl-a在红波段的最大吸收,叶绿素吸收和细胞壁散射均衡,对藻类密度和叶绿素浓度反射的敏感度最低,当叶绿素浓度到达一定程度时,此处的反射几乎与叶绿素无关,主要依靠无机悬浮物质的浓度(Yacobi,1995)。

700nm 附近反射峰:其位置从 685nm 开始,大部分月份在 700nm 附近峰值达到最高,至 720nm 结束,与叶绿素浓度密切相关的有:①浮游植物色素的荧光效应;②水和叶绿素 a 的吸收系数之和在该处最小,可作为是否有叶绿素的依据。

750nm 附近:在 700nm 附近出现的反射曲线的斜率开始发生变化,水在 NIR 范围内强吸收,该处的反射依赖于有机和无机悬浮物质的浓度,对藻类色素的反应最不敏感(Han,1994)。

从倾斜测量数据我们也能看到,遥感反射率更接近于实际的水体的发射率(一般值在0.05 以下),而归一化的水体反射率则是完全的相对值。在 420～500nm 范围内,水体的反射率较低,呈轻微的波谷状;540～580nm 的反射峰普遍存在;675nm 附近出现谷值说明了叶绿素 a 的又一反射谷的出现;700nm 附近的反射峰由于 675nm 附近的谷值的衬托更凸现了含藻类水体最显著的光谱特征。不管是哪种测量方法,都说明了太湖作为内陆水体,其光谱特征突出的显示了其藻类的存在和分布特征,并且各个测点在 700nm 附近的反射峰普遍都很明显。在不同的月份,我们也可以看到,太湖水体叶绿素浓度最高的7、8 月份,其 700nm 反射峰的位置和高度均比其他月份相应测点明显,但我们也看到,在太湖的 10 月份,虽然天气转冷,叶绿素浓度仍然比 3、4 月份为高。

# 4.4　实验室光谱实验

### 4.4.1　总氮、总磷实验室光谱实验

所开展的实验室光谱实验有两类:第一类实验试图通过对水体总氮、总磷光谱的测定,探索水体总氮、总磷与反射光谱特征的关系,为建立总氮、总磷浓度的遥感反演模型提供依据;另一类实验则是为了研究悬浮泥沙粒径和浓度对水体反射的影响机制。

根据 2004 年 4 月对太湖水质监测数据的统计分析,分别对清水、含有叶绿素、悬浮物的溶液配置不同浓度总氮、总磷进行光谱测试。其中叶绿素浓度为 0.033mg/L,悬浮物浓度为 46.26 mg/L,叶绿素及悬浮物浓度均为太湖各监测点的平均值。

**水体总氮实验设计**　　　清水区:① 蒸馏水;② 0.0mg/L TN;③ 2.5mg/L TN;④5.0mg/L TN;⑤7.5mg/L TN;⑥10.0mg/L TN;⑦ 12.5mg/L TN;有叶绿素、悬浮物区:①溶液中叶绿素浓度约为 0.033mg/L;悬浮物浓度约为 43.26mg/L;②0.0mg/L TN;③2.5mg/L TN;④5.0mg/L TN;⑤7.5mg/L TN;⑥10.0mg/L TN;⑦12.5mg/L TN。

**水体总磷实验设计**　　　清水区:①0.0mg/L TP;②0.05mg/L TP;③0.10mg/L TP;④0.15mg/L TP;⑤0.20mg/L TP;⑥0.25mg/L TP;有叶绿素、悬浮物区:①0.0mg/L TP;②0.05mg/L TP;③0.10mg/L TP;④0.15mg/L TP;⑤0.20mg/L TP;⑥0.25mg/L TP。

**仪器与试剂**　　　使用仪器如下:ASD 公司的 FieldSpec Pro 地物光谱仪;自动定氮仪;总磷自动监测仪;250mL、500mL 容量瓶各一个,烧杯、玻璃棒、10mL 移液管各一个;20L 水箱 4 只,分析天平一个。使用试剂如下:5.0g/L 的硝酸铵溶液(以 N 计):称取 3.5715g 纯硝酸铵溶于蒸馏水中,稀释到 250 mL 容量瓶,定容后摇匀。100mg/L 的磷酸二氢钾溶液(以 P 计):称取 0.2194g 纯磷酸二氢钾溶于蒸馏水中,稀释到 500 mL 容量瓶,定容后摇匀。浓度约为 0.033mg/L 叶绿素和浓度为 46.26mg/L 悬浮物溶液的配置(略)。

**测定方法和步骤**　　　分别移取 0 mL、10mL、20mL 、30mL、40mL、50mL 硝酸铵溶液到装清水和叶绿素、悬浮物的水箱中,加水到 20L。依次用光谱仪和自动定氮仪测每只水箱中溶液的光谱和浓度;分别移取 0 mL、10mL、20 mL 、30 mL、40 mL、50 mL 磷酸二氢钾溶液到装清水和叶绿素、悬浮物的水箱中,加水到 20L。依次用光谱仪和总磷自动监测仪测量每只水箱中溶液的光谱和浓度;光谱观测光源为太阳光或室内光源,室内光源为 1000W 卤光灯。

### 4.4.2　总磷、总氮光谱特征分析

根据 2004 年 9 月 2 日、2004 年 9 月 10 日和 2004 年 10 月 31 日所进行的实验室实验,分析总磷、总氮的光谱特征,并建立遥感反演模型。实验测得的氮磷光谱数据如图 4-38所示。为了消除容器及周围环境对测量数据的影响,用实验光谱数据分别减去清水的光谱数据,以得到纯氮磷溶液的光谱数据。对浓度与光谱反射率值进行相关分析,确定氮磷的敏感波段。

**2004 年 9 月 2 日实验结果分析**　　　本次实验同时在室内和室外进行,氮磷浓度与光

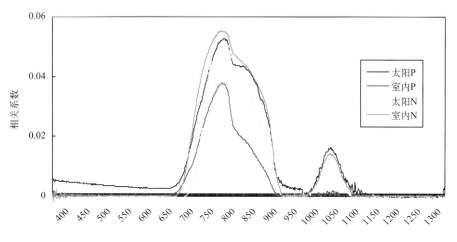

图 4-38　氮磷实验的光谱数据

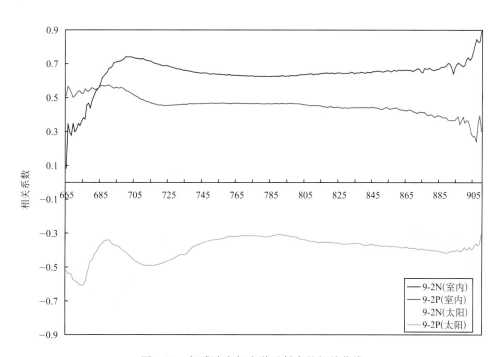

图 4-39　氮磷浓度与光谱反射率的相关曲线

谱反射率的相关关系如图 4-39,取相关系数最大处的波段建立模型,室内氮实验中相关系数最大的波段为 703nm、磷的波段为 690nm 和 730nm,室外实验中氮的波段为 689nm,磷的波段为 673nm,这些波段恰好为光谱曲线中波谷的拐点位置。建立的模型如下:

室内光源 N：$TN=51.54-35602R_{703}+6855959R_{703}^2$　　$R^2=0.432$　　d. f. $=3$

$$F=1.14\quad Sigf=0.428$$

室内光源 P：$TP=1.5043-0.0004/R_{690}$   $R^2=0.307$   d. f. $=4$   $F=1.77$   Sigf$=0.254$

            $TP=-0.126+16.365R_{783}$   $R^2=0.240$   d. f. $=4$   $F=1.26$   Sigf$=0.324$

太阳光源 N：$TN=\exp(2.53-186.58R_{689})$   $R^2=0.502$   d. f. $=3$

                $F=3.03$   Sigf$=0.180$

太阳光源 P：$TP=\exp(0.323-150.63R_{673})$   $R^2=0.178$   d. f. $=3$

                $F=0.65$   Sigf$=0.479$

由于实验处理较少，建立模型的样本数低，$F$ 检验模型未达到显著水平，说明模型拟合精度很低。

**2004 年 9 月 18 日实验结果分析**      本次实验同时在室内和室外进行，氮磷浓度与光谱反射率的相关关系如图 4-40，取相关系数最大处的波段建立模型，室内实验氮为 711nm、720nm 和 1043nm，磷为 782nm，室外实验氮为 690nm、磷 676nm，除室内氮实验光谱曲线中 720nm 波段为一波峰，其他波段均为光谱曲线中波谷的拐点位置。用单波段或波段之间的组合建立如下模型：

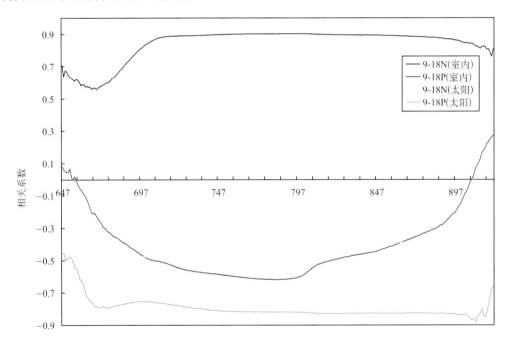

图 4-40   氮磷浓度与光谱反射率相关曲线

室内 N：$TN=\exp(5.081-0.057/R_{711})$   $R^2=0.571$   $F=10.64>F_{0.05}=5.318$

             d. f. $=8$   Sigf$=0.011$

     $TN=22.492-0.040/R_{1043}$   $R^2=0.855$   $F=47.04>F_{0.01}=11.26$

             d. f. $=8$   Sigf$=0$

     $TN=\exp(5.642-0.114/R_{720})$   $R^2=0.704$   $F=19.01>F_{0.01}=11.26$

             d. f. $=8$   Sigf$=0.002$

$$TN=25.04-9.637\ln\frac{R_{711}}{R_{1043}}\quad R^2=0.463\quad F=6.91>F_{0.05}=5.318$$

$$d.f.=8\quad Sigf=0.03$$

$$TN=29.07-29.80\frac{R_{711}-R_{1043}}{R_{711}+R_{1043}}\quad R^2=0.454\quad F=6.66>F_{0.05}=5.318$$

$$d.f.=8\quad Sigf=0.033$$

室内 P：$TP=-2.3+0.6/R_{782}\quad R^2=0.397\quad F=9.23>F_{0.01}=8.683\quad d.f.=14$

$$Sigf=0.009$$

太阳 N：$TN=\exp(6.3-4136.7R_{690})\quad R^2=0.474\quad F=8.10>F_{0.05}=5.117$

$$d.f.=9\quad Sigf=0.019$$

太阳 P：$TP=8.92-13298R_{676}+5258527R_{676}^2\quad R^2=0.642\quad F=9.86>F_{0.01}=9.68$

$$d.f.=10\quad Sigf=0.006$$

以上模型经 $F$ 检验，均达到显著或极显著水平，说明模型拟合精度较好。

**2004 年 10 月 31 日实验结果分析**　　本次实验只在室内进行，氮磷浓度与光谱反射率的相关关系如图 4-41。波长在 713～918nm 范围，氮浓度与光谱反射率的相关系数很高，取相关系数曲线的拐点 720nm 波段，即为反射率曲线的峰值；波长在 724～911nm 范围磷浓度与光谱反射率的相关系数也很高，取最大相关系数处波长为 777nm 的反射率，即为反射率曲线的波谷的拐点，分别建立回归模型：

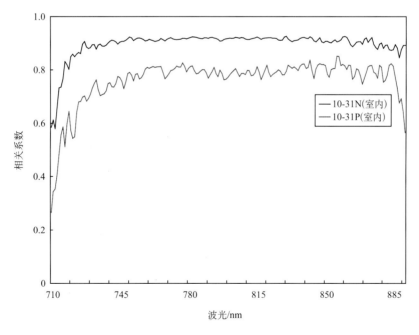

图 4-41　氮磷浓度与光谱反射率相关曲线

室内 N：$TN=\exp(4.2046-0.0069/R_{722})\quad R^2=0.813\quad F=26.15>F_{0.01}=13.75$

$$d.f.=6\quad Sigf=0.002$$

室内 P：TP＝exp(2.4006－0.0772/$R_{777}$)　　$R^2$＝0.785　　$F$＝18.29＞$F_{0.01}$＝16.26

d. f. ＝5　　Sigf＝0.008

以上模型经 $F$ 检验，均达到极显著水平，说明模型拟合精度较好。

### 4.4.3　悬浮泥沙光谱特征实验

本实验在清水中配置了不同粒径、不同浓度泥沙，然后观测悬浮泥沙光谱特征。实验在露天进行，使用水槽(0.8m×0.8m×0.8m)，水槽底部敷以黑色无光塑料布，用以消除内壁及底部对太阳光反射的影响。采用太阳光源，实验时间为中午 11 点到下午 1 点之间，晴天。实验所用沙样由野外采集的沙土经过过筛分级、烘干和称量后分别包装，逐一放入定容过的器皿，进行溶解、浸泡数日。野外的沙样采集的地点是江苏省南通市海安县老坝港镇新北凌闸附近的潮沟。实验仪器采用 ASD 公司的 FieldSpec HandHeld 便携式手持光谱仪，光电测沙仪\NSY-2 型宽域粒度分析仪。

对于不同悬沙水体的配置，首先对沙样进行粒径分组：共分为三组：第一组中值粒径 $D_{50}$＝0.019mm；第二组中值粒径 $D_{50}$＝0.032mm；第三组中值粒径 $D_{50}$＝ 0.076mm。其次进行浓度分级：将每组粒径的泥沙配置成不同浓度的水样，逐一倒入水槽中，快速搅匀，呈悬浮状态下进行光谱测量。实验中水体悬沙浓度范围从 0.010g/L 逐渐增加到 3.699g/L。

### 4.4.4　悬沙水体的光谱特征分析

在实验室中配置三组不同粒径的悬浮泥沙水样，浓度从 0.010～3.699g/L 逐步增大。实验结果表明：不同含沙量的水体对太阳辐射光谱的反射率明显不同，第一组粒径$D_{50}$＝0.019mm 的部分浓度悬沙水体的光谱曲线见图 4-42。分析实验数据可以得出下列结论。

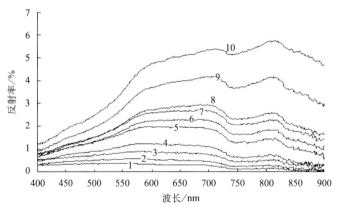

悬沙浓度 (g/L) 1：0.010；2：0.078；3：0.096；4：0.190；5：0.377；
6：0.598；7：0.796；8：0.991；9：1.527；10：3.699

图 4-42　不同浓度悬沙水体的反射光谱曲线

(1)二组粒径的悬沙水体的反射光谱曲线都整体上高于清水,且随着悬浮泥沙浓度的增加,各波段的反射率都普遍增大,但是增幅不相同,反射率增幅最大的波长与反射率最大峰值所在的位置基本吻合。

(2)光谱反射率的双峰特征。悬沙浓度较低的时候,反射率的峰值主要在黄光波段,反射峰较为平坦;第二峰在近红外波段,反射峰微弱。悬沙浓度较大的时候,第一反射峰位于红光波段;第二反射峰位于近红外波段。在含沙量较低的时候,第一反射峰值高于第二反射峰,随含沙量浓度的增加,第二峰的反射率逐渐升高,直至高于第一反射峰反射率。

(3)光谱反射峰值向长波方向移动("红移")。当水体中悬浮泥沙含量增加时,第一反射峰的峰值波长逐渐由短波向长波方向漂移,即所谓的"红移"现象。随着悬沙浓度的增加,第一反射峰红移的幅度逐渐增大,到达一定浓度后红移的幅度又下降。并且当悬浮泥沙浓度达到某一值时,红移就停止。也就是说,"红移"存在一个极限波长。第二反射峰稳定在 800~820nm 波段范围。图 4-43 是第一反射率峰值发生的波长位置图,悬沙浓度 0.010~3.699g/L。

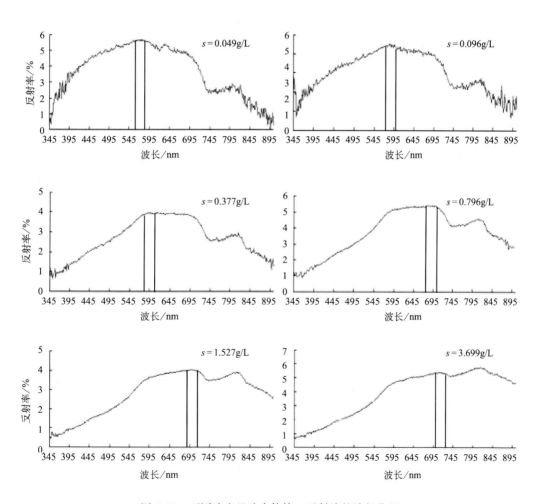

图 4-43 不同浓度悬沙水体第一反射峰的波长位置

### 4.4.5　悬沙浓度遥感监测的敏感波段分析

实验结果表明,悬沙水体的泥沙浓度和各波段光谱反射率有很好的相关性,相关系数的大小排列见表 4-6。各波长和悬沙浓度的相关系数见图 4-44。在 400～1000nm 范围内,相关系数在 0.9 以上的达到了 95.5%,悬沙浓度敏感波段的范围很宽;相关性最好的波段范围在 900～930nm,平均相关系数达到了 0.9896;相关性最差的波段范围在 350nm 以下和 1025nm 以上。

表 4-6　悬沙水体浓度和各波段反射率相关系数的大小排列

| 波长 | 相关系数 | 波长 | 相关系数 |
| --- | --- | --- | --- |
| 920 | 0.996227 | ... | ... |
| 919 | 0.995985 | 1047 | 0.375601 |
| 923 | 0.994098 | 328 | 0.345281 |
| 927 | 0.993881 | 1052 | 0.342493 |
| 926 | 0.993184 | 327 | 0.314456 |
| 928 | 0.992638 | 1048 | 0.26023 |
| 924 | 0.992579 | 1051 | 0.245994 |
| 918 | 0.992327 | 1046 | 0.200059 |
| 925 | 0.991871 | 1073 | 0.071210 |
| 922 | 0.991203 | 1049 | 0.068020 |
| ... | ... | 1050 | 0.039038 |

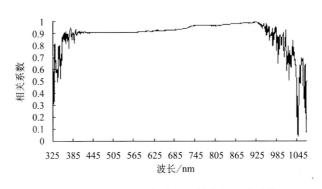

图 4-44　悬沙浓度和各波段反射率的相关系数

将泥沙分成粒径大小不同的三组分别进行光谱测量,选取 $D_{50}$ 为粒径的特征指标。图 4-44 中列出了相同浓度情况下,不同粒径对反射率的影响。实验数据表明:

(1)同样悬浮泥沙浓度条件下,随着粒径的增加,反射率下降。

(2)在整个 400～900nm 波段范围内,随粒径变化反射率下降的趋势表现明显。随着浓度的增大,这一趋势的波长范围向近红外波段扩展,到 3.699g/L 时,波段范围为 400～950nm。

(3)悬沙浓度在 0.010～3.699g/L 浓度范围内,随粒径增加反射率下降。

(4)在实验研究的浓度范围 0.010 ~3.699g/L 和 400~900nm 波段范围内,反射率和粒径存在 $R=m+n\dfrac{1}{D}$ 的关系。

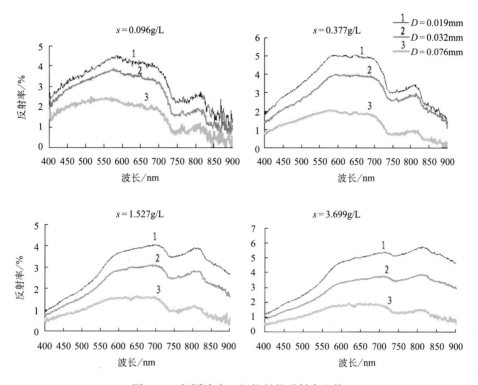

图 4-45　相同浓度三组粒径的反射率比较

# 第五章 太湖水体环境遥感监测实验模型研究

## 5.1 太湖悬浮物浓度反演模型

### 5.1.1 太湖悬浮物遥感反演模式

目前还没有统一的悬浮物遥感反演遥感定量模式。众多学者提出不同的模式来模拟悬浮泥沙的含量与遥感数据的关系,这些模式的特点一般都是半理论半经验的,即从理论出发,推导出一定的数学模式,再由实测的数据来确定一些参数。现有模式较多,对于太湖悬浮物,可考虑如下模式。

(1) 线性模式

$$S = A + BR \tag{5-1}$$

式中,$R$ 为水体反射率;$S$ 为水面悬浮泥沙浓度;$A$、$B$ 为待定系数。

本算法只适用于低浓度的悬浮泥沙水体。

(2) 对数模式

$$R = A + BlgS \tag{5-2}$$

或 $$S = 10(R-A)/B$$

式中,$R$ 为水体反射率;$S$ 为水面悬浮泥沙浓度;$A$、$B$ 为待定系数。

在悬沙浓度不高的情况下,该式能真实地反映悬沙浓度和卫星数据的关系。该关系式被广泛地应用在悬浮泥沙的定量研究中,主要原因就是它形式简单,计算方便,能满足一般的要求。

(3) Gordon 模式

$$R = C + S/(A + BS) \tag{5-3}$$

或 $$1/(R-C) = B + A/S$$

或 $$S = \frac{A}{\dfrac{1}{R-C} - B}$$

式中,$R$ 为水体反射率;$S$ 为水面悬浮泥沙浓度;$A$、$B$、$C$ 为待定系数。

该式根据准单散射近似公式得到,适用区间包括低含沙量和高含沙量区。

(4) 负指数模式

$$R = A + B(1 - e - DS) \tag{5-4}$$

或
$$S = A | B\ln(D \quad R)$$

式中，$R$ 为水体反射率；$S$ 为水面悬浮泥沙浓度；$A$、$B$、$D$ 为待定系数。

该式很大程度上克服了估算误差随悬沙浓度增大而增加的弱点，并可以近似地概括线性和对数关系式。

（5）统一模式

$$R = A + B[S/(G+S)] + C[S/(G+S)]e - DS \tag{5-5}$$

式中，$R$ 为水体反射率；$S$ 为水面悬浮泥沙浓度；$A$、$B$、$C$、$D$、$G$ 为待定系数。

该此式在一定条件下包含了 Gordon 式和负指数式。

2004 年 7 月 27 日在太湖梅梁湖选取 14 个点位，测量水面波谱，并同时采集水样，用常规的实验室分析方法测量叶绿素和悬浮物浓度。

### 5.1.2　太湖悬浮物浓度遥感机理模型

首先，利用 2004 年 7 月太湖同步进行的水体波谱实测数据和水体取样分析数据，修正 Gordon 模型的部分参数，并利用太湖水体的固有光学特性，建立水体反射波谱的模拟模型；其次，对 TM 影像数据进行辐射校正并提取不同光谱通道的太湖水体波谱数据；进而利用 Matlab 软件求解优化函数，反演水体悬浮物浓度。利用水体固有光学特性建立的分析模型，模拟的是刚好位于水面下方的反射率，即 $R(0^-)$，因此，为了将实测光谱与模拟的结果进行比较，进一步将遥感反射率 $R_{rs}$ 换算为 $R(0^-)$。$R(0^-)$ 的定义如下：

$$R(0^-) = E_u(0^-)/E_d(0^-) \tag{5-6}$$

式中，$E_u(0^-)$、$E_d(0^-)$ 分别为刚好位于水面下方的向上、向下辐照度。$E_u(0^-) = QL_u(0^-)$，其中 $Q$ 为光场分布参数，受不同的水体、太阳角度、观测角度影响而不同，$Q$ 可由太阳高度角计算（Gons，1999），通常在 1.7～7 之间变化，在此，利用卫星过境时（10 时左右）的地面实测反射率与 $Q$ 取不同值时所提取的 $R(0^-)$ 进行比较，认为取 $Q=1.7$ 是比较合理的。$L_u(0^-)$ 为刚好位于水面下方的向上辐亮度，$L_u(0^-) = (n^2/t)LW$。其中，$t$ 是气-水界面的 Fresnel 透射系数，取 $t=0.98$；$n$ 是水的折射指数，取 $n=1.34$。$E_d(0^-) = (1-\rho_{aw})E_d(0^+)$，$\rho_{aw}$ 为气-水表面的辐照度反射率，在 0.04～0.06 之间，在此，取 $\rho_{aw} = 0.5$。因此，方程(5-6)可表示为

$$R(0^-) = R_{rs} \times \frac{Qn^2}{t(1-\rho_{aw})} = 3.28R_{rs} \tag{5-7}$$

因为从黄光波段开始（>580nm），纯水的吸收系数迅速增大，以致于到近红外波段后，纯水的反射率接近于零。因此，在水质遥感监测中通常用可见光波段的信息来估测水质参数。本实验对水体反射率模拟的波段范围设为 400～750nm。

Gordon 模型可表示为

$$R(0^-) = f\frac{b_b}{a+b_b} \tag{5-8}$$

式中，$R(0^-)$ 是刚好处于水面以下的反射率（辐照度比）；$f$ 为常数，取值范围为 0.2～

0.56；$a$ 为总的吸收系数；$b_b$ 为总的后向散射系数。由于水体的吸收主要受纯水、叶绿素、黄色物质（溶解性有机质）、悬浮物影响，因此有

$$a = a_w + a_{chl} + a_{tsm} + a_{yellow} \tag{5-9}$$

式中，$a_w$，$a_{chl}$，$a_{tsm}$，$a_{yellow}$ 分别为纯水、叶绿素、悬浮物、黄质的吸收系数。由于叶绿素、黄质的后向散射非常微弱，因此，仅考虑纯水和悬浮物的后向散射，即

$$b = b_{b,w} + b_{b,tsm} \tag{5-10}$$

式中，$b_{b,w}$、$b_{b,tsm}$ 分别为纯水和悬浮物的后向散射系数。

本实验中，Gordon 模型中的各参数按以下方法计算和取值：

纯水的吸收和后向散射系数参照文献取值。

叶绿素吸收系数：不同藻类的形状、大小及色素细胞组成等的不同，导致其光谱吸收特性不同。藻类叶绿素吸收系数可由下式求出（Yu，2004）：

$$a_{chl}(\lambda) = C \cdot a_{chl}^*(\lambda) \tag{5-11}$$

式中，$a_{chl}(\lambda)$ 为波长 $\lambda$ 处的叶绿素吸收系数$(m^{-1})$；$C$ 为叶绿素浓度$(mg/m^3)$；$a_{chl}^*(\lambda)$ 为叶绿素比吸收系数$(mg/m^2)$，随藻类不同而发生变化。俞宏等的研究认为，太湖冬夏季藻类品种不同，导致其冬夏季叶绿素比吸收系数不同，并于 1992 年 6 月和 11 月实测了太湖藻类叶绿素的比吸收系数以代表太湖夏冬季的叶绿素比吸收系数，本实验中采用实测的夏季比吸收系数。

黄色物质吸收系数：黄质指被微生物和浮游生物分解后产生的溶解性有机质。黄色物质具有独特的吸收特征并对水体总的吸收光谱产生重要影响（Hakvoort，2002）。从紫外到可见光波段，黄色物质的吸收系数可由下式表示：

$$a_{yellow}(\lambda) = a_{yellow}(\lambda_0) \exp(s(\lambda_0 - \lambda)) \tag{5-12}$$

式中，$a_{yellow}(\lambda)$ 是波长 $\lambda$ 处的黄色物质吸收系数$(m^{-1})$；$a_{yellow}(\lambda_0)$ 是波长 $\lambda_0$ 处的吸收系数$(m^{-1})$；$\lambda_0$ 是初始波长，通常为 440nm；$s$ 为常数$(nm^{-1})$，与波长无关。俞宏等实测了太湖不同月份的黄质吸收系数，得到了不同月份的 $s$ 与 $a_{yellow}(440)$ 值。本实验中取 $s = 0.013nm^{-1}$，$a_{yellow}(440) = 0.352m^{-1}$。

悬浮物吸收系数：悬浮物包括有机碎屑、悬浮泥沙等。相对于水体的弱信息而言，悬浮物具有较强的吸收和散射特性。Bagheri 等的研究认为，悬浮物的吸收可由下式表示（Bagheri，1999）：

$$a_{tsm}(\lambda) = a_{tsm}(\lambda_0) \exp[s'(\lambda_0 - \lambda)] \tag{5-13}$$

式中，$a_{tsm}(\lambda)$ 是波长 $\lambda$ 处的悬浮物吸收系数$(m^{-1})$；$a_{tsm}(\lambda_0)$ 是波长 $\lambda_0$ 处的吸收系数$(m^{-1})$；$\lambda_0$ 是初始波长，通常为 440nm；$s'$ 为常数$(nm^{-1})$，与波长无关。参照俞宏等的研究，取 $a_{tsm}(\lambda_0) = 3.665m^{-1}$，$s' = 0.010nm^{-1}$。太湖 7 月水体中各组分的吸收系数见图 5-1。

悬浮物散射系数：悬浮物的形状、颗粒大小等都对其散射特性有显著的影响。悬浮物的散射特性可由 Mie 散射求算，太湖湖体中悬浮物的散射特性详见蔡启铭（1991）。本实

验中悬浮物的后向散射系数见图 3-6(后向散射系数与散射系数之比一般为 0.03~0.05，本实验中取其比值为 0.03)。

$f$：研究认为 $f$ 的取值随着太阳高度角的变化而变化，当太阳高度角为 90°时，$f=$ 0.33；当太阳高度角为 45°时，$f=0.38$。参照国外对内陆湖泊的研究（Forget，2001），在本模型中，取 $f=0.33$。

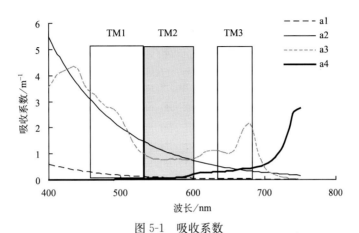

图 5-1　吸收系数

图中：a1、a2、a3、a4 分别是黄质、悬浮物、叶绿素、纯水的吸收系数

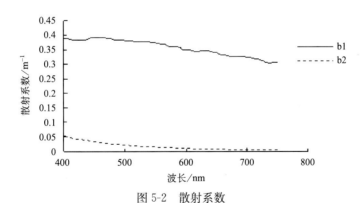

图 5-2　散射系数

图中：b1、b2 分别是悬浮物、纯水的后向散射系数（其中纯水的数值放大了 10 倍）

### 5.1.3　基于多光谱数据的太湖悬浮物浓度反演模型

选取 2004 年 7 月 26 日 TM 影像数据的 1、2、3、4 波段为可见光-近红外波段。从图 5-1 中看到，黄色物质的吸收作用主要体现在 TM1 波段，而 TM2、TM3 波段的遥感信息主要由叶绿素与悬浮物的光学特性所决定；另一方面，有研究认为对悬沙浓度最为敏感的波段为 550nm 和 670nm 波段（Novo，1991；Han，1994），因此，综合以上分析，本实验选用 TM2、TM3 波段的数据反演悬浮物浓度。所获取的 TM 数据已经由中国科学院遥感卫星地面站进行了初步的辐射校正。卫星传感器所获取的遥感信息既包括了水体反射信息、漫射天空光经气-水界面折射的光谱信息，也包括了天空光的漫散射信息，而水体作为

一种弱信息,其反射光谱信息更易受到周围环境的影响,从而模糊了水体特有的信息,因此,必须对影像数据进行更进一步的辐射校正,并提取 $R(0^-)$,以使得所获取的遥感信息更能够反映水体光谱特征。具体步骤如下:首先,对影像进行几何精校正,校正精度控制在 0.5 个像元;其次,提取太湖湖区的遥感影像数据;最后利用线性校正的方法将影像 DN 值校正为遥感反射率 $R_{rs}$。线性校正方法如下:将地面实测的 14 个点的 $R_{rs}$ 值,重采样为与 TM 波段一致的光谱数据;对不同通道,分别建立线性回归方程,将影像的 DN 值校正为 $R_{rs}$,利用 TM2、TM3 波段建立的线性回归方程如下:

$$R_{rs} = 0.001011B_3 - 0.0372 \tag{5-14}$$

$$R_{rs} = 0.001609B_2 - 0.0547 \tag{5-15}$$

式中,$B_2$、$B_3$ 表示 TM2、TM3 波段的 DN 值;第一式估计值的残差平方和为 0.0004137;第二式估计值的残差平方和为 0.0003089。最后,将 $R_{rs}$ 换算为 $R(0^-)$。

利用 Matlab 软件中的 Lsqcurvefit 函数,将由影像换算的 $R(0^-)$ 与模型模拟的 $R(0^-)$ 进行曲线拟合,并将叶绿素和悬浮物浓度设定为可变动的系数,函数值的终止容限设定为 0.0001,经过多次迭代,当模拟值与实测值的精度达到要求时的系数既为所求的叶绿素和悬浮物浓度。从地面 14 个样点的水质分析数据,观察到大部分测点的水体悬浮物浓度接近 $85g/m^3$(有 9 个样点的值在 $75\sim95g/m^3$),叶绿素浓度接近 $40mg/m^3$(有 10 个样点的值在 $30\sim50mg/m^3$),因此,为了提高运算速度,将叶绿素和悬浮物浓度的初值设定为 $40mg/m^3$ 和 $85g/m^3$。

利用上面的方法,对地面实测的 14 个点,模拟其 $R(0^-)$,如图 5-3 是模拟值与实测值的比较。用均方根差 RMSE 和相关系数 R 评价模拟的效果,计算得 RMSE 值均小于 0.05,R 大于 0.85,因此认为对所观测的湖区而言,该模型是适用的。

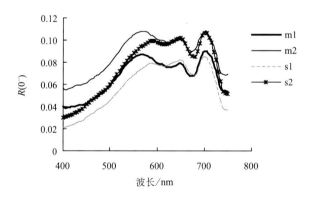

图 5-3　$R(0^-)$ 实测值与模拟值

两个样点的 $R(0^-)$ 实测值与模拟值,m 表示实测值,s 表示模拟值,样点 1 和 2 的叶绿素浓度分别为 $43mg/m^3$ 和 $52mg/m^3$,悬浮物浓度分别为 $61g/m^3$ 和 $93g/m^3$。

根据上面的方法,由 TM 影像数据提取 TM2、TM3 波段的 $R(0^-)$ 值,并反演太湖湖区悬浮物浓度,反演结果如图 5-4。

从图中可以看出,7 月 26 日太湖悬浮物在东太湖浓度最低,在中部以及中偏西部浓度

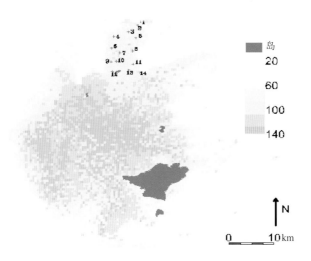

图 5-4　悬浮物浓度分布图(浓度单位:g/m³)

表 5-1　14 个样点悬浮物浓度实测值与反演值

| 样点 | 悬浮物浓度实测值/(g/m³) | 悬浮物浓度反演值/(g/m³) | 相对误差 |
|---|---|---|---|
| 1 | 91 | 54 | 0.41 |
| 2 | 61 | 67 | 0.1 |
| 3 | 112 | 72 | 0.36 |
| 4 | 82 | 83 | 0.01 |
| 5 | 87 | 81 | 0.07 |
| 6 | 88 | 99 | 0.13 |
| 7 | 102 | 105 | 0.03 |
| 8 | 93 | 84 | 0.1 |
| 9 | 83 | 81 | 0.02 |
| 10 | 75 | 98 | 0.31 |
| 11 | 86 | 71 | 0.17 |
| 12 | 108 | 83 | 0.23 |
| 13 | 105 | 82 | 0.22 |
| 14 | 93 | 99 | 0.06 |

最高,大部分湖区悬浮物浓度界于 $60\sim100\text{g/m}^3$ 之间,悬浮物浓度的平均值为 $45\text{g/m}^3$。利用地面实测的 14 个样点的水质分析,评价遥感反演的精度。表 5-1 是 14 个样点悬浮物浓度实测值与反演值。

　　比较悬浮物浓度的反演值与实测值,可以看到,反演的相对误差最大值为 0.41,最小值为 0.01,有 79% 样点的估计精度高于 70%,有 64% 样点的估计精度高于 80%。因此可以认为,利用上述分析模型以及 TM2、TM3 波段反演 7 月份太湖悬浮物浓度信息的方法是可行的。1 号样点估计值的相对误差最大,达到了 41%,有以下两点原因:一方面,1 号样点与岸边的距离最近,由传感器所测得的遥感信息受周边环境的干扰较大;另一方面,

1号样点的叶绿素浓度远远高于其余各点,达到了 155mg/m³,且有藻类水华漂浮,因此,对悬浮物的遥感信息产生了较大的影响,致使反演的精度降低。

本实验将 2004 年 7 月的 TM 影像 DN 值校正为水面遥感反射率,并采用 Gordon 模型,以太湖水体固有光学特性模拟水体 $R(0^-)$,进而反演水体悬浮物浓度,经过与地面 14 个实测样点的比较,认为该方法对于太湖水体悬浮物的浓度监测是可行的。水体反射率模拟模型建立在水体固有光学特性基础之上,然而,由俞宏等的研究可以看到,不同测点、不同季节的水体固有光学特性具有一定的差异,如在某一样点,2 月份黄色物质在 440nm 波长处的吸收系数为 $0.920\text{m}^{-1}$,而其吸收系数在 6 月份为 $0.403\text{m}^{-1}$,在 8 月份则为 $0.280\text{m}^{-1}$,因此,根据不同季节的水体悬浮物、黄色物质、叶绿素等的光学特性,甚至根据不同湖区水体组成的特点,分别建立其 $R(0^-)$ 的模拟模型,应该是提高遥感反演精度和适用性的一个有效途径。

另外,本实验进一步考虑采用 1996～2004 年多季节 TM 图像构建模型。首先使用 1∶50000 地形图对 TM 图像进行几何纠正,纠正的平均误差和最大误差均小于 1 个像素;其次,图像像元值均被转换为行星反射率;最后,为了降低水面噪音的可能影响,对图像像进行了 5×5 像素的低通滤波。冬季是悬浮物较大的时期,更便于使用遥感手段进行监测。图 5-5 是冬季悬浮物随 B1(波段 1)和 B3(波段 3)的变化。可以看到,随着悬浮物的增加,B3 与 B1 的差异在逐步减少。因此,可以通过构建包括 B1 和 B3 的指数来建立模型。

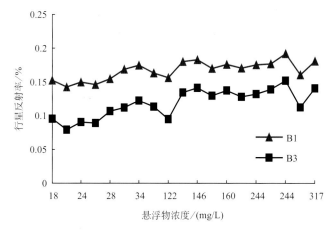

图 5-5　冬季悬浮物浓度随 B1 和 B3 的变化

通过比较分析,确定使用的波段组合为

$$\text{NDSS} = (\text{B3} - \text{B1})/(\text{B3} + \text{B1}) \tag{5-16}$$

式中,NDSS 为归　化的指数,称为归　化悬浮物指数。

从样点上看,悬浮物为非正态分布。因此,在模型构建中,对悬浮物浓度进行了对数变换,并表示为 lnSS。通过回归分析建立了太湖悬浮物的遥感反演模型。对于夏季样点,北部靠近河口的样点被独立出来,单独建立了模型(组 A)。模型表达式如表 5-2 所示。

回归分析要求残差服从正态分布,这可以通过残差直方图和应变量观测累计概率和

表 5-2　不同季节悬浮物的监测模型

| 季节 | 日期 | | 模型 | $R^2$ | $F$ | $p > F$ |
|---|---|---|---|---|---|---|
| 冬 | 20010115 | | lnSS＝7.179＋15.488 * NDSS | 0.7265 | 34.5 | ＜0.0001 |
| 秋 | 20031113 | | lnSS＝3.724＋12.623 * NDSS | 0.6932 | 42.9 | ＜0.0001 |
| 春 | 20000504 | | lnSS＝5.692＋11.755 * NDSS | 0.5109 | 13.6 | 0.0027 |
| 夏 | 20020713 | A | lnSS＝9.208＋22.154 * NDSS | 0.7767 | 3.4 | 0.3100 |
| | | B | lnSS＝7.877＋23.832 * NDSS | 0.7052 | 19.1 | 0.0020 |

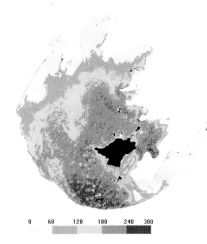

20020713　　　　　　　　　　　　　　20010115

图 5-6　夏季和冬季太湖悬浮物的反演结果

模型预测值累计概率间的正态 PP 图进行分析。结果表明,这里选择的模型是合适的。利用模型通过 TM 图像计算了夏季和冬季的太湖悬浮物。从图 5-6 中可以看到,两个季节,悬浮物的分布有所不同。悬浮物最大的部分出现在太湖的西侧。

　　本实验模型适用于悬浮物为水体中的主控因子时,对水体中悬浮物信息的提取。适用于 TM 图像,或具有相同波长范围的遥感图像。

### 5.1.4　基于高光谱数据的太湖悬浮物浓度反演模型

　　本实验采用 2004 年 7 月 27 日高光谱数据和同步采样点的表层水质数据建立模型。在太湖梅梁湾 14 个采样点的遥感反射率光谱数据如图 5-7 所示。实测的悬浮物浓度的描述性统计特征见表 5-3。

表 5-3　采样点处实测的悬浮物浓度的描述性统计特征

| 观测数 | 最大值 | 最小值 | 平均数 | 标准误差 | 中位数 |
|---|---|---|---|---|---|
| 14 | 112 | 34 | 86.36 | 5.42 | 87.5 |
| 众数 | 标准差 | 方差 | 峰度 | 偏度 | 置信度(95.0%) |
| 93 | 20.29 | 411.79 | 2.50 | −1.33 | 11.72 |

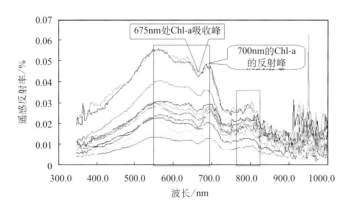

图 5-7　2004 年 7 月 27 日太湖梅梁湾水体反射光谱曲线

可以看出悬浮物光谱反射率具有双峰特征,第一反射峰位置在 550～700nm;第二反射峰位置在 760～820nm。在悬浮物浓度较低时,第一反射峰值高于第二反射峰值,随悬浮物浓度的增加,第二反射峰的反射率逐渐升高。当水体中悬浮物含量增加时,反射率波谱上的反射峰由短波向长波方向位移,即具有所谓的"红移现象"。由于本次研究中各采样点的悬浮物浓度相差不是很大,"红移现象"不明显。太湖水体光谱带有明显的叶绿素 a 的光谱特征和悬浮物的光谱特征,即在 675nm 有叶绿素 a 的吸收峰和在 700nm 左右的叶绿素 a 的反射峰,而叶绿素 a 在 440nm 左右的吸收峰和在 550nm 左右的绿色反射峰由于悬浮物的影响而不是很明显。

由于在湖面进行光谱测量时,天气条件的变化、周围环境的影响及测量角度的变化都会影响反射率数值的大小。为了便于不同采样点光谱值之间的比较,对每条反射光谱利用其在可见光范围(450～750nm)的波段反射率平均值进行归一化。归一化后各波段反射率与悬浮物浓度的相关系数如图 5-8 所示。

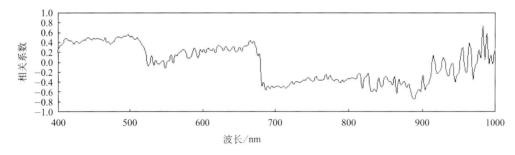

图 5-8　归一化后的反射率和悬浮物的相关性分析

从图 5-8 中可以看出,在 890nm 附近出现较高的负相关,而在 980nm 附近则出现较高的正相关,相关系数都达到 0.7 以上,说明在这两个位置处的遥感反射率对太湖水体悬浮物浓度的变化最为敏感。对相关系数排序,选出最高正相关波段 984nm 和最高负相关波段 890nm 参与模型分析。

对光谱的一阶微分处理可以去除部分线性或接近线性的背景、噪声光谱对目标光谱的影响(浦瑞良，2000)。ASD 野外光谱辐射仪采集的是离散型数据，因此光谱数据的一阶微分可以用以下公式近似计算：

$$R(\lambda_i)' = \frac{R(\lambda_{i+1}) - R(\lambda_{i-1})}{\lambda_{i+1} - \lambda_{i-1}} \tag{5-17}$$

式中，$\lambda_{i-1}$、$\lambda_i$、$\lambda_{i-1}$ 为相邻波长；$R(\lambda_i)'$ 为波长 $\lambda_i$ 的一阶微分反射光谱。计算得到的一阶微分光谱如图 5-9 所示。

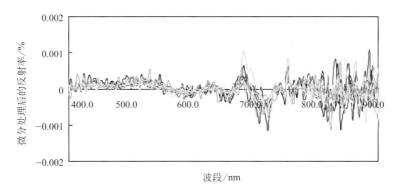

图 5-9　太湖水体光谱反射率一阶微分

用处理后的结果和对应点位的悬浮物浓度做相关分析，然后对相关系数排序，选出最高正相关波段 868nm 参与模型分析。

根据 Pulliainen 等人(2001)的研究，对水体光谱辐亮度的不同波段做比值处理可以部分消除大气影响，也可以消除在空间上和时间上水面粗糙度变化的干扰。把选出的两个波段处的遥感反射率值(正相关最高的和负相关最高的)以及它们的比值作为自变量，对应点位的水体悬浮物浓度值作为因变量，进行模型回归分析。模型类型包括指数函数、对数函数、幂函数、线性和一元二次方程。同时，将微分处理的结果 868nm 处的一阶微分反射光谱值作为自变量，对应点位的水体悬浮物浓度值作为因变量，进行模型回归分析。模型类型包括指数函数、线性和一元二次方程。分析结果见表 5-4。

表 5-4　太湖水体悬浮物的高光谱遥感拟合模型表

| 自变量 | 模型类型 | 拟合模型方程 | $R^2$ | $P$ 值 | $F$ 值 |
|---|---|---|---|---|---|
| $\dfrac{R_{984}}{R_{890}}$ | 线性 | $Y=36.36x+46.85$ | 0.57 | 0.002 | 15.91 |
| | 对数函数 | $Y=27.17\ln(x)+87.37$ | 0.64 | 0.001 | 21.05 |
| | 一元二次 | $Y=-19.50x^2+73.55x+32.67$ | 0.63 | 0.004 | 9.36 |
| | 幂函数 | $Y=84.65x+0.41$ | 0.67 | 0.000 | 23.80 |
| | 指数函数 | $Y=46.05\exp(0.55x)$ | 0.58 | 0.002 | 16.42 |
| $R_{984}$ | 线性 | $Y=1716x+69.6$ | 0.12 | 0.230 | 1.60 |
| $R_{890}$ | 线性 | $Y=-3320x+119.6$ | 0.41 | 0.014 | 8.17 |
| $R_{(868)'}$ | 线性 | $Y=74986+99.57x$ | 0.62 | 0.001 | 19.86 |
| | 一元二次 | $Y=-7.0^{E}07x^2+20882x+95.54$ | 0.68 | 0.002 | 11.64 |
| | 指数函数 | $Y=103\exp(1213x)$ | 0.73 | 0.000 | 32.95 |

注：$x$ 为单波段的反射率或两个波段反射率的比值，$Y$ 为水体悬浮物浓度。

对以上 $R^2$ 较高的模型的精度分析分析结果见表 5-5。

表 5-5　模型精度分析表

| 自变量 | 模型类型 | 拟合模型方程 | 平均相对误差/% | RMSE | Max | Mean |
|---|---|---|---|---|---|---|
| $\dfrac{R_{984}}{R_{890}}$ | 线性 | $Y=36.36x+46.85$ | 14.42 | 12.82 | 23.86 | 10.58 |
| | 对数函数 | $Y=27.17\ln(x)+87.37$ | 13.87 | 11.78 | 21.17 | 10.16 |
| | 一元二次 | $Y=-19.50x^2+73.55x+32.67$ | 14.03 | 11.90 | 20.95 | 10.47 |
| | 幂函数 | $Y=84.65x^{0.41}$ | 13.43 | 12.10 | 22.78 | 10.12 |
| | 指数函数 | $Y=46.05\exp(0.55x)$ | 15.40 | 14.54 | 27.08 | 12.07 |
| $R_{(868)'}$ | 线性 | $Y=74986+99.57x$ | 11.71 | 12.0 | 24.23 | 9.83 |
| | 一元二次 | $Y=-7.0E+07x^2+20882x+95.54$ | 11.06 | 11.08 | 18.70 | 9.34 |
| | 指数函数 | $Y=103\exp(1213x)$ | 11.65 | 13.80 | 32.96 | 10.05 |

注:RMSE 表示均方根误差;Max、Mean 分别表示最大绝对误差、平均绝对误差。

从以上的建模结果及精度分析来看,单波段光谱反射率与悬浮物浓度的相关系数较小,不宜用于估算悬浮物浓度。光谱反射率比值 $R_{984}/R_{890}$ 和 868nm 反射率的一阶微分均与悬浮物浓度有较好的相关性,可以用来估算悬浮物浓度,并且微分法的估算效果要更好些。从模型的形式来看,比值法的幂函数形式和微分法的指数函数有较高的拟合度,但都有最大绝对误差较大的缺点,即对个别点(最大或最小浓度值)的模拟效果不佳。

类似上述,本实验采用 2003 年 11 月 13 日的高光谱数据和同步的水面测量数据建立冬季高光谱监测模型,所采用数据特征如图 5-10 所示。

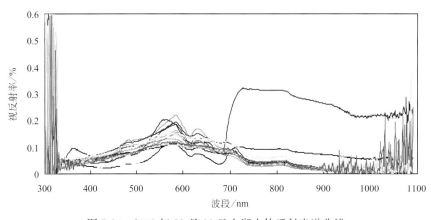

图 5-10　2003 年 11 月 13 日太湖水体反射光谱曲线

将 ASD 测量的太湖水体的视反射率值与对应采样点的悬浮物浓度作相关分析,得到了各波段视反射率与悬浮物浓度的相关系数图,见图 5-11。对相关系数排序,选出最高正相关波段 842nm 参与模型分析。

把选出的 842nm 波段处的遥感反射率值作为自变量,对应点位的水体悬浮物浓度值作为因变量,进行模型回归分析。模型类型包括指数函数、对数函数、幂函数、线性和一元二次方程,分析结果见表 5-6。

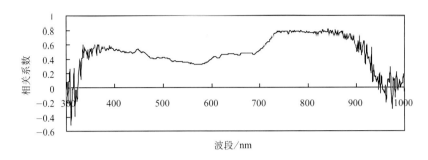

图 5-11　2003 年 11 月 13 日太湖水体视反射率与悬浮物浓度的相关系数图

**表 5-6　太湖水体悬浮物的高光谱遥感拟合模型表**

| 自变量 | 模型类型 | 拟合模型方程 | $R^2$ | $P$ 值 | $F$ 值 |
|---|---|---|---|---|---|
| $R_{842nm}$ | 线性 | $Y=1735.58x-5.89$ | 0.66 | 0.000 | 23.15 |
| | 对数函数 | $Y=42.86\ln(x)+198.87$ | 0.65 | 0.000 | 22.52 |
| | 一元二次 | $Y=-22263x^2+3019x-22.59$ | 0.67 | 0.002 | 11.33 |
| | 幂函数 | $Y=4911x1.34$ | 0.83 | 0.000 | 57.66 |
| | 指数函数 | $Y=9\exp(50.67x)$ | 0.73 | 0.000 | 31.88 |

注：$x$ 为波长 842nm 处的视反射率；$Y$ 为水体悬浮物浓度。

对以上 $R^2$ 较高的模型的精度分析结果见下表 5-7。

**表 5-7　模型精度分析表**

| 自变量 | 模型类型 | 拟合模型方程 | 平均相对误差/% | RMSE | Max | Mean |
|---|---|---|---|---|---|---|
| $R_{842nm}$ | 线性 | $Y=1735.58x-5.89$ | 18.01 | 11.20 | 26.38 | 7.88 |
| | 对数函数 | $Y=42.86\ln(x)+198.87$ | 22.83 | 11.30 | 25.36 | 8.45 |
| | 一元二次 | $Y=-22263x^2+3019x-22.59$ | 19.69 | 10.95 | 25.06 | 8.16 |
| | 幂函数 | $Y=4911x^{1.34}$ | 17.22 | 11.69 | 27.16 | 8.34 |
| | 指数函数 | $Y=9\exp(50.67x)$ | 23.50 | 13.91 | 29.44 | 10.7 |

注：RMSE 表示均方根误差；Max、Mean 分别表示最大绝对误差、平均绝对误差。

从以上的建模结果及精度分析来看，幂函数和指数函数均有较高的拟合度，但指数函数的误差较大。

太湖四季悬浮物变化比较大，建立主要季节的悬浮物浓度回归反演模型具有代表性。利用原始光谱数据、归一化处理、一阶微分处理、包络线消除处理四种光谱数据与悬浮物浓度之间的相关特性，以及悬浮物遥感定量监测的特征波段分析，可建立各种数据与悬浮物浓度之间的回归方程：

$$SS = 1935.1R_{568}^{1.1428} \tag{5-18}$$
$$SS = 39.154\ln(R_{719}) + 40.108 \tag{5-19}$$

$$SS = 28.348\ln(R_{554}) + 297.96 \tag{5-20}$$

$$SS = 140.58R_{726} - 66.573 \tag{5-21}$$

式中,$R_{568}$、$R_{719}$、$R_{554}$ 和 $R_{726}$ 分别是原始数据、归一化数据、微分数据以及去除包络线数据与悬浮物浓度之间相关系数最大波段的反射率,SS 是悬浮物浓度。

结果(如图 5-12)表明利用原始数据和微分数据与悬浮物浓度最大相关性求解的悬浮物浓度与实验室分析结果之间有较好的关系。相关系数 $R^2$ 分别为 0.8198 和 0.8342。但是对与归一化数据和去除包络线数据,利用它们与悬浮物浓度相关性最大波段反射率求解效果不太理想,拟合度 $R^2$ 只有 0.6671 和 0.6435。

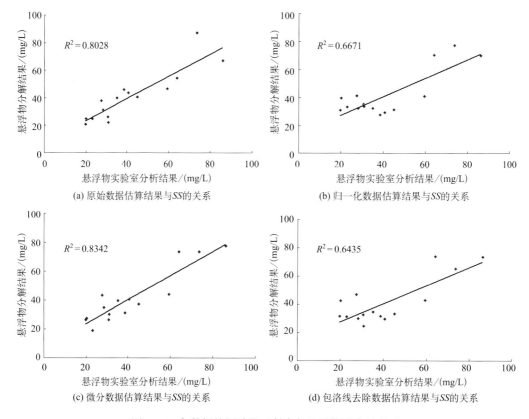

(a) 原始数据估算结果与SS的关系　　　　(b) 归一化数据估算结果与SS的关系

(c) 微分数据估算结果与SS的关系　　　　(d) 包洛线去除数据估算结果与SS的关系

图 5-12　各数据特征波段反射率与悬浮物浓度的关系

通过分析归一化数据、包络线去除数据与悬浮物浓度之间的相关特性,两者都在 700nm 附近达到最大,该处是叶绿素 a 最敏感的波段,受叶绿素 a 的影响较大,故这两种数据不能直接来估算悬浮物浓度。通过分析悬浮物的特征光谱可以发现,随悬浮物浓度的不同,各特征波段反映悬浮物浓度的敏感度不一样:500~600nm 适合估算低浓度的悬浮物,而 700~800nm 适合估算高浓度的悬浮物。实地采样水体的实验室分析结果显示:悬浮物的浓度随采样点的变化从最低的 19.64mg/L,到最高的 86mg/L。依据变化的幅度和采样点的个数,我们选择了 35mg/L 的浓度作为分界点对采样点进行划分。然后,分别对高浓度悬浮物和低浓度悬浮物水体进行如上的回归分析,结果如下:

对于原始数据：

$$SS(\mathrm{mg/L}) = \begin{cases} 1258.5R_{668} + 4.2217 & SS\text{ 浓度} < 35\mathrm{mg/L} \\ 26.434\ln(R_{709}) + 143.01 & SS\text{ 浓度} > 35\mathrm{mg/L} \end{cases}$$

对于利用归一化数据：

$$SS(\mathrm{mg/L}) = \begin{cases} 199.82R_{610} - 210.8 & SS\text{ 浓度} < 35\mathrm{mg/L} \\ 82.135R_{699} - 39.738 & SS\text{ 浓度} > 35\mathrm{mg/L} \end{cases}$$

对于利用一阶微分数据：

$$SS(\mathrm{mg/L}) = \begin{cases} 181339R_{562} + 16.674 & SS\text{ 浓度} < 35\mathrm{mg/L} \\ 14857R_{689} + 42.229 & SS\text{ 浓度} > 35\mathrm{mg/L} \end{cases}$$

对于利用包络线去除数据：

$$SS(\mathrm{mg/L}) = \begin{cases} 373.08R_{546} - 341.1 & SS\text{ 浓度} < 35\mathrm{mg/L} \\ 112.76R_{726} - 35.225 & SS\text{ 浓度} > 35\mathrm{mg/L} \end{cases}$$

式中，$R_i$ 是指在该数据下与悬浮物浓度相关系数最大对应的波段的反射率。

利用分段回归分析法估算的悬浮物浓度结果精度有了很大的改进，拟合度也有了很大的提高（如图 5-13），特别是对于归一化数据和包络线去除数据而言，改进的更多，拟合

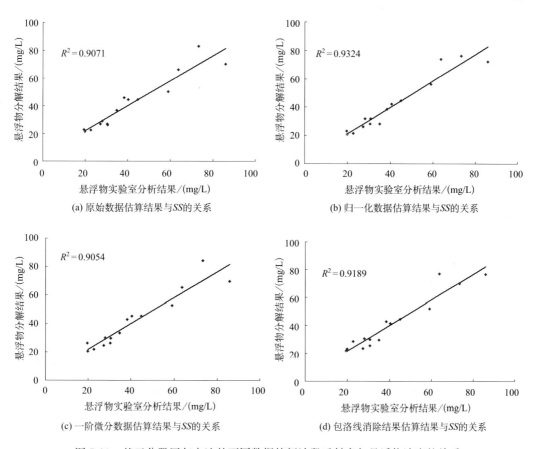

(a) 原始数据估算结果与SS的关系　　　　(b) 归一化数据估算结果与SS的关系

(c) 一阶微分数据估算结果与SS的关系　　　　(d) 包洛线消除结果估算结果与SS的关系

图 5-13　基于分段回归方法的不同数据特征波段反射率与悬浮物浓度的关系

度分别由原来的 0.6671、0.6435 提高到了 0.9324 和 0.9189。实验证明,采用分段进行悬浮物浓度的遥感估算是可行的。

上述几种方法由于未考虑其他水质参数对悬浮物的影响,因此估算的悬浮物浓度有一定的误差。由此我们设想剔除一些悬浮物受其他水质参数影响较大的采样点。通过分析采样点水体光学特性表可知,悬浮物与总氮、总磷具有显著的相关关系,这一点张巍等(2002)在分析太湖水质指标时有详细的叙述。但它们含量相对悬浮物本身来说较少,在悬浮物特征波段内对水体反射率的影响较小。叶绿素 a 浓度对悬浮物的影响是比较显著的,它们在特征波段内有些重叠,特别是在应用分段来进行估算时候,选用的波段范围是在 700nm 附近,也是叶绿素 a 强的反射率峰区。为此,我们需要对叶绿素 a 含量特别高的采样点剔除,结果精度会有所提高。我们采用叶绿素 a 浓度估算异常点剔除的方法,作了叶绿素 a 与悬浮物浓度之间的比值,发现在采样点 14 较大,该点相对于悬浮物的浓度较大,通过分析该点可知,藻类成片分布,水体特征受藻类叶绿素影响很大。为此,我们剔除了采样点 14 然后才进行上述的依据悬浮物浓度分段估算悬浮物浓度,其结果又有了很大的改进(如图 5-14)。

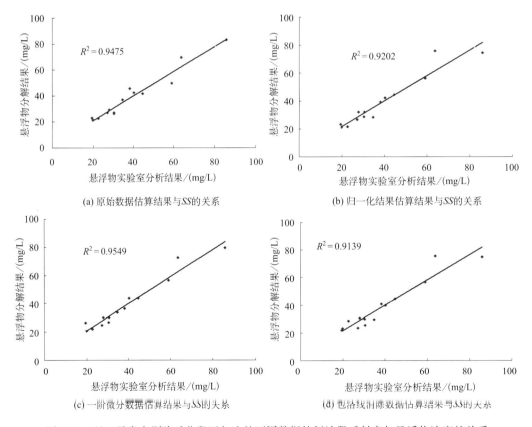

图 5-14　基于异常点剔除后分段回归法的不同数据特征波段反射率与悬浮物浓度的关系

原始光谱数据和一阶微分处理后光谱数据与悬浮物的正相关系数最大值出现在540～580nm波段范围；归一化处理后光谱数据和包络线去除处理后光谱数据与悬浮物的相关系数最大值出现在700～740nm波段范围。因此，可以基于上述的两个波段范围进行悬浮物浓度的定量反演。

选择悬浮物浓度为35mg/L作为分界点将水体分为高悬浮物浓度和低悬浮物浓度，利用经异常点剔除的分段回归分析法估算悬浮物的浓度，结果显示精度有了很大的提高。其中，一阶微分数据处理结果来估算悬浮物浓度效果最好（线性拟合度高达0.9549）。对于原始光谱数据处理、归一化处理、一阶微分处理和包络线消除处理等几种方法，对其进行了求解均方根误差RMSE，结果如表5-8所示。

**表 5-8　悬浮物浓度回归分析结果均方根误差 RMSE**

| 变量 | 原始数据 | 归一化数据 | 一阶微分数据 | 包络线消除数据 |
|---|---|---|---|---|
| 最大特征值波段的反射率 | 8.752 | 11.330 | 8.000 | 11.725 |
| 最大特征值波段的反射率（分段回归法） | 5.985 | 5.104 | 6.038 | 5.591 |
| 最大特征值波段的反射率（异常点剔除后分段回归法） | 4.191 | 5.166 | 3.880 | 5.367 |

## 5.2　太湖叶绿素a浓度反演模型

### 5.2.1　太湖叶绿素a遥感反演回归分析

根据前面分析，原始数据的各波段与叶绿素a浓度之间的相关系数都很小，说明受非色素的悬浮物和黄色物质等叶绿素a之外的其他水质因素的影响比较大。所以不适合用原始数据的单波段因子来建立叶绿素a的估算模型。

利用经归一化、一阶微分和包络线去除处理的原始数据，各波段与叶绿素a的相关性将有明显的改进。在特征光谱波段内，归一化结果和一阶微分结果与叶绿素a的正相关系数值（分别在714nm和696nm波段位置）以及包络线去除结果与叶绿素a负相关系数绝对值（在686nm波段位置）都超过了0.8，相关性是显著的。在藻类叶绿素a浓度特征光谱波段范围内，分别把归一化结果和一阶微分结果与叶绿素a正相关最大值波段、包络线去除数据负相关绝对值最大值波段作为叶绿素a的遥感经验模型建立的自变量，叶绿素a浓度作为因变量，利用回归分析，分别得到回归方程为

$$Chl\text{-}a = 242.02R_{714} - 195.44 \tag{5-22}$$
$$Chl\text{-}a = 133080R_{696} + 16.728 \tag{5-23}$$
$$Chl\text{-}a = -228.24R_{686} + 226.88 \tag{5-24}$$

式中，$Chl\text{-}a$ 表示叶绿素a的浓度；$R_{714}$、$R_{696}$ 和 $R_{686}$ 分别是归一化结果和一阶微分结果与叶绿素a正相关最大值波段和包络线去除数据负相关绝对值最大值波段。结果表明与叶绿素a有较好的线性关系（如图5-15），其 $R^2$ 分别为0.8101、0.8882和0.7324。

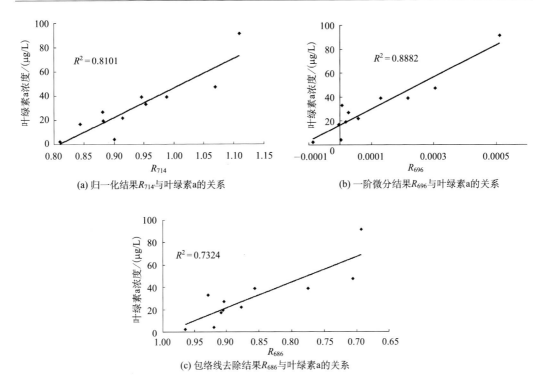

图 5-15 各处理数据特征单波段与叶绿素 a 的关系

对比以上叶绿素 a 的遥感定量经验模型说明对原始数据作的处理应用于叶绿素 a 浓度估算模型是可行的,其各处理结果不仅提高了与叶绿素 a 浓度的相关系数,而且利用其最大相关系数建立的叶绿素 a 浓度反演模型精度较高,归一化处理和一阶微分处理后数据与叶绿素 a 浓度之间的最大相关系数所在的波段,与叶绿素 a 浓度之间有较好的线性相关性,是反演叶绿素 a 浓度的较好波段。

### 5.2.2 基于两波段比值的太湖叶绿素 a 反演模型

利用特征光谱波段内原始数据以及各原始数据的处理数据与叶绿素 a 浓度的最大正相关系数所在波段的反射率和最大负相关系数所在波段的反射率附近两个波段的反射率比值,可以定量估算叶绿素 a 浓度。我们在分析了原始数据以及各处理数据光谱特征以及与叶绿素 a 相关性的基础上,对于原始数据,选择了 726nm 和 678nm 两个波段反射率的比值;归一化数据选择了 714nm 和 677nm 两个波段反射率的比值;微分数据选择了 696nm 和 665nm 两个波段反射率的比值;以及包络线去除处理后的数据选择了 709nm 和 686nm 两个波段反射率的比值。以比值作为自变量,叶绿素 a 浓度作为因变量进行回归分析,分别得的回归方程为

$$Chl\text{-}a = 113.12 \frac{R_{726}}{R_{678}} - 60.986 \tag{5-25}$$

$$Chl\text{-}a = 99.335 \frac{R_{714}}{R_{677}} - 75.895 \tag{5-26}$$

$$Chl\text{-}a = -34.255 \frac{R_{696}}{R_{665}} + 17.401 \tag{5-27}$$

$$Chl\text{-}a = 134.05 \frac{R_{726}}{R_{678}} - 121.38 \tag{5-28}$$

结果表明归一化结果和包络线去除结果两特征波段反射率的比值与叶绿素 a 浓度之间有较好的相关性,相关系数 $R^2$ 分别为 0.725 和 0.7382。这是因为,归一化数据和包络线去除数据的波段比值中正相关最大值对应于高的反射率位置,保证了较高的信噪比,而负相关绝对值最大值对应于低反射率位置,是叶绿素 a 强吸收区,且两个波段之间彼此靠近,受非色素悬浮物及黄色物质的影响相似,保持了较低的噪声,所以该模型可以用来估算太湖水体的叶绿素 a 浓度。

各处理结果与叶绿素 a 浓度之间的相关关系如图 5-16 所示。

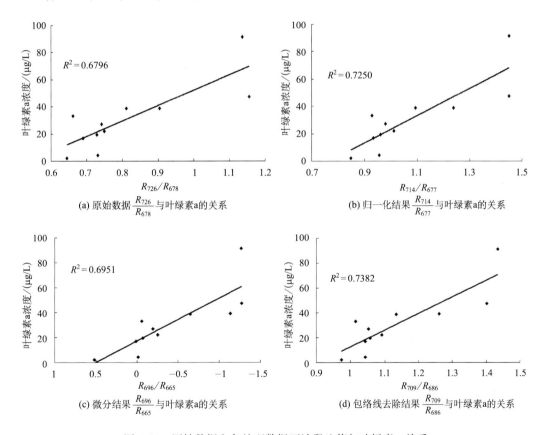

图 5-16　原始数据和各处理数据两波段比值与叶绿素 a 关系

### 5.2.3　基于归一化数据的太湖叶绿素 a 反演模型

对原数据进行归一化处理后,不仅有利于减少由于环境遮挡、测量角度变化等因素影响反射率绝对数值大小,便于不同测量结果进行比较,而且还保留了原始数据的光谱曲线特征。基于此,我们对归一化数据做了与叶绿素 a 浓度之间的相关性分析,利用其与叶绿素浓度之间的相关特征,做了单波段和两波段比值与叶绿素 a 浓度之间的回归分析。同时,对归一化数据进行一阶微分处理,可以去除部分线性或接近线性的背景、噪声光谱对目标光谱的影响,其结果如图 5-17。

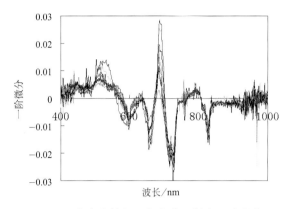

图 5-17　太湖水体归一化光谱反射率一阶微分

处于近红外反射峰与叶绿素的红光吸收峰之间的 690nm 附近,反射率的一阶微分值变化幅度最大,选取反射率一阶微分变化最大的波段 686nm,分析该波段反射率的一阶微分与叶绿素 a 浓度的线性相关关系(图 5-18)。从图中可以看出两者有明显的相关性,$R^2$ 为 0.7663。回归方程为

$$Chl\text{-}a = 3282.8R_{686} - 15.416 \tag{5-29}$$

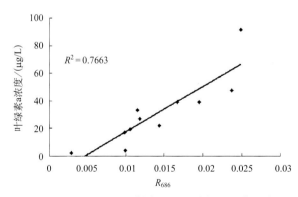

图 5-18　$R_{686}$ 归一化反射率一阶微分与叶绿素 a 关系

通过分析归一化数据一阶微分结果与叶绿素 a 浓度之间的相关性(如图 5-19),在 688nm 附近相关系数为正相关的最大值,利用该波段值对应的反射率作为自变量,叶绿素 a 浓度作为因变量,进行回归分析,回归方程为

$$Chl\text{-}a = 2881.5R_{688} - 8.9254 \tag{5-30}$$

结果与叶绿素 a 浓度相关性显著,$R^2$ 达到了 0.8192。

对于上述两种方案,我们对其进行了求解均方根误差 RMSE,RMSE 的计算公式如下:

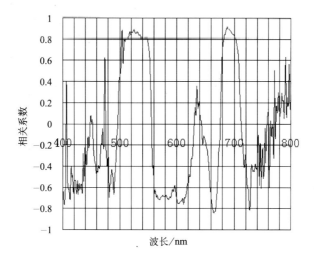

图 5-19　归一化数据一阶微分结果与叶绿素 a 相关系数

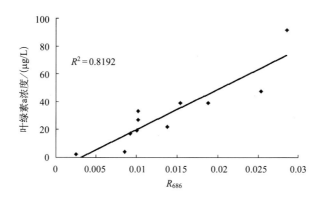

图 5-20　$R_{686}$ 归一化数据一阶微分结果与叶绿素 a 相关性

$$\mathrm{RMSE} = \left[ \frac{\sum (y - \hat{y})^2}{N} \right]^{\frac{1}{2}} \tag{5-31}$$

式中，$y$ 是叶绿素 a 浓度；$\hat{y}$ 是回归方程求解结果；$N$ 是采样点个数。结果如表 5-9 所示。

表 5-9　叶绿素 a 浓度回归分析结果均方根误差 RMSE

| 变量 | 原始数据 | 归一化数据 | 一阶微分数据 | 包络线去除数据 |
| --- | --- | --- | --- | --- |
| 单特征波段反射率 | — | 36.7247 | 38.1086 | 12.1153 |
| 特征波段反射率比值 | 13.2583 | 12.2816 | 12.9333 | 11.9842 |
| 一阶微分取微分值最大波段 | | 11.323 | | |
| 一阶微分取与叶绿素 a 相关系数最大波段 | | 9.9599 | | |

从表 5-9 可知，单特征波段进行叶绿素 a 浓度估算虽然拟合度较高，但均方根误差较大，不适宜用于叶绿素 a 浓度提取。采用特征波段反射率比值作为变量，利用回归分析进

行叶绿素 a 浓度估算较好,特别是对原始数据进行归一化和去包络线处理,线性拟合度超过了 0.7,且均方根误差 RMSE 也较单特征波段反射率作为变量回归分析结果要低的多。因此,特征波段反射率比值估算叶绿素 a 浓度较好。以归一化数据为基础,对其进行一阶微分处理后,分别取其微分值最大波段的反射率值和取与叶绿素 a 相关系数最大波段的反射率,进行叶绿素 a 浓度估算,结果显示,要比前两种方法优越,不仅提高了叶绿素 a 浓度的线性拟合度,还降低了均方根误差,是叶绿素 a 浓度估算较好的方法。

本实验由于采样点较少,在进行回归分析中带来了许多不确定性因素。叶绿素浓度分布不均匀,除去几个异常采样点之后,叶绿素浓度主要集中在 $50\mu g/L$ 以内,而叶绿素浓度最高为 $91.51\mu g/L$,致使该采样点对结果与叶绿素 a 线性拟合度的影响较大,对均方根误差影响也较大。因此,要提高叶绿素 a 估算的精度,需要加大数据量和增加采样点个数与范围。

### 5.2.4　基于不同季节 TM 数据的太湖叶绿素 a 反演模型

太湖叶绿素浓度每日变化较大,而且由于叶绿素浓度的升高经常导致局部蓝藻水华发生,这些水华随风移动,更加剧了不同水域的叶绿素浓度日变化差异。因此,选择的 TM 图像日期应该尽可能与水面实地监测的数据日期接近。本实验选择 19980710、19980811、20020713、20040727 四景图像建立夏季监测模型,水面实测监测日期为 1998 年 8 月 13 日、10 月 14 日;2002 年 7 月 5 日;选择 2003 年 11 月 13 日的 TM 图像数据和 2003 年 11 月 23 日的实测监测数据和建立秋季的模型。

表 5-10 给出了图像反射率和叶绿素浓度的描述性统计特征,这些统计特征同时限定了模型适用的值域范围。总体来看,7 月和 8 月叶绿素浓度的变化范围比较类似,但是标准差较大。从分布上看,叶绿素浓度为非正态分布,在建立模型的时候,需要根据情况进行转换。

**表 5-10　叶绿素 a 与 TM 图像主要波段的统计特征**

| 日期<br>(年. 月) | 描述性特征 | Chl-a | B1 | B2 | B3 | B4 | B5 |
|---|---|---|---|---|---|---|---|
| 1998.7 | 最小值 | 0.002 | 0.0823 | 0.0642 | 0.0442 | 0.0408 | 0.0088 |
| | 最大值 | 0.195 | 0.1338 | 0.1287 | 0.1125 | 0.1503 | 0.0764 |
| | 平均 | 0.045 | 0.1100 | 0.1014 | 0.0783 | 0.0733 | 0.0300 |
| | 标准差 | 0.062 | 0.0163 | 0.0206 | 0.0207 | 0.0260 | 0.0158 |
| | 偏度 | 1.610 | −0.1512 | −0.2125 | 0.0390 | 1.5888 | 1.6761 |
| | 峰度 | 1.315 | −1.3369 | −1.3783 | −1.3019 | 3.3230 | 3.5152 |
| 2002.7 | 最小值 | 0.003 | 0.1263 | 0.0978 | 0.0725 | 0.0588 | 0.0192 |
| | 最大值 | 0.107 | 0.1907 | 0.1722 | 0.1419 | 0.3314 | 0.1501 |
| | 平均 | 0.034 | 0.1564 | 0.1375 | 0.1082 | 0.1036 | 0.0452 |
| | 标准差 | 0.040 | 0.0205 | 0.0225 | 0.0209 | 0.0711 | 0.0325 |
| | 偏度 | 1.008 | 0.1870 | −0.0305 | 0.0276 | 2.5636 | 2.4148 |
| | 峰度 | −0.828 | −1.1819 | −1.0961 | −1.0512 | 6.7150 | 6.5442 |

续表

| 日期<br>(年.月) | 描述性特征 | Chl-a | B1 | B2 | B3 | B4 | B5 |
|---|---|---|---|---|---|---|---|
| 2004.7 | 最小值 | 0.021 | 0.1532 | 0.1405 | 0.1443 | 0.0788 | 0.0262 |
| | 最大值 | 0.090 | 0.1661 | 0.1556 | 0.1727 | 0.0929 | 0.0390 |
| | 平均 | 0.043 | 0.1600 | 0.1496 | 0.1593 | 0.0856 | 0.0328 |
| | 标准差 | 0.018 | 0.0037 | 0.0051 | 0.0090 | 0.0039 | 0.0036 |
| | 偏度 | 1.423 | −0.3414 | −0.7361 | −0.2622 | 0.1571 | −0.4524 |
| | 峰度 | 2.483 | −0.4964 | −0.8066 | −1.3460 | −0.5957 | −0.0490 |
| 1998.8 | 最小值 | 0.003 | 0.0743 | 0.0617 | 0.0391 | 0.0186 | 0.0032 |
| | 最大值 | 0.243 | 0.1055 | 0.1191 | 0.1018 | 0.2732 | 0.0860 |
| | 平均 | 0.046 | 0.0863 | 0.0830 | 0.0572 | 0.0654 | 0.0177 |
| | 标准差 | 0.063 | 0.0082 | 0.0173 | 0.0152 | 0.0689 | 0.0235 |
| | 偏度 | 2.104 | 0.5368 | 0.7129 | 1.5109 | 2.1604 | 2.0741 |
| | 峰度 | 4.497 | 0.0557 | −0.2243 | 3.0749 | 4.2848 | 3.6070 |

　　计算对比了叶绿素与各个波段反射率的相关系数,最后,参考当前的研究结果和叶绿素的光谱特征,选择归一化植被指数(NDVI)作为图像参数建立监测模型。

　　7 月 27 日测量的样点仅有 14 个,样点之间叶绿素浓度差异较小,无法在图像上明显地反映出来。因此,在模型中增加使用了周围 8 月初常规测量样点:拖山、椒山、乌龟山、间江口、犊山口。

　　使用回归方法建立的模型为

$$Chl\text{-}a = 0.260 + 0.700 * NDVI \qquad R^2 = 0.8014, \ p < 0.0001 \qquad (5\text{-}32)$$

　　1998 年水面调查样点数共 21 个。百渎口周围蓝藻水华变化较大,在模型构建中没有使用。

　　7 月份模型

$$Chl\text{-}a = \exp(-2.602 + 14.709 * NDVI) \qquad R^2 = 0.7441, \ p < 0.0001 \quad (5\text{-}33)$$

　　8 月份模型

$$Chl\text{-}a = \exp(-2.671 + 6.157 * NDVI) \qquad R^2 = 0.5338, \ p = 0.003 \qquad (5\text{-}34)$$

　　秋季模型

$$Chl\text{-}a = \exp(6.9482 + 12.814 * NDVI) \qquad R^2 = 0.8038, \ p < 0.0001 \qquad (5\text{-}35)$$

　　春季模型

$$Chl\text{-}a = 0.0542 + 0.1668 * NDVI \qquad R^2 = 0.8654, \ p < 0.0001 \qquad (5\text{-}36)$$

　　图 5-21 为使用 1997 年 7 月 10 日图像计算得到叶绿素浓度分布图。

　　为建立夏季综合模型,将三期夏季数据混合在一起,进行了综合分析。叶绿素浓度与 NDVI 的关系如图 5-22 所示。从中可以看出,NDVI 与 lnChl-a 的线性关系比较明显。不同年份的关系不同,这种差异是否与大气校正有关,尚需要进一步研究。

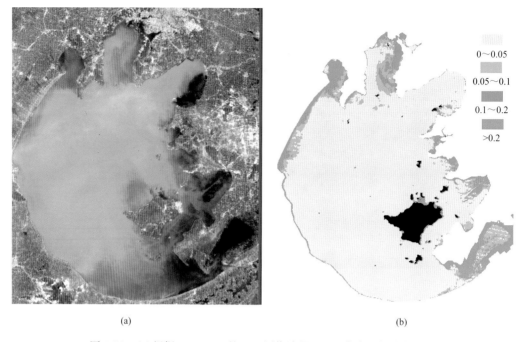

(a)　　　　　　　　　　　　　　　　　　(b)

图 5-21　(a)根据 19970710 的 TM 图像波段 4、3、2 合成的假彩色图像
(b)计算得到的叶绿素浓度分布图

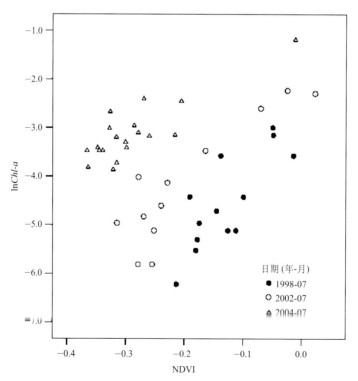

图 5-22　夏季不同时段图像 NDVI 与叶绿素浓度的关系

1998 年和 2002 年两个时段数据建立的夏季模型为

$$Chl\text{-}a = \exp(-2.982 + 8.543 * \mathrm{NDVI}) \qquad R^2 = 0.5123, \ p < 0.0001 \quad (5\text{-}37)$$

与之对比,使用 2004 年梅梁湾样点建立的模型为:

$$Chl\text{-}a = \exp(-1.227 + 6.533 * \mathrm{NDVI}) \qquad R^2 = 7215, \ p < 0.0001 \qquad (5\text{-}38)$$

图 5-23 是预测的标准化残差图。残差在 0 上下波动,表明模型较好的反映了数据的特征。

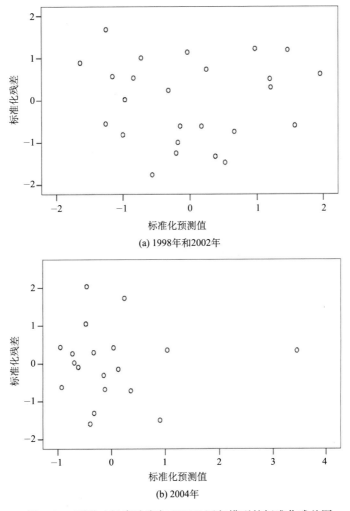

(a) 1998年和2002年

(b) 2004年

图 5-23　夏季叶绿素浓度与 NDVI 回归模型的标准化残差图

由于在 7 月和 8 月湖体内的叶绿素变化较快,所以数据的同步对模型可能会变得非常重要。但是,常规监测样点中同步的样点数很少,为此,将 1998 年 7 月和 8 月的样点进行混合分析。

以图像日期为准,计算偏离日期:Dayerr＝测量日期－图像日期。然后,绘制不同日期偏差下的叶绿素浓度与 NDVI 的关系,表示如下图 5-24。

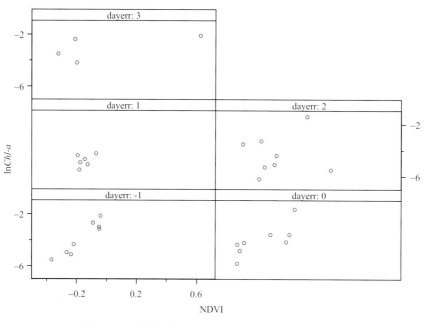

图 5-24　不同偏离日期中叶绿素 a 与 NDVI 的关系

可以看到,图像滞后1天和与图像日期同步的情况下,叶绿素浓度与 NDVI 均有良好的线性关系。偏离的日期越远,线性关系越不明显。事实上,从我们建立的春、夏、秋三个季节的模型来看,同步性越差,得到的模型越不显著。这表明对于叶绿素浓度的 TM 遥感监测而言,同步性非常地重要。

综合上面分析,可以认为,在 7、8 月份叶绿素与 NDVI 的关系可以用模型

$$Chl\text{-}a = a + b * \text{NDVI}$$

来描述,式中参数 $a$ 变化在(−2.6,−3.0);$b$ 变化在(5.6,6.2)。

根据 7 月份的样点计算,7 月模型的绝对误差范围为(−0.0139,0.0162),其中,叶绿素低于 0.05 的样点误差较大,在 30%左右,高于 0.05 的样点误差小于 15%。从样点分布看,湖中心样点的误差较小,多小于 20%,湖边样点的误差较大,可以大于 50%。

综合来看,使用 NDVI 建立的夏季模型较好地反映了数据的趋势特征。但是,受各种因素的影响(日期上的不同步、大气影响等),尚无法建立高精度的全湖定量反演模型。

## 5.3　太湖总氮和总磷浓度反演模型

### 5.3.1　基于高光谱数据的夏季总氮反演模型

采用 2004 年 6 月到 10 月的太湖实测高光谱数据和同步的水面监测数据。对计算得到的五个月的遥感反射率光谱数据进行筛选,去除上午 10 点以前和下午 4 点以后以及阴天光照条件差时测量的数据等异常数据,最后选定 42 条光谱数据。

对 42 条用于模型分析的光谱数据,首先对每条反射率曲线用其从 420nm 到 750nm 的遥感反射率均值做归一化处理,然后用处理后的结果和对应点位的总氮(TN)浓度做相

关分析,寻找遥感反射率与 TN 浓度之间的最大相关波段。从图 5-25 中可以看出在 580nm 附近出现较高的负相关,而在 690nm 附近则出现较高的正相关,说明在这两个位置处的遥感反射率对太湖水体 TN 浓度的变化最为敏感。对相关系数排序,选出最高正相关波段 692nm 和 693nm 以及最高负相关波段 527nm 和 531nm 参与模型分析。

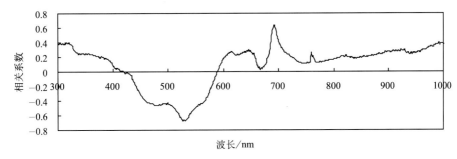

图 5-25　归一化反射率和水体总氮浓度的相关性分析

从实测光谱数据中随机抽取 30 条用于建模分析,其余 12 条用于模型的验证。根据 Pulliainen 等人(2001)的研究,对水体光谱辐亮度的不同波段做比值处理可以部分消除大气影响,也可以消除在空间上和时间上水面粗糙度变化的干扰。把选出的两个波段处的遥感反射率值,用正相关波段和负相关波段求比值作为自变量,对应点位的水体 TN 浓度作为因变量,进行模型回归分析,模型类型包括指数函数、对数函数、幂函数、线性和一元二次方程,同时,又对自变量和因变量分别求对数后重新建模,分析结果见下表,表中仅给出了三个精度较高的模型,求对数后的模型仅给出了线性模型。从表 5-11 中可以看出,比值变量线性函数模型较好。

表 5-11　太湖水体总氮浓度的高光谱遥感拟合模型表

| 自变量 | 模型类型 | 拟合模型方程 | $R$ | $F$ |
|---|---|---|---|---|
| $R_{692}/R_{527}$ | 线性 | $Y=10.4908x-7.7841$ | 0.7311 | 41.3393 |
| | 对数函数 | $Y=10.4043\ln(x)+2.7610$ | 0.7205 | 38.8605 |
| | 指数函数 | $Y=0.0464e^{3.8903x}$ | 0.6337 | 24.1511 |
| $R_{692}/R_{531}$ | 线性 | $Y=10.6633x-7.7226$ | 0.7270 | 40.3534 |
| | 对数函数 | $Y=10.3669\ln(x)+2.9910$ | 0.7167 | 38.0183 |
| | 指数函数 | $Y=0.0493e^{3.9152x}$ | 0.6238 | 22.9364 |
| $R_{693}/R_{527}$ | 线性 | $Y=9.8015x-7.3824$ | 0.7431 | 44.3882 |
| | 对数函数 | $Y=9.8833\ln(x)+2.4784$ | 0.7289 | 40.7952 |
| | 指数函数 | $Y=0.0515e^{3.6781x}$ | 0.6517 | 26.5784 |
| $R_{693}/R_{531}$ | 线性 | $Y=10.1954x-7.5546$ | 0.7479 | 45.7099 |
| | 对数函数 | $Y=10.0670\ln(x)+2.6991$ | 0.7332 | 41.8543 |
| | 指数函数 | $Y=0.0499e^{3.7906x}$ | 0.6499 | 26.3256 |
| $\ln(R_{692}/R_{527})$ | 线性 | $Y=3.8828x+0.8396$ | 0.6284 | 23.4937 |
| $\ln(R_{692}/R_{531})$ | 线性 | $Y=3.8303x+0.9242$ | 0.6189 | 22.3460 |
| $\ln(R_{693}/R_{527})$ | 线性 | $Y=3.7323x+0.7335$ | 0.6433 | 25.4131 |
| $\ln(R_{693}/R_{531})$ | 线性 | $Y=3.7673x+0.8166$ | 0.6413 | 25.1440 |

利用剩余的 12 个点,对表 5-11 中拟合精度较高的比值线性函数模型进行预测精度分析,分析指标有最大绝对误差、平均相对误差、平均绝对误差和均方根误差。综合考虑 4 个指标,最后选择自变量为 $R_{692}/R_{531}$ 的线性函数模型。

**表 5-12　太湖水体总氮浓度高光谱遥感估算模型精度分析表**

| 自变量 | 拟合模型方程 | 最大绝对误差 | 均方根误差/% | 平均绝对误差 | 平均相对误差/% |
|---|---|---|---|---|---|
| $R_{692}/R_{527}$ | $Y=10.4908x-7.7841$ | 1.7626 | 32.2111 | 0.670096 | 30.1840 |
| $R_{692}/R_{531}$ | $Y=10.6633x-7.7226$ | 1.7274 | 31.0171 | 0.654924 | 29.8191 |
| $R_{693}/R_{527}$ | $Y=9.8015x-7.3824$ | 2.0047 | 36.2022 | 0.749333 | 33.4465 |
| $R_{693}/R_{531}$ | $Y=10.1954x-7.5546$ | 1.9500 | 34.4543 | 0.70671 | 31.4319 |

### 5.3.2　基于高光谱数据的夏季总磷反演模型

与 5.3.1 类似,采用 2004 年 6 月到 10 的实测高光谱数据和同步的水面监测数据,对 42 条用于模型分析的光谱数据,首先对每条反射率曲线用其从 420nm 到 750nm 的遥感反射率均值做归一化处理,然后用处理后的结果和对应点位的总磷(TP)浓度做相关分析,寻找遥感反射率与 TP 浓度之间的最大相关波段。从图 5-26 中可以看出在 510nm 附近出现较高的负相关,而在 700nm 附近则出现较高的正相关,说明在这两个位置处的遥感反射率对太湖水体 TP 浓度的变化最为敏感。对相关系数排序,选出最高正相关波段 697nm 和 698nm 以及最高负相关波段 508nm 和 512nm 参与模型分析。

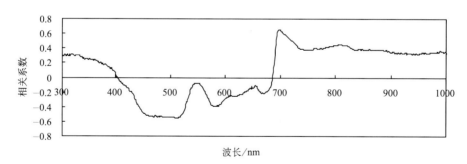

图 5-26　归一化反射率和水体总磷浓度的相关性分析

从 42 条实测光谱数据中随机抽取 30 条用于建模分析,其余 12 条用于模型的验证。把选出的两个波段处的遥感反射率值,用正相关波段和负相关波段求比值作为自变量,对应点位的水体 TP 浓度作为因变量,进行模型回归分析,并对自变量和因变量分别求对数后重新建模,分析结果见表 5-13,表中仅给出了三个精度较高的模型,求对数后的模型仅给出了线性模型。从表中可以看出,比值变量指数函数模型较好。

表 5-13　太湖水体 TP 浓度的高光谱遥感拟合模型表

| 自变量 | 模型类型 | 拟合模型方程 | R 值 | F 值 |
|---|---|---|---|---|
| $R_{697}/R_{508}$ | 线性 | $Y=0.2424x-0.2089$ | 0.7714 | 52.9136 |
| | 幂函数 | $Y=0.0415x^{2.9944}$ | 0.7802 | 55.9948 |
| | 指数函数 | $Y=0.0037e^{2.4349x}$ | 0.7903 | 59.8851 |
| $R_{697}/R_{512}$ | 线性 | $Y=0.2557x-0.2158$ | 0.7618 | 49.7691 |
| | 幂函数 | $Y=0.0448x^{3.0679}$ | 0.7728 | 53.3816 |
| | 指数函数 | $Y=0.0034e^{2.5755x}$ | 0.7825 | 56.8389 |
| $R_{698}/R_{508}$ | 线性 | $Y=0.2255x-0.1899$ | 0.7767 | 54.7357 |
| | 幂函数 | $Y=0.0426x^{2.7887}$ | 0.7763 | 54.5986 |
| | 指数函数 | $Y=0.00466e^{2.2383x}$ | 0.7863 | 58.2876 |
| $R_{698}/R_{512}$ | 线性 | $Y=0.2381x-0.1968$ | 0.7686 | 51.9470 |
| | 幂函数 | $Y=0.0458x^{2.8573}$ | 0.7699 | 52.4274 |
| | 指数函数 | $Y=0.0043e^{2.3693x}$ | 0.7797 | 55.8146 |
| $\ln(R_{697}/R_{508})$ | 线性 | $Y=2.9944x-3.1817$ | 0.7802 | 55.9948 |
| $\ln(R_{697}/R_{512})$ | 线性 | $Y=3.0679x-3.1053$ | 0.7728 | 53.3816 |
| $\ln(R_{698}/R_{508})$ | 线性 | $Y=2.7887x-3.1551$ | 0.7763 | 54.5986 |
| $\ln(R_{698}/R_{512})$ | 线性 | $Y=2.8573x-3.0844$ | 0.7699 | 52.4274 |

利用剩余的 12 个点,对上表中拟合精度较高的比值指数函数模型和比值对数线性模型进行预测精度分析,分析指标有最大绝对误差、平均相对误差、平均绝对误差和均方根误差。综合考虑四个指标最后选择自变量为 $R_{697}/R_{512}$ 的指数函数模型和自变量为 $\ln(R_{697}/R_{512})$ 的线性函数模型。

表 5-14　太湖水体 TP 浓度高光谱遥感估算模型精度分析表

| 自变量 | 拟合模型方程 | 最大绝对误差 | 均方根误差/% | 平均绝对误差 | 平均相对误差/% |
|---|---|---|---|---|---|
| $R_{697}/R_{508}$ | $Y=0.0037e^{2.4349x}$ | 0.0704 | 38.0989 | 0.026033 | 28.9271 |
| $R_{697}/R_{512}$ | $Y=0.0034e^{2.5755x}$ | 0.0681 | 38.0155 | 0.026385 | 29.5358 |
| $R_{698}/R_{508}$ | $Y=0.00466e^{2.2383x}$ | 0.0739 | 39.8017 | 0.027292 | 29.8883 |
| $R_{698}/R_{512}$ | $Y=0.0043e^{2.3693x}$ | 0.0719 | 39.7223 | 0.027637 | 30.4542 |
| $\ln(R_{697}/R_{508})$ | $Y=2.9944x-3.1817$ | 0.0677 | 37.2463 | 0.026041 | 30.0176 |
| $\ln(R_{697}/R_{512})$ | $Y=3.0679x-3.1053$ | 0.0657 | 37.1078 | 0.026339 | 30.5900 |
| $\ln(R_{698}/R_{508})$ | $Y=2.7887x-3.1551$ | 0.0709 | 38.8093 | 0.027243 | 30.9847 |
| $\ln(R_{698}/R_{512})$ | $Y=2.8573x-3.0844$ | 0.0691 | 38.6825 | 0.027536 | 31.5231 |

### 5.3.3　基于多光谱数据的总氮反演模型

根据水面测量日期与 TM 图像日期的接近程度,分别选择 TM 影像 19970504、

19980710、20010115 进行建模型分析。其中选择无锡太湖监测站 1997 年 5 月 5～8 日常规监测数据作为春季代表、1998 年 7 月 10 日～8 月 13 日常规监测数据作为夏季代表、2001 年 1 月 8～15 日数据为冬季代表。

图 5-27 是 1996 年以来太湖总氮的平均月变化情况。总氮含量最高值出现在冬季，最低值出现在夏季，具有明显的冬夏变化。但是，湖内各点的实际情况各有变化，一般从空间上看，靠近湖岸河口的样点，往往在 3 月左右比较高，而靠近湖中心的样点，在 5、6 月份比较高。根据相关分析，1 月总氮与透明度和悬浮物在 0.01 显著性水平上明显相关，7 月和 8 月，总氮与叶绿素高度相关。因此，可以间接的进行总氮的遥感监测。

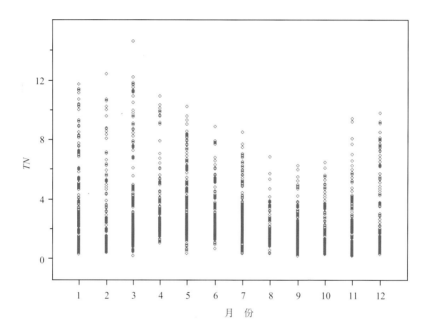

图 5-27　近 10 年来太湖总氮含量的平均月变化

根据波段的组合与总氮的相关性，选择如下的模型形式

$$TN = f(\text{NDTN}, \text{NDVI}) \tag{5-39}$$

式中，NDTN 为 B1 和 B2 的归一化指数，主要反映了 B1 和 B2 变化与总氮的关系

$$\text{NDTN} = (\text{B2} - \text{B1})/(\text{B2} + \text{B1}) \tag{5-40}$$

NDVI 主要反映叶绿素的影响，在夏季中加入模型。

通过回归分析，可建立如下模型（见表 5-15）。模型在 0.005 水平显著，而且以冬季和夏季模型较好。从 F 检验来看，冬季具有更好的拟合效果。有关模型使用范围参数如表 5-16。

表 5-15　不同季节的总氮监测模型

| 日期 | 模型 | $R^2$ | $F$ | $p > F$ |
|---|---|---|---|---|
| 冬季 | $TN = -5.97 - 89.56 * NDTN$ | 0.9252 | 185.4 | $<0.0001$ |
| 春季 | $TN = 3.67 - 58.98 * NDTN$ | 0.6232 | 16.5 | $<0.002$ |
| 夏季 | $TN = 1.71 - 30.83 * NDTN + 3.76 * NDVI$ | 0.8357 | 33.1 | $<0.0001$ |

表 5-16　不同季节的总氮监测模型参数范围

| 模型编号 | 总氮范围 | NDTN 范围 | 其他 |
|---|---|---|---|
| 冬季 | 0.6/10.3 | $-0.07 \sim -0.17$ | B1>B2 |
| 春季 | 1.9/10.2 | $-0.09 \sim 0.004$ | B1>B2 |
| 夏季 | 1.6/6.1 | $-0.13 \sim -0.015$ | B1>B2 |

　　图 5-28 是根据冬季模型计算得到的太湖总氮的分布。总体上看,太湖的总氮含量不高,大多数地区低于 2.5mg/L。在太湖的西侧和北侧,总氮偏高,这些地区往往是夏季蓝藻水华的发生地。

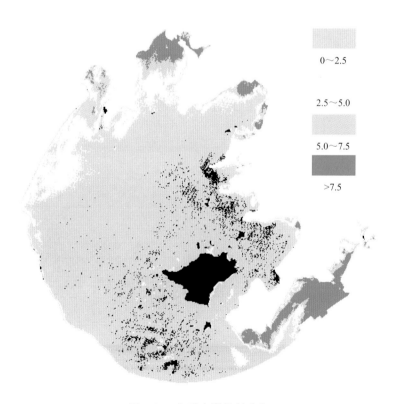

图 5-28　冬季太湖总氮分布

### 5.3.4　基于多光谱数据的总磷反演模型

虽然总磷不可直接监测,但是利用与悬浮物和叶绿素的相关关系可以进行间接监测。与总氮不同,总磷在各月的变化比较大,似乎没有总的规律性。就平均而言,3～9月均有较高的 TP 浓度。最小的浓度值出现在 2 月和 10 月(图 5-29)。

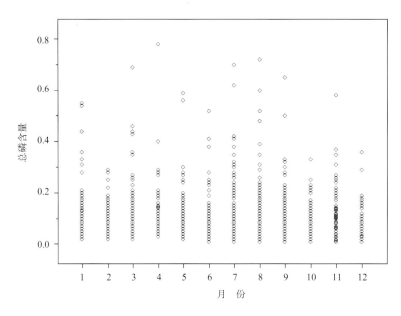

图 5-29　近 10 年太湖总磷含量的平均月变化

相关分析表明,总磷和总氮具有良好的正相关关系,最大的相关系数出现在 2 月和 10 月,分别为 0.8840 和 0.8168,达到了 0.005 的显著性水平;这两个月同时也是 TP 变化最小的月,最小的相关系数出现在 11 月,为 0.3986。其余月份的相关系数变化在 0.6～0.8 之间。此外,TP 与叶绿素浓度具有较高的相关性,并在 8 月份到达最大,为 0.8215。TP 与悬浮物的关系在 2、3 月较大,为 0.43 左右。

根据 TP 与各个波段的相关性、悬浮物与各个波段的相关性以及叶绿素与各个波段的关系,对比分析不同季节的图像特征后,选择 B1 和 NDVI 作为图像参数。模型分析所选择的遥感数据与常规监测数据与 5.3.3 类似。通过回归分析建立不同季节的模型。由于 TP 与叶绿素的关系,夏季模型最为显著。

表 5-17　不同季节的总磷监测模型

| 日期 | 模型 | $R^2$ | $F$ | $p > F$ |
|---|---|---|---|---|
| 冬季 | $TP = 0.37 - 1.30 * B1$ | 0.4354 | 10.8 | $< 0.005$ |
| 春季 | $TP = 1.83 - 14.18 * B1$ | 0.6231 | 16.5 | $< 0.002$ |
| 夏季 | $TP = 0.52 - 3.13 * B1 + 0.428 * NDVI$ | 0.7035 | 15.4 | $< 0.00037$ |

有关的模型使用范围参数如表 5 18。

表 5-18　不同季节的总氮监测模型参数范围

| 模型编号 | 总磷范围 | B1 范围 |
|---|---|---|
| 冬季 | 0.06～0.36 | 0.13/0.19 |
| 春季 | 0.07～0.59 | 0.09/0.13 |
| 夏季 | 0.03～0.38 | 0.08/0.14 |

图 5-30 是使用上述模型计算的夏季总磷分布。总体上看,总磷主要沿岸分布,表明河流的汇入是湖泊中总磷的主要来源。太湖的湖体中总磷的浓度较低。此外,北部 TP 的分布与藻类水华的分布一致。

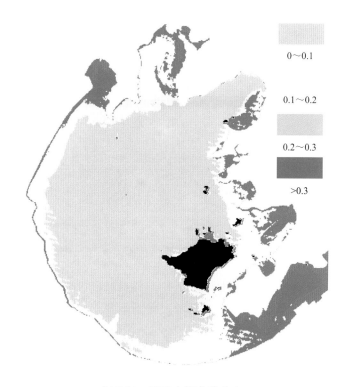

图 5-30　夏季太湖总磷分布

# 5.4　模型精度分析与评估

### 5.4.1　模型显著性检验

归纳 5.1～5.3 节基于多光谱数据的太湖不同季节悬浮物、叶绿素、总氮、总磷反演模型,对其进行模型显著性检验,结果如表 5-19。

表 5-19  太湖不同季节主要环境指标的 TM 监测模型

| 指标 | 季节 | 模型 | $R^2$ | $p < F$ |
|------|------|------|-------|---------|
| 悬浮物 | 春 | $Exp(5.692 + 11.755 * NDSS)$ | 0.5109 | 0.0027 |
| | 夏 | $Exp(7.877 + 23.832 * NDSS)$ | 0.7052 | 0.0020 |
| | 秋 | $Exp(3.724 + 12.623 * NDSS)$ | 0.6932 | <0.0001 |
| | 冬 | $Exp(7.179 + 15.488 * NDSS)$ | 0.7265 | <0.0001 |
| 叶绿素 | 春 | $0.0542 + 0.1668 * NDVI$ | 0.8654 | <0.001 |
| | 夏 | $exp(-2.602 + 14.709 * NDVI)$ | 0.7441 | <0.0001 |
| | 秋 | $exp(6.9482 + 12.814 * NDVI)$ | 0.8038 | <0.0001 |
| 总氮 | 春 | $3.67 - 58.98 * NDTN$ | 0.6232 | 0.002 |
| | 夏 | $1.71 - 30.83 * NDTN + 3.76 * NDVI$ | 0.8357 | <0.0001 |
| | 冬 | $-5.97 - 89.56 * NDTN$ | 0.9252 | <0.0001 |
| 总磷 | 春 | $1.83 - 14.18 * B1$ | 0.6231 | 0.002 |
| | 夏 | $0.52 - 3.13 * B1 + 0.428 * NDVI$ | 0.7035 | 0.0003 |
| | 冬 | $0.37 - 1.56 * B1$ | 0.4354 | 0.005 |

从表中可以看出,最显著的模型可以达到 0.0001,而不太显著的模型也能达到 0.005。但是,如果使用的数据同步性较差,那么,可能的显著性要低于 0.05。

### 5.4.2  悬浮物反演模型精度分析

根据 1996～2004 年的常规测量结果,太湖悬浮物浓度的最小值为 6,最大值为 605,平均值为 62,标准差为 53,变异系数为 85%。在年内各季节的变化规律是:最大值出现在春季或冬季,变化在 11、1、3、4 月之间,不像叶绿素浓度那样有较强的规律。最小值多出现在夏季 7 月,变异最大的月份为 9 月。悬浮物浓度的平均值各年变化幅度不大。在空间分布上,不同湖区差异不大,太湖的中部(泽山、漫山)较高,部分季节河口附近的值较高(如小梅口)。

通过分析可看出,冬季模型的精度最高,但是由于其他年相同月份没有图像数据,所以无法检验。同样的原因,夏季模型由于数据的不完整也无法进行检验。因此,这里使用 2000 年春季 5 月的模型,比较的数据是 1997 年 5 月的数据。在四个季节中,该模型的精度最低。在建立模型的月份,虽然测量结果与模型计算有差异,但是,总的趋势还是正确的。但是,对于使用模型计算的 1997 年 5 月的结果,明显的不同于测量结果。对比 1997 年与 2000 年悬浮物的测量结果,1997 年的 5 月的悬浮物与 2000 年同月的有较大的差异。从日期差异来看,2000 年 5 月图像日期提前 4～10 天,1997 年 5 月的图像日期提前 1～4 天,存在较大的差异。

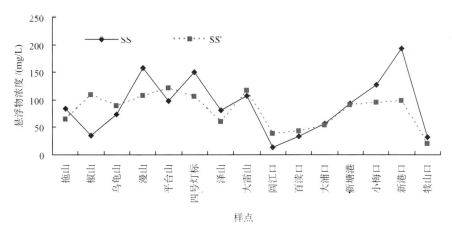

图 5-31　2000 年 5 月太湖悬浮物测量结果(SS)与模型预测结果(SS')的比较

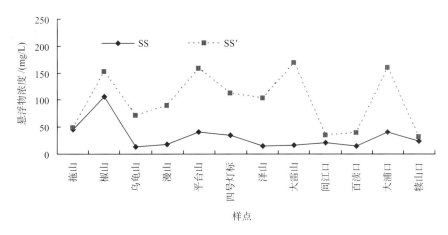

图 5-32　1997 年 5 月太湖悬浮物测量结果(SS)与模型预测结果(SS')的比较

　　从表 5-20 的模型精度比较来看,使用所建立的模型进行跨年度预测的精度比较差。综合来看,悬浮物适合于在冬季进行遥感监测,所建立的模型比较适合于当日或当年的监测,不太适合于跨月或跨年度的外推。

表 5-20　悬浮物模型的精度比较

| 范围 | 2000 年 5 月 4 日 | | 1997 年 5 月 4 日 | |
| --- | --- | --- | --- | --- |
| | 预测 | 测量 | 预测 | 测量 |
| 0～60 | 5 | 5 | 4 | 0 |
| 60～120 | 9 | 6 | 4 | 11 |
| 120～180 | 1 | 3 | 4 | 1 |

续表

| 范围 | 2000 年 5 月 4 日 | | 1997 年 5 月 4 日 | |
|---|---|---|---|---|
| | 预测 | 测量 | 预测 | 测量 |
| 180~240 | 0 | 1 | 0 | 0 |
| 240~500 | 0 | 0 | 0 | 0 |
| 准确率/% | 80 | | 58 | |

### 5.4.3　叶绿素反演模型精度分析

根据 1996~2004 年的常规测量结果,叶绿素浓度的最小值为 0.001mg/L,最大值为 1.218mg/L,平均值为 0.028mg/L,标准差为 0.057,变异系数为 204%。在年内各季节的变化规律是:最大值出现在夏季的 7、8 月份,最小值多出现在冬季的 12、1 月。叶绿素各月的变异从 5 月开始,11 月结束,其中 6、7、8 月叶绿素的变异较大,7 月最大,11 月的变异次之,其他月份相对稳定。叶绿素浓度的平均值除了蓝藻发生导致的突然变化外,各年变化不大。在空间分布上,不同湖区差异较大。太湖北侧、西侧靠近河口处是叶绿素浓度的高发区(如犊山口、闽江口、百渎口)。

由于不同年份叶绿素的变化较大,而夏季 7、8 月叶绿素的变化较为稳定,所以使用 1998 年 8 月 11 日的 TM 图像进行了模型检验。建立模型的测量数据与图像日期相差最大为 4 天,检验用的 8 月数据日期相差最大为 3 天,而且,图像图像日期在测量之前,所以两者可比性较强。下面给出了模型计算结果与测量结果的对比。

从图 5-33 中可以看出,模型较好地反映了数据变化的趋势。对于模型而言,叶绿素含量较高的样点误差较大。对于计算的 8 月的结果,低于浓度 0.05 的测报误差较大。7 月和 8 月是叶绿素浓度增加的月份,对比图像日期和测量日期,图像提前测量 1~4 天,利用图像计算的结果偏低一些是合理的。

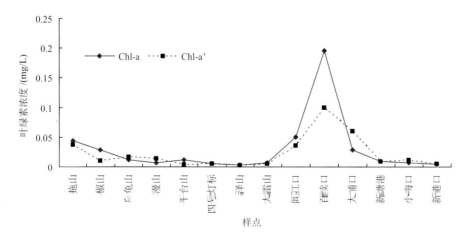

图 5-33　1997 年 7 月太湖叶绿素测量结果(Chl-a)与模型预测结果(Chl-a')的比较

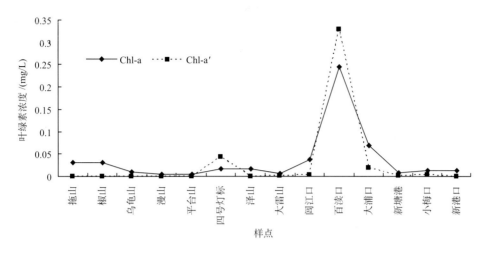

图 5-34　1998 年 8 月太湖叶绿素测量结果(Chl-a)与模型预测结果(Chl-a′)的比较

　　为了进行年度对比,同时使用 2002 年 7 月的数据对模型进行了检验。从下图中可以看到,模型较好的逼近了叶绿素的变化趋势,但是,误差较大。其中的一个样点误差非常大。对比测量日期和图像日期,图像日期在后(7 月 13 日),测量日期在前(1~5 日),日期最大相差 12 天。对于该样点,日期相差 9 天,而且该样点历年均有较大的变化,所以,这种误差应该归于日期的非同步性。

　　使用分级方法进行了精度的测算,即将叶绿素浓度进行分级,预测的分级与测量分级符合即为正确。从表 5-21 中可以看出,同年相邻月份的预测准确性较高,准确率大于85%,但是对于跨年的预测准确性较差,低于 80%。

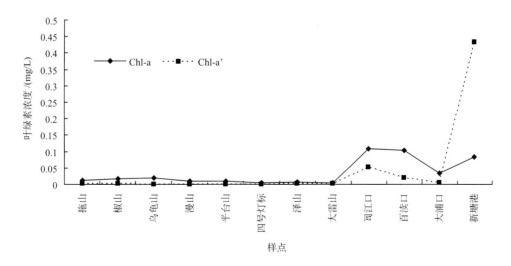

图 5-35　2002 年 7 月太湖叶绿素测量结果(Chl-a)与模型预测结果(Chl-a′)的比较

表 5-21 叶绿素模型的精度比较

| 范　围 | 1998-07 | | 1998-08 | | 2002-07 | |
|---|---|---|---|---|---|---|
| | 预测 | 测量 | 预测 | 测量 | 预测 | 测量 |
| 0.00~0.03 | 10 | 11 | 12 | 11 | 10 | 8 |
| 0.03~0.05 | 2 | 2 | 1 | 1 | 0 | 1 |
| 0.05~0.10 | 2 | 0 | 0 | 1 | 1 | 1 |
| 0.10~0.15 | 0 | 0 | 0 | 0 | 0 | 2 |
| 0.15~0.20 | 0 | 1 | 0 | 0 | 0 | 0 |
| 0.20~0.50 | 0 | 0 | 1 | 1 | 1 | 0 |
| 样点数/个 | 14 | | 14 | | 12 | |
| 准确率/% | 86 | | 93 | | 75 | |

综合来看,叶绿素的 TM 图像监测模型较好地反映了数据的变化趋势。对于本年度相邻月份的趋势预测具有较好精度,对于同月份跨年度预测,精度较低。因此,模型适用于相邻月份的趋势预测,不适用于不同年份的预测。从实际情况看,不同年份的不同样点,叶绿素的浓度变化较大,跨年度的预测模型的建立还需要进一步研究。特别地,数据的同步性对模型的精度影响很大。

### 5.4.4　总氮反演模型精度分析

根据 1996~2004 年的常规测量结果,太湖总氮浓度的最小值为 0.17,最大值为 14.6,平均值为 2.8,标准差为 2.37,变异系数为 84%。在年内各季节的变化规律是:最大值出现在春季、冬季,最小值多出现在夏季 8、9 月。总氮浓度的平均值,各年变化幅度不大,河口附近普遍偏高。在空间分布上,不同湖区差异很大,一般地,湖体中心差异较小,河口与湖体中心差异较大,最大值多出现在河口附近。

经分析可知,总氮的监测模型以冬季精度最高,但是受数据的限制无法进行检验。选择使用 1997 年 7 月的模型,使用 1997 年 8 月的数据进行检验。

图 5-36 给出了测量结果与模型计算结果的对比。对于建立模型本身的数据而言,模型较好的反映了数据的特征,不仅是变化的趋势,而且是在数值上都与测量结果比较一致,其准确率大于 85%。但是,对于 8 月的预测结果不理想,出现了两个负值。虽然预测值在实际值上下变化,总体上是湖心的样点预测结果较差,河口附近比较好。

综上所述,总氮适合的监测季节是冬季。所建立的模型更适合于进行当月的遥感制图,不适合于进行跨月或跨年度的外推。

### 5.4.5　总磷反演模型精度分析

根据 1996~2004 年的常规测量结果,太湖总磷浓度的最小值为 0.01,最大值为 0.78,平均值为 0.098,标准差为 0.085,变异系数为 87%。在年内各季节的变化规律是:最大值出现在春季、冬季,最小值多出现在夏季 8、9 月。总氮浓度的平均值在各年变化幅度不大,但最高值出现的区域随不同年份变化,例如,1997 年为闾江口,2001 年为百渎口,而 2004 年为犊山口。在空间分布上,除部分湖区外,总体差异不大。一般地,湖体中心值

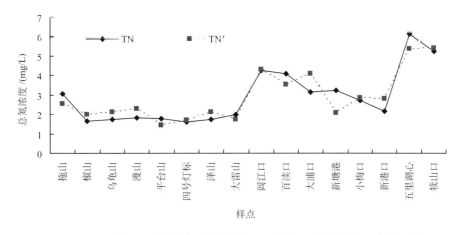

图 5-36　1997 年 7 月太湖总氮测量结果(TN)与模型预测结果(TN′)的比较

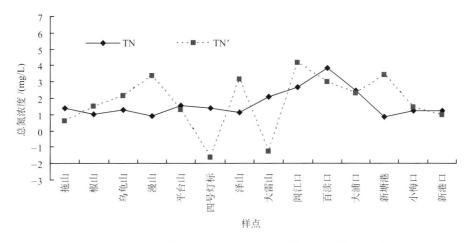

图 5-37　1997 年 8 月太湖总氮测量结果(TN)与模型预测结果(TN′)的比较

较低,河口值较高。浓度变化最高值出现在为百渎口和新塘港。

经分析可知总磷的监测模型以夏季精度最高,选择使用 1997 年 7 月的模型,使用 1997 年 8 月的数据进行检验,对测量结果与模型计算结果对比分析。对于建立模型本身的数据而言,模型较好的反映了数据的特征,不仅是变化的趋势,而且在数值上都与测量结果比较一致,其准确率大于 85%。但是,对于 8 月的预测结果不理想,与总氮类似,出现了负值。8 月总磷变化很小,但是预测结果偏离明显,变化较大,与实际不符合。因此,可以认为,虽然所建立的总磷模型具有较高的精度,但是,无法应用于跨月跨年度的预测。

### 5.4.6　模型精度分析结论

根据当前对四个指标的建模情况来看,可以得到下面的结论:

（1）利用 TM 等遥感图像，可以反演相关水环境遥感的监测指标，用来表征这些水环境质量的变化。

（2）不同季节，不同年份，模型的参数不同；跨年份、跨月份外推得到的结果不一定可靠，其中叶绿素的外推的可行性好一些，其他的比较差。

（3）悬浮物在冬季比较适合于遥感监测，但在夏季应该区分开河口和湖体。

（4）总氮在春季、夏季和冬季均可以获得较好的结果，可以进行间接监测。

（5）总磷的效果劣于总氮，而且河口与湖体的差异较大。

（6）叶绿素模型对数据的同步性要求较高，适合于在夏季进行监测；7、8 月的模型可以进行趋势外推。

（7）同步数据可以获得较好的模型，如果卫星过境日期与水面监测日期相差太大，则无法反映真实的规律。

# 第六章　太湖水体环境遥感监测实验软件及系统集成

## 6.1　太湖水体环境遥感监测实验软件需求分析

### 6.1.1　太湖水体环境遥感监测数据处理功能需求分析

太湖水体环境遥感监测实验软件系统是支撑太湖水体环境遥感监测的软件工具,要求系统支持多种格式的输入和输出,支持多源、多尺度、资源环境空间数据的融合,并能读入 ERDAS 和 ENVI 等软件的数据,输出为 ERDAS、ENVI、ArcGIS、Visual Foxpro、Excell等软件识别的数据。

要求系统支持的遥感数据源及格式:在轨运行的我国风云、资源、海洋系列卫星;国外MODIS、Landsat、SPOT、ASTER,Hyperion,IKONOS、QuickBird 等卫星数据格式;863 计划研制的航空高光谱遥感器数据格式;TIFF,JPG,BMP 等通用图像格式,还要求支持以上原始数据库经过纠正、配准、投影变换等过程生成的中间数据库以及经过分类解译后的遥感数据库。

要求系统可对地面环境监测数据进行综合管理和利用。环保部门地面水环境质量监测涉及到重点流域水质监测、省控断面水质监测、市界目标考核断面水质监测、主要饮用水源地水质监测、南水北调东线水质监测、水质自动站监测、生物监测、近岸海域和入海河口水质监测等方面。主要水质监测数据表有:QC1(测站基本信息表)、QR1(测站河流编码表)、QR2(测站河流断面编码表)、QR3(测站河流水质监测数据表)、QR5(测站河流水文参数统计表)、QL1(测站湖库编码表)、QL2(测站湖库垂线编码表)、QL3(测站湖库水质监测数据表)、QL5(测站湖库基本情况表)、QY1(饮用水水源编码表)、QY2(饮用水水厂编码表)、QY3(饮用水采样点代码表)、QY4(饮用水水质监测数据表)、QJAC(近岸海域测点编码表)、QJAHY(近岸海域监测数据表)、QRHC(入海河口测点编码表)、QRH-HK(入海河口监测数据表)、SQR3RSC(河流断面水期监测数据汇总表)、SQR3Y(河流断面全年监测数据汇总表)、SQL3RSC(湖库垂线水期监测数据汇总表)、SQL3Y(湖库垂线全年监测数据汇总表)等,要求系统能读入以上数据,并与遥感数据、GIS 数据及其他背景数据等叠加显示分析。

在其他数据处理方面,要求系统可以读入地面实验采集的光谱数据,直接接收 863-13 主题"我国典型地物标准波谱数据库"数据,综合管理和应用各种环境背景数据,包括环境统计数据、气象数据资料、土地数据资料、地质数据资料、海洋数据资料、植被数据资料、农业数据资料、土壤数据资料、水文水情资料、各种基础地理信息数据等。

在系统输出方面,要求可以输出各个生产阶段产生的结果,如模型运算结果、遥感分类解译数据等;输出形式有标准遥感图、专题图、报表、以及评估分析结果的文字说明等。

数据存储方式要求支持 BSQ,支持 BSQ、BIL、BIP 等存储方式的相互转换,能够与 ER-DAS、ENVI 等常用遥感处理软件及地理信息系统软件、数据库软件共享数据。

为了对与遥感监测有关的环境质量、污染源数据、自然地理数据、光谱数据、GCP 数据等进行集成和有效管理(包括对各种类型数据进行添加、删除、更新、存储、基本运算变换等),需要建立相应的数据库,主要包括光谱数据库、遥感图像数据库、地面环境背景数据库。光谱数据库要求可连接 863-13 主题支持的"我国典型地物光谱数据库系统",并支持其他标准光谱数据的输入;遥感图像库要求可存储和管理多源、多分辨率、多时相的遥感图像数据;地面环境背景数据库要能够管理环保部门常用的数据,如基础地理信息数据、生态环境背景数据、污染源数据、环境质量监测数据等。

在遥感图像处理方面,要求能够完成水环境遥感图像专题信息提取前期的预处理工作,内容包括遥感图像辐射与几何校正(包括基于遥感平台参数的图像无 GCP 几何纠正与高精度配准功能)、图像镶嵌、影像融合、光谱与空间维滤波、图像增强与色彩变换、特征提取和分类识别、超过 500 波段的高光谱图像处理、图像对比度调整、植被指数计算、大气校正、彩色合成、分割、合并、叠加、显示、三维建模、监督分类、非监督分类、目视判读解译、投影变换、导入导出、光谱特性分析、模型运算、矢量图叠加、打印输出等,以独立方法完成生态遥感解译工作。

在地面监测环境质量数据处理方面,要求能对环保部门地面监测环境质量数据进行读入、导出、添加、删除、叠加显示、统计分析、综合评价等功能操作;同时要求能对地面采集光谱数据进行读入、导出、添加、删除、叠加显示、光谱分析等功能操作;能读入基础地理信息数据,进行图层显示叠加,图例样式修改等操作。

### 6.1.2　太湖水体环境遥感监测业务应用功能需求分析

常规太湖水体环境遥感监测涉及重点流域水质监测、省控断面水质监测、主要饮用水源地水质监测、市界目标考核断面水质监测、水质自动站监测等。监测断面主要涉及《国家环境质量监测网地表水监测断面》中规定的国控断面。监测项目主要涉及《地表水环境质量标准》(GB3838-2002)中规定的基本项目,如水温、pH、电导率、透明度、溶解氧、高锰酸盐指数、BOD5、氨氮、石油类、总磷、总氮、挥发酚、叶绿素 a、汞、铅和水位等。太湖水体环境遥感监测软件要充分兼容常规监测的数据,支持基于可遥感监测指标的数据获取、分析、处理和专题应用,遥感监测目标主要包括叶绿素、浮游植物、总悬浮物、水温、色度、可溶性有机物、总磷、总氮、泥沙含量、水温、透明度、溶解性总有机碳、石油类污染、热污染、藻类水华等。系统要能够综合利用遥感、GIS、GPS、地面常规监测数据进行太湖水体污染遥感监测指标的波谱分析,指标反演和空间分析。监测范围为太湖流域主要面状水体(太湖湖体、滆湖、长荡湖、阳澄湖、澄湖、金鸡湖、独墅湖、嘉菱荡、苏浙交界吴江盛泽地区水网)。监测以夏秋季为主,每月至少二次,开展地面同步监测,每年 6~10 月开展蓝藻暴发遥感预警预报服务。

太湖水体环境遥感监测实验软件要能够支持不同季节、不同叶绿素含量、悬浮物、总磷、总氮等波谱特征分析,支持波段合成和遥感数据融合提取遥感指标的的浓度、分布。支持地面实测数据与遥感数据的相关分析。

在专题制图方面,要求能够把遥感定量反演参数(如总悬浮物、叶绿素 a、总氮、总磷等)的空间分布图与基于湖体测点的地面监测数据分级结果复合起来,并与矢量电子地图叠合显示到遥感分级图上,并支持网络发布。

## 6.2　太湖水体环境遥感监测实验软件系统流程

### 6.2.1　太湖水体环境遥感监测实验软件数据处理流程分析

太湖水体环境遥感监测软件系统数据处理流程如图 6-1。遥感数据获取是整个系统的数据处理入口,由于涉及到多源、多尺度、多时相大量遥感数据,为了能够快速、方便获取所要的数据,系统要对这些空间数据按一定的规则存储在文件服务器中,建立编目数据库(元数据库),并提供元数查询和快速获取遥感数据的功能。获取数据后进入遥感图像处理,对获取的原始遥感影像(0 级数据产品)进行预处理或标准图像处理,主要内容包括图像的辐射纠正(生成 1 级产品)、几何纠正(生成 2 级产品)、图像镶嵌、图像融合等;然后进行环境特征信息提取,即对 2 级数据产品进行的深加工,利用波谱数据库的污染物波谱特征,通过遥感模型对各类环境污染因子进行信息反演,得到具有环境特征信息的数据产

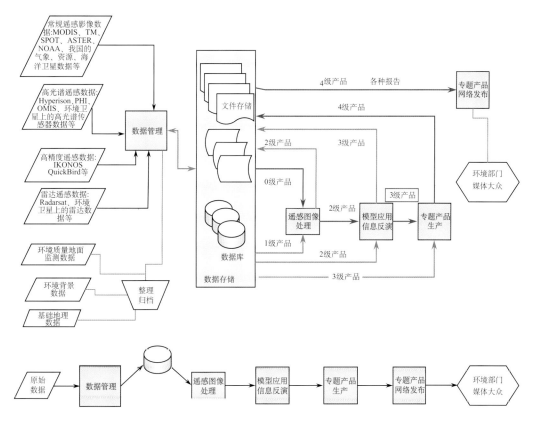

图 6-1　太湖水体环境遥感监测软件数据处理流程

品(3级数据产品);最后进行环境专题数据产品生产,利用地理信息系统技术对3级数据产品的环境特征信息按照环境污染物专题制图规范进行分级分类显示,生成可视化强、易于环保部门使用的数据产品(4级数据产品)。

### 6.2.2 太湖水体环境遥感监测实验软件业务流程分析

太湖水体环境遥感监测软件系统业务总体流程如图6-2所示。下面以叶绿素遥感专题产品生产说明太湖水体环境遥感监测实验软件业务流程(图6-3)。

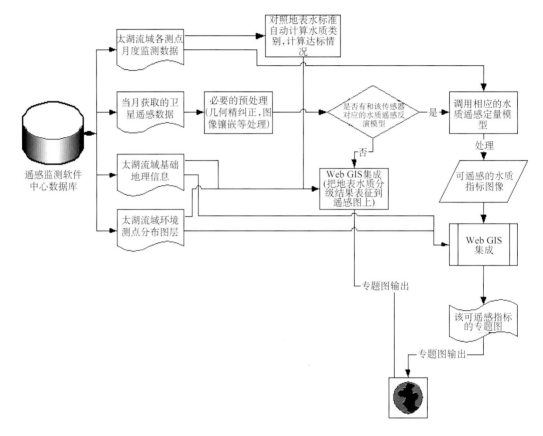

图6-2 业务处理流程概要

0级产品到1级产品:系统首先输入0级产品,经过辐射和几何处理得到1级产品,处理流程如下:①截取包含太湖的影像块(1、2和3波段真彩色合成图像);②辐射定标得到图像辐射值或者反射率;③基于地面控制点或图像到图像(地形图)的几何纠正。

1级产品到2级产品:2级产品为1级产品经大气校正得到,处理流程如下:①输入几何条件;②输入大气模式;③输入气溶胶模式;④输入目标和传感器高度;⑤输入光谱波段;⑥输入地面条件。

2级产品到3级产品:3级产品为2级产品经业务算法处理得到,处理流程如下:①选择数据源;②选择反演模型(用户自定义输入业务模型表达式);③映射模型参数和数据

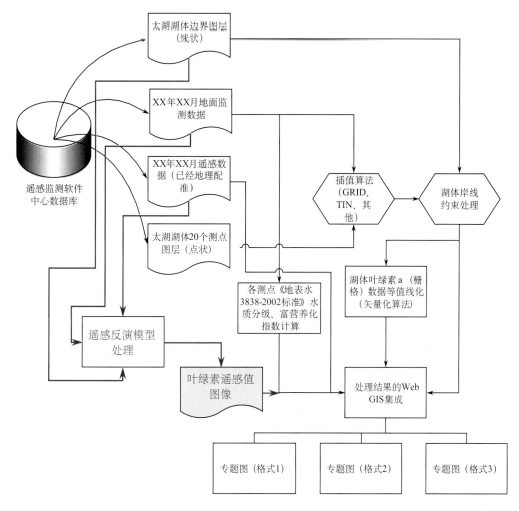

图 6-3　业务处理流程举例(以叶绿素遥感专题产品生产为例)

源;④波段运算、模型运算得到叶绿素浓度;⑤密度分割、浓度分级;⑥阈值分割、图像掩膜、模型输出结果灰度显示;⑦设置输出限制条件;⑧结果输出成图(提交叶绿素浓度图及其头文件、成像时间和叶绿素浓度单位等)。

　　3 级产品到 4 级产品:4 级产品为 3 级产品综合分析得到,处理流程如下:①精度评价;②叶绿素浓度时空分析;③综合评价;④相关专题产品输出。

## 6.3　太湖水体环境遥感监测实验软件总体结构

　　太湖水体环境遥感监测实验软件综合应用多种数据库管理技术、地理信息系统技术、遥感图像处理技术和软件组件技术,实现太湖水环境遥感数据的处理、分析、专题制图和数据发布。通过软件研制初步形成多类型、多专题、多空间分辨率、多光谱分辨率、多时相环境遥感数据的综合处理和应用能力,实现面向水环境遥感监测的多源遥感数据的处理分析、水环境遥感信息提取、专题遥感数据产品制作、水环境遥感数据综合分析，为太湖水体环境遥感监测提供一个实用的技术平台，为业务化水环境遥感监测系统建设技术基础。

根据上述需求分析以及太湖水环境遥感实验业务需求，设计太湖水体环境遥感监测实验软件系统。环境遥感监测软件系统总体结构如图 6-4。系统由五个子系统构成，分别是数据管理子系统、环境遥感数据处理子系统、环境遥感模型应用子系统、环境专题数据产品生产子系统和环境专题数据产品信息服务子系统。

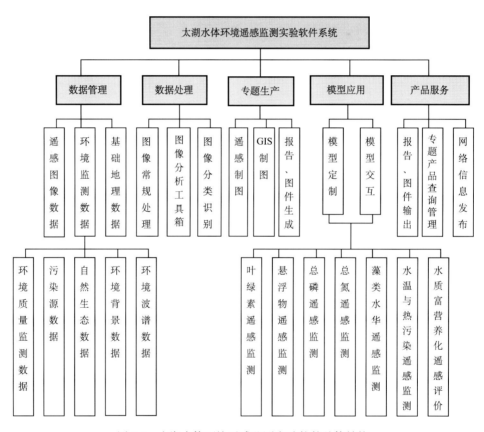

图 6-4　太湖水体环境遥感监测实验软件总体结构

**数据管理子系统**　环境遥感监测软件系统涉及大量多源、多尺度、多时相遥感数据、基础地理数据、DEM 数据、DRG 数据、环境背景数据、环境专题数据、地面监测数据、光谱数据等。数据管理子系统将对各类环境数据进行整理、整合，建立一个数据资源管理平台，实现数据的统一管理、检索和实时分发。数据管理子系统是通过先进的存储技术、网络技术和通讯技术，根据开展业务应用需求，按照一定的数据分类标准和产品分级标准，完成对数据资源分级存储和统一管理。数据管理子系统为其他子系统提供数据的输入/输出接口。

**环境遥感数据处理子系统**　环境遥感数据处理子系统是环境遥感图像专题信息提取前期工作，对遥感数据进行标准图像处理、生成标准遥感图像数据产品。环境遥感数据处理了系统内容包括多种格式遥感数据读取、数据辐射纠正、数据几何预处理、精纠正、图像镶嵌、影像融合等。

**环境遥感模型应用子系统**　环境遥感模型应用子系统是遥感图像处理模型应用阶段,利用波谱数据库中的污染物波谱特征,通过遥感模型对各类环境污染因子进行信息反演,生成具有环境特征信息的高级数据产品。该子系统可通过水环境遥感监测模型的综合管理、定制和参数的图形化交互支持用户进行模型应用。

**环境专题数据产品生产子系统**　环境专题数据产品生产子系统是利用地理信息系统技术对具有环境特征信息的高级数据产品按照专题制图规范进行分级显示,叠加其他空间数据,生成可视化强、易于管理人员理解的遥感数据专题产品。环境专题数据产品生产子系统具有所见即所得专题产品制图排版,并通过输出设备打印输出专题图。

**环境专题数据产品信息服务子系统**　环境专题数据产品服务是利用 SuperMap 公司的新一代网络地理信息系统开发平台 SuperMap IS. NET 实现环境专题数据产品的网络发布,用户可通过 Internet 查询和浏览各种水环境遥感专题产品。

# 6.4　太湖水体环境遥感监测实验软件总体功能

太湖水体环境遥感监测实验软件系统集成了多源数据融合技术、水体污染指标光谱分析技术、水体污染主要遥感监测指标信息反演技术、水质评价技术、空间海量数据无缝集成与快速访问技术等关键技术,实现了太湖水体环境遥感监测基本功能,系统整体功能主要包括:

**数据管理功能**　数据是整个系统运行的基础,数据管理负责所有有关数据的输入、输出、查询、维护。数据管理不仅对属性数据进行管理,同时对空间数据进行管理。对属性数据管理功能包括新建数据表、修改数据表、增加/删除记录、导入/导出数据、数据查询、数据统计分析、统计图等。空间数据存储以文件和数据库两种方式进行管理,文件方式通过元数据库进行管理,空间数据库采用 SuperMap 公司 SDX＋引擎管理。

**多源、多种格式空间数据的读取和导出功能**　遥感影像可导入的格式 REMS（＊. hps）、ENVI（＊. dat）、Erdas Image（＊. img）、Erdas 7. x（＊. lan）、PCI（＊. pix）、HDF（＊. hdf）、GeoTiff（＊. tif）、NITF（＊. ntf）、Tiff（＊. tif）、Bitmap（＊. bmp）、JPEG JFIF（＊. jpg）、GIF（＊. gif）、PNG（＊. png）、Sli（＊ sli）,可导出的格式 REMS（＊. hps）、GeoTiff（＊. tif）、Bitmap（＊. bmp）、Sli（＊ sli）。

**遥感图像处理功能**　主要功能包括:图像截取、坏行修复、正切校正、光谱维重采样、辐射纠正、几何纠正、图像几何投影变换、图像增强、光谱与空间滤波、密度分割、像元光谱分析、混合光谱分解、统计与回归分析、图像运算、图像建模、光谱特征提取、光谱匹配填图、图像分类与识别等。

**遥感模型管理与应用功能**　集成太湖流域叶绿素、总悬浮物、水体透明度、总磷、总氮、溶解氧、高锰酸盐指数、水温、水色等遥感经验模型,并对这些模型的参数、计算公式进行调整和修改,实现模型应用目标。

**环境污染物特征信息反演与提取功能**　建立多种反演水质参数模型的方法,包括:回归分析、分布检验、因子分析、聚类分析、神经网络、非线性的参数回归方法、空间插值方法等。利用波谱数据库中的污染物波谱特征,通过遥感模型对各类环境污染因子进行信息反演。

**太湖流域水质评价功能**　根据水质评价指标、评价方法、分级标准对太湖流域水质进行评价。

**太湖流域水质富营养化评价功能**　根据综合富营养状态指数计算指标、评价方法、分级标准对太湖流域水质富营养化进行评价。

**图形编辑与操作功能**　提供多种地图视图的操作方法,如放大、缩小、漫游、全幅显示、鹰眼等。提供多种查询方法如,属性查询、空间定位查询和空间属性双向查询。能够对图形和属性数据进行增、删、改等操作、复杂目标的编辑、图形动态拖动、旋转、拷贝、自动建立拓扑关系和维护图形与属性的对应关系。

**图层管理功能**　允许用户方便设置图层风格、图层比例尺、图层顺序、最大/最小比例尺,允许用户设置共享默认的风格,允许用户对图层进行维护,包括空间范围和空间索引的维护。

**空间数据的转换功能**　各种空间数据的交换能力决定了系统的开放性。GIS 数据格式主要有 ArcInfo 的 E00 格式、Coverage 格式、ArcView 的 Shape 格式、MapInfo 的 Mif 和 Tab 格式、MicroStation 的 Dgn 格式和 SuperMap 的 sdb 格式,以及 CAD 格式,能够实现不同格式数据的转换。

**矢量、影像配准功能**　实现栅格与栅格、栅格与矢量以及矢量与矢量的配准,在配准过程中可以进行误差检验;支持用同一组控制点数据配准同一地区的各种栅格、矢量数据。

**空间数据的专题制图功能**　专题地图是地理信息系统软件根据属性数据的不同分别给几何对象采用不同的网格显示的地图表现形式,是 GIS 软件数据可视化的重要工具。支持单值、范围、等级、点密度、统计、标签、自定义类型专题图;支持 DEM 分段专题图;支持 TIN 坡度、坡向、高程专题图。提供所见即所得的制图排版功能。除提供地图、图例、比例尺、指北针等基本要素外,还提供表格、统计图、艺术字、几何图形等要素。

**空间数据的空间分析功能**　空间分析功能应包括:拓扑空间检索、缓冲区分析、叠置分析、栅格分析、空间集合分析、数字高程分析、地形分析、网络分析、三维显示分析等。

**遥感专题产品网络发布功能**　为 Internet 网络公众用户提供实时在线环境专题产品浏览和查询,提供基于数字地图的放大、缩小、漫游和空间定位操作。

**三维数据可视化功能**　提供三维数据建模和三维数据显示与分析功能。三维分析功能包括 DEM 生成三维正射影像、剖面分析、可视域分析等。三维场景显示设置包括:渲染系统参数(渲染系统、颜色缓存深度、垂直同步、深度缓存、环境光颜色)、雾参数(状态、颜色、方式、密度、距离)、背景贴图、视窗背景颜色、场景光源参数设置(位置、方向、颜色),以及三维操作的视角等。

## 6.5　太湖水体环境遥感监测实验软件特点与逻辑结构

太湖水体环境遥感监测软件系统软件架构采用基于 C/S 和 B/S 体系结构，C/S 结构用于遥感数据处理和环境专题产品的生产，B/S 结构用于环境专题产品的网络发布，保证系统的可靠性，保证系统具有良好的可拓展性和开放性。系统基于组件技术（COM）构建，以标准 ActiveX（OCX）组件方式、动态连接库、软件包、函数库等形式开发。空间数据以文件和数据库两种方式分别存储，文件存储方式通过元数据库进行管理，方便数据的查询和获取。空间数据按照定义的规则分级、分类管理，可分布在不同在线存储设备上，易于数据更新、管理和共享。

系统采用 SuperMap SDX＋空间数据库存储和索引技术，具备管理海量空间数据和属性数据的能力，实现多源空间数据无缝集成。各种属性数据经过规范化整理和整合后导入数据库，实现空间数据和属性数据的一体化管理。独立自主开发遥感图像处理子系统，无需第三方产品或中间件。系统基于大量太湖实测数据建立了流域水体污染物光谱数据库和遥感信息反演模型，能够进行基本污染物特征信息分析提取。同时系统具有较强的空间分析功能，能够按向导方式完成太湖水体环境遥感监测专题产品制作，操作方便，所生产的专题产品可视化程度高，专题图配置以 XML 文件描述，以便产品的交换。系统还提供了多种专题产品制图模板，所见即所得水环境遥感专题制图排版更加方便、灵活。系统支持环境专题产品通过 FTP 传输到 WEB 服务器，供网络发布。太湖环境遥感监测实验系统结构体系整体上分为三个层次，数据层、应用服务层和数据表现层（图 6-5）。

数据层提供系统的数据基础。主要由大型数据库软件 Oracle 9i 结合 SuperMap 的空间数据库引擎技术 SDX＋For Oracle 或 SQL Server 2000 结合 SuperMap 的空间数据库引擎技术 SDX＋For SQL Server 2000 来构建系统的空间数据库和属性数据库。数据层包括环境背景数据库、基础地理数据库、遥感影像数据库、环境专题数据库、地面调查数据库、光谱库等。

应用服务层提供系统的业务服务运行平台，主要由各种业务子系统组成，用以实现系统的功能。应用服务层接收用户的请求，根据用户的请求调用数据层的信息资源并对信息资源进行分析形成结果或数据产品，提供给用户。

数据表现层提供系统输出和专题产品发布环境，将系统运行结构以各种可视化形式表现出来。系统输出形式包括水环境遥感基础数据（图）、专题遥感产品数据（图）、水环境遥感专题图表、报告文档等。

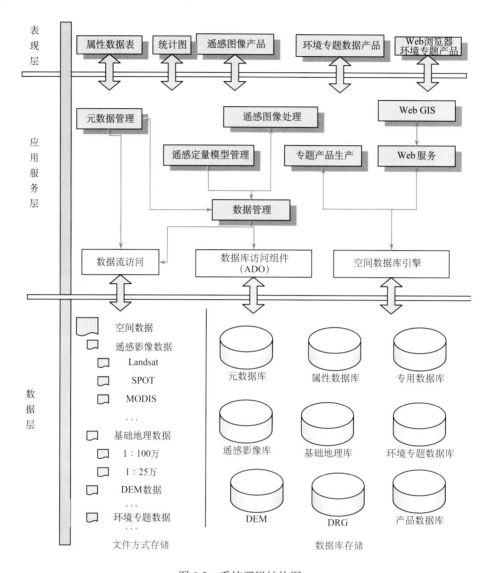

图 6-5　系统逻辑结构图

## 6.6　太湖水体环境遥感监测实验软件运行环境与物理结构

太湖水体环境遥感监测实验软件文件服务器和数据库服务器操作系统选用 Windows 2003 Server。利用 Windows 2003 Server 网络服务功能实现空间数据(文件存储方式)的共享。数据库软件采用管理空间数据功能强大的 Oracle 9i，也可以使用 Microsoft SQL 2003。空间数据库引擎使用 SuperMap 公司的 SDX＋。SuperMap SDX＋采用 SuperMap 的第三代空间数据库技术，是 SuperMap GIS 软件数据模型的重要组成部分，SuperMap SDX＋采用先进的空间数据库存储和索引技术，具备管理海量空间数据和属性数据的能力。Web 服务器操作系统选用 Windows 2003 Server。Windows 操作系统易于操作和使用,可以支持系统网络服务和 COM 形式的 IIS Web 服务。Web 服务器环境专题数据产品网络发布平台采用国产 Web GIS 软件 SuperMap IS. NET 5。SuperMap IS. NET 5 是新一代网络地理信息系统开发平台,是基于 Microsoft . NET 技术和 Super-Map Objects 组件技术开发。采用面向 Internet 的分布式计算技术,支持跨区域、跨网络的复杂大型网络应用系统集成。SuperMap IS. NET 由客户端用户界面表现组件、Web 服务器扩展、GIS 应用服务器、数据服务器以及远程管理等多个组件组成。客户端操作系统选用 Windows 2003 Server/XP 等 Windows 家族产品。运行在客户端的环境遥感监测系统需要 GIS 平台,选用 SuperMap Objects 组件产品。SuperMap Objects 是一个面向二次开发的开放性组件式 GIS 平台,由一系列的 ActiveX 组件构成,包括核心组件、布局组件、三维组件、拓扑组件、图例组件、数据表格组件、工作空间组件等。环境遥感监测系统的环境专题产品生产子系统采用 SuperMap Objects 组件开发。系统运行平台选择 Windows 2003 Server 和 Oracle 9i/Microsoft SQL Server 2003。服务器端至少包括一台服务器(数据库服务器和文件服务器),CPU 最低配置 Intel Xeon 700,内存 512M 以上,服务器硬盘空间要根据数据量决定,如果数据特别大,需要配置磁盘阵列。服务器操作系统安装 Windows 2003,数据库软件安装 Oracle 9i 或 SQL Server 2003。客户端使用一般微机即可,操作系统可安装 WindowsXP,Windows 2003 Server。太湖水体环境遥感监测实验系统逻辑结构如图 6-6。

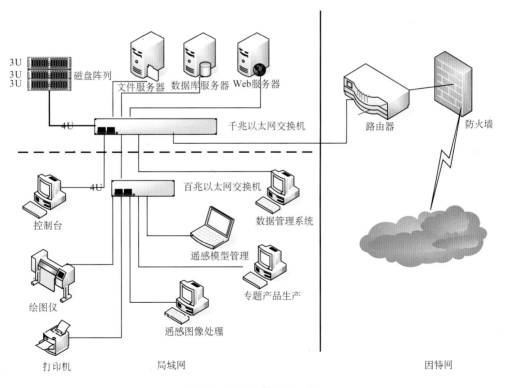

图 6-6 系统整体物理结构

# 6.7　数据管理子系统设计与开发

太湖水体环境遥感监测实验软件数据管理子系统结构如图 6-7 所示。

图 6-7　数据管理子系统功能结构

　　数据管理子系统以遥感影像数据库、环境监测数据库、环境背景数据库、基础地理信息数据库、环境专题数据库为基础,为系统提供数据导入、数据编辑、数据查询、数据维护、数据管理、数据安全、数据导出等功能。

　　在属性数据管理方面,利用上述功能可进行数据库构建、数据库结构修改、数据录入、修改、更新、导入/导出、查询、统计分析、作图、备份等。要求系统根据用户实际需求自动建表,包括表的名称、中文名称、表结构、数据项的名称、类型、长度等,能够按照表的类型(业务表、系统表、字典表等)对表的基本信息进行浏览,对选定的表的信息(字段)定义进行浏览,浏览内容包括:字段中英文名称、类型、长度、关键字段、日期字段、可计算字段、可显示字段、关联外部表等,使用户可按应用专题、地区范围、时间范围、数据类型等多种方式灵活、方便地进行查询。对历年环境专题数据可以进行统计变化趋势分析,对同一地区、同一时间段的不同类型数据(遥感影像、矢量数据、地面监测数据等)进行对比分析。

　　在空间数据管理方面,通过手动方式或者系统自动上传方式,将遥感图像、基础地理等空间数据由客户端按照定义规则上传到数据服务器端,然后通过手动输入或者自动核查方式对上传数据进行元数据信息描述,完成对空间数据进行浏览、检索、下载以及导入生成地图等操作。遥感影像数据字典包括:遥感影像源(卫星)编码、遥感影像产品分级编码、遥感影像投影类型编码、遥感影像时相编码、遥感影像分辨率编码等;遥感影像根据影像源、卫星号、轨道号、获取日期和数据产品级别按分级目录存储;矢量数据字典参考美国联邦地理数据委员会制定的元数据内容标准和中国国家信息中心的 NREDIS 信息共享元数据内容制定。矢量数据相关代码包括矢量数据分类代码、比例尺代码、地理坐标方式代码、时相代码等;矢量数据按照一定的规则组织存放,基目录由服务器名称和共享目录构成、一级目录表示矢量数据的分类、二级目录表示矢量数据的比例尺、三级目录表示矢量数据的地区范围、四级目录表示矢量数据的子地区范围、五级目录表示矢量数据的年代、六级目录表示分县、七级目录为最终文件存放目录;光谱数据总共由六个实体组成,包括光谱编码、名称、经度、纬度、测量时间、光谱类型、光谱级别、光谱数据,另外含有四个外键与其他实体相联系。

在用户管理方面,明确规定用户密码的长度、有效期和使用方式,详细划分用户类型和对应的权限。在具体实施中通过三个层次来实现,即功能定义、角色组定义、用户定义。功能定义分析和描述了所有用户的功能,涵盖了目前整个流程的各个环节;角色组定义根据实际需要对这些功能进行了针对性的组合;用户定义存储了用户密码、用户角色、用户具体的权限,这些权限可以通过成为某一个角色组的成员来获得,也可以对某一项权利做出具体规定。主要功能为:分配管理各类用户组,在不同用户组建立不同权限的用户;对非法用户的完全限制,合法用户的权限管制;合法用户名称、密码、权限的正确管理。对应用程序用户身份进行鉴定、更改权限、增加删除用户等操作,以及在应用程序运行过程中获取当前的用户信息。

图 6-8~图 6-11 分别给出了数据管理子系统应用实例。

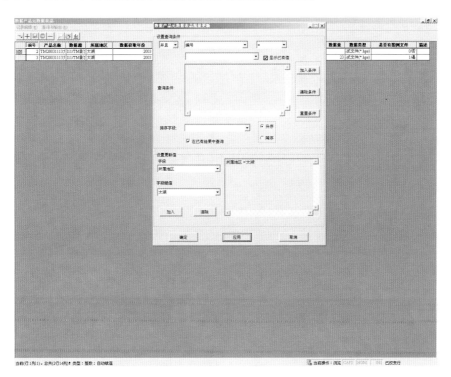

图 6-8 数据管理子系统应用界面

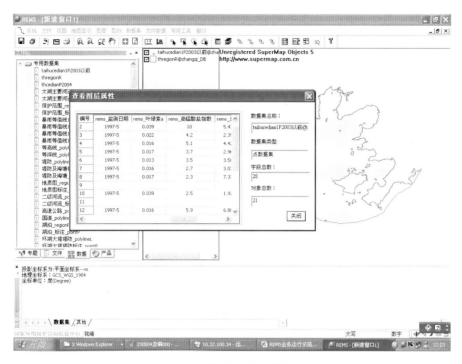

图 6-9　空间数据与属性数据关联

图 6-10　空间数据库管理

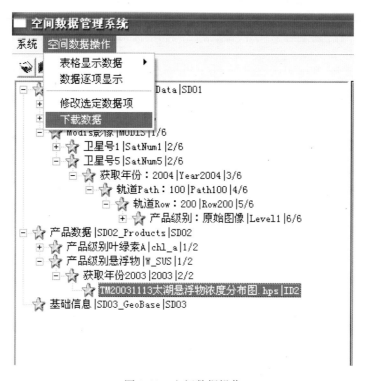

图 6-11　空间数据操作

## 6.8　遥感图像处理子系统设计与开发

遥感图像处理子系统面向水环境遥感监测基本需要,具有通用遥感图像处理功能和高光谱分析处理功能。其主要功能模块包括:图像截取、坏行修复、正切校正、光谱维重采样、辐射纠正、几何纠正、图像几何投影变换、图像增强、光谱与空间滤波、密度分割、像元光谱分析、混合光谱分解、统计与回归分析、图像运算、图像建模、光谱特征提取、光谱匹配填图、图像分类与识别等(图 6-12)。

该子系统的主要特点是具有完全自主知识版权,不使用任何第三方的控件,提供了丰富而功能强大的图像处理工具,支持导航式的大气校正、几何校正和多投影变换,支持多种卫星遥感影像格式,能够与通用 GIS 软件平台的数据与功能紧密集成,不需要数据转换可显示遥感图像处理的结果,提供海量数据快速读取、处理和显示。系统采用 Windows XP 风格,外观设计体现了实用、简约、优美和时尚的特点,界面友好,方便地管理多窗口的功能。子系统窗口提供整倍的放大、缩小、任意矩形的放大、缩小的功能,以及导航功能,方便对图像进行各种形式的观看和比较。通过遥感数据上传和下载功能,实现与其他管理系统的接口;通过数据管理子系统的元数据查询功能快速获取遥感影像数据,并利用上传功能将遥感影像产品传输到服务器,供专题产品生产子系统使用。

系统支持目前卫星遥感影像格式 10 多种,包括 REMS ( * . hps)、ENVI ( * . dat)、

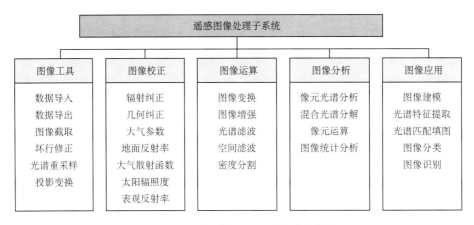

图 6-12　遥感图像处理子系统功能结构

Erdas Image（∗.img）、Erdas 7.x（∗.lan）、PCI（∗.pix）、GeoTiff（∗.tif）、NITF（∗.ntf）、Tiff（∗.tif）、Bitmap（∗.bmp）、JPEG JFIF（∗.jpg）、GIF（∗.gif）、PNG（∗.png）、Sli（∗.sli）。支持的数据格式几乎涵盖所有典型传感器，包括风云卫星影像、资源卫星影像、海洋卫星影像、MODIS 格式、LandSat 格式、SPOT 格式、ASTER 格式、Hyperion格式、IKONOS 格式、QuickBird 格式、863 计划研制的航空高光谱遥感器数据和已经研制的 OMIS-1、-2，PHI-1、-2 型传感器格式等。

图 6-13～图 6-18 给出了遥感图像处理子系统应用实例。

图 6-13　遥感图像处理子系统应用界面

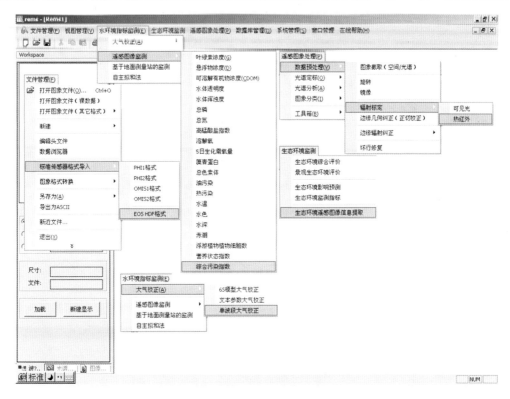

图 6-14　子系统主菜单浏览

图 6-15　多源数据导入导出

图 6-16　投影变换

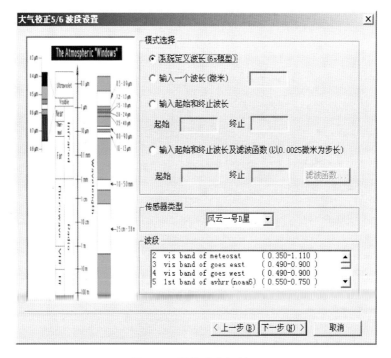

图 6-17　导航式大气纠正

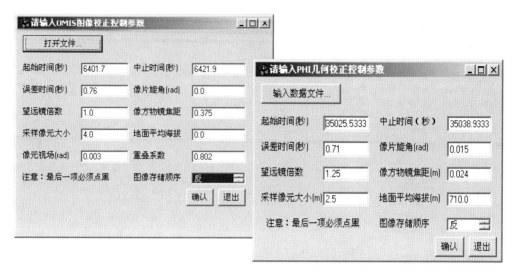

图 6-18　图像校正控制参数对话

# 6.9　遥感模型应用子系统

　　环境遥感模型应用子系统利用波谱数据库中的污染物波谱特征,结合地面环境监测数据,通过遥感模型对各类环境污染因子进行信息反演,生成具有环境特征信息的高级数据产品。该系统集成的主要模型有:水色遥感反演模型、水温遥感反演模型、水体叶绿素浓度反演模型、水体总悬浮物反演模型、水体富营养化反演模型、水体排污口监测模型、水体热污染监测模型、水体石油污染监测模型、水体藻类水华监测模型、水生浮游植物监测模型、水体边界变化监测模型等,其中叶绿素遥感反演模型共 27 个、总悬浮物遥感反演模型共 23 个、水体浑浊度遥感反演模型共 5 个、水体透明度遥感反演模型共 5 个、总磷遥感反演模型共 1 个、总氮遥感反演模型共 3 个、高锰酸盐指数遥感反演模型共 4 个、溶解氧遥感反演模型共 2 个。该子系统提供了三种应用模式可供用户选择:一种是面向一般用户的交互模式,即系统按遥感监测指标分类提供各种可供用户选择的遥感反演模型,用户只要通过模型交互界面直接选取和定制各种模型参数,系统就会自动运行模型,并进行指标提取和专题制图;另一种是面向专业用户的实时创建模式,即系统提供各种建模工具和模型模板,支持根据用户动态监测的需求,基于实测监测数据实时创建所需要的遥感反演模型;还有一种是面向作业员的批处理模式,即系统将用户所需要的对数据、模型、参数等操作统一集成到批处理程序中,固化基本操作,以简化应用过程(图 6-19 )。

　　该子系统基于 Visual C++6.0 IDE 开发,具有完全模块化体系结构,底层库基于国际标准 C++库,支持跨平台二次开发,具有完全的知识产权。其主要特点是具有丰富的水质反演模型库和光谱数据库支持,向导式的模型参数输入和模型交互,导航式、流程化的环境特征信息提取,方便的模型反演产品输出。

　　图 6-20～图 6-22 给出了遥感模型应用子系统应用实例。

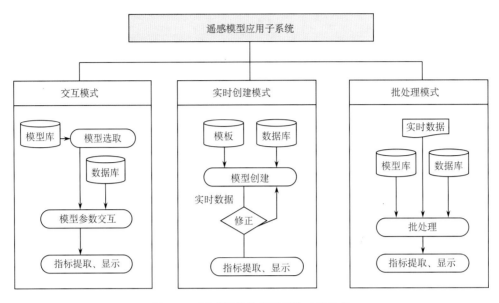

图 6-19　遥感图像处理子系统功能结构

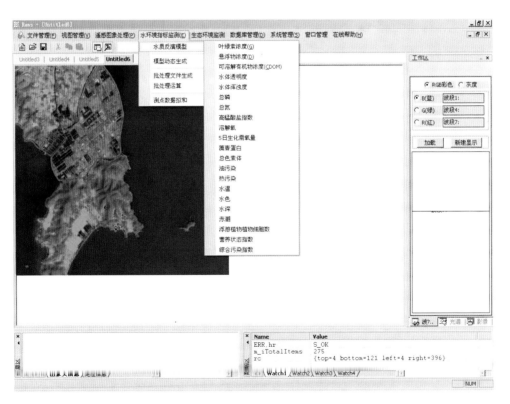

图 6-20　遥感模型应用子系统用户界面

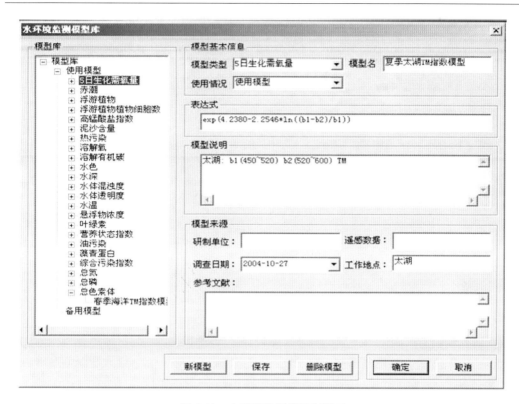

图 6-21　水环境监测模型库界面

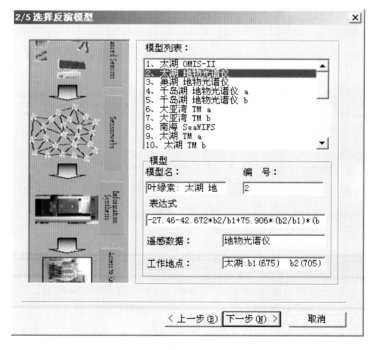

图 6-22　遥感模型应用用户交互

# 6.10 环境专题数据产品生产子系统

环境专题数据产品生产子系统综合应用地理信息系统技术,对经过遥感模型应用的各种图像产品进行进一步深加工处理,制作各种可视化的专题图产品,并生成各类图件、表格、报告等,满足环境监测与环境管理的需要。

环境专题数据产品生产子系统主要功能包括:

(1) 数据导入、导出。不仅支持一般的矢量交换格式,如:AutoCAD DXF、ArcInfo E00、MapInfo MIF 等,而且还支持流行的 GIS/CAD 软件的二进制格式,如 ArcInfo coverage、MapInfo TAB。

(2) 数据集类型转换。支持多种数据格式的转换,包括现数据集转换成面数据集、面数据集转换成线数据集、TIN 数据集转换成等值线数据集、格网 DEM 数据集转换成等值线数据集、栅格数据集转换成面数据集、格网数据集转换成线数据集等。利用距离反比加权插值算法和克吕金插值算法由点数据集生成格网数据集。

(3) 图层管理与显示。依托于 SuperMap Objects 提供功能,系统提供直观的地图浏览窗口(视图窗口),打开的数据集可以在不同的窗口浏览,也可以添加到同一地图窗口中,同时提供对图层的设置,如移动顺序,设置可见、可选择、可编辑、可捕捉、编辑锁定状态等以及删除图层等。地图显示包括图层放大、缩小、漫游、全图。在二维地图浏览窗口,支持对二维平面数据、海量影像数据快速显示;在三维地图窗口支持复杂三维数据的快速显示。

(4) 地图编辑。系统提供了点状、线状和面状等三种符号编辑制作环境,点、线、面分别提供了单独的库进行统一的管理、维护,用户可方便地进行符号分组、检索、更新及转入转出等操作。系统不仅提供默认的线形库、符号库、模式填充库满足一般的绘图需要,更重要的是它提供了强大的线型、符号、模式填充的设计功能,留给用户更多设计、编辑的自由,用户可根据需要设计出满足特定要求的符号,并能够保存在符号库中,生成用户独具特色的符号库,为丰富、美观的地图制作奠定基础。编辑操作包括:对几何对象进行添加、删除、旋转、拖拉改变形状、增加节点、编辑节点、删除节点等常规的编辑操作。

(5) 空间查询。空间数据查询包括基于空间关系特征的查询、基于属性特征的查询以及基于空间和属性的联合查询。基于属性特征的查询对 SQL 查询操作算子的支持包括=、>、<、>=、<=、<>、+、-、*、/、^、[]、"、in、between、like、is NULL、is TRUE、is False、AND、OR 和 NOT 运算符;空间属性双向查询。

(6) 专题图制作。系统支持的专题图类型包括单值专题图、分段专题图、等级符号专题图、统计专题图、点密度专题图、符号填充专题图、文字标注专题图以及自定义专题图等。对于常用的环境专题数据产品(水体中各种污染物浓度分布图、水质评价图等),遵照环境专题数据产品制图规范,按向导方式非常容易完成环境专题产品制作。

(7) 外部数据库关联。系统可提供灵活、方便的管理外部数据的功能,能将环境质量监测数据库中所关心的表、视图、查询结果集或者计算结果(水质评价、富营养化指数等)关联到空间数据的属性表。

(8) 地图投影与地图配准。系统提供等角方位投影、等距离方位投影、等面积方位投影等 25 种投影类型,同时提供投影坐标系、不带投影系统的平面坐标系、直接使用经纬度坐标的地理坐标系。系统支持栅格与栅格、栅格与矢量以及矢量与矢量的配准,在配准的过程中可以进行误差检验；支持用同一组控制点数据配准同一地区的多种栅格、矢量数据；支持矢量数据的批量配准。另外用户可根据数据精度要求选择不同的配准方程，如矩形配准、线性配准、二项式配准等。

（9）空间分析。系统提供几何分析（在地图上直接量算距离、面积以及角度）功能、缓冲区分析、叠加分析（裁减、擦除、并、交、同一）、网络分析、栅格分析以及三维分析（如格网 DEM 生成三维正射影像、剖面分析、可视域分析和填挖方分析）等（其中统计专题图又可分为曲线图、面积图、梯度图、柱状图、三维柱状图、饼图、三维饼图、玫瑰图、三维玫瑰图等）。

（10）规范化专题产品生产。系统提供水体中主要污染物、富营养化指数、水质评价的分级标准和专题图制图规范（如：叶绿素浓度分级图、太湖湖体悬浮物浓度分级图、太湖富营养化指数分级图、太湖水质评价分级图），方便用户快速生成专题图。环境专题产品制图规范以 XML 文件描述，以便产品的交换，同时提供多种地图布局模版，方便用户快速输出专题图。系统生产的主要专题产品有：水体表层温度等值线图、总悬浮物浓度分布图、叶绿素浓度分布图、水色图、石油类污染态势图、污染源分布图、蓝藻水华爆发预警图、富营养化指数图、水生植物分布图、围网养殖分布图、水体边界变化图、景观格局及动态变化图、滩涂湿地分布图、流域水环境质量综合评价图。

环境专题数据产品生产子系统支持 Oracle、SQL Server 等多种关系数据库。提供在单个数据库文件中同时存储空间数据、属性数据、多媒体数据和其他相关数据的能力，实现空间数据和属性数据的无缝组织、一体化管理，能够高效地处理海量数据、并发处理、保证数据的安全。该子系统还支持交互式地图编辑和丰富的智能捕捉功能，有效提高了地图编辑的精度和速度；能够对几何对象进行添加、删除、旋转、拖拉改变形状、增加节点、编辑节点、删除节点等常规的编辑操作；支持多源空间数据库存储与管理。系统基于 C/S 三层体系结构设计和基于 COM 组件技术开发，充分利用基于 ActiveX 控件（核心组件、

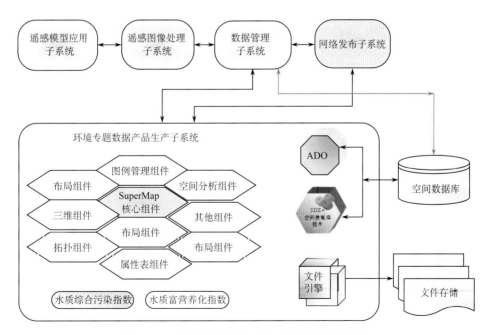

图 6-23　环境专题数据产品生产子系统软件结构

空间分析组件、布局组件、拓扑组件、三维组件、图例组件、属性表组建、辅助组件等)以及其他第三方的组件,保证系统具有可靠性、可拓展性和开放性。

图 6-24～图 6-27 给出了环境专题数据产品生产子系统应用实例。

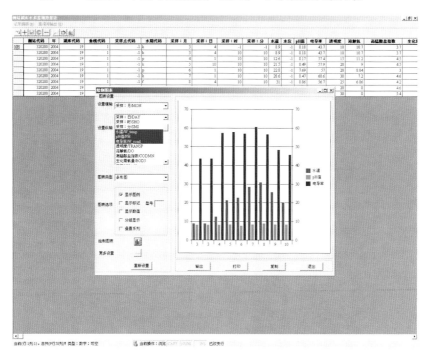

图 6-24　专题统计制图

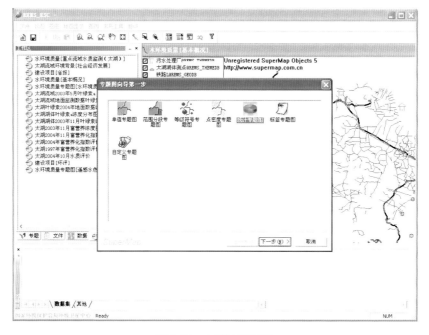

图 6-25　专题地图制图

图 6-26　专题遥感制图

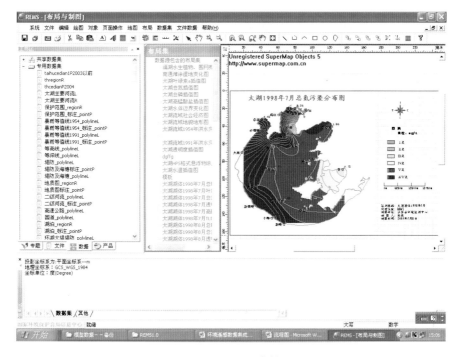

图 6-27　地图编制

# 6.11　环境专题数据产品网络发布子系统

环境专题数据产品网络发布系统利用当今先进的 WebGIS 技术,将太湖水体环境遥感监测实验软件系统水环境质量信息、以及系统生成的各种图像产品进行进一步加工,并进行网络发布,以方便用户通过 Internet 方式,图形化地查询、浏览、操作和分析太湖水体环境遥感监测实验软件系统的遥感数据产品。环境专题数据产品网络发布系统基于 B/S 结构方式,减少客户端压力及应用复杂程度,打破应用的地域障碍。该系提供放大、缩小、漫游、量算、视图回溯、图层控制、地图打印等基本图形操作功能;提供地图上点击查询空间地物的属性信息和提供利用 SQL 条件进行地物定位查询,支持在属性信息中添加外部链接;按照环境专题数据产品分类查询、浏览和打印专题图;同时还提供了鹰眼、图层管理和图例、地图基本操作控件等辅助功能。利用这些功能可方便的形成面向用户的终端产品,支持对各种图像产品、环境专题数据产品进行网络发布。环境专题数据产品网络发布系统技术架构如图 6-28 所示。

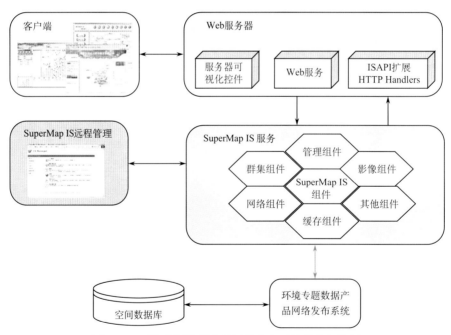

图 6-28　环境专题数据产品网络发布系统技术架构图

该子系统采用多层软件体系结构,不但在逻辑上划分了各个模块的功能和相互之间的关系,在物理实现上实现了真正组件独立,客户端用户界面表现组件、Web 服务器扩展、GIS 应用服务器、数据服务器以及远程管理器等多个组件,每个组件都可以单独维护和升级更新。系统采用专门为 . NET 设计的开发语言 C♯编写,以便于更加充分的发挥 . NET的技术优势,网络发布子系统使用 . NET 技术开发。系统还集成 SDX＋ 5 技术,直接支持数据库。同时引入 Web Service 技术,所提供的 GIS Web Service 和 Web Controls,使网络发布子系统具有安全可靠、系统维护和升级简单方便以及网络级可重用等优点。采用可扩展的数据交换协议 XML 文档,使得异构系统之间的交互操作、数据交换和集成非常容易。

图 6-29、图 6-30 给出了环境专题数据产品网络发布子系统应用实例。

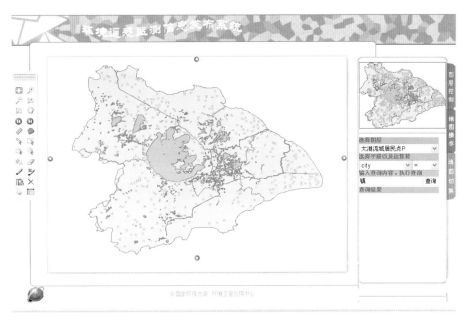

图 6-29　环境监测专题产品网上发布

图 6-30　空间信息查询

## 6.12　太湖水体环境遥感监测实验软件运行实例

下面以基于 2003 年 11 月 13 日 TM 图像制作太湖叶绿素浓度、水华、营养状态指数、悬浮物浓度、水温、排污口等遥感专题产品为例,说明太湖水体环境遥感监测软件系统的基本操作和应用过程。

根据太湖水体环境遥感监测软件应用流程,从原始遥感影像图出发制作水环境遥感专题图主要有以下步骤:数据导入→图像去噪→辐射定标→大气校正→几何精校正→建立图像掩膜→掩膜应用→水质参数反演。

（1）数据导入

太湖水体环境遥感监测实验软件系统的通用格式是 .hps,其他格式的数据在进入系统前需转换成 .hps,以方便后续处理。主要操作过程:文件管理→图像格式转换→格式转换。在图像格式转换对话框中,需要设置下列参数信息:确定输入文件,即要转入的文件、确定输出文件,即转成 .hps 格式的文件、输出数据类型:Unsigned 8 bit（图 6-31）。

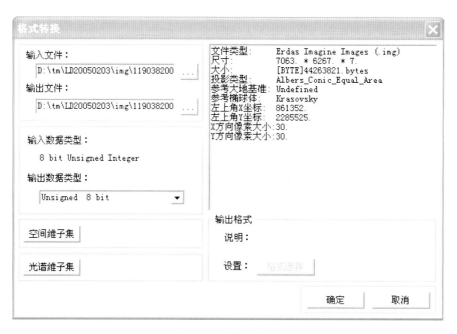

图 6-31　图像格式转换

（2）图像去噪

对图像进行 5×5 像素的低通滤波,减小噪声的影响。主要操作过程:遥感图像处理→数据预处理→空间维图像滤波。进入图像处理对话框后,选择要处理的图像,出现空间邻域滤波对话框,执行空间邻域滤波（图 6-32）。

图 6-32 选择图像与空间邻域滤波

（3）辐射定标

辐射定标是利用遥感器提供的辐射定标系数,将可见光～短波红外图像 DN 值转换为具有物理意义的辐射值,将热红外图像 DN 值转换为亮度温度值。可见光辐射定标的主要操作过程:遥感图像处理→辐射定标→选择可见光→选择图像尺寸→辐射定标系数文件操作→执行辐射定标。选择输入图像窗口并确定选择的图像,即可弹出可见光辐射定标计算对话框(图 6-33),打开辐射定标系数文件后,即可确定输入输出文件名、选择输

图 6-33 辐射定标图像选择与可见光波段辐射定标计算

出路径,命名输出文件,完成辐射定标。

（4）大气校正

由于水体的反射率比较低,遥感器接收的来自水体的信号中大部分是天空散射的部分,需要进行大气校正处理。太湖水体环境遥感监测软件实验系统嵌入了 6S 大气辐射传输模型,系统利用导航的方法完成遥感图像的大气校正。主要操作过程:输入几何条件→输入大气模式→输入气溶胶模式→输入目标和传感器高度→输入光谱波段→输入地面条件→执行大气校正(图 6-34)。

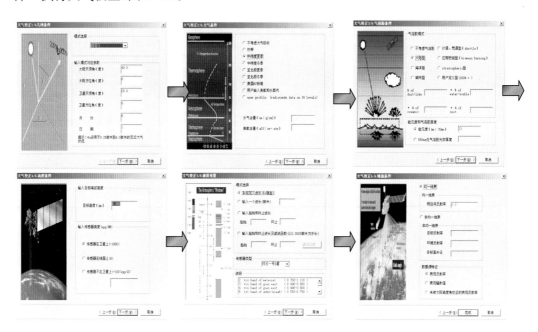

图 6-34　导航式的大气校正功能界面

（5）几何精纠正

对所使用图像进行几何精纠正是制作水环境遥感专题图的基本要求。主要操作过程:打开待纠图像和参考遥感图像→图像处理→工具箱→地面控制点几何精纠正→图像对图像 GCP 选点→执行几何精纠正(图 6-35)。

（6）建立图像掩膜

为进行水体边界提取,需要建立图像掩膜,它是一幅二值图像,符合要求的区域的像素值为 1,不符合要求的区域的像素值为 0。一般选择 TM 数据的第五波段来提取水体边界。主要操作过程:遥感图像处理→打开 5 波段的灰度图像→参数设置(工具箱)→图像增强→直方图显示→选择输出文件名→建立图像掩膜(图 6-36,图 6-37)。

在参数设置时,波段最小值:0;波段最大值:第一、二波峰之间的波谷对于灰度值;像素最小数量:1000。需要注意的是得到掩膜图像出现很多孤立的散点,如果散点连通成一片区域,达到 1000 个散点连在一起就保留这个图斑,如小于这个点数,这些散点就去掉,使生成的掩膜比较完整。

图 6-35　图像选择与几何精纠正

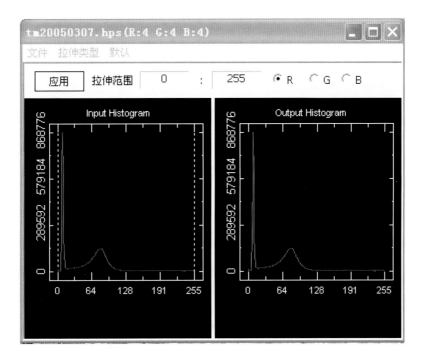

图 6-36　TM5 波段图像直方图显示

　　从图 6-36 可以看出,水体在第五波段上值很低,集中在 0～16。而其他地物灰度分布在 16～255。所以,选择第一、二波峰之间的波谷对应的灰度值 16 为掩膜的波段最大值,水体的最小值就是波段最小值。

　　(7) 掩膜应用

　　利用掩膜应用功能可将经过辐射定标和大气校正的图像与掩膜图像相乘,得到制图

图 6-37 建立掩膜选择图像与图像标识定义

图 6-38 选择掩膜图像与掩膜图像应用

区的遥感数据产品。主要操作过程:遥感图像处理→工具箱→图像掩膜(局部运算)→命名输出图像→掩膜应用(图 6-38)。

(8)水质参数反演

系统在水环境遥感监测模型库支持下,利用遥感模型子系统功能计算水环境遥感监测指标。主要操作过程:水质遥感数据选择→反演模型选择→根据模型要求选择合适的图像(经辐射定标和大气校正后的图像)→2/4 波段映射→3/4 结果后处理→4/4 产品输出(执行水质反演模型)。

选择要进行水质反演的遥感数据后,系统会弹出反演模型选择对话框,点击"从数据库中提取模型信息",数据库中反演相应指标的模型便会显示在模型列表框中,单击模型列表框中的模型名称,被选中的模型信息便会显示在相应的文本框中(图 6-39~图 6-43)。

图 6-39 选择水质污染指标浓度反演模型图像

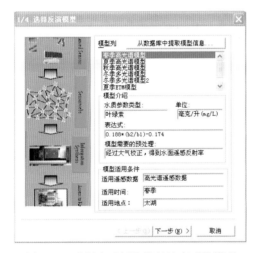

图 6-40 选择水质污染指标浓度反演模型

图 6-41 波段映射

图 6-42 水质污染指标浓度反演模型结果后处理

图 6-43 水质污染指标浓度反演模型产品输出

（9）专题产品制作

经过上述图像处理，应用太湖水体环境遥感监测实验软件进行专题图制作举例如下。

**叶绿素浓度专题图**　通过太湖水体环境遥感监测实验软件模型库中的"冬季多光谱模型"计算得到

$$叶绿素 a 浓度(mg/m^3) = 58.456 * b_5/b_2 - 0.0042$$

式中，$b_2$ 为波长范围为 520～600nm 的波段（TM2）经过大气校正得到的水面反射率；$b_5$ 为波长范围为 1550～1750nm 的波段（TM5）经过大气校正得到的水面反射率。太湖水体环境遥感监测实验软件系统输出的 2003 月 11 月 13 日太湖叶绿素浓度专题图如图 6-44 所示。

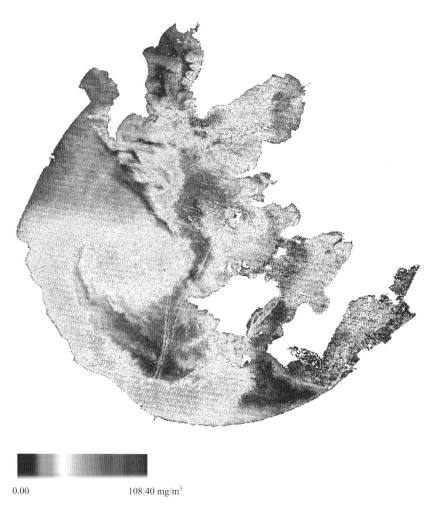

0.00　　　　　　　　　108.40 mg/m³

图 6-44　2003 年 11 月 13 日太湖叶绿素浓度图

**水华空间分布专题图** 水华区域往往表现出植被的特征,因此利用 NDVI 来区分水华。我们对 NDVI 图像进行密度分割,同时对照标准假彩色图像(图像中水华区域为红色),选择使得水华区域与假彩色合成图像中的红色区域吻合的阈值,利用该阈值对 ND-VI 图像进行阈值分割。由于东太湖地区存在大量水生植被,该区域的 NDVI 也比较高,与水华区域难以区分。TM 第 2 波段两者区别较大,水华区域的 TM2 的反射率明显高于水生植被,因此再设定一个阈值,可判别水华区域 0、1 图像,像素为 1 的部分就是水华区域(用白色表示)。太湖水体环境遥感监测实验软件系统输出的 2003 月 11 月 13 日太湖水华空间分布专题图如图 6-45 所示。

图 6-45　2003 年 11 月 13 日太湖水华分布图(白色部分)

**营养状态指数专题图**　　根据上述反演得到的 2003 年 11 月 13 日太湖叶绿素浓度数据,通过太湖水体环境遥感监测实验软件模型库中的"叶绿素相对模型"计算得到

$$营养状态指数 = 9.81 * \lg(b_1) + 30.6$$

其中:$b_1$ 为叶绿素 a 浓度,单位为 $mg/m^3$。太湖水体环境遥感监测实验软件系统输出的 2003 月 11 月 13 日太湖营养状态指数专题图如图 6-46 所示。

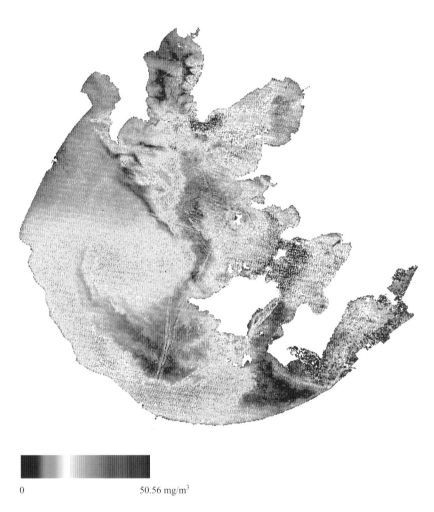

0　　　　　　　　　　　50.56 mg/m³

图 6-46　2003 年 11 月 13 日太湖营养状态指数图

**悬浮物浓度专题图**　由大气校正得到的水面反射率数据,通过太湖水体环境遥感监测实验软件模型库中的"冬季多光谱模型 2"计算得到

$$悬浮物浓度(mg/L) = \exp(-2.797 + 13.732 * b_2 + 2.695 * b_3/b_1)$$

式中,$b_3$ 为波长范围为 630~690nm 的波段(TM3)经过大气校正得到的水面反射率,$b_2$ 为波长范围为 520~600nm 的波段(TM2)经过大气校正得到的水面反射率;$b_1$ 为波长范围为 450~520nm 的波段(TM1)经过大气校正得到的水面反射率。太湖水体环境遥感监测实验软件系统输出的 2003 月 11 月 13 日太湖悬浮物浓度专题图如图6-47 所示。

0.00　　　　　　386.30 mg/L

图 6-47　2003 年 11 月 13 日太湖悬浮物浓度图

**水温空间分布专题图**　由经辐射定标得到的大气层顶辐亮度数据，通过太湖水体环境遥感监测实验软模型库中的"TM 模型"计算得到

$$水温(℃) = 1260.56/\lg(607.76/b_6 + 1) - 265.642$$

式中，$b_6$ 为 TM 第 6 波段大气层顶辐亮度。太湖水体环境遥感监测实验软件系统输出的 2003 月 11 月 13 日太湖水温专题图如图 6-48 所示。

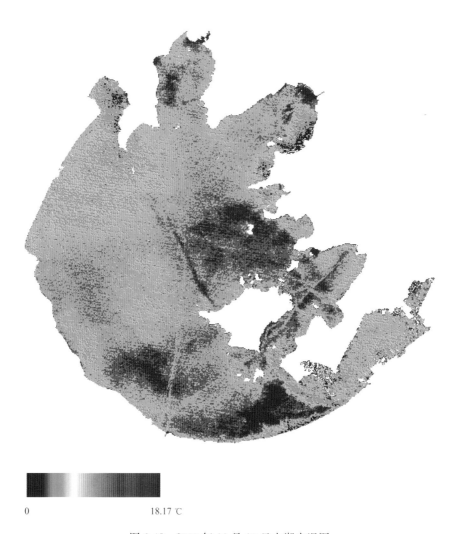

0　　　　　　　　18.17 ℃

图 6-48　2003 年 11 月 13 日太湖水温图

　　**排污口监测专题图**　将水温图像进行密度分割,发现太湖右上角温度异常高。对照假彩色合成图像,发现该处位于湖边的河口处,说明工厂向该河流中排放温度较高的废水导致。可利用密度分割发现异常区域:选择 1 个阈值,对温度图像进行阈值分割,得到热污染区域(图像中像素为 1 的区域)即排污口图像。太湖水体环境遥感监测实验软件系统输出的 2003 月 11 月 13 日太湖排污口监测专题图如图 6-49 所示,右上角的红色区域为热污染区域,即排污口。

图 6-49　2003 年 11 月 13 日太湖排污口区域示意图(红色部分)

# 第七章　太湖水体环境遥感监测实验软件系统业务应用示范

## 7.1　业务应用示范主要目的和内容

以我国流域水环境管理需求最为迫切的太湖为示范区,按太湖水环境遥感监测和管理的业务要求,实际运行太湖水体环境遥感监测实验软件,对所选取的示范区典型遥感数据进行实地处理、分析、评价和制图,检验本实验所建立的太湖水环境遥感监测模型与方法的应用效果,验证太湖水体环境遥感监测实验软件的实际性能,为形成业务化的流域水环境遥感监测技术体系、建立适合我国流域水环境遥感监测的业务平台提供技术参考。

根据本书3.9.2业务示范主要技术流程(图3-20),本实验业务示范将在建立示范数据库(包括各种影像数据、环境质量、污染源数据、自然地理数据、光谱数据、GCP 数据等)的基础上,利用太湖水体环境遥感监测实验软件所提供的图像处理、模型应用等功能进行示范区遥感数据处理、水环境遥感监测指标信息反演,并对反演精度和系统运行效果进行分析,通过业务示范生产太湖叶绿素浓度、总磷、总氮、悬浮物浓度分布图等专题数据产品。

本次应用示范共采用10景美国陆地卫星遥感数据,获取日期分别是:1997 年 5 月、1998 年 7 月、1998 年 8 月、2000 年 5 月、2001 年 1 月、2002 年 7 月、2003 年 11 月、2004 年7 月、2005 年 3 月和 2005 年 4 月。共生产太湖水质专题图 63 幅。

## 7.2　基于 1997 年 5 月 4 日 Landsat TM 数据的太湖水质遥感监测实验

### 7.2.1　97-05 地面例行监测

1997 年 5 月份太湖各测点水质污染严重,全湖共 16 个测点,除泽山水质为 V 类标准以外,其余 15 个测点水质均劣于 V 类标准。总磷污染严重,有 8 个测点的水质为 V 类标准或劣于 V 类标准,占总数的 50%,其余测点水质为 IV 类标准,占总数的 50%。总氮污染非常严重,所有测点水质均劣于 V 类标准。透明度较好,均为 I 类标准。COD$_{Mn}$较好,有8 个测点水质属于 II 类标准,占总数的 50%;6 个测点水质属于 III 类标准,占总数的 38%;2 个测点水质属于 IV 类标准,占总数的 12%。本月没有监测悬浮物。叶绿素 a 污染较为严重,3 个测点水质属于 V 类标准,占总数的 19%;11 个测点水质属于 IV 类标准,占总数的 69%;2 个测点水质属于 III 类标准,占总数的 12%。综合营养状态指数 TLIc 的计算结果显示,全湖富营养化程度较高,水质为中度富营养或重度富营养的测点共有 7 个,占总数的 44%;其余测点水质为轻度富营养,占总数的 56%。

利用太湖水体环境遥感监测实验软件制作当月太湖各监测项目水质评价专题图,见图7-1~图7-6。

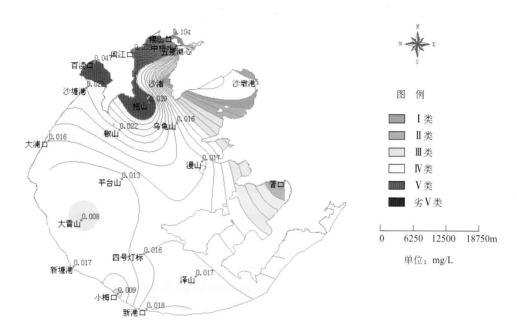

图 7-1　1997 年 5 月太湖湖体叶绿素 a 浓度等级分布与水质评价图

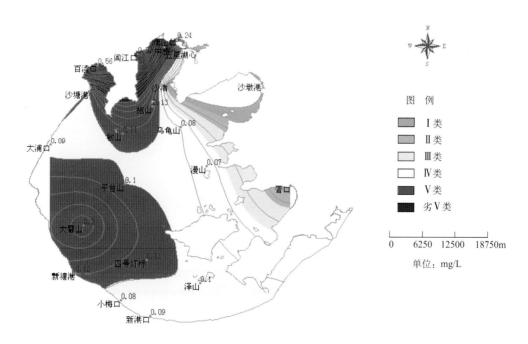

图 7-2　1997 年 5 月太湖湖体总磷浓度等级分布与水质评价图

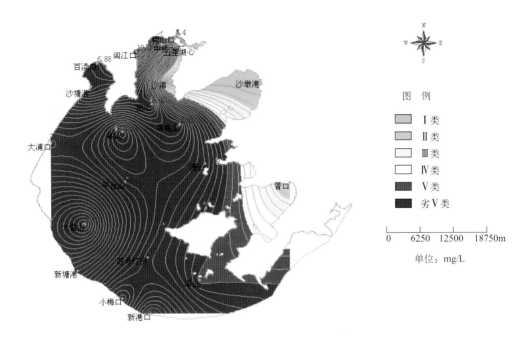

图 7-3　1997 年 5 月太湖湖体总氮浓度等级分布与水质评价图

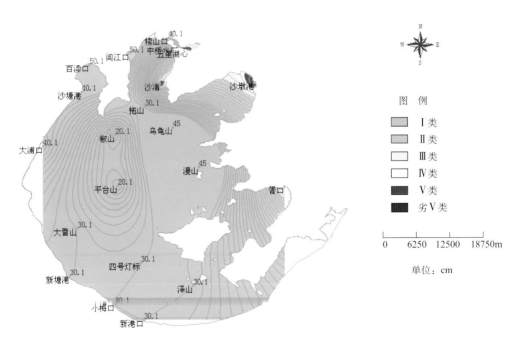

图 7-4　1997 年 5 月太湖湖体透明度等级分布与水质评价图

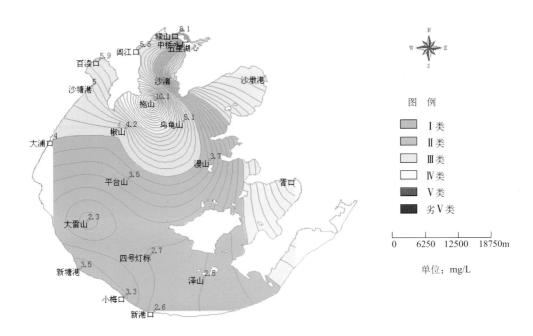

图 7-5　1997 年 5 月太湖湖体高锰酸盐指数分布与水质评价图

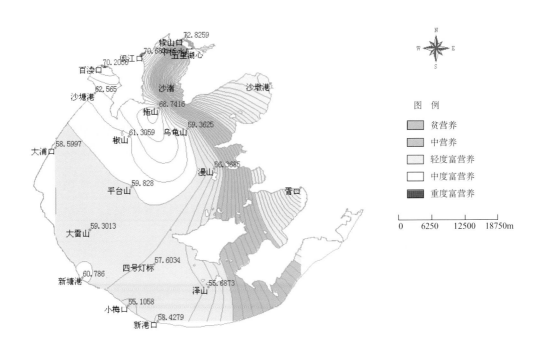

图 7-6　1997 年 5 月太湖湖体 TLIc 浓度等级分布图

### 7.2.2　97-05-04 遥感监测实验

本实验所采用的 1997 年 5 月 4 日 Landsat TM 数据如图 7-7 所示。

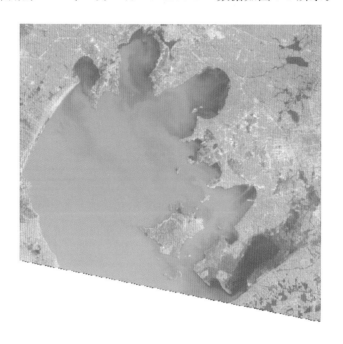

图 7-7　1997 年 5 月 4 日太湖湖体 Landsat TM 假彩色(432)合成图

　　利用太湖水体环境遥感监测实验软件对该图像进行几何精纠正、辐射定标、计算行星反射率、对图像进行 5×5 像素的低通滤波、遥感参数反演。

　　**几何精纠正**　　使用 1：50000 地形图进行几何纠正，纠正的平均误差和最大误差均小于 1 个像元。

　　**辐射定标**　　利用太湖水环境遥感监测实验系统遥感图像数据预处理中的辐射定标功能，将可见光红外图像的 DN 值转换为具有物理意义的辐射值。辐射定标参数如表 7-1。

表 7-1　1997 年 5 月 Landsat TM 数据辐射定标参数表

| 波段 | 增益 | 偏置 |
| --- | --- | --- |
| 1 | 0.6024 | −1.52 |
| 2 | 1.1751 | −2.84 |
| 3 | 0.8058 | −1.17 |
| 4 | 0.8145 | 1.51 |
| 5 | 0.1081 | −0.37 |
| 6 | 0.0551 | 1.2378 |
| 7 | 0.0570 | −0.15 |

**行星反射率计算**　利用太湖水体环境遥感监测实验软件遥感图像数据处理中内置的表观反射率计算功能,参数选取如图 7-8 所示。其中,太阳天顶角＝90－太阳高度角,太阳高度角从头文件读取得到。

**叶绿素 a 浓度反演**　使用太湖水体环境遥感监测实验软件模型应用功能,确定叶绿素 a 浓度反演模型为:$0.0542＋0.1668 * NDVI$,其中 $NDVI＝(b_4－b_3)/(b_4＋b_3)$,$b_3$ 为 TM3,$b_4$ 为 TM4。水质类别评价标准采用《地表水环境质量标准》(GB3838-2002)。太湖水体环境遥感监测实验软件运行结果见图 7-9。从该专题图可以看到,1997 年 5 月太湖湖体叶绿素 a 水质类别介于Ⅲ类～劣Ⅴ类之间,五里湖区和东南部沿岸区叶绿素 a 浓度最高,水质类别劣于Ⅴ类,湖区沿岸叶绿素 a 浓度相对较高,水质类别为Ⅴ类,湖区内部叶绿素 a 浓度较低,水质类别为Ⅳ类。

图 7-8　计算 1997 年 5 月 Landsat TM 数据表观反射率参数图

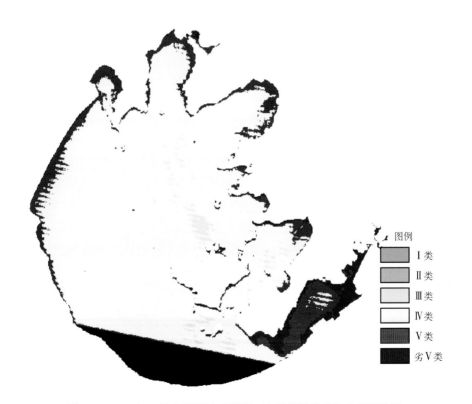

图 7-9　1997 年 5 月太湖湖体叶绿素 a 浓度等级分布与水质评价图

**总氮浓度反演**　　　使用太湖水体环境遥感监测实验软件模型应用功能,确定总氮浓度反演模型为:$3.67-58.98*NDTN$,其中 $NDTN=(b_2-b_1)/(b_2+b_1)$,$b_1$ 为 TM1,$b_2$ 为 TM2。水质类别评价标准采用《地表水环境质量标准》(GB3838-2002)。太湖水体环境遥感监测实验软件运行结果见图 7-10。从该专题图可以看到,1997 年 5 月太湖湖体总氮浓度普遍偏高,水质类别均劣于 V 类。

图例
- I 类
- II 类
- III 类
- IV 类
- V 类
- 劣 V 类

图 7-10　1997 年 5 月太湖湖体总氮浓度等级分布与水质评价图

**总磷浓度反演**　　　使用太湖水体环境遥感监测实验软件模型应用功能,确定总磷水质反演模型为:$1.83-14.18*b_1$,其中 $b_1$ 为 TM1。水质类别评价标准采用《地表水环境质量标准》(GB3838-2002)。太湖水体环境遥感监测实验软件运行结果见图 7-11。从该专题图可以看到,1997 年 5 月太湖湖体总磷水质类别介于 III 类～劣 V 类之间,东部沿岸区、梅梁湖、五里湖区和北部沿岸区总磷浓度最高,水质类别劣于 V 类,湖心区总磷浓度相对较低,水质类别为 V 类。

**悬浮物浓度反演**　　　使用太湖水体环境遥感监测实验软件模型应用功能,确定悬浮物水质反演模型为:$\exp(5.692+11.755*NDSS)$,其中 $NDSS=(b_3-b_1)/(b_3+b_1)$,$b_1$ 对应 TM1,$b_3$ 对应 TM3。太湖水体环境遥感监测实验软件运行结果见图 7-12。从该专题图可以看到,1997 年 5 月太湖湖体西部沿岸区悬浮物浓度相对较高,东部沿岸区悬浮物浓度相对较低,悬浮物浓度由西部沿岸区向东部沿岸区递减。

### 7.2.3　星地监测结果比对分析

(1)叶绿素 a 浓度

基于太湖水体环境遥感监测实验软件的叶绿素 a 浓度反演模型逐像元估算 1997 年 5 月 4 日太湖湖体叶绿素浓度值,将估算结果与地面例行监测数据进行比对情况如图

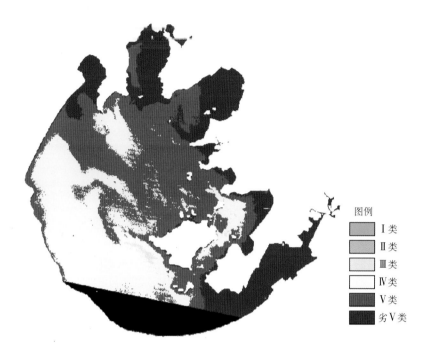

图例

I 类

II 类

III 类

IV 类

V 类

劣 V 类

图 7-11　1997 年 5 月太湖湖体总磷浓度等级分布图

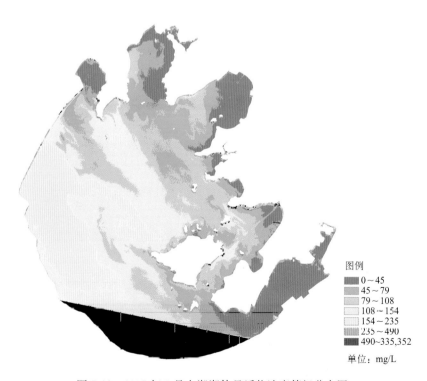

图例

0～45

45～79

79～108

108～154

154～235

235～490

490～335,352

单位：mg/L

图 7-12　1997 年 5 月太湖湖体悬浮物浓度等级分布图

7-13所示。结果显示,水质遥感反演模型估算值与地面实测值的最大绝对误差为0.53,最小绝对误差为0,最大相对误差为151.3%,最小相对误差为1.2%,平均相对误差为48.8%(表7-2)。

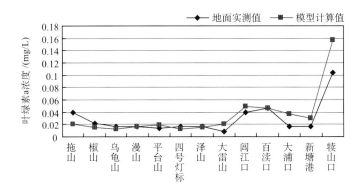

图 7-13　1997 年 5 月 4 日太湖湖体叶绿素 a 浓度遥感估算与地面监测值比对图

表 7-2　1997 年 5 月叶绿素 a 浓度值星地比对结果误差描述

| 最大绝对误差 | 最小绝对误差 | 最大相对误差 | 最小相对误差 | 平均相对误差 |
| --- | --- | --- | --- | --- |
| 0.53 | 0 | 151.3% | 1.2% | 48.8% |

根据《地表水环境质量标准》(GB3838-2002),遥感监测评价模型估算结果和地面实测结果的水质类别比对情况如图 7-14 所示。结果显示,有 69.2%的监测断面两者水质评价结果保持一致。

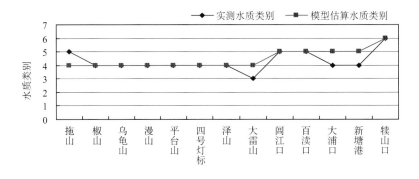

图 7-14　1997 年 5 月太湖湖体叶绿素 a 模型估算水质类别与实测水质类别比对图

(2)总氮浓度

基于太湖水体环境遥感监测实验软件的总氮反演模型逐像元估算 1997 年 5 月 4 日太湖湖体总氮浓度值,将估算结果与地面例行监测数据进行比对情况如图 7-15 所示。结果显示,水质遥感反演模型估算值与地面实测值的最大绝对误差为 4.57,最小绝对误差为 0.27,平均相对误差为 28.9%(表 7-3)。

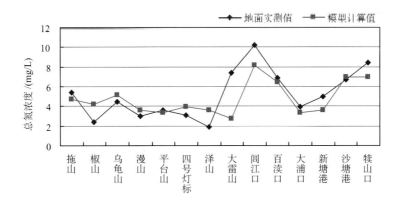

图 7-15　1997 年 5 月 4 日太湖湖体总氮遥感估算浓度值与地面监测值比对图

**表 7-3　1997 年 5 月总氮浓度值星地比对结果误差描述**

| 最大绝对误差 | 最小绝对误差 | 最大相对误差 | 最小相对误差 | 平均相对误差 |
| --- | --- | --- | --- | --- |
| 4.57 | 0.27 | 89% | 4.3% | 28.9% |

根据《地表水环境质量标准》(GB3838-2002),遥感监测评价模型估算结果和地面实测结果的水质类别比对情况如图 7-16 所示。结果显示,有 92.9% 的监测断面两者水质评价结果保持一致,基本上可以满足环境管理的需求。

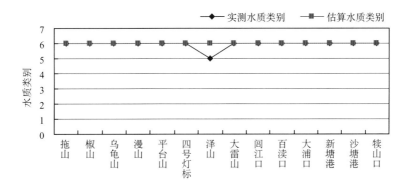

图 7-16　1997 年 5 月太湖湖体总氮模型估算水质类别与实测水质类别比对图

（3）总磷浓度

基于太湖水体环境遥感监测实验软件的总磷反演模型逐像元估算 1997 年 5 月 4 日太湖湖体总磷浓度值,将估算结果与地面例行监测数据进行比对情况如图 7-17 所示。结果显示:水质遥感反演模型估算值与地面实测值的最大绝对误差为 0.232,最小绝对误差为 0.0066,平均相对误差为 47.4%（表 7-4）。

根据《地表水环境质量标准》(GB3838-2002),遥感监测评价模型估算结果和地面实测结果的水质类别比对情况如图 7-18 所示。结果显示,有 53.8% 的监测断面两者水质评价结果保持一致。

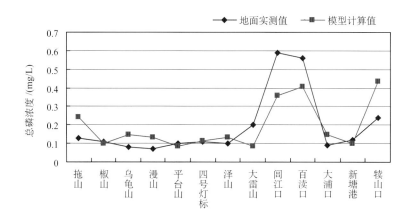

图 7-17　1997 年 5 月 4 日太湖湖体总磷遥感估算浓度值与地面监测值比对图

**表 7-4　1997 年 5 月总磷浓度值星地比对结果误差描述**

| 最大绝对误差 | 最小绝对误差 | 最大相对误差 | 最小相对误差 | 平均相对误差 |
| --- | --- | --- | --- | --- |
| 0.232 | 0.0066 | 89.6% | 6.0% | 47.4% |

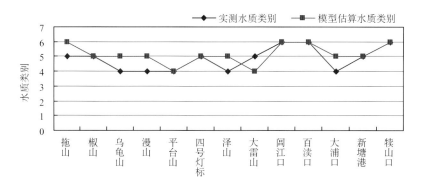

图 7-18　1997 年 5 月太湖湖体总磷模型估算水质类别与实测水质类别比对图

# 7.3　基于 1998 年 7 月 10 日 Landsat TM 数据的太湖水质遥感监测实验

### 7.3.1　98-07 地面例行监测

　　1998 年增加了五里湖心、胥口、犊山口和中桥水厂等 4 个测点,全湖共有 20 个测点。1998 年 7 月份太湖各测点水质较 1997 年 5 月稍微有所改善,污染仍然严重,所有测点水质均为Ⅴ类标准或劣于Ⅴ类标准,其中有 7 个测点水质为Ⅴ类标准,占总数的 35%;其余测点水质均劣于Ⅴ类标准,占总数的 65%。总磷污染较 1997 年 5 月有所改善,但污染仍然严重,有 7 个测点的水质为 Ⅴ 类标准或劣于 Ⅴ 类标准,占总数的 35%;有 6 个测点水质为 Ⅳ 类标准,占总数的 30%;其余 7 个测点水质为 Ⅲ 类标准或 Ⅱ 类标准,占总数的 35%。总氮污染仍然严重,全湖除胥口水质为 Ⅲ 类标准以外,其余 19 个测点水质均为 Ⅴ 类标准或劣于 Ⅴ 类标准。透明度较好,均属于 Ⅰ 类标准。COD$_{Mn}$污染较 1997 年 5 月有所下降,水质属于 Ⅱ 类标准或 Ⅰ 类标准的测点有 11 个,占总数的 55%;水质属于 Ⅲ 类、Ⅳ 类或 Ⅴ 类标准的测点各为 3 个,分别都占总数的 15%。当月没有监测悬浮物。叶绿素 a 污染比较严重,水质属于 Ⅴ 类标准或劣于 Ⅴ 类标准的测点有 5 个,占总数的 25%;水质属于 Ⅳ 类标准的测点有 6 个,占总数的 30%;水质属于 Ⅲ 类或 Ⅱ 类标准的测点有 9 个,占总数的 45%。综合营养状态指数 TLIc 的计算结果显示,太湖富营养化程度比较高,以轻度富营养和中度富营养为主。

利用太湖水体环境遥感监测实验软件制作当月太湖各监测项目水质评价专题图见图 7-19～图 7-24。

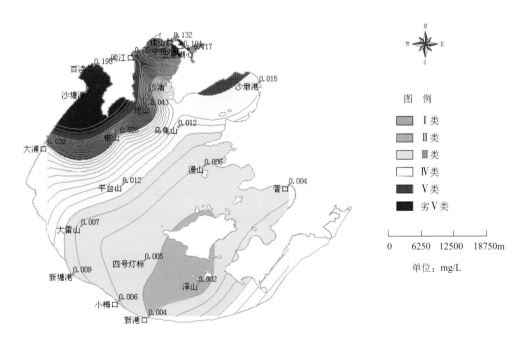

图 7-19　1998 年 7 月太湖湖体叶绿素 a 浓度等级分布与水质评价图

### 7.3.2　98-07-10 遥感监测实验

本实验所采用的 1998 年 7 月 10 日 Landsat TM 数据源如图 7-25 所示。

利用太湖水体环境遥感监测实验软件对该图像进行几何精纠正、辐射定标、计算行星反射率、对图像进行 5×5 像素的低通滤波、遥感参数反演。其中几何精纠正与辐射定标过程与 7.2.2 类似。

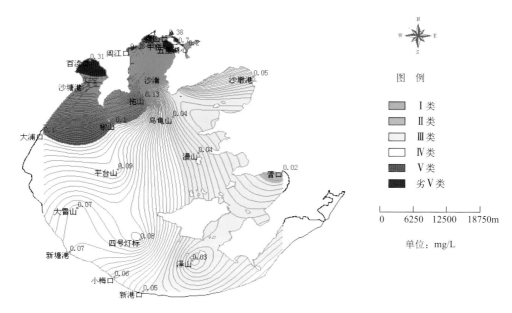

图 7-20　1998 年 7 月太湖湖体总磷浓度等级分布与水质评价图

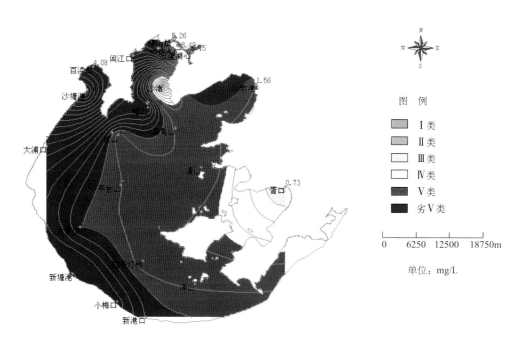

图 7-21　1998 年 7 月太湖湖体总氮浓度等级分布与水质评价图

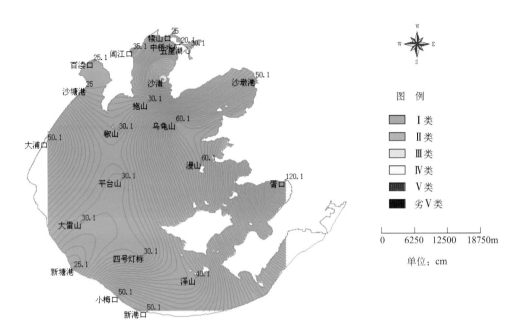

图 7-22　1998 年 7 月太湖湖体透明度等级分布与水质评价图

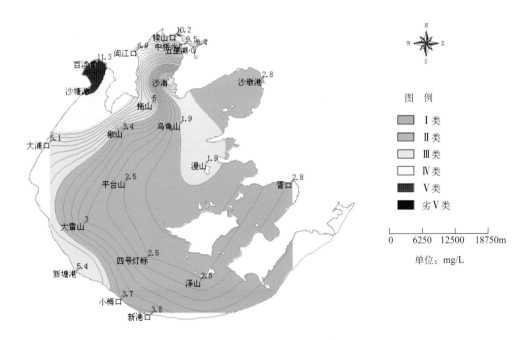

图 7-23　1998 年 7 月太湖湖体高锰酸盐指数等级分布与水质评价图

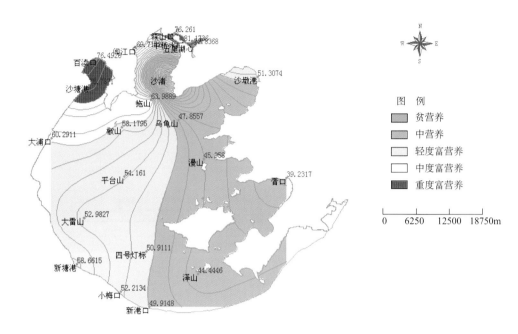

图 7-24　1998 年 7 月太湖湖体富营养化指数等级分布图

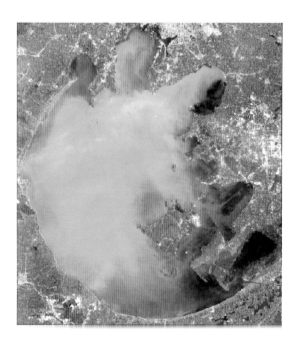

图 7-25　1998 年 7 月 10 日太湖湖体 Landsat TM 假彩色(432)合成图

行星反射率计算参数选取如下：

图 7-26　计算表观反射率参数图

**叶绿素 a 浓度反演**　　使用太湖水体环境遥感监测实验软件模型应用功能，确定叶绿素 a 水质污染指标浓度反演模型为：$\exp(-2.602+14.709 * NDVI)$，其中 $NDVI=(b_4-b_3)/(b_4+b_3)$；$b_3$ 对应 TM3，$b_4$ 对应 TM4。水质类别评价标准采用《地表水环境质量标准》(GB3838-2002)。太湖水体环境遥感监测实验软件运行结果见图 7-27。从该专题图可以看到，1998 年 7 月太湖湖体叶绿素 a 水质类别介于Ⅱ类～劣Ⅴ类之间，梅梁湖、五里湖、西部沿岸湖区和东部沿岸湖区叶绿素 a 含量较高，湖心区叶绿素 a 含量较低，水质类别为Ⅱ类。

**总氮浓度反演**　　使用太湖水体环境遥感监测实验软件模型应用功能，确定总氮水质污染指标浓度反演模型为：$1.71-30.83 * NDTN+3.76 * NDVI$，其中 $NDTN=(b_2-b_1)/(b_2+b_1)$，$NDVI=(b_4-b_3)/(b_4+b_3)$，$b_1$ 对应 TM1，$b_2$ 对应 TM2，$b_3$ 对应 TM3，$b_4$ 对应 TM4。水质类别评价标准采用《地表水环境质量标准》(GB3838-2002)。太湖水体环境遥感监测实验软件运行结果见图 7-28。从该专题图可以看到，1998 年 7 月太湖湖体总氮水质类别介于Ⅲ类～劣Ⅴ类之间，无锡小溪港和部分湖心区总氮水质类别处于Ⅳ类状态，其余湖区总氮水质类别均为劣Ⅴ类。

**总磷浓度反演**　　使用太湖水体环境遥感监测实验软件模型应用功能，确定总磷水质污染指标浓度反演模型为：$0.52-3.13 * B1+0.428 * NDVI$，其中 $NDVI=(b_4-b_3)/(b_4+b_3)$，$b_3$ 对应 TM3，$b_4$ 对应 TM4。水质类别评价标准采用《地表水环境质量标准》(GB3838-2002)。太湖水体环境遥感监测实验软件运行结果见图 7-29。从该专题图可以看到，1998 年 7 月太湖湖体总磷水质类别介于Ⅲ类～劣Ⅴ类之间，东部沿岸区，梅梁湖、

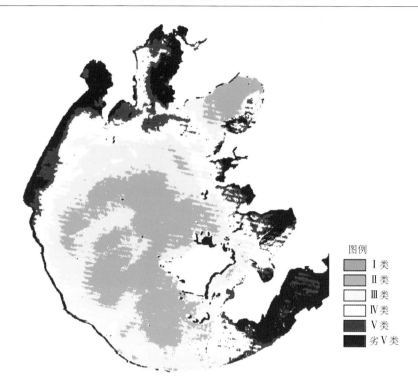

图 7-27　1998 年 7 月太湖湖体叶绿素 a 水质类别图

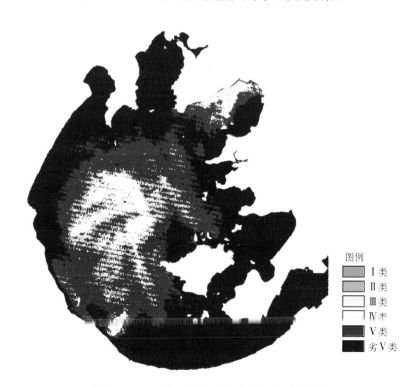

图 7-28　1998 年 7 月太湖湖体总氮水质类别图

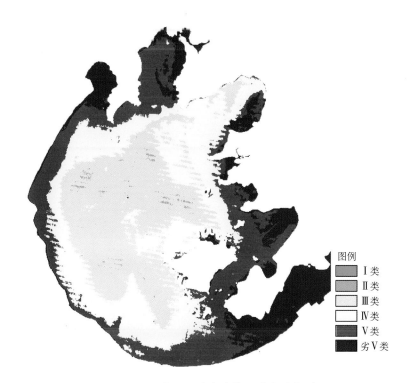

图 7-29　1998 年 7 月太湖湖体总磷水质类别图

五里湖区和北部沿岸区总磷浓度较高,水质类别劣于 V 类,湖心区总磷浓度分布相对较低,水质类别为 Ⅲ 类。

**悬浮物浓度反演**　　使用太湖水体环境遥感监测实验软件模型应用功能,确定悬浮物水质污染指标浓度反演模型:$\exp(7.877+23.832*NDSS)$,其中 $NDSS=(b_3-b_1)/(b_3+b_1)$,$b_1$ 对应 TM1,$b_3$ 对应 TM3。太湖水体环境遥感监测实验软件运行结果见图 7-30。从该专题图可以看到,1998 年 7 月太湖湖体沿岸地区悬浮物浓度较低,湖心区悬浮物浓度较高。

### 7.3.3　星地监测结果比对分析

(1) 叶绿素 a 浓度

基于太湖水体环境遥感监测实验软件的叶绿素 a 水质反演模型逐像元估算 1998 年 7 月 10 日太湖湖体叶绿素浓度值,将估算结果与地面例行监测数据进行比对情况如图 7-31 所示。结果显示:遥感模型估算结果与实际监测数据的变化规律保持了较好的一致性,两者的平均相对误差为 45.8% (表 7 5)。

根据《地表水环境质量标准》(GB3838-2002),遥感监测评价模型估算结果和地面实测结果的水质类别比对情况如图 7-32 所示。结果显示,有 62.5% 的监测断面两者水质评价结果保持一致。

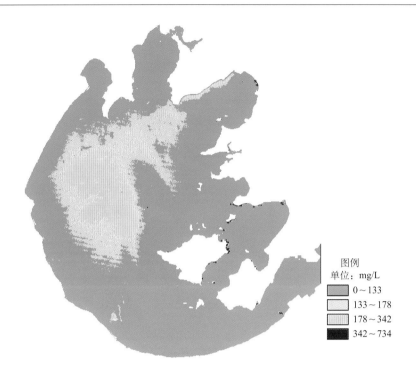

图 7-30　1998 年 7 月太湖湖体悬浮物浓度分布图

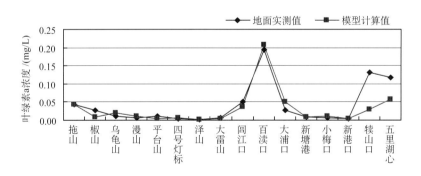

图 7-31　1998 年 7 月 10 日太湖湖体叶绿素 a 浓度遥感估算与地面监测值比对图

**表 7-5　1998 年 7 月叶绿素 a 浓度值星地比对结果误差描述**

| 最大绝对误差 | 最小绝对误差 | 最大相对误差 | 最小相对误差 | 平均相对误差 |
| --- | --- | --- | --- | --- |
| 0.1028 | 0.0002 | 96.67% | 2.22% | 45.8% |

（2）总氮浓度

　　基于太湖水体环境遥感监测实验软件的总氮反演模型逐像元估算 1998 年 7 月 10 日太湖湖体总氮浓度值,将估算结果与地面例行监测数据进行比对情况如图 7-33 所示。结果显示:1998 年 7 月的遥感反演数据与地面实测数据比较同步,估算结果较好,最小相对误差为 0.7%,最大相对误差为 37.7%,平均相对误差仅为 18.6%(表 7-6)。

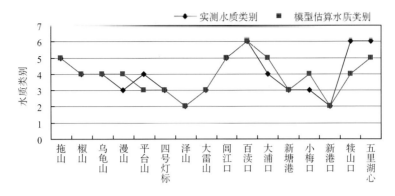

图 7-32　1998 年 7 月太湖湖体叶绿素 a 模型估算水质类别与实测水质类别比对图

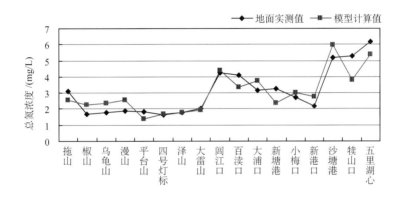

图 7-33　1998 年 7 月 10 日太湖湖体总氮遥感估算浓度值与地面监测值比对图

**表 7-6　1998 年 7 月总氮浓度值星地比对结果误差描述**

| 最大绝对误差 | 最小绝对误差 | 最大相对误差 | 最小相对误差 | 平均相对误差 |
|---|---|---|---|---|
| 1.47 | 0.01 | 37.7% | 0.7% | 18.6% |

　　根据《地表水环境质量标准》(GB3838-2002),遥感监测评价模型估算结果和地面实测结果的水质类别比对情况如图 7-34 所示。结果显示,有 76.5% 的监测断面两者水质评价结果保持一致。

　　(3) 总磷浓度

　　基于太湖水体环境遥感监测实验软件的总磷反演模型逐像元估算 1998 年 7 月 10 日太湖湖体总磷浓度值,将估算结果与地面例行监测数据进行比对情况如图 7-35 所示。结果显示:1998 年 7 月的遥感反演数据与地面实测数据变化规律比较一致,两者的最大绝对误差为 0.214,最小绝对误差为 0.005,平均相对误差为 49.6%(表 7-7)。

　　根据《地表水环境质量标准》(GB3838-2002),遥感监测评价模型估算结果和地面实测结果的水质类别比对情况如图 7-36 所示。结果显示,有 46.7% 的监测断面两者水质评价结果保持一致。

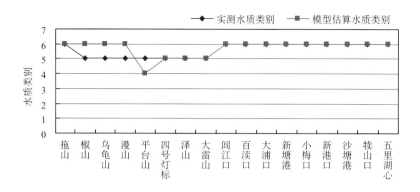

图 7-34 1998 年 7 月太湖湖体总氮模型估算水质类别与实测水质类别比对图

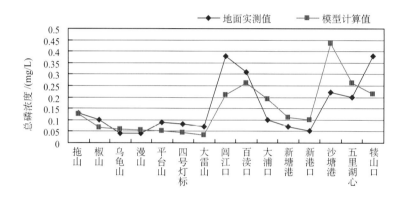

图 7-35 1998 年 7 月 10 日太湖湖体总磷遥感估算浓度值与地面监测值比对图

**表 7-7 1998 年 7 月总磷浓度值星地比对结果误差描述**

| 最大绝对误差 | 最小绝对误差 | 最大相对误差 | 最小相对误差 | 平均相对误差 |
| --- | --- | --- | --- | --- |
| 0.214 | 0.005 | 97.3% | 4.0% | 49.6% |

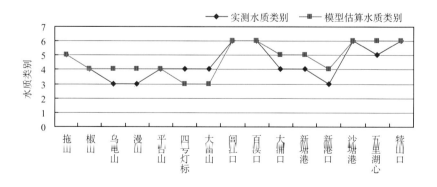

图 7-36 1998 年 7 月太湖湖体总磷模型估算水质类别与实测水质类别比对图

# 7.4　基于 1998 年 8 月 11 日 Landsat TM 数据的太湖水质遥感监测实验

### 7.4.1　98-08 地面例行监测

1998 年 8 月份太湖各测点水质较 1998 年 7 月有所改善,但污染仍然严重,全湖有 11 个测点的水质为 V 类标准或劣于 V 类标准,占总数的 55%;有 6 个测点水质为 IV 类标准,占总数的 30%;有 3 个测点水质为 III 类标准,占总数的 15%。总磷污染较 1998 年 7 月有所改善,有 9 个测点的水质为 V 类标准或劣于 V 类标准,占到总数的 45%;其余测点水质为 IV 类标准,占到总数的 55%。总氮污染仍然严重,除胥口水质为 IV 类标准外,其余测点水质均为 V 类标准或劣于 V 类标准。透明度较好,均为 I 类水平。COD$_{Mn}$污染较 1998 年 7 月有所加重,水质为 II 类的测点仅有 5 个,占总数的 25%;水质为 III 类以上的测点有 15 个,占总数的 75%。叶绿素 a 污染比较严重,水质属于 V 类或劣 V 类标准的测点有 8 个,占总数的 40%;水质属于 IV 类标准的测点有 6 个,占总数的 30%;水质属于 III 类或 II 类标准的测点有 6 个,占总数的 30%。综合营养状态指数 TLIc 的计算结果显示,太湖富营养化程度有所改善,中营养程度的测点有 6 个,占总数的 30%;属于轻度富营养的测点有 7 个,占总数的 35%;中度富营养以上的测点有 7 个,占总数的 35%。

利用太湖水体环境遥感监测实验软件制作当月太湖各监测项目水质评价专题图见图 7-37～图 7-42。

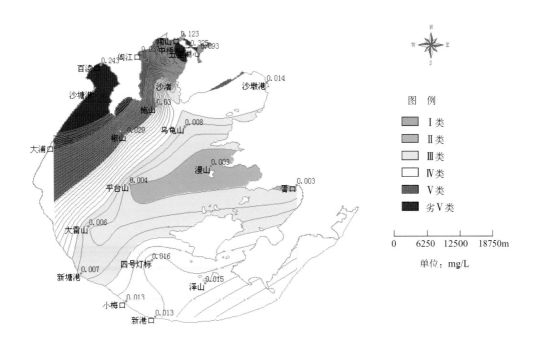

图 7-37　1998 年 8 月太湖湖体叶绿素 a 浓度分布与水质评价图

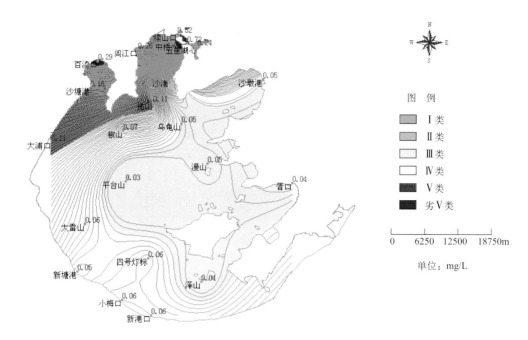

图 7-38　1998 年 8 月太湖湖体总磷浓度等级分布与水质评价图

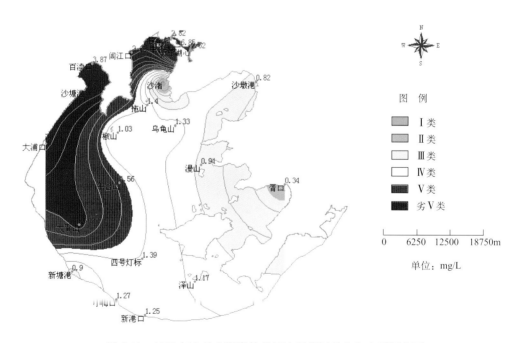

图 7-39　1998 年 8 月太湖湖体总氮浓度等级分布与水质评价图

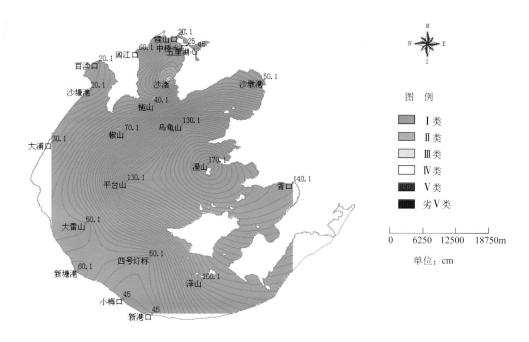

图 7-40 1998 年 8 月太湖湖体透明度等级分布与水质评价图

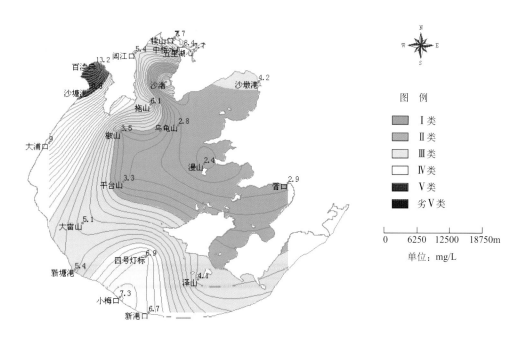

图 7-41 1998 年 8 月太湖湖体高锰酸盐指数等级分布与水质评价图

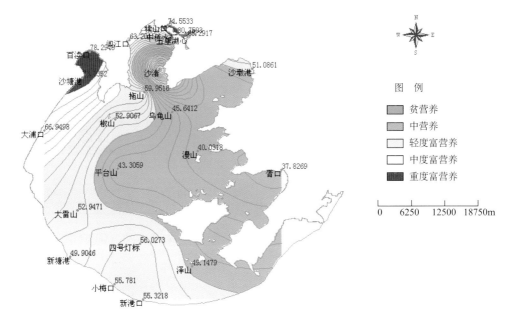

图 7-42　1998 年 8 月太湖湖体 TLIc 分布图

### 7.4.2　98-08-11 遥感监测实验

本实验所采用的 1998 年 8 月 11 日 Landsat TM 数据源如图 7-43 所示。

利用太湖水体环境遥感监测实验软件对该图像进行几何精纠正、辐射定标、计算行星反射率、对图像进行 5×5 像素的低通滤波、遥感参数反演。其中几何精纠正与辐射定标过程与本书 7.2.2 类似。

行星反射率计算参数选取如图 7-44 所示。

**叶绿素 a 浓度反演**　　使用太湖水体环境遥感监测实验软件模型应用功能,确定叶绿素 a 水质污染指标浓度反演模型为:$\exp(-2.602+14.709*NDVI)$,其中 $NDVI=(b_4-b_3)/(b_4+b_3)$,$b_3$ 对应 TM3,$b_4$ 对应 TM4。水质类别评价标准采用《地表水环境质量标准》(GB3838-2002)。太湖水体环境遥感监测实验软件运行结果见图 7-45。从该专题图可以看到,1998 年 8 月太湖湖体叶绿素 a 水质类别介于Ⅰ类～劣Ⅴ类之间,梅梁湖、五里湖区、西北沿岸湖区和东南沿岸湖区和四号灯标测点附近叶绿素 a 浓度较高,水质类别劣于Ⅴ类,湖心区叶绿素 a 浓度相对较低,水质类别为Ⅰ类。

**总氮浓度反演**　　使用太湖水体环境遥感监测实验软件模型应用功能,确定总氮水质污染指标浓度反演模型为:$1.71-30.83*NDTN+3.76*NDVI$,其中 $NDTN=(b_2-b_1)/(b_2+b_1)$,$NDVI=(b_4-b_3)/(b_4+b_3)$,$b_1$ 对应 TM1,$b_2$ 对应 TM2,$b_3$ 对应 TM3,$b_4$ 对应 TM4。水质类别评价标准采用《地表水环境质量标准》(GB3838-2002)。太湖水体环境遥感监测实验软件运行结果见图 7-46。从该专题图可以看到,1998 年 8 月太湖湖体水质类别介于Ⅲ类～劣Ⅴ类之间,梅梁湖、五里湖区、西部沿岸区和东南部湖区总氮浓度较

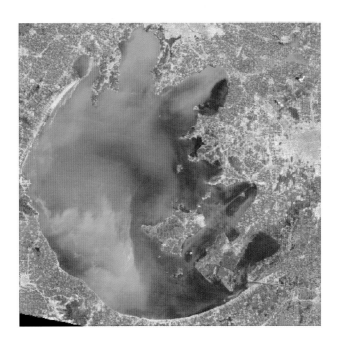

图 7-43　1998 年 8 月 11 日太湖湖体 Landsat TM 假彩色(432)合成图

图 7-44　计算表观反射率参数图

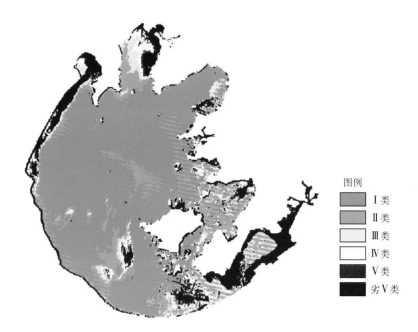

图 7-45  1998 年 8 月太湖湖体叶绿素 a 水质类别图

| | 图例 |
| --- | --- |
| | Ⅰ 类 |
| | Ⅱ 类 |
| | Ⅲ 类 |
| | Ⅳ 类 |
| | Ⅴ 类 |
| | 劣Ⅴ 类 |

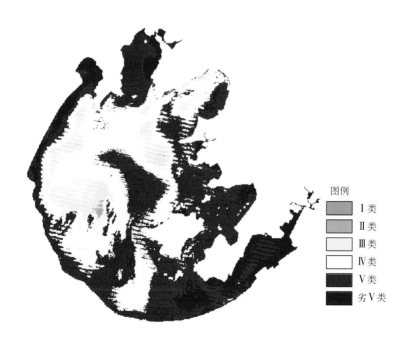

图 7-46  1998 年 8 月太湖湖体总氮水质类别图

高,水质类别劣于Ⅴ类,湖心区总氮浓度相对较低,水质类别介于Ⅲ类～Ⅴ类之间。

**悬浮物浓度反演**　　使用太湖水体环境遥感监测实验软件模型应用功能,确定悬浮物水质污染指标浓度反演模型为:$\exp(7.877+23.832*NDSS)$,其中 $NDSS=(b_3-b_1)/$

$(b_3+b_1)$，$b_1$ 对应 TM1，$b_3$ 对应 TM3。太湖水体环境遥感监测实验软件运行结果见图 7-47。从该专题图可以看到，1998 年 8 月太湖湖体西部沿岸和梅梁湖地区悬浮物浓度相对较高，湖心区悬浮物浓度相对较低。

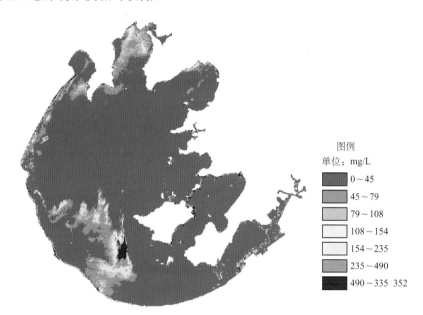

图 7-47　1998 年 8 月太湖湖体悬浮物浓度等级分布图

### 7.4.3　星地监测结果比对分析

（1）叶绿素 a 浓度

基于太湖水体环境遥感监测实验软件的叶绿素 a 水质反演模型逐像元估算 1998 年 8 月 11 日太湖湖体叶绿素浓度值，将估算结果与地面例行监测数据进行比对情况如图 7-48 所示。结果显示，模型估算结果可以比较好的反映实际监测数据的变化，但由于遥感数据与地面监测数据不同步，模型预测值与估算值的平均相对误差较大，为 53.8%（表 7-8）。

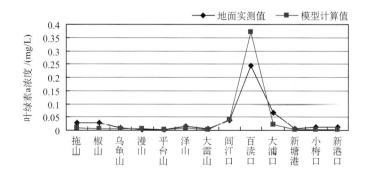

图 7-48　1998 年 8 月 11 日太湖湖体叶绿素 a 浓度遥感估算与地面监测值比对图

**表 7-8 1998 年 8 月叶绿素 a 浓度值星地比对结果误差描述**

| 最大绝对误差 | 最小绝对误差 | 最大相对误差 | 最小相对误差 | 平均相对误差 |
|---|---|---|---|---|
| 0.127 | 0 | 75.9% | 0% | 53.8% |

根据《地表水环境质量标准》(GB3838-2002)，遥感监测评价模型估算结果和地面实测结果的水质类别比对情况如图 7-49 所示。结果显示，仅有 30.8% 的监测断面两者水质评价结果保持一致。

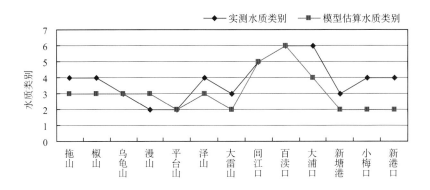

图 7-49　1998 年 8 月太湖湖体叶绿素 a 模型估算水质类别与实测水质类别比对图

（2）总氮浓度

基于太湖水体环境遥感监测实验软件的总氮反演模型逐像元估算 1998 年 8 月 11 日太湖湖体总氮浓度值，将估算结果与地面例行监测数据进行比对情况如图 7-50 所示。结果显示：1998 年 8 月的遥感反演数据与地面实测数据比较一致，最大相对误差为 63.5%，最小相对误差为 7.2%，平均相对误差仅为 34.4%（表 7-9）。

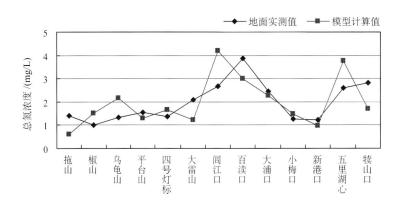

图 7-50　1998 年 8 月太湖湖体总氮遥感估算浓度值与地面监测值比对图

**表 7-9　1998 年 8 月总氮浓度值星地比对结果误差描述**

| 最大绝对误差 | 最小绝对误差 | 最大相对误差 | 最小相对误差 | 平均相对误差 |
|---|---|---|---|---|
| 1.517 | 0.177 | 63.5% | 7.2% | 34.4% |

　　根据《地表水环境质量标准》(GB3838-2002),遥感监测评价模型估算结果和地面实测结果的水质类别比对情况如图 7-51 所示。结果显示,有 38.5% 的监测断面两者水质评价结果保持一致。

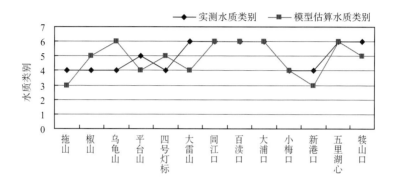

图 7-51　1998 年 8 月太湖湖体总氮模型估算水质类别与实测水质类别比对图

（3）总磷浓度

　　基于太湖水体环境遥感监测实验软件的总磷反演模型逐像元估算 1998 年 8 月 11 日太湖湖体总磷浓度值,将估算结果与地面例行监测数据进行比对情况如图 7-52 所示。结果显示,两者的最大绝对误差为 0.098,最小绝对误差为 0.003,平均相对误差为 65.1%（表 7-10）。

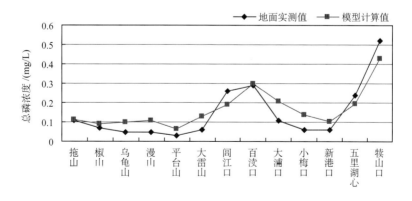

图 7-52　1998 年 8 月 11 日太湖湖体总磷遥感估算浓度值与地面监测值比对图

表 7-10　1998 年 8 月总磷浓度值星地比对结果误差描述

| 最大绝对误差 | 最小绝对误差 | 最大相对误差 | 最小相对误差 | 平均相对误差 |
| --- | --- | --- | --- | --- |
| 0.098 | 0.003 | 135.3% | 3.1% | 65.1% |

根据《地表水环境质量标准》(GB3838-2002),遥感监测评价模型估算结果和地面实测结果的水质类别比对情况如图 7-53 所示。结果显示,仅有 30.8% 的监测断面两者水质评价结果保持一致。

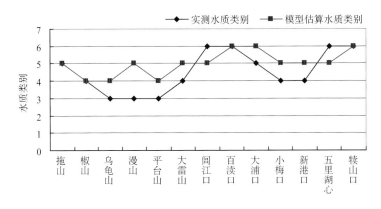

图 7-53　1998 年 8 月太湖湖体总磷模型估算水质类别与实测水质类别比对图

# 7.5　基于 2000 年 5 月 4 日 Landsat TM 数据的太湖水质遥感监测实验

## 7.5.1　00-05 地面例行监测

2000 年 5 月份太湖各测点水质较 1998 年 8 月有所下降,污染严重,全湖 20 个测点除泽山水质为Ⅳ类标准以外,其余 19 个测点水质均为Ⅴ类或劣于Ⅴ类标准。总磷的污染较 1998 年 7 月有所加重,水质属于Ⅴ类或劣Ⅴ类标准的测点有 13 个,占总数的 65%;水质属于Ⅳ类标准的测点有 6 个,占总数的 30%;水质属于Ⅲ类标准的测点有 1 个,仅占总数的 5%。总氮污染加剧,除泽山和四号标灯水质为Ⅳ类标准以外,其余 18 个测点水质均为Ⅴ类标准或劣于Ⅴ类标准,占总数的 90%。透明度较好,均为Ⅰ类水平。CODₘₙ污染较 1998 年 8 月有所加重,水质为Ⅲ类标准的测点有 13 个,占总数的 65%;其余测点水质标准均为Ⅳ类以上,占总数的 35%。本月对悬浮物进行了监测,由于没有评价标准,故不作评价。叶绿素 a 污染较 1998 年 8 月有所减轻,水质属于Ⅴ类标准或劣于Ⅴ类标准的测点有 4 个,占总数的 20%,水质属于Ⅳ类标准的测点有 8 个,占总数的 40%,水质属于Ⅲ类或Ⅱ类标准的测点有 8 个,占总数的 40%。综合营养状态指数 TLIc 的计算结果显示,太湖富营养化程度较 1998 年 8 月有所加重,主要以轻度富营养和中度富营养为主。

利用太湖水体环境遥感监测实验软件制作当月太湖各监测项目水质评价专题图见图 7-54~图 7-59。

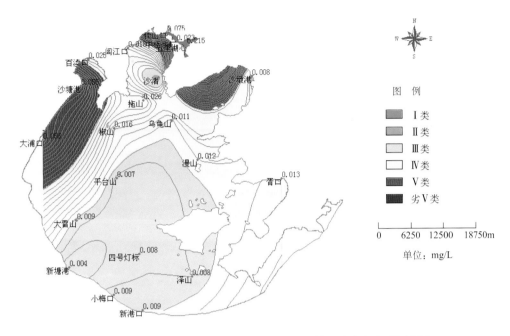

图 7-54 2000 年 5 月太湖湖体叶绿素 a 浓度等级分布与水质评价图

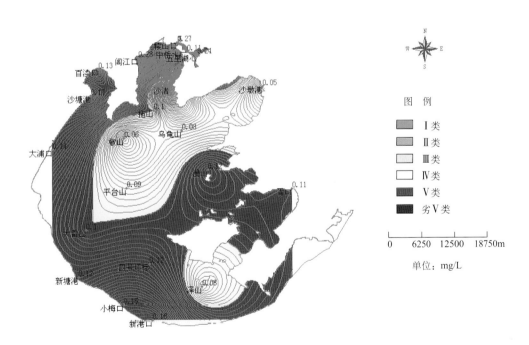

图 7-55 2000 年 5 月太湖湖体总磷浓度等级分布与水质评价图

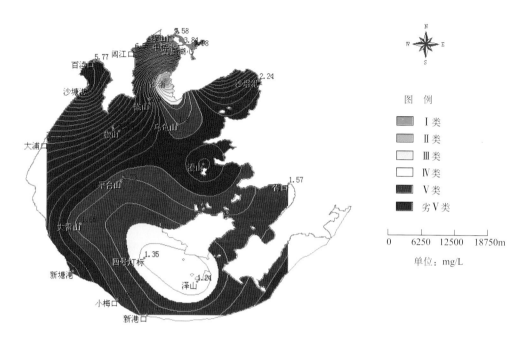

图 7-56　2000 年 5 月太湖湖体总氮浓度等级分布与水质评价图

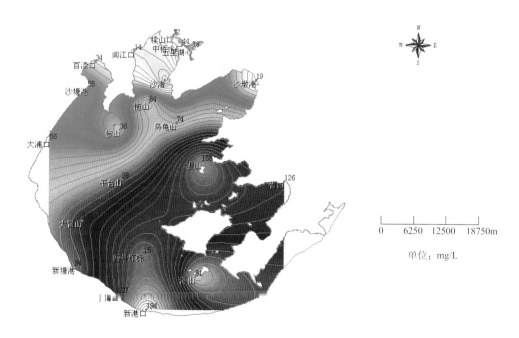

图 7-57　2000 年 5 月太湖湖体悬浮物浓度等级分布图

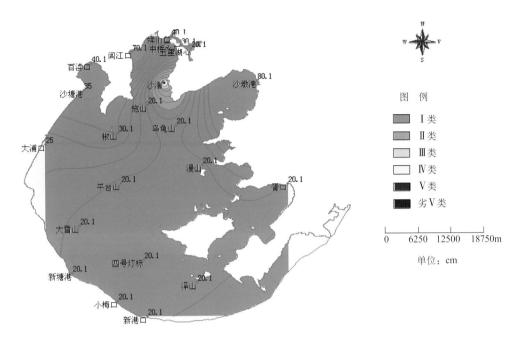

图 7-58　2000 年 5 月太湖湖体透明度等级分布与水质评价图

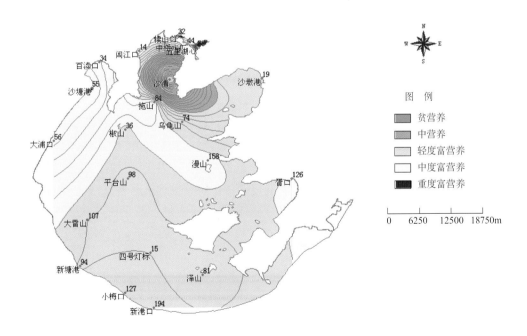

图 7-59　2000 年 5 月太湖湖体 TLIc 分布图

### 7.5.2 00-05-04 遥感监测实验

本实验所采用的 2000 年 5 月 4 日 Landsat TM 数据源如图 7-60 所示。

图 7-60  2000 年 5 月 4 日太湖湖体 Landsat TM 假彩色(432)合成图

利用太湖水体环境遥感监测实验软件对该图像进行几何精纠正、辐射定标、计算行星反射率、对图像进行 5×5 像素的低通滤波、遥感参数反演。其中几何精纠正与辐射定标过程与本书 7.2.2 类似。

行星反射率计算参数选取如图 7-61 所示。

**叶绿素 a 浓度反演**　使用太湖水体环境遥感监测实验软件模型应用功能,确定叶绿素 a 水质污染指标浓度反演模型为:$0.0542+0.1668*NDVI$,其中 $NDVI=(b_4-b_3)/(b_4+b_3)$,$b_3$ 对应 TM3;$b_4$ 对应 TM4。水质类别评价标准采用《地表水环境质量标准》(GB3838-2002)。太湖水体环境遥感监测实验软件运行结果见图 7-62。从该专题图可以看到,2000 年 5 月份,太湖湖体叶绿素 a 水质类别以Ⅳ类为主,湖心区污染较轻,水质类别为Ⅲ类,湖岸区叶绿素 a 浓度较高,水质为Ⅴ类或劣于Ⅴ类。

**总氮浓度反演**　使用太湖水体环境遥感监测实验软件模型应用功能,确定总氮水质污染指标浓度反演模型为:$3.67-58.98*NDTN$,其中 $NDTN=(b_2-b_1)/(b_2+b_1)$,$b_1$ 对应 TM1;$b_2$ 对应 TM2。水质类别评价标准采用《地表水环境质量标准》(GB3838-2002)。太湖水体环境遥感监测实验软件运行结果见图 7-63。从该专题图可以看到,2000 年 5 月份,太湖湖体总氮水质类别劣于Ⅴ类,水质污染程度较重。

**悬浮物浓度反演**　使用太湖水体环境遥感监测实验软件模型应用功能,确定悬浮物

图 7-61　计算表观反射率参数图

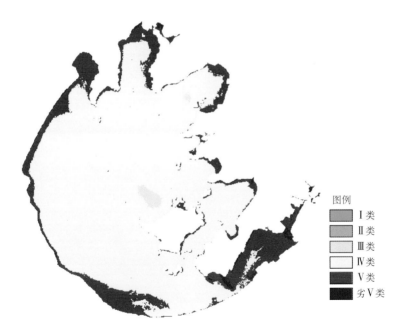

图 7-62　2000 年 5 月太湖湖体叶绿素 a 水质类别图

水质污染指标浓度反演模型为：$\exp(5.692+11.755*\mathrm{NDSS})$，其中 $\mathrm{NDSS}=(b_3-b_1)/(b_3+b_1)$，$b_1$ 对应 ETM1；$b_3$ 对应 ETM3。太湖水体环境遥感监测实验软件运行结果见图 7-64。从该专题图可以看到，2000 年 5 月太湖湖体东部沿岸区悬浮物浓度分布较低，西部沿岸区和湖心悬浮物浓度相对较高，可能是由于风浪等引起太湖底泥的扰动致使其含量偏高。

图 7 63　2000 年 5 月太湖湖体总氮水质类别图

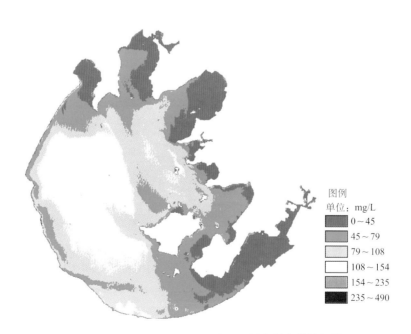

图 7-64　2003 年 5 月太湖湖体悬浮物浓度等级分布图

### 7.5.3 星地监测结果比对分析

（1）叶绿素 a 浓度

基于太湖水体环境遥感监测实验软件的叶绿素 a 水质反演模型逐像元估算 2000 年 5 月 4 日太湖湖体叶绿素浓度值,将估算结果与地面例行监测数据进行比对情况如图 7-65 所示。结果显示,模型估算结果基本上可以反映实测数据的变化,湖心测点的估算误差较小,最低相对误差为 5.3%,湖岸测点的估算误差相对较大,最大相对误差为 156.4%,所有测点平均相对误差为 51.8%(表 7-11)。

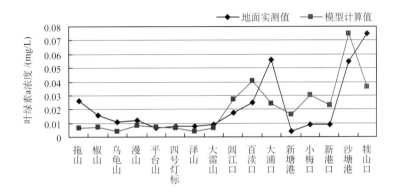

图 7-65　2000 年 5 月 4 日太湖湖体叶绿素 a 浓度遥感估算与地面监测值比对图

表 7-11　2000 年 5 月叶绿素 a 浓度值星地比对结果误差描述

| 最大绝对误差 | 最小绝对误差 | 最大相对误差 | 最小相对误差 | 平均相对误差 |
| --- | --- | --- | --- | --- |
| 0.038 | 0 | 156% | 5.3% | 51.8% |

根据《地表水环境质量标准》(GB3838-2002),遥感监测评价模型估算结果和地面实测结果的水质类别比对情况如图 7-66 所示。结果显示,仅有 31.2% 的监测断面两者水质评价结果保持一致。

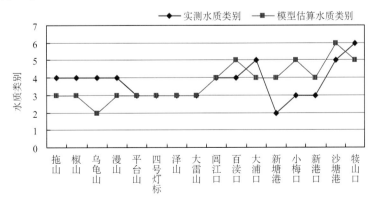

图 7-66　2000 年 5 月太湖湖体叶绿素 a 模型估算水质类别与实测水质类别比对图

（2）总氮浓度

基于太湖水体环境遥感监测实验软件的总氮反演模型逐像元估算 2000 年 5 月 4 日太湖湖体总氮浓度值，将估算结果与地面例行监测数据进行比对情况如图 7-67 所示。结果显示：2000 年 5 月太湖湖体总氮模型估算值与地面实测值的平均相对误差为 35.6%，湖心测点的相对误差较低，湖岸测点的相对误差较高（表 7-12）。

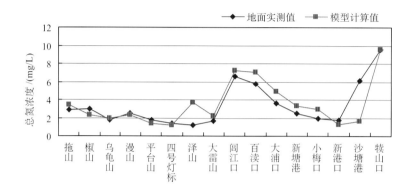

图 7-67　2000 年 5 月 4 日太湖湖体总氮遥感估算浓度值与地面监测值比对图

表 7-12　2000 年 5 月总氮浓度值星地比对结果误差描述

| 最大绝对误差 | 最小绝对误差 | 最大相对误差 | 最小相对误差 | 平均相对误差 |
| --- | --- | --- | --- | --- |
| 4.451 | 0.006 | 198.1% | 0.06% | 35.6% |

根据《地表水环境质量标准》（GB3838-2002），遥感监测评价模型估算结果和地面实测结果的水质类别比对情况如图 7-68 所示。结果显示，有 62.5% 的监测断面两者水质评价结果保持一致。

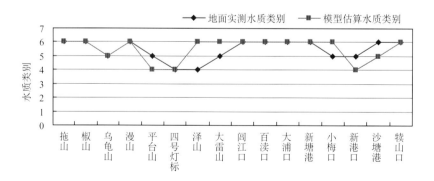

图 7-68　2000 年 5 月太湖湖体总氮模型估算水质类别与实测水质类别比对图

（3）悬浮物浓度

基于太湖水体环境遥感监测实验软件的悬浮物反演模型逐像元估算 2000 年 5 月 4 日太湖湖体悬浮物浓度值，将估算结果与地面例行监测数据进行比对情况如图 7-69 所示。结果显示,2000 年 5 月太湖湖体悬浮物模型估算值与地面实测值的最大绝对误差是 94.804,最小绝对误差是 0.085,最大相对误差为 168%,最小相对误差为 0.1%,平均相对误差为 43.4%,相对误差小于 30% 的测点占 50%(表 7-13)。

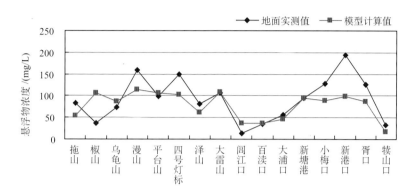

图 7-69　2000 年 5 月 4 日太湖湖体悬浮物浓度遥感估算与地面监测值比对图

**表 7-13　2000 年 5 月悬浮物浓度值星地比对结果误差描述**

| 最大绝对误差 | 最小绝对误差 | 最大相对误差 | 最小相对误差 | 平均相对误差 |
| --- | --- | --- | --- | --- |
| 94.804 | 0.085 | 168% | 0.1% | 43.4% |

# 7.6　基于 2001 年 1 月 15 日 Landsat TM 数据的太湖水质遥感监测实验

## 7.6.1　01-01 地面例行监测

2001 年 1 月份太湖各测点水质较 2000 年 5 月有所改善,但污染仍严重,水质为劣 V 类的测点有 13 个,占总数的 65%;水质为 V 类的测点有 7 个,占总数的 35%。总磷污染比 2000 年 5 月有所改善,水质为 V 类标准或劣于 V 类标准的测点有 10 个,占总数的 50%;水质为 IV 类或 III 类的测点有 10 个,占总数的 50%。总氮污染也较 2000 年 5 月有所改善,水质为 V 类或劣 V 类的测点有 8 个,占总数的 40%;水质为 IV 类或 III 类的测点有 12 个,占总数的 60%。透明度较好,均属于 I 类或 II 类。$COD_{Mn}$ 较 2000 年 5 月有所加剧,水质属于 III 类的测点有 4 个,占总数的 20%;属于 IV 类的测点有 16 个,占总数的 80%。本月对悬浮物进行了监测,由于没有评价标准,故不作评价。叶绿素 a 污染较 2000 年 5 月有所加剧,水质属于 V 类标准的测点有 3 个,占总数的 15%;水质属于 IV 类标准的测点有 16 个,占总数的 80%;水质属于 III 类有 1 个,占总数的 5%。综合营养状态指数 TLIc 的计算结果显示,太湖富营养化程度有所加重,水质为中度富营养的测点有 16 个,占总数的 80%;水质为轻度富营养的测点有 4 个,占总数的 20%。

利用太湖水体环境遥感监测实验软件制作当月太湖各监测项目水质评价专题图见图 7-70~图 7-75。

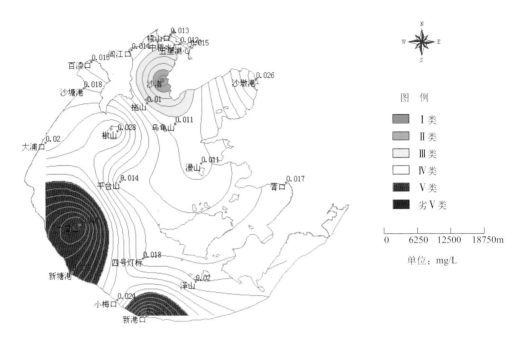

图 7-70　2001 年 1 月太湖湖体叶绿素 a 浓度等级分布与水质评价图

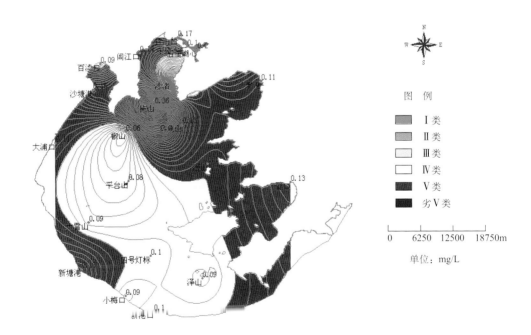

图 7-71　2001 年 1 月太湖湖体总磷浓度等级分布与水质评价图

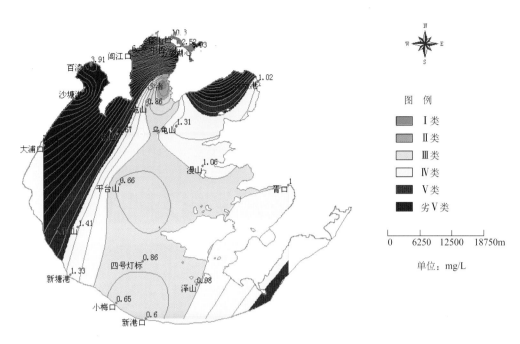

图 7-72 2001 年 1 月太湖湖体总氮浓度等级分布与水质评价图

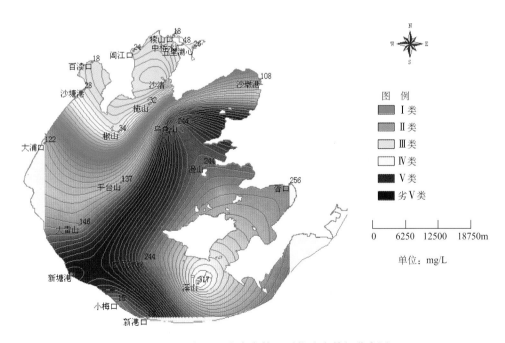

图 7-73 2001 年 1 月太湖湖体悬浮物浓度等级分布图

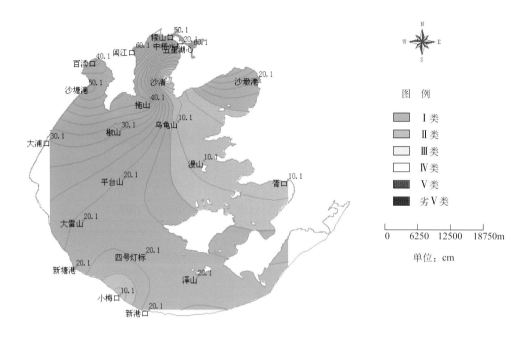

图 7-74　2001 年 1 月太湖湖体透明度等级分布与水质评价图

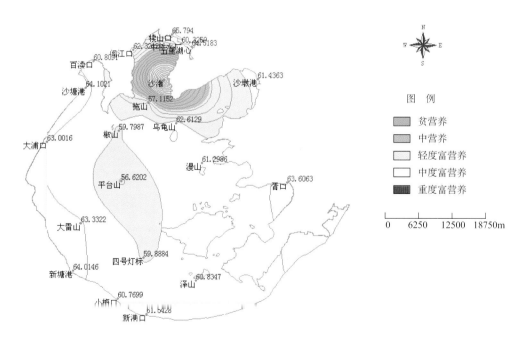

图 7-75　2001 年 1 月太湖湖体 TLIc 分布图

### 7.6.2　01-01-15 遥感监测实验

本实验所采用的 2001 年 1 月 15 日 Landsat TM 数据源如图 7-76 所示。

图 7-76　2001 年 1 月 15 日太湖湖体 Landsat ETM 假彩色(432)合成图

　　利用太湖水体环境遥感监测实验软件对该图像进行几何精纠正、辐射定标、计算行星反射率、对图像进行 5×5 像素的低通滤波、遥感参数反演,其中几何精纠正与辐射定标过程与本书 7.2.2 类似。

　　行星反射率计算参数选取如图 7-77 所示。

　　**总氮浓度反演**　　使用太湖水体环境遥感监测实验软件模型应用功能,确定总氮水质污染指标浓度反演模型为:$\exp(7.179+15.488 * \mathrm{NDSS})$,其中 $\mathrm{NDSS}=(b_3-b_1)/(b_3+b_1)$,$b_1$ 对应 ETM1,$b_3$ 对应 ETM3。水质类别评价标准采用《地表水环境质量标准》(GB3838-2002)。太湖水体环境遥感监测实验软件运行结果见图 7-78。从该专题图可以看到,2001 年 1 月太湖湖体总氮水质类别位于 Ⅰ 类～劣 Ⅴ 类,湖岸区直接受入湖污染物的影响,总氮浓度较高,劣于 Ⅴ 类,部分湖心区受污染物的影响相对较小,水质类别为 Ⅰ 类～Ⅲ 类。

　　**总磷浓度反演**　　使用太湖水体环境遥感监测实验软件模型应用功能,确定总磷水质污染指标浓度反演模型为:$0.37-1.56 * b_1$,其中 $b_1$ 对应 ETM1。水质类别评价标准采用《地表水环境质量标准》(GB3838-2002)。太湖水体环境遥感监测实验软件运行结果见图 7-79。从该专题图可以看到,2001 年 1 月太湖湖体总磷水质类别介于 Ⅳ 类～Ⅴ 类。沿岸湖区水质类别为 Ⅴ 类,湖心区总磷浓度相对较低,水质类别为 Ⅳ 类。

　　**悬浮物浓度反演**　　使用太湖水体环境遥感监测实验软件模型应用功能,确定悬浮

图 7-77　计算表观反射率参数图

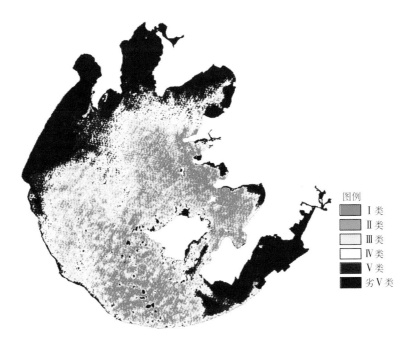

图 7-78　2001 年 1 月太湖湖体总氮浓度等级分布类别图

物水质污染指标浓度反演模型为：$\exp(7.179+15.488*\mathrm{NDSS})$，其中 $\mathrm{NDSS}=(b_3-b_1)/(b_3+b_1)$，$b_1$ 对应 ETM1，$b_3$ 对应 ETM3。水质类别评价标准采用《地表水环境质量标准》（GB3838-2002）。太湖水体环境遥感监测实验软件运行结果见图 7-80。从该专题图可以

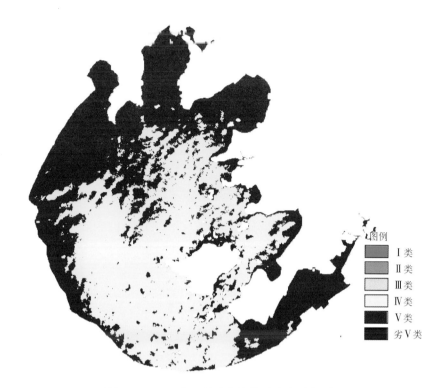

图 7-79　2001 年 1 月太湖湖体总磷水质类别图

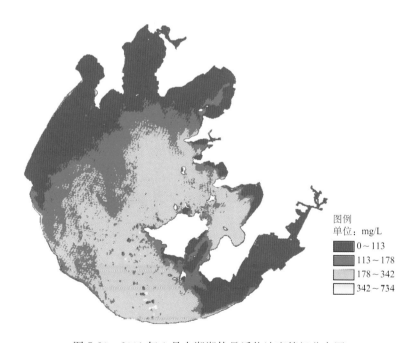

图 7-80　2001 年 1 月太湖湖体悬浮物浓度等级分布图

看到,2001年1月梅梁湖、五里湖及西北沿岸和东部沿岸区湖体悬浮物浓度相对较低,湖心和西南湖区悬浮物浓度相对较高。

### 7.6.3 星地监测结果比对分析

（1）总氮浓度

基于太湖水体环境遥感监测实验软件的总氮水质反演模型逐像元估算2001年1月15日太湖湖体总氮浓度值,将估算结果与地面例行监测数据进行比对情况如图7-81所示。结果显示:两者数据规律基本一致,平均相对误差为49.9%,其中,梅梁湖、五里湖区及北部沿岸区估算精度较高,相对误差小于30%,其余断面估算精度较低,相对误差在44.5%～143.2%（表7-14）。

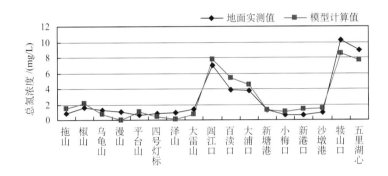

图7-81　2001年1月15日太湖湖体总氮遥感估算浓度值与地面监测值比对图

**表7-14　2001年1月总氮浓度值星地比对结果误差描述**

| 最大绝对误差 | 最小绝对误差 | 最大相对误差 | 最小相对误差 | 平均相对误差 |
|---|---|---|---|---|
| 1.781 | 0.032 | 2.4% | 143.2% | 49.9% |

根据《地表水环境质量标准》(GB3838-2002),遥感监测评价模型估算结果和地面实测结果的水质类别比对情况如图7-82所示。结果显示,有41.2%的监测断面两者水质评价结果保持一致。

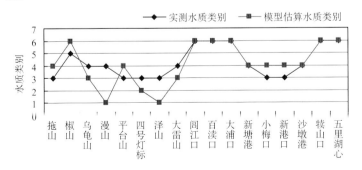

图7-82　2001年1月太湖湖体总氮模型估算水质类别与实测水质类别比对图

（2）总磷浓度

基于太湖水体环境遥感监测实验软件的总磷水质反演模型逐像元估算 2001 年 1 月 15 日太湖湖体总磷浓度值，将估算结果与地面例行监测数据进行比对情况如图 7-83 所示。结果显示，两者吻合情况较好，平均相对误差为 22.8%，除北部沿岸少数监测断面估算误差较高外，其余断面相对误差小于 30%（表 7-15）。

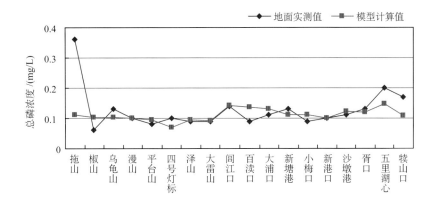

图 7-83　2001 年 1 月 15 日太湖湖体总磷遥感估算浓度值与地面监测值比对图

表 7-15　2001 年 1 月总磷浓度值星地比对结果误差描述

| 最大绝对误差 | 最小绝对误差 | 最大相对误差 | 最小相对误差 | 平均相对误差 |
| --- | --- | --- | --- | --- |
| 0.248 | 0 | 72.0% | 0.4% | 22.8% |

根据《地表水环境质量标准》（GB3838-2002），遥感监测评价模型估算结果和地面实测结果的水质类别比对情况如图 7-84 所示。结果显示，有 72.2% 的监测断面两者水质评价结果保持一致。

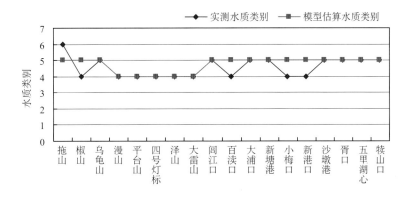

图 7-84　2001 年 1 月太湖湖体总磷模型估算水质类别与实测水质类别比对图

（3）悬浮物浓度

基于太湖水体环境遥感监测实验软件的悬浮物水质反演模型逐像元估算 2001 年 1

月 15 日太湖湖体悬浮物浓度值,将估算结果与地面例行监测数据进行比对情况如图 7-85 所示。结果显示:模型估算值基本上能反映地面实测值的变化规律,平均相对误差为 42%。梅梁湖、五里湖区及湖心区模型的估算精度较高,相对平均误差小于 30%,西部沿岸区模型估算精度较低,相对误差大于 50%(表 7-16)。

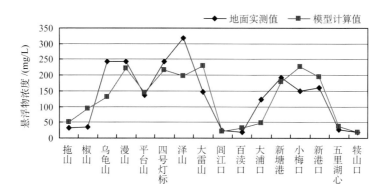

图 7-85　2001 年 1 月 15 日太湖湖体悬浮物遥感估算浓度值与地面监测值比对图

**表 7-16　2001 年 1 月悬浮物浓度值星地比对结果误差描述**

| 最大绝对误差 | 最小绝对误差 | 最大相对误差 | 最小相对误差 | 平均相对误差 |
| --- | --- | --- | --- | --- |
| 118.311 | 0.446 | 177.7% | 2.5% | 42% |

# 7.7　基于 2002 年 7 月 13 日 Landsat TM 数据的太湖水质遥感监测实验

## 7.7.1　02-07 地面例行监测

2002 年 7 月份太湖各测点水质污染仍然严重,水质为Ⅴ类或劣Ⅴ类标准的测点有 16 个,占总数的 80%;水质为Ⅳ类或Ⅲ类的测点有 4 个,占总数的 20%。全湖总磷水质评价为Ⅴ类或劣Ⅴ类的测点有 8 个,占总数的 40%;为Ⅳ类或Ⅲ类的测点有 12 个,占总数的 60%。总氮水质评价为Ⅴ类或劣Ⅴ类的测点有 16 个,占总数的 80%;为Ⅳ类或Ⅲ类的测点有 3 个,占总数的 20%。透明度较好,均属于Ⅰ类。$COD_{Mn}$ 水质评价属于Ⅱ类的测点有 7 个,占总数的 35%;属于Ⅲ类的测点有 6 个,占总数的 30%;属于Ⅳ类的测点有 7 个,占总数的 35%。当月对悬浮物进行了监测,由于没有评价标准,故不作评价。叶绿素 a 污染较为严重,水质属于Ⅴ类标准或劣Ⅴ类的标准测点有 7 个,占总数的 35%;属于Ⅳ类标准的测点有 2 个,占总数的 10%;属于Ⅲ类或Ⅱ类的测点有 11 个,占总数的 55%。综合营养状态指数 TLIc 的计算结果显示,太湖富营养化水平为中营养或轻度富营养的测点有 13 个,占总数的 65%;为中度富营养或重度富营养的测点有 7 个,占总数的 35%。

利用太湖水体环境遥感监测实验软件制作当月太湖各监测项目水质评价专题图见图 7-86～图 7-91。

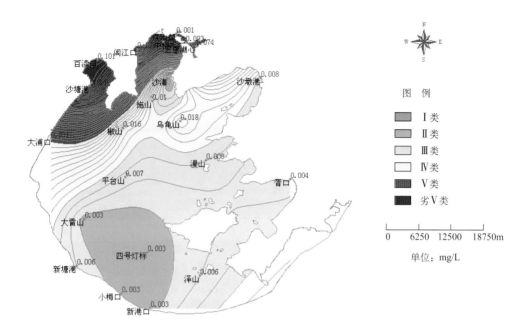

图 7-86　2002 年 7 月太湖湖体叶绿素 a 浓度等级分布与水质评价图

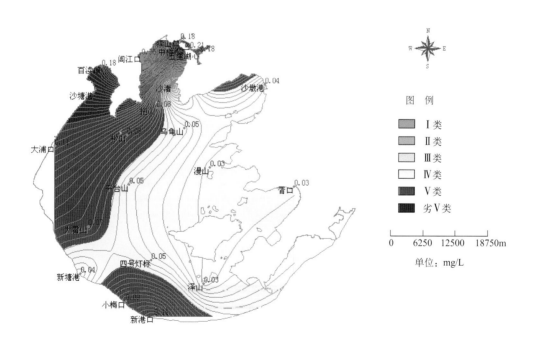

图 7-87　2002 年 7 月太湖湖体总磷浓度等级分布与水质评价图

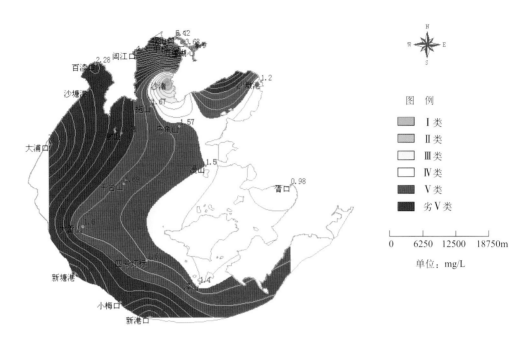

图 7-88  2002 年 7 月太湖湖体总氮浓度等级分布与水质评价图

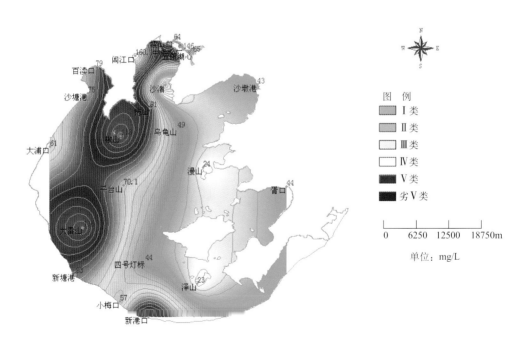

图 7-89  2002 年 7 月太湖湖体悬浮物浓度等级分布图

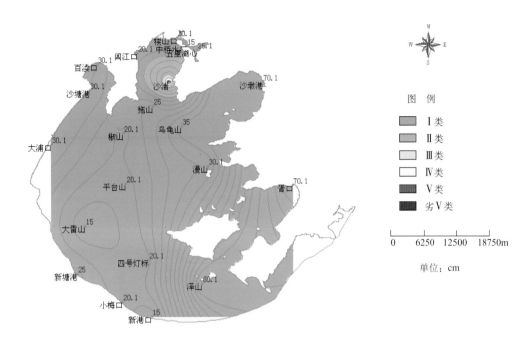

图 7-90　2002 年 7 月太湖湖体透明度等级分布与水质评价图

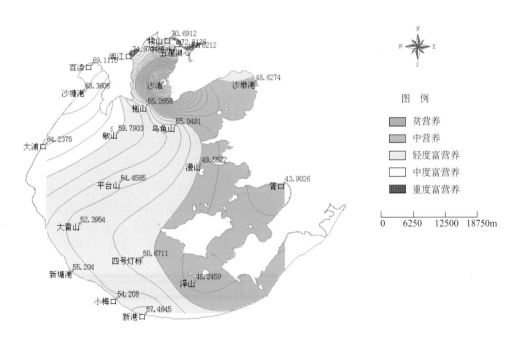

图 7-91　2002 年 7 月太湖湖体 TLIc 分布图

### 7.7.2　02-07-13 遥感监测实验

本实验所采用的 2002 年 7 月 13 日 Landsat TM 数据源如图 7-92 所示。

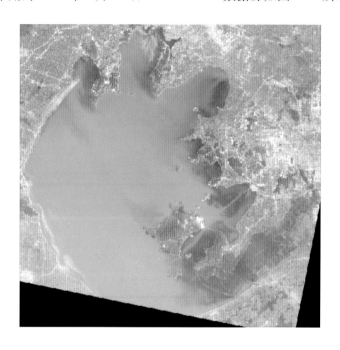

图 7-92　2002 年 7 月 13 日太湖湖体 Landsat TM 假彩色(432)合成图

利用太湖水体环境遥感监测实验软件对该图像进行几何精纠正、辐射定标、计算行星反射率、对图像进行 5×5 像素的低通滤波、遥感参数反演。其中几何精纠正与辐射定标过程与本书 7.2.2 类似。

行星反射率计算参数选取如图 7-93 所示。

**叶绿素 a 浓度反演**　　使用太湖水体环境遥感监测实验软件模型应用功能,确定叶绿素 a 水质污染指标浓度反演模型为:$\exp(-2.602+14.709 * \mathrm{NDVI})$,其中 $\mathrm{NDVI}=(b_4-b_3)/(b_4+b_3)$,$b_3$ 对应 TM3,$b_4$ 对应 TM4。水质类别评价标准采用《地表水环境质量标准》(GB3838-2002)。太湖水体环境遥感监测实验软件运行结果见图 7-94。从该专题图可以看到,2002 年 7 月太湖湖体叶绿素 a 水质类别介于Ⅰ类～劣Ⅴ类之间,梅梁湖、五里湖区、西部沿岸区叶绿素 a 浓度较高,水质类别劣于Ⅴ类,湖心区叶绿素 a 浓度相对较低,水质类别为Ⅰ类。

**总磷浓度反演**　　使用太湖水体环境遥感监测实验软件模型应用功能,确定总磷水质污染指标浓度反演模型为:$1.71-30.83 * \mathrm{NDTN}+3.76 * \mathrm{NDVI}$,其中 $\mathrm{NDTN}=(b_2-b_1)/(b_2+b_1)$,$\mathrm{NDVI}=(b_4-b_3)/(b_4+b_3)$,$b_1$ 对应 TM1,$b_2$ 对应 TM2,$b_3$ 对应 TM3;$b_4$ 对应 TM4。水质类别评价标准采用《地表水环境质量标准》(GB3838-2002)。太湖水体环境遥感监测实验软件运行结果见图 7-95。从该专题图可以看到,2002 年 7 月太湖湖体总

图 7-93　计算表观反射率参数图

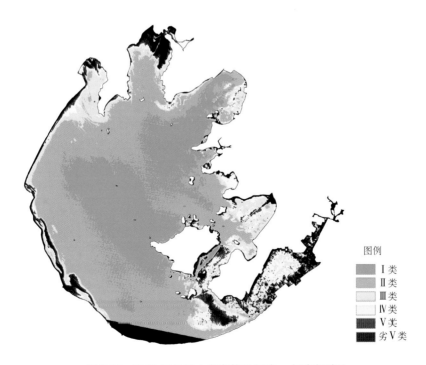

图 7-94　2002 年 7 月太湖湖体叶绿素 a 水质类别图

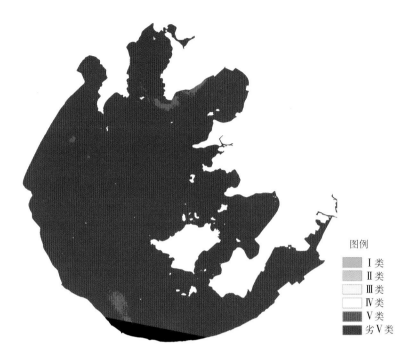

图 7-95　2002 年 7 月太湖湖体总氮水质类别图

氮水质类别介于Ⅴ类～劣Ⅴ类,仅东北部沿岸区和西南部沿岸区水质类别为Ⅴ类,其余湖区水质类别均劣于Ⅴ类。

**悬浮物浓度反演**　　使用太湖水体环境遥感监测实验软件模型应用功能,确定悬浮物水质污染指标浓度反演模型为:$\exp(7.877+23.832 * NDSS)$,其中 $NDSS=(b_3-b_1)/(b_3+b_1)$,$b_1$ 对应 TM1;$b_3$ 对应 TM3。水质类别评价标准采用《地表水环境质量标准》(GB3838-2002)。太湖水体环境遥感监测实验软件运行结果见图 7-96。从该专题图可以看到,2002 年 7 月太湖湖体东部沿岸区悬浮物浓度相对较低,西部沿岸区悬浮物浓度相对较高,由湖岸向湖心区递减。

### 7.7.3　星地监测结果比对分析

(1)叶绿素 a 浓度

基于太湖水体环境遥感监测实验软件的叶绿素 a 水质反演模型逐像元估算 2002 年 7 月 13 日太湖湖体叶绿素 a 浓度值,将估算结果与地面例行监测数据进行比对情况如图 7-97 所示。结果显示:模型估算结果基本上可以反映实测数据的变化,但由于遥感数据与地面监测数据不同步,两者获取时间相隔近 10 天,7 月份为蓝藻暴发期,叶绿素 a 浓度差异较大,因而,模型预测值与估算值的平均相对误差较大,为 77.3%(见表 7-17)。

根据《地表水环境质量标准》(GB3838-2002),遥感监测评价模型估算结果和地面实测结果的水质类别比对情况如图 7-98 所示。结果显示,仅有 18.2% 的监测断面两者水质评价结果保持一致。

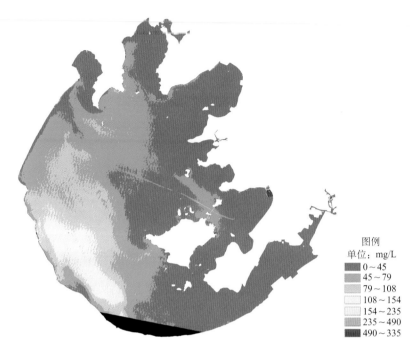

图 7-96　2002 年 7 月太湖湖体悬浮物浓度等级分布图

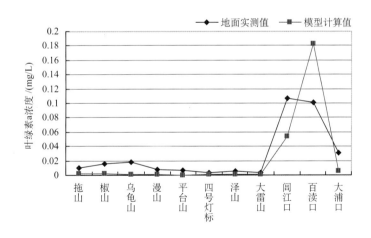

图 7-97　2002 年 7 月 13 日太湖湖体叶绿素 a 浓度遥感估算与地面监测值比对图

表 7-17　2002 年 7 月叶绿素 a 浓度值星地比对结果误差描述

| 最大绝对误差 | 最小绝对误差 | 最大相对误差 | 最小相对误差 | 平均相对误差 |
| --- | --- | --- | --- | --- |
| 0.082 | 0.002 | 94.4% | 49.6% | 77.3% |

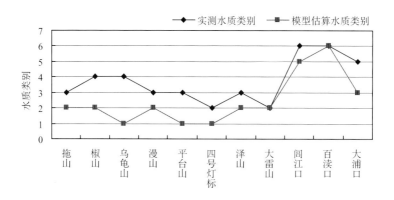

图 7-98　2002 年 7 月太湖湖体叶绿素 a 模型估算水质类别与实测水质类别比对图

（2）总氮浓度

基于太湖水体环境遥感监测实验软件的总氮水质反演模型逐像元估算 2002 年 7 月 13 日太湖湖体总氮浓度值，将估算结果与地面例行监测数据进行比对情况如图 7-99 所示。结果显示，2002 年 7 月太湖湖体总氮浓度模型估算值与地面实测值的平均相对误差为 30.8%，梅梁湖、五里湖区及部分湖心区估算精度较高，相对误差小于 30%，其他断面估算精度较低，相对误差大于 50%（表 7-18）。

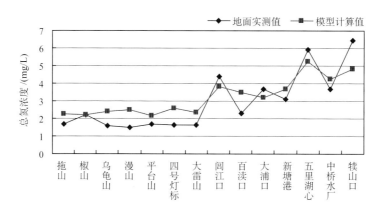

图 7-99　2002 年 7 月 13 日太湖湖体总氮遥感估算浓度值与地面监测值比对图

**表 7-18　2002 年 7 月总氮浓度值星地比对结果误差描述**

| 最大绝对误差 | 最小绝对误差 | 最大相对误差 | 最小相对误差 | 平均相对误差 |
|---|---|---|---|---|
| 1.629 | 0.003 | 66.7% | 0.1% | 30.8% |

根据《地表水环境质量标准》（GB3838—2002），遥感监测评价模型估算结果和地面实测结果的水质类别比对情况如图 7-100 所示。结果显示，有 57.1% 的监测断面两者水质评价结果保持一致。

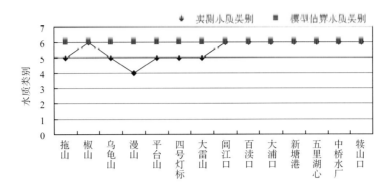

图 7-100　2002 年 7 月太湖湖体总氮模型估算水质类别与实测水质类别比对图

（3）悬浮物浓度

基于太湖水体环境遥感监测实验软件的悬浮物水质反演模型逐像元估算 2002 年 7 月 13 日太湖湖体悬浮物浓度值，将估算结果与地面例行监测数据进行比对情况如图 7-101 所示。结果显示，两者的平均相对误差为 39％，其中，模型对于湖心断面的估算精度较高，相对误差基本上小于 30％，湖岸断面的估算精度较低，相对误差大于 50％（表 7-19）。

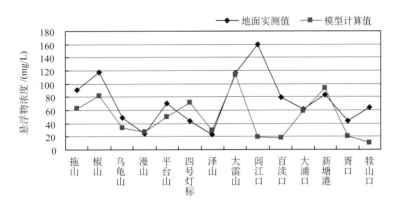

图 7-101　2002 年 7 月 13 日太湖湖体悬浮物浓度遥感估算与地面监测值比对图

**表 7-19　2002 年 7 月悬浮物浓度值星地比对结果误差描述**

| 最大绝对误差 | 最小绝对误差 | 最大相对误差 | 最小相对误差 | 平均相对误差 |
|---|---|---|---|---|
| 140.354 | 2.174 | 87.7％ | 1.9％ | 39％ |

# 7.8　基于 2003 年 11 月 13 日 Landsat TM 数据的太湖水质遥感监测实验

### 7.8.1　03-11 地面例行监测

2003 年 11 月份太湖各测点水质较 2002 年 7 月有所改善，但污染仍然严重，水质为

劣Ⅴ类或Ⅴ类的测点有 12 个,占总数的 57%;水质为Ⅳ类的测点有 3 个,占总数的 14%;
水质为Ⅲ类的测点有 6 个,占总数的 29%。总磷的污染较 2002 年 7 月没有明显变化,水
质为Ⅴ类或劣Ⅴ类的测点有 6 个,占总数的 29%;为Ⅳ类的测点有 7 个,占总数的 33%;
为Ⅲ类的测点有 8 个,占总数的 38%。总氮的污染较 2002 年 7 月有所改善,水质为Ⅴ类
或劣Ⅴ类的测点有 12 个,占总数的 57%;属于Ⅳ类的有 2 个,占总数的 10%;属于Ⅱ类或
Ⅲ类的测点有 7 个,占总数的 33%。透明度较好,除拖山为Ⅱ类标准以外,其余都属于Ⅰ
类标准。$COD_{Mn}$较 2002 年 7 月有所改善,水质属于Ⅱ类的测点有 9 个,占总数的 43%;
属于Ⅲ类的测点有 9 个,占总数的 43%;属于Ⅳ类的测点有 3 个,占总数的 14%。当月没
有进行悬浮物监测。叶绿素 a 污染较 2002 年 7 月有所减轻,水质属于Ⅴ类标准测点有 4
个,占总数的 19%;属于Ⅳ类标准的测点有 7 个,占总数的 33%;属于Ⅲ类的测点有 10
个,占总数的 48%。综合营养状态指数 TLIc 的计算结果显示,太湖富营养化水平没有明
显变化,中营养、轻度富营养和中度富营养各占 1/3。

　　利用太湖水体环境遥感监测实验软件制作当月太湖各监测项目水质评价专题图见图
7-102～图 7-106。

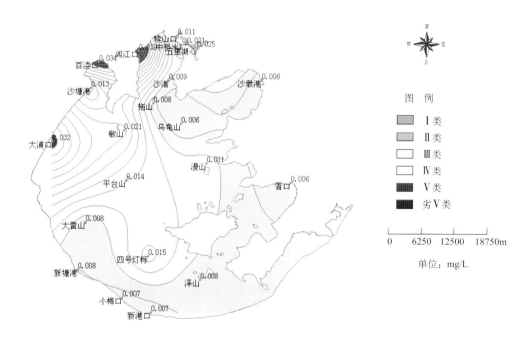

图 7-102　2003 年 11 月太湖湖体叶绿素 a 浓度等级分布与水质评价图

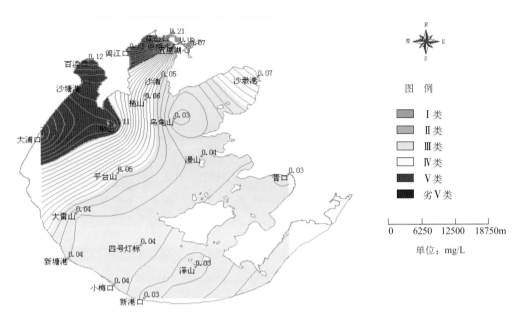

图 7-103　2003 年 11 月太湖湖体总磷浓度等级分布与水质评价图

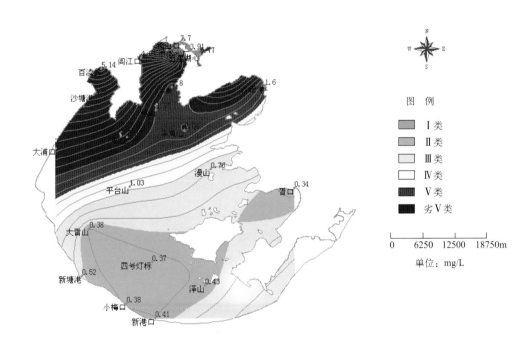

图 7-104　2003 年 11 月太湖湖体总氮浓度等级分布与水质评价图

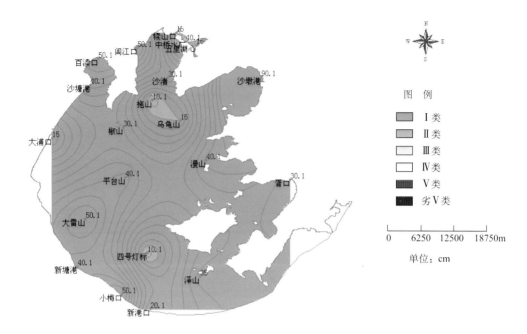

图 7-105　2003 年 11 月太湖湖体透明度等级分布与水质评价图

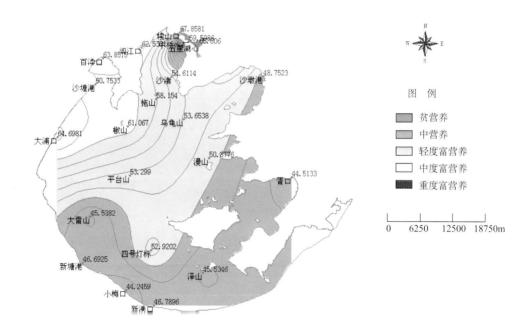

图 7-106　2003 年 11 月太湖湖体太湖 TLIc 分布图

### 7.8.2　03-11-13 遥感监测实验

本实验所采用的 2003 年 11 月 13 日 Landsat ETM 数据源如图 7-107 所示。

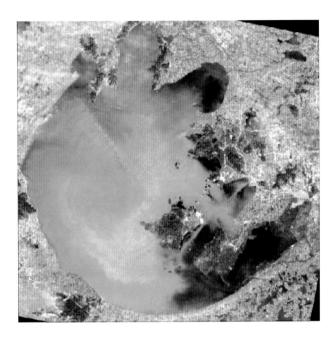

图 7-107　2003 年 11 月 13 日太湖湖体 Landsat TM 假彩色(432)合成图

　　利用太湖水体环境遥感监测实验软件对该图像进行几何精纠正、辐射定标、计算行星反射率、对图像进行 $5 \times 5$ 像素的低通滤波、遥感参数反演。其中几何精纠正与辐射定标过程与本书 7.2.2 类似。

　　行星反射率计算参数选取如图 7-108 所示。

　　**总磷浓度反演**　　使用太湖水体环境遥感监测实验软件模型应用功能,确定总磷水质污染指标浓度反演模型为:$0.37 - 1.56 * b_1$,其中 $b_1$ 对应 TM1。水质类别评价标准采用《地表水环境质量标准》(GB3838-2002)。太湖水体环境遥感监测实验软件运行结果见图 7-109。从该专题图可以看到,2003 年 11 月 13 日太湖湖体总磷水质类别介于 Ⅳ 类～劣 Ⅴ 类,湖体大部分处于 Ⅴ 类状态。

　　**悬浮物浓度反演**　　使用太湖水体环境遥感监测实验软件模型应用功能,确定悬浮物水质污染指标浓度反演模型为:$\exp(7.179 + 15.488 * \mathrm{NDSS})$,其中 $\mathrm{NDSS} = (b_3 - b_1)/(b_3 + b_1)$,$b_1$ 对应 TM1,$b_3$ 对应 TM3。水质类别评价标准采用《地表水坏境质量标准》(GB3838-2002)。太湖水体环境遥感监测实验软件运行结果见图 7-110。从该专题图可以看到 2003 年 11 月 13 日太湖湖体沿岸地区悬浮物浓度较低,湖心区悬浮物浓度较高。

图 7-108　计算表观反射率参数图

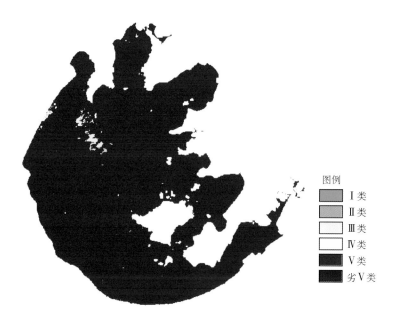

图 7-109　2003 年 11 月太湖湖体总磷水质类别图

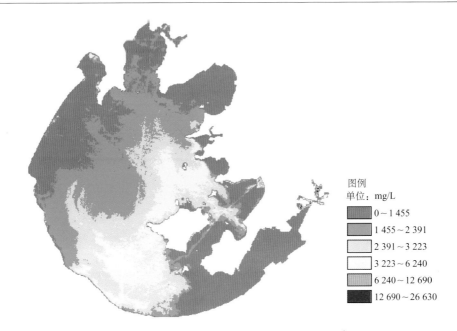

图 7-110　2003 年 11 月太湖湖体悬浮物浓度等级分布图

### 7.8.3　星地监测结果比对分析

基于太湖水体环境遥感监测实验软件的总磷反演模型逐像元估算 2003 年 11 月 13 日太湖湖体总磷浓度值,将估算结果与地面例行监测数据进行比对情况如图 7-111 所示。结果显示:两者的平均相对误差为 43.4%,其中湖心区和梅梁湖区监测断面的估算精度较高,湖岸区监测断面的估算精度相对较低(表 7-20)。

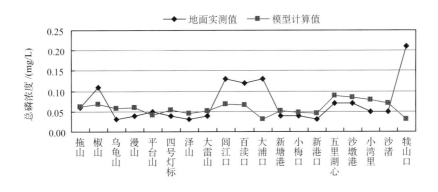

图 7-111　2003 年 11 月 13 日太湖湖体总磷遥感估算浓度值与地面监测值比对图

表 7-20　2003 年 11 月总磷浓度值星地比对结果误差描述

| 最大绝对误差 | 最小绝对误差 | 最大相对误差 | 最小相对误差 | 平均相对误差 |
| --- | --- | --- | --- | --- |
| 0.178 | 0.002 | 3.9% | 95.4% | 43.3% |

根据《地表水环境质量标准》(GB3838-2002),遥感监测评价模型估算结果和地面实测结果的水质类别比对情况如图 7-112 所示。结果显示有 21.1% 的监测断面两者水质评价结果保持一致。

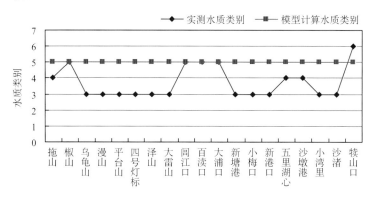

图 7-112　2003 年 11 月 13 日太湖湖体总氮遥感估算浓度值与地面监测值比对图

# 7.9　基于 2004 年 7 月 26 日 Landsat TM 数据的太湖水质遥感监测实验

### 7.9.1　04-07 地面例行监测

2004 年 7 月份太湖各测点水质较 2003 年 11 月有很大下降,污染非常严重,全湖 21 个测点除五里湖心水质为Ⅳ类以外都属于Ⅴ类或劣Ⅴ类水质。总磷的污染比 2003 年 11 月有所下降,水质为Ⅴ类的测点有 9 个,占总数的 43%;为Ⅳ类的测点有 7 个,占总数的 33%;为Ⅲ类的测点有 5 个,占总数的 24%。总氮的污染在连续多年改善后,今年有很大的反弹,全湖 21 个测点除沙墩港为Ⅳ类、胥口为Ⅴ类以外,其余 19 个测点全是劣Ⅴ类水质。透明度较好,均为Ⅰ类。COD$_{Mn}$较 2003 年 11 月有所下降,属于Ⅳ类水质的测点有 6 个,占总数的 29%;其余的测点均属于Ⅱ类或Ⅲ类,占总数的 71%。当月没有进行悬浮物监测。叶绿素 a 污染较 2003 年 11 月有所加剧,水质属于Ⅴ类或劣Ⅴ类标准测点有 10 个,占总数的 48%;属于Ⅳ类标准的测点有 6 个,占总数的 29%;属于Ⅲ类的测点有 5 个,占总数的 23%。综合营养状态指数 TLIc 的计算结果显示,太湖富营养化程度有所提高,以轻度富营养和中度富营养为主。

利用太湖水体环境遥感监测实验软件制作本月太湖各监测项目水质评价专题图见图 7-113～图 7-118。

### 7.9.2　04-07-26 遥感监测实验

本实验所采用的 2004 年 7 月 26 日 Landsat TM 数据源如图 7-118 所示。

利用太湖水体环境遥感监测实验软件对该图像进行几何精纠正、辐射定标、计算行星反射率、对图像进行 5×5 像素的低通滤波、遥感参数反演。其中几何精纠正与辐射定标过程与本书 7.2.2 类似。

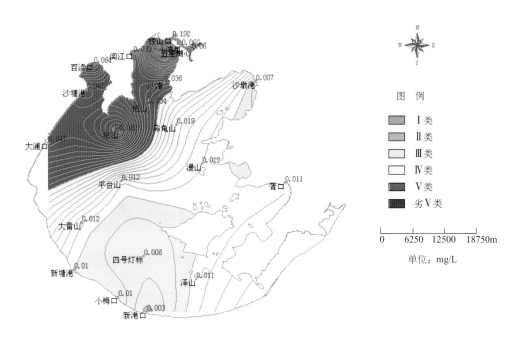

图 7-113　2004 年 7 月太湖湖体叶绿素 a 浓度等级分布与水质评价图

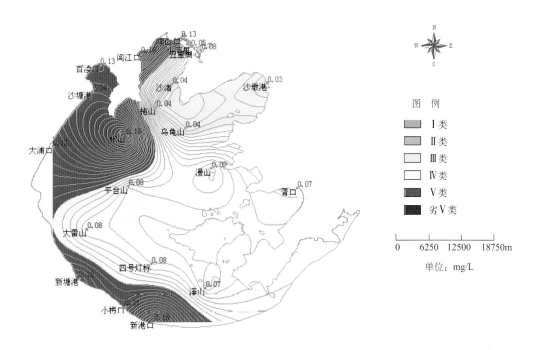

图 7-114　2004 年 7 月太湖湖体总磷浓度等级分布与水质评价图

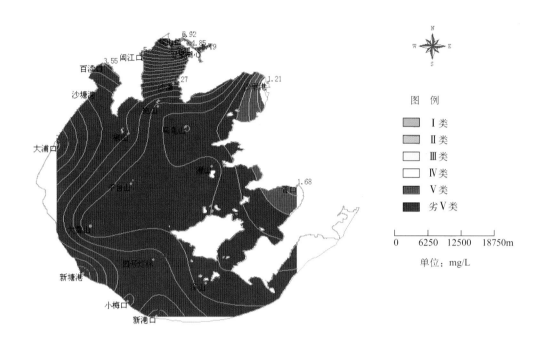

图 7-115　2004 年 7 月太湖湖体总氮浓度等级分布与水质评价图

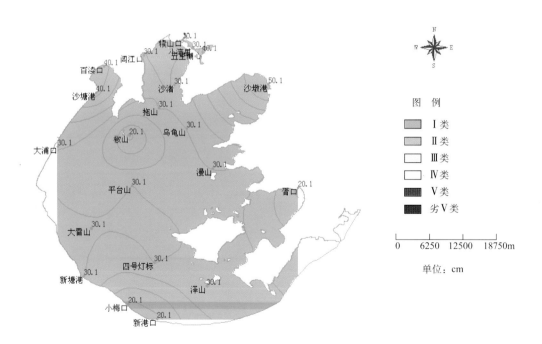

图 7-116　2004 年 7 月太湖湖体透明度等级分布与水质评价图

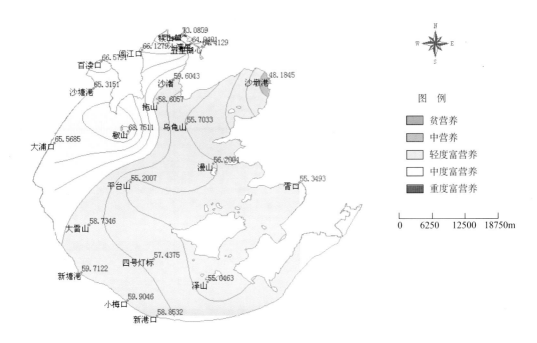

图 7-117　2004 年 7 月太湖湖体 TLIc 等级分布图

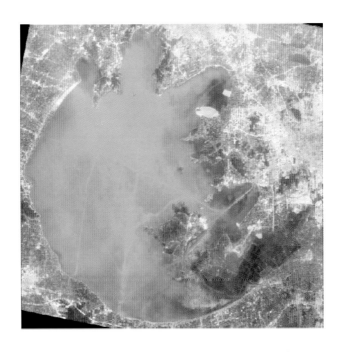

图 7-118　2004 年 7 月 26 日太湖湖体 Landsat TM 假彩色(432)合成图

行星反射率计算参数选取如下：

图 7-119　计算表观反射率参数图

**叶绿素 a 浓度反演**　　使用太湖水体环境遥感监测实验软件模型应用功能，确定叶绿素 a 水质污染指标浓度反演模型为：$\exp(-2.602+14.709 * \text{NDVI})$，其中 $\text{NDVI}=(b_4-b_3)/(b_4+b_3)$，$b_3$ 对应 TM3，$b_4$ 对应 TM4。水质类别评价标准采用《地表水环境质量标准》(GB3838-2002)。太湖水体环境遥感监测实验软件运行结果见图 7-120。从该专

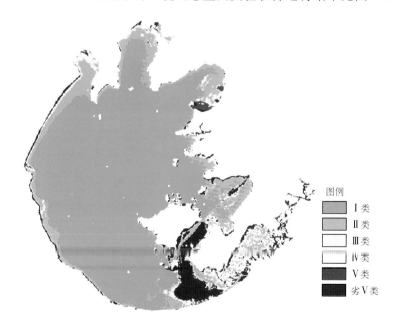

图 7-120　2004 年 7 月太湖湖体叶绿素 a 水质类别图

题图可以看到,2004 年 7 月太湖湖体叶绿素 a 水质类别介于Ⅰ类～劣Ⅴ类,湖体沿岸叶绿素 a 浓度较高,水质劣于Ⅴ类,湖心叶绿素 a 浓度较低,水质处于Ⅰ类状态,叶绿素 a 浓度由湖岸向湖心递减。

**总氮浓度反演**　　使用太湖水体环境遥感监测实验软件模型应用功能,确定总氮水质污染指标浓度反演模型为:$1.71-30.83 * \text{NDTN}+3.76 * \text{NDVI}$,其中 $\text{NDTN}=(b_2-b_1)/(b_2+b_1)$,$\text{NDVI}=(b_4-b_3)/(b_4+b_3)$,$b_1$ 对应 TM1,$b_2$ 对应 TM2,$b_3$ 对应 TM3,$b_4$ 对应 TM4。水质类别评价标准采用《地表水环境质量标准》(GB3838-2002)。太湖水体环境遥感监测实验软件运行结果见图 7-121。从该专题图可以看到,2004 年 7 月太湖湖体总氮水质类别介于Ⅲ类～劣Ⅴ类,浓度最高值分布在梅梁湖、五里湖、西北部沿岸区和东南部沿岸区,这些地区为太湖主要纳污河流分布区,接受了大量陆源污染物,造成污染物浓度过高,水质类别超标。西南沿岸和湖心区总氮浓度相对较低,水质类别为Ⅲ类。

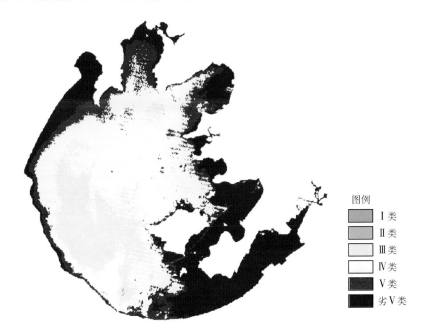

图例

Ⅰ类
Ⅱ类
Ⅲ类
Ⅳ类
Ⅴ类
劣Ⅴ类

图 7-121　2004 年 7 月太湖湖体总氮水质类别图

### 7.9.3　星地监测结果比对分析

(1) 叶绿素 a 浓度

基于太湖水体环境遥感监测实验软件的叶绿素 a 水质反演模型逐像元估算 2004 年 7 月 26 日太湖湖体叶绿素 a,将估算结果与地面例行监测数据进行比对情况如图 7-122 所示。结果显示模型估算结果基本上可以反映实测数据的变化趋势,但由于遥感数据与地面监测数据不同步,两者时隔 20 多天,而此期间正处于蓝藻生长期,客观上两者存在较大的差异,因此,模型预测值与估算值的平均相对误差较大,为 62% (表 7-21)。

根据《地表水环境质量标准》(GB3838-2002),遥感监测评价模型估算结果和地面实测结果的水质类别比对情况如图 7-123 所示。结果显示,仅有 18.8% 的监测断面两者水质评价结果保持一致。

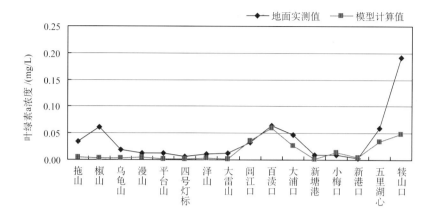

图 7-122　2004 年 7 月 26 日太湖湖体叶绿素 a 浓度遥感估算与地面监测值比对图

表 7-21　2004 年 7 月叶绿素 a 浓度值星地比对结果误差描述

| 最大绝对误差 | 最小绝对误差 | 最大相对误差 | 最小相对误差 | 平均相对误差 |
| --- | --- | --- | --- | --- |
| 0.144 | 0.002 | 6.3% | 95.2% | 62% |

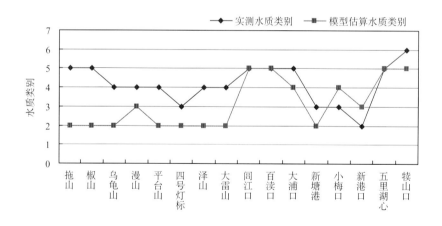

图 7-123　2004 年 7 月太湖湖体叶绿素 a 模型估算水质类别与实测水质类别比对图

（2）总氮浓度

基于太湖水体环境遥感监测实验软件的总氮水质反演模型逐像元估算 2004 年 7 月 26 日太湖湖体总氮,将估算结果与地面例行监测数据进行比对情况如图 7-124 所示。结果显示,2004 年 7 月太湖湖体总氮浓度模型估算值与地面实测值的平均相对误差为 48.3%,由于遥感数据与地面实测数据不同步,造成所有断面的相对误差均大于 30%（表 7-22）。

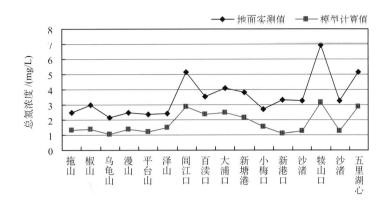

图 7-124　2004 年 7 月 26 日太湖湖体总氮遥感估算浓度值与地面监测值比对图

**表 7-22　2004 年 7 月总氮浓度值星地比对结果误差描述**

| 最大绝对误差 | 最小绝对误差 | 最大相对误差 | 最小相对误差 | 平均相对误差 |
| --- | --- | --- | --- | --- |
| 3.739 | 0.893 | 33.5% | 67% | 48.3% |

根据《地表水环境质量标准》(GB3838-2002),遥感监测评价模型估算结果和地面实测结果的水质类别比对情况如图 7-125 所示。结果显示,仅有 37.5% 的监测断面两者水质评价结果保持一致。

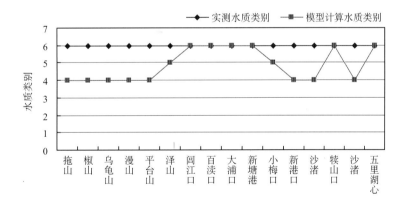

图 7-125　2004 年 7 月太湖湖体总氮模型估算水质类别与实测水质类别比对图

# 7.10　基于 2005 年 3 月 7 日 Landsat TM 数据的太湖水质遥感监测实验

### 7.10.1　05-03 地面例行监测

2005 年 3 月份太湖各测点水质较 2004 年 7 月没有明显变化,污染非常严重,全湖 21

个测点水质均为Ⅴ类或劣Ⅴ类。本月度太湖总磷的污染比 2004 年 7 月有所改善,水质为Ⅴ类或劣Ⅴ类的测点有 7 个,占总数的 33%;水质为Ⅳ类的测点有 2 个,占总数的 10%;水质为Ⅲ类的测点有 12 个,占总数的 57%。总氮的污染较 2004 年 7 月没有明显变化,全湖 21 个测点除漫山、泽山和胥口等三个测点水质为Ⅴ类外,其余 18 个测点均为劣Ⅴ类水质。透明度较好,除沙塘港、百渎口和乌龟山等 3 个测点为Ⅱ类标准外,其余都为Ⅰ类标准。COD$_{Mn}$较 2004 年 7 月没有明显变化,属于Ⅳ类水质的测点有 7 个,占总数的 33%;其余的测点均属于Ⅱ类或Ⅲ类,占总数的 67%。当月没有进行悬浮物监测。叶绿素 a 污染较 2004 年 7 月有所减轻,水质属于Ⅴ类标准的测点有 2 个,占总数的 9%;属于Ⅳ类标准的测点有 6 个,占总数的 29%;属于Ⅲ类或Ⅱ类标准的测点有 13 个,占总数的 62%。综合营养状态指数 TLIc 的计算结果显示,太湖富营养化程度没有明显变化,以轻度富营养为主,中度富营养次之。

利用太湖水体环境遥感监测实验软件制作当月太湖各监测项目水质评价专题图见图 7-126~图 7-130。

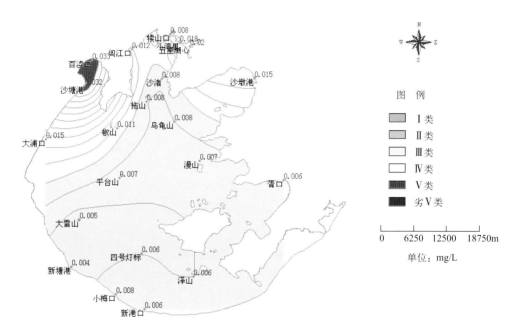

图 7-126　2005 年 3 月太湖湖体叶绿素 a 浓度等级分布与水质评价图

### 7. 10. 2　05-03-07 遥感监测实验

本实验所采用的 2005 年 3 月 7 日 Landsat TM 数据源如图 7-131 所示。

利用太湖水体环境遥感监测实验软件对该图像进行几何精纠正、辐射定标、计算行星反射率、对图像进行 5×5 像素的低通滤波、遥感参数反演,其中几何精纠正与辐射定标过程与本书 7.2.2 类似。

行星反射率计算参数选取如图 7-132 所示。

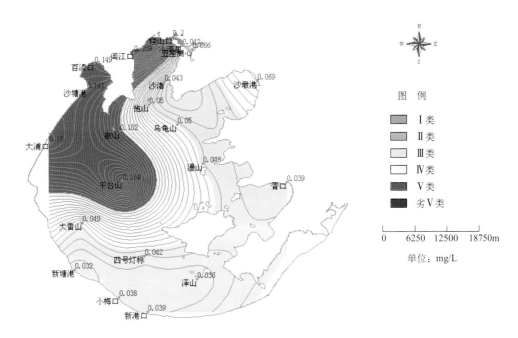

图 7-127　2005 年 3 月太湖湖体总磷浓度等级分布与水质评价图

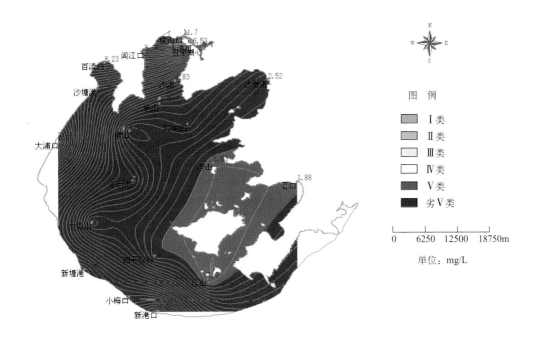

图 7-128　2005 年 3 月太湖湖体总氮浓度等级分布与水质评价图

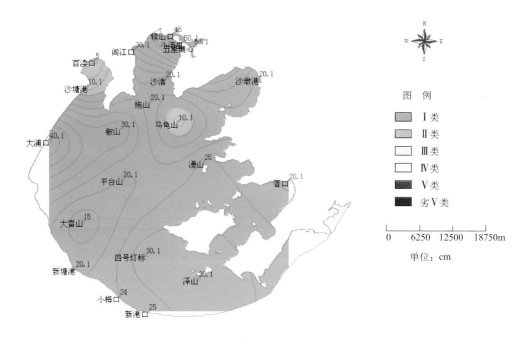

图 7-129　2005 年 3 月太湖湖体透明度等级分布与水质评价图

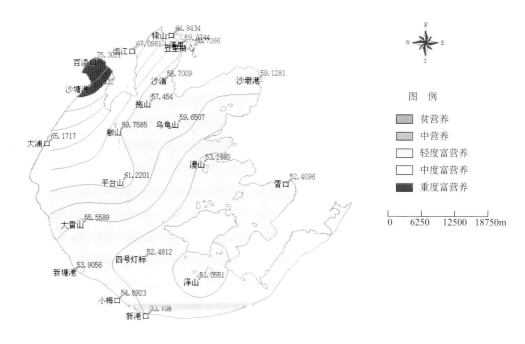

图 7-130　2005 年 3 月太湖湖体 TLIc 等级分布图

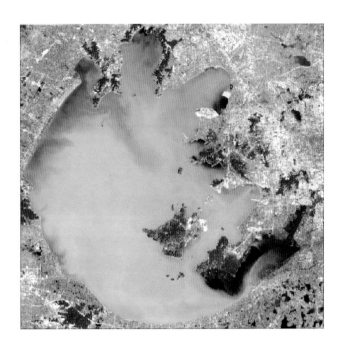

图 7-131　2005 年 3 月 7 日太湖湖体 Landsat TM 假彩色(432)合成图

图 7-132　计算表观反射率参数图

**总氮浓度反演**　　使用太湖水体环境遥感监测实验软件模型应用功能,确定总氮水质污染指标浓度反演模型为:$3.67-58.98*NDTN$,其中 $NDTN=(b_2-b_1)/(b_2+b_1)$,$b_1$ 对应 TM1,$b_2$ 对应 TM2。水质类别评价标准采用《地表水环境质量标准》(GB3838-2002)。太湖水体环境遥感监测实验软件运行结果见图 7-133。从该专题图可以看到,2005 年 3 月太湖湖体总氮水质类别劣于 V 类,水质污染较重。

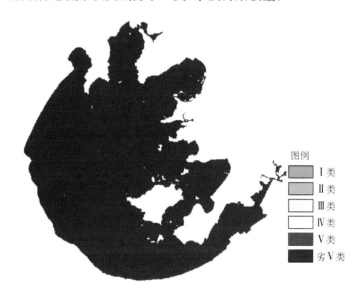

图 7-133　2005 年 3 月太湖湖体总氮水质类别图

**总磷浓度反演**　　使用太湖水体环境遥感监测实验软件模型应用功能,确定总氮水质污染指标浓度反演模型为:$1.83-14.18*b_1$,$b_1$ 对应 TM1。水质类别评价标准采用《地表水环境质量标准》(GB3838-2002)。太湖水体环境遥感监测实验软件运行结果见图 7-134。从该专题图可以看到,2005 年 3 月太湖湖体总磷水质类别介于 Ⅲ 类～ V 类,梅梁湖、五里湖及西北部沿岸区受主要纳污河流的影响,总磷浓度较高,水质类别为 V 类,湖心区总磷浓度较低,水质类别为 Ⅲ 类。

### 7.10.3　星地监测结果比对分析

(1) 总氮浓度

基于太湖水体环境遥感监测实验软件的总氮水质反演模型逐像元估算 2005 年 3 月 7 日太湖湖体总氮浓度值,将估算结果与地面例行监测数据进行比对情况如图 7-135 所示。结果显示,两者的平均相对误差为 40.2%,其中梅梁湖、五里湖区监测断面模型估算精度较高,相对误差小于 30%,其他湖区监测断面模型估算精度较低,相对误差介于 30%～97%(表 7-30)。

根据《地表水环境质量标准》(GB3838-2002),遥感监测评价模型估算结果和地面实测结果的水质类别比对情况如图 7-136 所示。结果显示,两者有较好的一致性,有 93.8% 的监测断面模型估算水质类别与地面实测水质类别一致,基本上可以满足环境管理的需求。

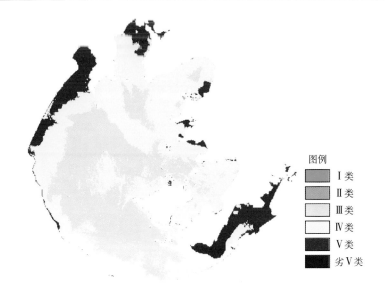

图 7-134　2005 年 3 月太湖湖体总磷水质类别图

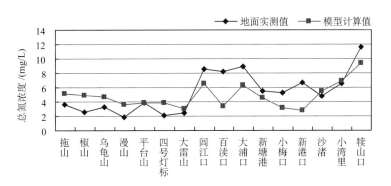

图 7-135　2005 年 3 月 7 日太湖湖体总氮遥感估算浓度值与地面监测值比对图

表 7-23　2005 年 3 月总氮浓度值星地比对结果误差描述

| 最大绝对误差 | 最小绝对误差 | 最大相对误差 | 最小相对误差 | 平均相对误差 |
| --- | --- | --- | --- | --- |
| 4.865 | 0.009 | 97.3% | 0.2% | 40.2% |

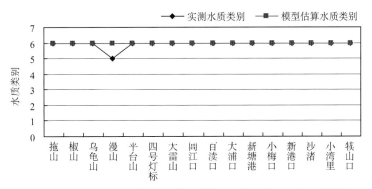

图 7-136　2005 年 3 月太湖湖体总氮模型估算水质类别与实测水质类别比对图

（2）总磷浓度

基于太湖水体环境遥感监测实验软件的总氮水质反演模型逐像元估算 2005 年 3 月 7 日太湖湖体总磷浓度值，将估算结果与地面例行监测数据进行比对情况如图 7-137 所示。结果显示，两者的平均相对误差为 33.5%，其中湖心区监测断面的模型估算精度较高，相对误差小于 30%，湖岸区监测断面的模型估算精度相对较低，相对误差介于 30%～60%（表 7-24）。

根据《地表水环境质量标准》（GB3838-2002），遥感监测评价模型估算结果和地面实测结果的水质类别比对情况如图 7-138 所示。结果显示，有 33.3% 的监测断面模型估算水质类别与地面实测水质类别一致。

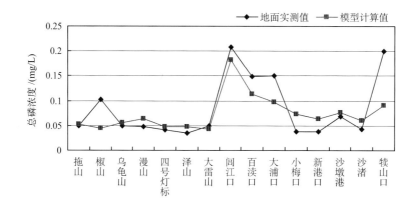

图 7-137  2005 年 3 月 7 日太湖湖体总磷遥感估算浓度值与地面监测值比对图

表 7-24  2005 年 3 月总磷浓度值星地比对结果误差描述

| 最大绝对误差 | 最小绝对误差 | 最大相对误差 | 最小相对误差 | 平均相对误差 |
| --- | --- | --- | --- | --- |
| 0.109 | 0.004 | 94.7% | 7.2% | 33.5% |

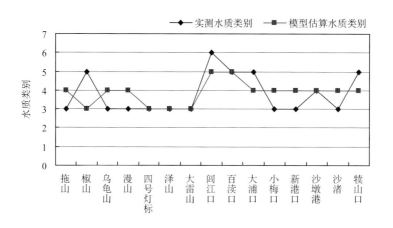

图 7-138  2005 年 3 月太湖湖体总磷模型估算水质类别与实测水质类别比对图

# 7.11　基于2005年4月8日Landsat TM数据的太湖水质遥感监测实验

### 7.11.1　05-04地面例行监测

2005年4月份太湖各测点水质较2005年3月有所下降，污染非常严重，全湖21个测点水质均劣Ⅴ类标准。本月度太湖总磷的污染比2005年3月有所改善，水质为Ⅳ类或Ⅴ类的测点有7个，占总数的33%；为Ⅲ类的测点有14个，占总数的67%。总氮的污染较2005年3月有所下降，污染非常严重，全湖21个测点水质均劣于Ⅴ类标准。透明度较好，均属于Ⅰ类标准。$COD_{Mn}$较2005年3月没有明显变化，属于Ⅳ类水质的测点有6个，占总数的29%；其余的测点均属于Ⅱ类或Ⅲ类，占总数的71%。当月没有进行悬浮物监测。叶绿素a污染较2005年3月有所加剧，水质属于Ⅴ类或劣于Ⅴ类标准的测点有5个，占总数的24%；属于Ⅳ类标准的测点有16个，占总数的76%。综合营养状态指数TLIc的计算结果显示，太湖富营养化程度有所提高，以轻度富营养和中度富营养为主。

利用太湖水体环境遥感监测实验软件制作当月太湖各监测项目水质评价专题图见图7-139～图7-143。

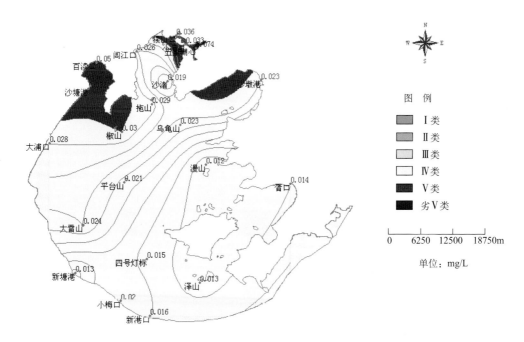

图7-139　2005年4月太湖湖休叶绿素a浓度等级分布与水质评价图

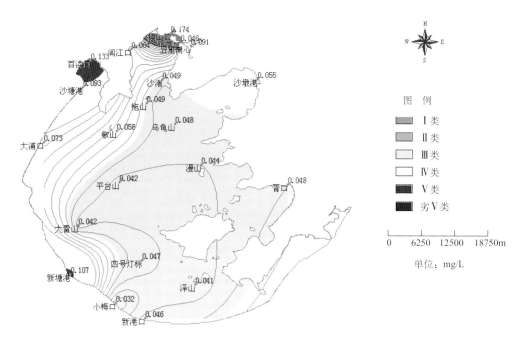

图 7-140 2005 年 4 月太湖湖体总磷浓度等级分布与水质评价图

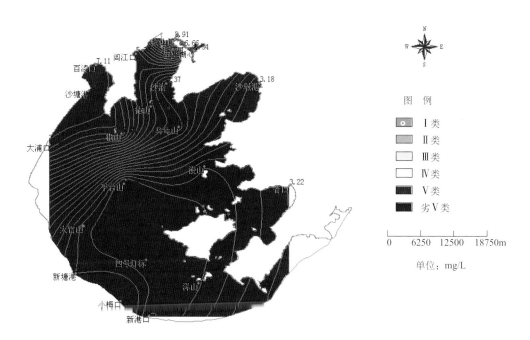

图 7-141 2005 年 4 月太湖湖体总氮浓度等级分布与水质评价图

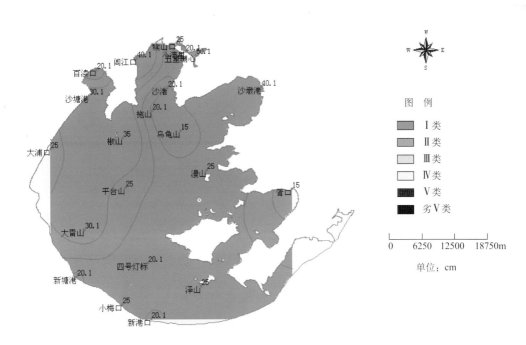

图 7-142　2005 年 4 月太湖湖体透明度等级分布与水质评价图

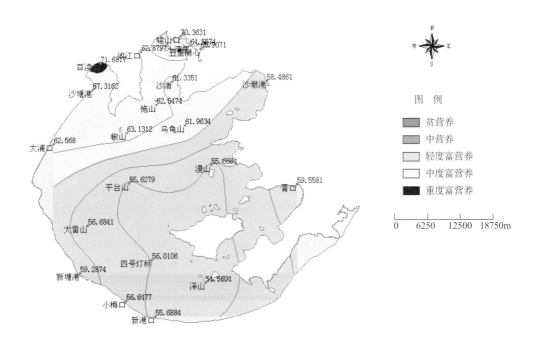

图 7-143　2005 年 4 月太湖湖体 TLIc 等级分布图

### 7.11.2　05-04-08 遥感监测实验

本实验所采用的 2005 年 4 月 8 日 Landsat TM 数据源如图 7-144 所示。

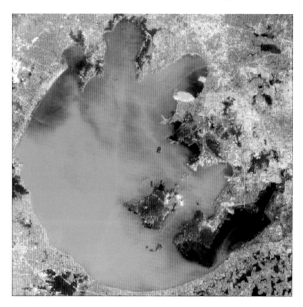

图 7-144　2005 年 4 月 8 日太湖湖体 Landsat TM 假彩色(432)合成图

利用太湖水体环境遥感监测实验软件对该图像进行几何精纠正、辐射定标、计算行星反射率、对图像进行 5×5 像素的低通滤波、遥感参数反演，其中几何精纠正与辐射定标过程与本书 7.2.2 类似。

行星反射率计算参数选取如图 7-145。

图 7-145　计算表观反射率参数图

**总氮浓度反演**　　使用太湖水体环境遥感监测实验软件模型应用功能,确定总氮水质污染指标浓度反演模型为:3.67　58.98×NDTN,其中 NDTN＝$(b_2-b_1)/(b_2+b_1)$;$b_1$ 对应 TM1;$b_2$ 对应 TM2。水质类别评价标准采用《地表水环境质量标准》(GB3838-2002)。太湖水体环境遥感监测实验软件运行结果见图 7-146。从该专题图可以看到,2005 年 4 月太湖湖体总氮水质类别劣于 V 类,水质污染较重。

图 7-146　2005 年 4 月太湖湖体总氮水质类别图

**总磷浓度反演**　　使用太湖水体环境遥感监测实验软件模型应用功能,确定总磷水质污染指标浓度反演模型为:1.83－14.18＊$b_1$,$b_1$ 对应 TM1。水质类别评价标准采用《地表水环境质量标准》(GB3838-2002)。太湖水体环境遥感监测实验软件运行结果见图 7-147。从该专题图可以看到,2005 年 4 月太湖湖体总磷水质类别介于 III 类～V 类之间,梅梁湖、五里湖、西北部沿岸区及东部沿岸区受主要纳污河流的影响,总磷浓度较高,水质类别为 V 类,西部沿岸区总磷浓度较低,水质类别为 III 类。

### 7.11.3　星地监测结果比对分析

(1) 总氮浓度

基于太湖水体环境遥感监测实验软件的总氮水质反演模型逐像元估算 2005 年 4 月 8 日太湖湖体总氮浓度值,将估算结果与地面例行监测数据进行比对情况如图 7-148 所示。结果显示,两者平均相对误差为 30.2％,其中梅梁湖、五里湖区和湖心区的监测断面模型估算精度相对较高,相对误差小于 30％,其他湖区监测断面的相对误差介于 37％～67％(见表 7-25)。

图 7-147 2005 年 4 月太湖湖体总磷水质类别图

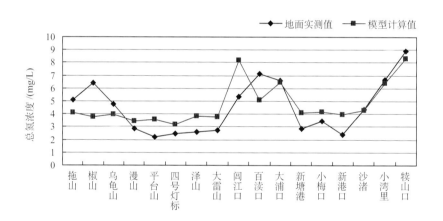

图 7-148 2005 年 4 月 8 日太湖湖体总氮遥感估算浓度值与地面监测值比对图

表 7-25 2005 年 4 月总氮浓度值星地比对结果误差描述

| 最大绝对误差 | 最小绝对误差 | 最大相对误差 | 最小相对误差 | 平均相对误差 |
| --- | --- | --- | --- | --- |
| 2.813 | 0.086 | 1.9% | 67.2% | 30.2% |

根据《地表水环境质量标准》(GB3838—2002),遥感监测评价模型估算结果和地面实测结果的水质类别比对情况如图 7-149 所示。结果显示,两者数据结论相同,所有监测断面的评价结果都一致。

(2)总磷浓度

基于太湖水体环境遥感监测实验软件的总磷水质反演模型逐像元估算 2005 年 4 月

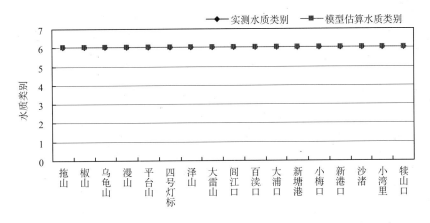

图 7-149　2005 年 4 月太湖湖体总氮模型估算水质类别与实测水质类别比对图

8 日太湖湖体总磷浓度值,将估算结果与地面例行监测数据进行比对情况如图 7-150 所示。结果显示,两者平均相对误差为 48.2%,其中,湖心区监测断面的模型估算精度较高,相对误差小于 30%,湖岸区监测断面的模型估算精度较低,相对误差大于 50%(表7-26)。

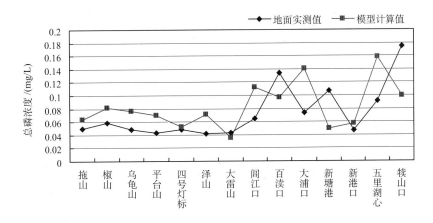

图 7-150　2005 年 4 月 8 日太湖湖体总磷遥感估算浓度值与地面监测值比对图

表 7-26　2005 年 4 月总磷浓度值星地比对结果误差描述

| 最大绝对误差 | 最小绝对误差 | 最大相对误差 | 最小相对误差 | 平均相对误差 |
| --- | --- | --- | --- | --- |
| 0.075 | 0.005 | 91.8% | 10.2% | 48.2% |

根据《地表水环境质量标准》(GB3838-2002),遥感监测评价模型估算结果和地面实测结果的水质类别比对情况如图 7-151 所示。结果显示,仅有 14.3% 的断面模型估算水质类别与地面实测水质类别保持一致。

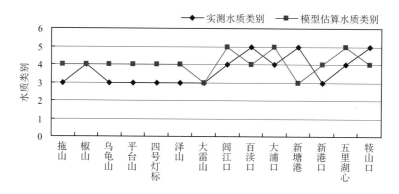

图 7-151　2005 年 4 月太湖湖体总磷模型估算水质类别与实测水质类别比对图

# 7.12　业务应用示范总结

本实验利用所开发的太湖水体环境遥感监测实验软件系统,并结合 10 景太湖湖体水质遥感数据和地面实测数据,对叶绿素 a、总磷、总氮、悬浮物四个遥感指标进行了反演、分析和制图。示范中实验系统使用模型如表 7-27。

**表 7-27　太湖湖体水质监测业务示范模型**

| 指标 | 季节 | 模型 | $R^2$ | $p < F$ |
|---|---|---|---|---|
| 叶绿素 | 春 | $0.054 + 0.167 * NDVI$ | 0.8654 | $< 0.001$ |
| | 夏 | $\exp(-2.602 + 14.709 * NDVI)$ | 0.7441 | $< 0.0001$ |
| | 秋 | $\exp(6.948 + 12.814 * NDVI)$ | 0.8038 | $< 0.0001$ |
| 总氮 | 春 | $3.67 - 58.98 * NDTN$ | 0.6232 | 0.002 |
| | 夏 | $1.71 - 30.83 * NDTN + 3.76 * NDVI$ | 0.8357 | $< 0.0001$ |
| | 冬 | $-5.97 - 89.56 * NDTN$ | 0.9252 | $< 0.0001$ |
| 总磷 | 春 | $1.83 - 14.18 * B1$ | 0.6231 | 0.002 |
| | 夏 | $0.52 - 3.13 * B1 + 0.428 * NDVI$ | 0.7035 | 0.0003 |
| | 冬 | $0.37 - 1.56 * B1$ | 0.4354 | 0.005 |
| 悬浮物 | 春 | $\exp(5.692 + 11.755 * NDSS)$ | 0.5109 | 0.0027 |
| | 夏 | $\exp(7.877 + 23.832 * NDSS)$ | 0.7052 | 0.0020 |
| | 秋 | $\exp(3.724 + 12.623 * NDSS)$ | 0.6932 | $< 0.0001$ |
| | 冬 | $\exp(7.179 + 15.488 * NDSS)$ | 0.7265 | $< 0.0001$ |
| | | | 显著性最大 | $< 0.0001$ |
| | | | 显著性最小 | 0.005 |

叶绿素 a 的业务应用示范模型包括春季模型、夏季模型和秋季模型。不同年份叶绿素的变化较大,同一年份的 7、8 月叶绿素的变化较为稳定,因而我们选择 1998 年 7、8 月、2002 年 7 月、2004 年 7 月,对夏季模型进行检验。从星地比对结果来看,模型估算结果基本上能够反映地面数据的变化趋势,4 期数据叶绿素 a 的平均相对误差为 60%,其中 2002 年 7 月份遥感数据与地面监测数据获取时间相隔近 10 天,数据不同步星地比对的相对误差最大,1998 年 7 月遥感数据与地面监测数据间隔 1~3 天,数据较为同步,相对误差最小。可见,遥感数据与地面监测数据的时间间隔越小,数据越同步,模型估算精度越高。综合来看,叶绿素 a 的 TM 图像监测模型能够较好的反映实测数据的变化趋势。对于同年度相邻月份的趋势预测具有较好的精度,对于同月份跨年度预测,精度相对较低。从实际情况看,不同年份叶绿素 a 的浓度变化较大,跨年度预测模型的建立还需要进一步研究,特别是数据的同步性对模型的精度影响很大。

悬浮物的业务应用示范模型包括春季模型、夏季模型、秋季模型和冬季模型,其中冬季模型的精度最高,但是,在其他年相同月份没有图像数据,所以无法检验;同样的原因,夏季模型和秋季模型由于数据的不完整也无法进行检验。在建立模型的月份,虽然测量结果与模型计算有差异,但是总的趋势还是正确的。

总氮的业务应用示范模型包括春季模型、夏季模型和冬季模型。对于春季模型,我们以 1997 年 5 月、2000 年 5 月、2005 年 3 月和 2005 年 4 月的数据进行检验的结果表明,春季模型星地比对的平均相对误差为 33.7%,其中 1997 年 5 月遥感数据与地面数据间隔为 1~2 天,相对误差最小,而 2005 年 3 月遥感数据与地面数据间隔 1~6 天,星地比对的相对误差最大。对于夏季模型,我们以 1998 年 7 月、1998 年 8 月,2002 年 7 月和 2004 年 7 月的数据进行检验的结果表明,夏季模型星地比对的平均相对误差为 33%。其中 1998 年 7 月,星地比对的相对误差最小,仅为 18.6%,遥感数据与地面数据时间间隔大部分处于 1~2 天,2004 年 7 月,星地比对的相对误差最大,达 48.3%,遥感数据与地面数据时间间隔超过 20 天。总之,相对于其他指标来说,总氮的模型估算精度相对较高。

总磷的业务应用示范模型也包括了春季模型、夏季模型和冬季模型。根据 1996~2004 年的常规测量结果,太湖总磷浓度的最小值为 0.01,最大值为 0.78,平均值为 0.098,标准差为 0.085,变异系数为 87%。在年内各季节的变化规律是:最大值出现在春季、冬季,最小值多出现在夏季八九月。总磷的监测模型包括春季模型、夏季模型和冬季模型。从星地比对结果来看,各模型的估算精度都大于 50%,其中以 2001 年 1 月的估算精度最高,但由于冬季模型的检验数据较少,因此不具代表性。总体上来说,模型较好地反映了数据的特征,不仅是变化的趋势,而且在数值上与测量结果比较一致。虽然所建立的总磷模型具有较高的精度,但是,应用于跨月跨年度的预测还需要进一步对模型进行修正。

通过太湖水体环境遥感监测实验软件系统的应用示范,我们可以初步得出以下结论:

(1) 水质参数的光谱特征是水质遥感监测的基础和依据,凡是有明显光谱特征的水质参数都可以通过遥感的手段进行定量化监测,特征波段的适当组合运算可以提高模型的估测精度。

(2) 叶绿素模型对数据的同步性要求较高,适于夏季遥感监测,7、8 月的模型可以进行趋势外推；总氮模型在春季、夏季和冬季均可以获得较好的结果，可以进行间接监测；总磷模型的估算效果劣于总氮，且河口与湖体的差异较大；悬浮物模型较适于冬季遥感监测，在夏季应该分别考虑河口和湖体的应用模型。

（3）利用星地同步监测数据可以获得较好的模型反演效果。如果卫星过境日期与水面监测日期相差太大，则很难反映水质变化的真实规律。

（4）不同季节，不同年份，水质反演模型的参数不同。跨年份、跨月份外推得到的结果还有待于进一步验证。其中，叶绿素外推的可行性好一些，其他的相对较差。

（5）本实验所建立的反演模型能够较好地反映所涉及的太湖湖体四个遥感监测指标的空间分布规律，对于不同年份的氮监测指标时间外推相对较差，需要进一步降低模型算法对实测数据的依赖性，提高水质遥感监测的精度。

# 参 考 文 献

蔡启铭,杨平.1991.太湖悬浮质对湖面反射率及水体光吸收的影响.海洋与湖沼,22(5):458～465

陈楚群,葛平等.1996.应用 TM 数据估算沿岸海水表层叶绿素浓度模型研究.环境遥感,11(3):168～175

陈楚群,潘志林,施平.2003.海水光谱模拟及其在黄色物质遥感反演中的应用.热带海洋学报,22(5):33～39

陈楚群,施平,毛庆文.2001.南海海域叶绿素浓度分布特征的卫星遥感分析.热带海洋学报,4(20):66～70

丁梅香.2002.苏南地表水富营养化形成过程及 LAS 等对藻类的胁迫作用研究[硕士论文].江苏:苏州大学.3～4

傅克忖,曾宪模,任敬萍等.1999.由现场离水辐亮度估算黄海透明度几种方法的比较.黄渤海海洋,17(2):19～24

国家环境保护总局,国家质量监督检查检疫总局.2002.地表水环境质量标准——GB3838-2002.北京:中国环境科学
    出版社

国家环境保护总局.2000."三河""三湖"水污染防治与规划.北京:中国环境科学出版社.151～175

国家环境保护总局.2002.地表水和污水监测技术规范(HJ/T91-2002).北京:中国环境科学出版社

国家环境保护总局.2002.水和废水监测分析方法.第四版.北京:中国环境科学出版社

国家环境保护总局.2002.水污染物排放总量监测技术规范(HJ/T92-2002).北京:中国环境科学出版社

韩震,恽才兴,蒋雪中.2003.悬浮泥沙反射光谱特性实验研究.水利学报,12:118～22

黄海军,李成治,郭建军.1994.黄河口海域悬沙光谱特征的研究.海洋科学,(5):40～44

黄漪平.2001.太湖水环境及其污染控制.北京:科学出版社.211～234

况昶.1999.水体遥感理论模型的识别与求解途径探讨[博士论文].北京:清华大学

雷坤等.2004.基于中巴地球资源1号卫星的太湖表层水体水质遥感.环境科学学报,24(3):376～380

黎夏.1992.悬浮物泥沙遥感定量的统一模式及其在珠江口中的应用.环境遥感,7(2):106～113

李辉霞,刘淑珍,何晓蓉,范建容.2004.土地利用变化与土壤侵蚀强度变化的关系分析.水土保持通报,24(4):10～13

李京.1986.水域悬浮物固体含量的遥感定量研究.环境科学学报,6(2):166～173

李素菊.2002.内陆水体水质参数光谱特征与定量遥感.地理学与国土研究,(2):26～29

李素菊.2003.利用分析方法建立湖泊光学水质参数反演算法研究[博士论文].北京:北京大学

李旭文,季耿善,杨静.1995.太湖梅梁湖湾蓝藻生物量遥感估算.国土资源遥感,2(24):23～28

李祚泳,张辉军.1993.我国若干湖泊水库的营养状态指数 TSIc 及其与参数的关系.环境科学学报,13(4):391～397

马荣华,戴锦芳.2005.应用实测光谱估测太湖梅梁湾附近水体叶绿素浓度.遥感学报,9(1):78～86

梅安新,彭望琭,秦其明,刘慧平.2001.遥感导论.北京:高等教育出版社

潘德炉,王迪峰.2004.我国海洋光学遥感应用科学研究的新进展.地球科学进展,19(4):506～512

浦瑞良,宫鹏.2004.高光谱遥感及其应用.北京:高等教育出版社

秦伯强,胡维平,陈伟民等.2004.太湖水环境演化过程与机理.北京:科学出版社.209～216

秦伯强,吴庆龙,高俊峰等.2002.太湖地区的水资源与水环境——问题、原因与管理.自然资源学报,17(2):221～228

佘丰宁,李旭文,蔡启铭,陈宇炜.1996.水体叶绿素含量的遥感定量模型.湖泊科学,8(3):201～207

舒金华.1993.我国主要湖泊富营养化程度的评价.海洋与湖沼,24(6):616～620

疏小舟,汪骏发,沈鸣明等.2000.航空成像光谱水质遥感研究.红外与毫米波学报,8(19):273～276

疏小舟,尹球,匡定波.2000.内陆水体藻类叶绿素浓度与反射光谱特征的关系.遥感学报.4(1):41～45

唐军武,田国良,汪小勇等.2000.水体光谱测量与分析:水面以上测量法.遥感学报,8(1):37～44

唐军武等.2004.水体光谱测量与分析 I:水面以上测量法.遥感学报,8(1):37～45

汪小钦,王钦敏,刘高焕等.2002.水污染遥感监测.遥感技术与应用,2(17):74～77

王明翠,刘雪芹,张建辉.2002.湖泊富营养化评价方法及分级标准.中国环境监测,18(5):47～49

王桥,杨一鹏,黄家柱等.2005.环境遥感.北京:科学出版社

王学军,马延.2000.应用遥感技术监测和评价太湖水质状况.环境科学,11(21):65～68

徐炎华.2004.环境保护概论.北京:中国水利水电出版社.75～76

阳锋,沈晓华,邹乐君.2003.非线性函数拟合算法在遥感泥沙定量模式中的应用.遥感技术与应用,18(3):138~143

杨华,许家帅,侯志强.2003.洋山港海区悬浮泥沙运动遥感分析.水道港口,24(3):126~128

杨一鹏.2005.内陆水体叶绿素 a 浓度定量遥感反演研究:以太湖为例.[博士论文].北京:中国科学院

詹海刚,施平,陈楚群.2000.利用神经网络反演叶绿素浓度.科学通报,45(17):1879~1884

张海林,何报寅.2003.遥感方法应用于湖泊富营养化评价的研究.上海环境科学,22(12):1030~1033

张穗,何报寅.2004.河口Ⅱ类水体富营养化的遥感定量方法研究.长江科学院院报,21(3):29~31

张亭禄,贺明霞.2002.基于人工神经网络的一类水域叶绿素 a 浓度反演方法.遥感学报,6(1):40~44

张渊智,聂跃平,蔺启忠等.2000.表面水质遥感监测研究.遥感技术与应用,15(4):214~219

张运林,秦伯强,陈伟民等.2003.太湖水体透明度的分析、变化及相关分析.海洋湖沼通报,2:30~36

张运林.2005.太湖典型草、藻型湖区有色可溶性有机物的吸收及荧光特性.环境科学,26(2):142~147

章孝灿,黄智才,赵元洪.1997.遥感数字图像处理.杭州:浙江大学出版社

赵碧云,贺彬,朱云燕,袁国林.2001.滇池水体中总悬浮物含量的遥感定量模型.环境科学与技术,2(94):16~18

赵冬至,曲元,张丰收等.2001.用 TM 图像估算海表面叶绿素浓度的神经网络模型.海洋环境科学,20(1):16~21

赵英时.2003.遥感应用分析原理与方法.北京:科学出版社

总装备部.2001.卫星应用现状与发展.北京:中国科学技术出版社.400~900

Allee R J, Johnson J E. 1999. Use of the satellite imagery to estimate surface chlorophyll a and secchi disc depth of Bull Reservoir, Arkansas, USA. Remote Sensing, 20(6): 1057~1072

Arenz Jr R F, Lewis W M, Saunders J F. 1996. Determination of chlorophy and dissolved organic carbon from reflectance data for Colorado reservoirs. International Journal of Remote Sensing, 17:1547~1566

Bricaud A, Morel A, Prieur L. 1981. Absorption by dissolved organic matter of the sea (yellow substance) in the UV and visible domains. Limnology and Oceanography, 26 (1): 43~53

Carder K L, Hawes S K, Baker K A, et al. 1996. Reflectance model for quantifying chlorophyll a in the presence of productivity degradation products. J Geophys Res, 96: 20599~20611

Carlson R E. 1977. A trophic state index for Lakes. Limnology and Oceanography. 22(2): 361~369

Carpenter D J, Carpenter S M. 1983. Modeling inland water quality using Landsat data. Remote Sensing of Environment, 13: 345~352

Catherine Ostlund, Peter Flink, Niklas Strombeck, Don Piersonb, Tommy Lindell. 2001. Mapping of the water quality of Lake Erken, Sweden, from Imaging Spectrometry and Landsat Thematic Mapper. The Science of the Total Environment, 268:139~154

Chavez P S, Jr. 1988. An improved dark-object subtraction for atmospheric scattering correction of multi-spectral data. Remote Sensing of Environment, 24:459~479

Chedin A, Scott N A, Berroir A. 1982. A single channel, double viewing angle method for sea surface temperature determination from coincident Meteosat and Tiros-N radiometric measurements. Journal of Applied Meteorology, 21(4): 613~618

Darecki M, Stramski D. 2004. An evaluation of MODIS and SeaWiFS bio-optical algorithms in the Baltic Sea. Remote Sensing of Environment, 89(3):326~350

Dekker A G, Wos R J, Peters S W M. 2002. Analytical algorithms for lake water TSM estimation for retrospective analyses of TM and SPOT sensor data. International Journal of Remote Sensing, 23(1):15~35

Dekker A G, Peters S W M. 1993. The use of the Thematic Mapper for the analysis of eutrophic lakes: a case study in the Netherlands. Remote Sensing, 14:799~822

Deschamps P Y, Herman M, Tanre D. 1983. Modeling of the atmosphere effects and its application to the remote sensing of ocean color. Applied Optics, 22:3751~3758

Doerffer R, Fishcher J. 1994. Concentrations of chlorophyll, suspended matter and gelbstoff in case II waters derived from satellite coastal zone color scanner data with inverse modeling methods. Journal of Geophysical Research, 99(C4):7457~7466

Donald C P, Niklas Strombeck. 2001. Estimation of radiance reflectance and the concentrations of optically active substances in Lake Malaren, Sweden, based on direct and inverse solutions of a simple model. The Science of the Total Environment, 268:171~188

Doxaran David, Froidefond Jean Marie, Lavender Samantha. 2002. Spectral signature of highly turbid waters: Application with SPOT data to quantify suspended particulate matter concentrations. Remote Sensing of Environment, 81(1):149~161

Fargion G S, Mueller J L. 2000. Ocean optics protocols for satellite ocean color sensor validation, Revision 2. NASA/TM-2000-209966

Forget P, Broehe P, Naudin J J. 2001. Reflectance sensitivity to solid suspended sediment stratification in coastal water and inversion: a case study. Remote Sensing of Environment, 77:92~103

Gitelson A A. 1992. The peak near 700 nm on radiance spectra of algae and water relationship of its magnitude and position with chlorophyll concentration. International Journal of Remote Sensing, 13: 3367~3373

Gitelson A A, Garbuzov G, Szilagyi et al. 1993. Quantitative remote sensing methods for real-time monitoring of inland waters quality. International Journal of Remote Sensing, 14(7): 1269~1295

Gitelson A A, Kondratyev K Y. 1991. Optical models of mesotrophic and eutrophic water bodies. International Journal of Remote Sensing, 12(3): 373~385

Gons H J. 1999. Optical teledetection of chlorophyll a in turbid inland waters. Environmental. Science & Technology, 33(7):1127~1132

Gordon H R, Brown O B, Jacobs M M. 1975. Computed relationships between the inherent and apparent optical properties of a flat homogeneous ocean. Applied Optics, 14(2): 417~427

Gordon H R, Wang M. 1994. Retrieval of water-leaving radiance and aerosol optical thickness over the oceans with SeaWiFS: a preliminary algorithm. Applied Optics, 33(3): 443~452

Gordon H R, Wang M. 1994. Influence of oceanic whitecaps on atmospheric correction of ocean-color sensor. Applied Optics, 33: 7754~7763

Gregg W W, Chen F C et al. 1993. The Simulated SeaVIFS Data Set(Version 1). NASA Technical Memorandum 104566, SeaWIFS Postlaunch Technical Report Series, NASA Goddard Space Flight Center, Greenbelt, MD: 9(17)

Gyanesh Chander, Brain Markham. 2003. Revised Landsat-5 TM radiometric calibration procedures and postcalibration dynamic ranges. IEEE Transactions on Geoscience and Remote Sensing, 41(11): 2674~2677

Hakvoort, Johan de Haan, Rob Jordans, Robert Vos, Steef Peters Machteld Rijkeboer. 2002. Towards airborne remote sensing of water quality in The Netherlands-validation and error analysis. Journal of Photogrammetry and Remote Sensing, 57: 171~183

Haltrin V I. 1998. Self-consistent approach to the solution of the light transfer problem for irradiances in marine waters with arbitrary turbidity, depth, and surface illumination: I: case of absorption and elastic scattering. Applied Optics, 37(18): 3773~3784

Han L, Rundquist D, Liu L, Fraser R, Schalles J. 1994. The spectral responses of algal chlorophyll in water with varying levels of suspended sediment. International Journal of Remote Sensing, 15(18): 3707~3718

Helgi Arst. 2003. Optical Properties and Remote Sensing of Multicomponental Water Bodies. Chichester, UK: Praxis Publishing. 1~7

Hirtle H, Rencz A. 2003. The relation between spectral reflectance and dissolved organic carbon in lake water: Kejimkujik National Park, Nova Scotia, Canada. International Journal of Remote Sensing, 24(5) : 953~967

Hirtle H, Rencz A. 2003. The relation between spectral reflectance and dissolved organic carbon in lake water: Kejimkujik National Park, Nova Scotia, Canada. International Journal of Remote Sensing. , 24(5): 953~967

Hoogenboom H J, Dekker A G, De Haan J F. 1998. Retrieval of chlorophyll and suspended matter in inland waters from CASI data by matrix inversion. Can. J. Remote Sensing, 24(2):144~152

Iluz D，Yacobi Y Z，Gitelson A. 2003. Adaptation of an algorithm for chlorophyll-a estimation by optical data in the oligotrophic Gulf of Eilat. International Journal of Remote Sensing，24：1157～1163

IOCCG. 2004. IOCCG Report4：Guide to the creation and use of ocean-colour，Level-3，binned data products.

Kallio K，Kuster T，Koponen S et al. 2001. Retrieval of water quality from airborne imaging spectrometry of various lake types in different seasons. The Science of the Total Environment，268：56～77

Kirk J T O. 1994. Light and photosynthesis in acquatic ecosystems. Cambridge：Cambridge University Press

Kloiber S M，Brezonik P L，Olmanson L G et al. 2002. A procedure for regional lake water clarity assessment using Landsat multispectral data. Remote Sensing of Environment，82：38～47

Koponen S，Pulliainen J. 2002. Lake water quality classification with airborne hyperspectral spectrometer and simulated MERIS data. Remote Sensing of Environment，79：51～59

Lillesand T M，Johnson W L，Deuell R L，Lindstrom O M，Meisner D E. 1983. Use of Landsat data to predict the trophic state of Minnesota lakes. Photogrammetric Engineering and Remote Sensing，49：219～229

Louis E K，Xiaohai Y. 1998. A neural network model for estimating sea surface chlorophyll and sediments from Thematic Mapper Imagery. Remote Sensing of Environment，66：153～165

Malkeich M S，Gorodeisky A K. 1988. Determination of ocean surface temperature taking account of atmospheric effects by measurements of angular IR-radiation distribution of the "ocean-atmosphere" system made from the satellite "Cosmos-1151". Remote sensing Review，3：137～161

McClain E P，Pichel W G，Walton C C. 1985. Comparative performance of AVHRR-Based multi-channel sea surface temperatures. Journal of Geophysical Research，20：11587～11601

McMillin L M. 1975. Estimation of sea surface temperature from two infrared window measurements with different absorption. Journal of Geophysical Research. 20：5113～5117

Mertes L A K，M O，Smith J B Adams. 1993. Estimating suspended sediment concentrations in surface waters of the Amazon River wetlands from Landsat Images. Remote Sensing Environment，3：281～301

Moore G F，Aiken J，Lavender S J. 1999. The Atmospheric correction of water colour and the quantitative retrieval of suspended particulate matter in case II water. International Journal of Remote Sensing，20(9)：1713～1733

Morel A. 1980. In-water and remote measurements of ocean color. Boundary Layer Meteorology，18：177～201

Mueller J L，Morel A. 2003. Ocean Optics Protocols For Satellite Ocean Color Sensor Validation，Revision 4. NASA/TM-2003-21621/Rev-Vol I

Pattiaratchi C，Lavery P，Wyllie A，Hick P. Estimates of water quality in coastal waters using Multi-data Landsat thematic Mapper Data. International Journal of Remote Sensing，15(8)：1571～1584

Pierson，Don and Strömbeck，Niklas. 2001. Estimation of radiance reflectance and the concentrations of optically active substances in Lake Malaren，Sweden，based on direct and inverse solutions of a simple model. Science of the Total Environment，268：1～3，171～188

Pulliainen J，Kallio K，Eloheimo K et al. 2001. A semi-operative approach to lake water quality retrieval from remote sensing data. The Science of the Total Environment，268：79～93

Richard D Hedger，Nils R B O，Tim J M，Peter M A. 2002. Coupling remote sensing with computational fluid dynamics modelling to estimate lake chlorophyll-a concentration. Remote Sensing of Environment，79：116～122

Risovic D. 2002. Effect of suspended particulate-size distribution on the backscattering ratio in the remote sensing of seawater. Applied Optics，41：7092～7101

Ritchie J C，Cooper C M，Jiang Y Q. 1987. Using Landsat Multispectral Scanner data to estimate suspended sediments in Moon Lake，Mississippi. Remote sensing of Environment，23(1)：65～81

Ruddick K G，Gons H J，Rijkeboer M，and Tilstone G. 2001. Optical remote sensing of chlorophyll a in case 2 waters by use of an adaptive two-band algorithm with optimal error properties. applied optics，40(21)：3575～3585

Sabine T，Hermann K. 2000. Determination of chlorophyll content and trophic state of lakes using field spectrometer and IRS-1C satellite data in the Mecklenburg Lake district，Germany. Remote Sensing of Environment，73：227～

235

Sampsa K, Jouni P, Kari K, Martti H. 2002. Lake water quality classification with airborne hyper-spectral spectrometer and simulated MERIS data. Remote Sensing of Environment, 79: 51~59

Schwarz J N, Kowalczuk P, Kaczmarek S, Cota G F, Mitchell B G, Kahru M, Chavez F P, Cunningham A, McKee D, Gege P, Kishino M, Phinney D A, Raine R. 2002. Two models for absorption by coloured dissolved organic matter (CDOM). Oceanologia, 44 (2):209~241

Shunlin L. 2001. Atmospheric Correction of Landsat ETM+Land Surface Imagery-Part I: Methods. IEEE Transactions on Geoscience and Remote Sensing, 39(11): 2490~2498

Singh S M. 1984. Removal of atmospheric effects on a pixel by pixel basis from the thermal infrared data from instruments on satellites AVHRR. International Journal of Remote Sensing, 5: 161~183

Smith W L, Rao P K, Koffer R, Curtis W R. 1970. The determination of sea surface temperature from satellite high resolution infrared window radiation measurement. Mon Wea. Rev. , 98:604~611

Song C, Curtis E W, Karen C S et al. 2001. Classification and change detection using Landsat TM data: when and how to correct atmospheric Effects? Remote Sensing of Environment, 75:230~244

Steven M K, Patrick L B, Marvin E B. 2002. Application of Landsat imagery to regional-scale assessments of lake clarity. Water Research, 36:4330~4340

Stumpf R P, Pennock J R. 1991. Remote estimation of the diffuse attenuation coefficient in a moderately turbid estuary. Remote Sensing of Environment, 38:183~191

Tassan S. 1994. Local algorithms using SeaWiFS data for the retrieval of phytoplankton, pigments, suspended sediment, and yellow substance in coastal waters. Applied Optics, 33(12): 2369~2378

Thiemann S, Kaufmann H. 2000. Determination of chlorophyll content and trophic state of lakes using field spectrometer and IRS-1C satellite data in the Mecklenburg lake district, Germany. Remote Sensing of Environment. ,73: 227~235

Vos R J, Hakvoort J H M, Jordans R W J, Ibelings B W. 2003. Multiplatform optical monitoring of eutrophication in temporally and spatially variable lakes. Remote Sensing of Environment, 312:221~243

Wang M. 1999. A sensitivity study of the SeaWiFS atmospheric correction algorithm: effects of spectral band variations. Remote Sensing of Environment, 67:348~359

Wezernak C T, Tanis F J, Bajza A. 1976. Thopic state analysis of inland lakes. Remote Sensing of Environment, 5

Yacobi Y Z, Gitelson A, Mayo M. 1995. Remote sensing of chlorophyll in Lake Kinneret using high spectral resolution radiometer and Landsat TM: Spectral features of reflectance and algorithm development. Journal Plankton Research, 17(11):2155~2159

Yu H. 2004. Study on optical properties of unpigmented suspended particles, yellow substance and phytoplankton slgae in Taihu Lake. Chinese Journal of Oceanology and Limnology, 22(1):24~33

Yunpeng W. et al. 2004. Water quality change in reservoirs of Shenzhen, China: detection using Landsat/TM data. Science of the Total Environment, 328:195~206